校注古典叢書【新装版】

萬葉集 一

稲岡耕二 校注

明治書院

7、「与」と「與」、「万」と「萬」など底本に異なる字体の見える場合、必ずしも統一せず、そのままにした。
四、便宜のため国歌大観の番号を各歌の上に記した。順序に問題のある場合、頭注において言及することとした。
五、各巻の目録はすべて省き、かわりに目次として題詞を集成したものを巻毎に付した。
六、頭注については、次の諸点に意を用いた。
1、語句の解釈ばかりでなく、作品論・作歌論等各歌の理解に必須と思われる事項、および異説があり今後の検討を要する問題点などを、参考文献名とともにできるだけ多く掲げ、読者各自の便に資するようにした。
2、頭注は、見開き二ページの中になるべく収めるよう努めた。注の番号は、その二ページを通して付けた。
3、前二項を両立させるために、一般の辞典で容易に検索しうる語句の注は、これを省いた。
4、引用文以外は、現代仮名遣いによる。
七、本書の頭注に見える諸本諸注の略号は、原則として左の通りとした。

桂　桂本　金　金沢本　元　元暦校本　天　天治本　藍　藍紙本　尼　尼崎本　壬　伝壬生隆祐筆本

紀　紀州本　類　類聚古集　古　古葉略類聚鈔　春　春日本　冷　伝冷泉為頼筆本　文　金沢文庫本
細　細井本　陽　陽明文庫本　矢　大矢本　京　京都大学本　無　活字無訓本　附　活字附訓本　寛永版本

拾穂抄　萬葉拾穂抄　代匠記　萬葉代匠記　童蒙抄　萬葉集童蒙抄　考　萬葉考　玉の小琴　萬葉玉の小琴　略解　萬葉集略解　槻落葉　萬葉集槻落葉　攷証　萬葉集攷証　檜嬬手　萬葉集檜嬬手　古義　萬葉集古義　美夫君志　萬葉集美夫君志　新考　萬葉集新考（井上通泰）　講義　萬葉集講義（山田孝雄）
全釈　萬葉集全釈（鴻巣盛広）　全註釈　萬葉集全註釈（武田祐吉）　佐佐木評釈　萬葉集評釈（佐佐木信綱）
窪田評釈　萬葉集評釈（窪田空穂）　私注　萬葉集私注（土屋文明）　沢瀉注釈　萬葉集注釈（沢瀉久孝）
古典大系　古典文学大系萬葉集　古典文学全集　小学館古典文学全集萬葉集　古典集成　新潮日本古典集成萬葉集

八、解説には文字の歴史と萬葉集との関係ならびに萬葉集第一期・第二期の歌風、巻一から巻四までの各巻の成立について略述した。

九、巻末に、参考地図および語句索引を付した。

萬葉集巻第一

萬葉集巻第一

雑歌

萬葉集巻第一

[1]雑歌

泊瀬《はつせ》の朝倉の宮に天の下知らしめしし天皇《すめらみこと》の代《みよ》　大泊瀬《おおはつせ》稚武《わかたけ》の天皇

[2]天皇の御製歌《おほみうた》

1 籠《こ》もよ　み籠《こ》もち　掘串《ふくし》もよ　み掘串《ぶくし》持ち　この岳《をか》に　菜摘《なつ》ます
児《こ》　[3]家告《の》らせ　名告らさね　[4]そらみつ　大和《やまと》の国は　おしなべて
吾こそ居《を》れ　しきなべて　吾こそ座《ま》せ　[5]我にこそは　告らめ　家
をも名をも

籠毛與　美籠母乳　布久思毛與　美夫君志持　此岳尓　菜摘須兒　家告①閑　名
告紗②根　虚見津　山跡乃國者　押奈戸手　吾許曾居　師吉③名倍手　吾己曾座
我許④背齒　告目　家呼毛名雄母

1 『文選』の「雑歌」「雑詩」「雑擬」などの分類を参照しつつ相聞・挽歌に属しない種類の歌を一括して呼ぶ部立名として考案されたもの。小島憲之『上代日本文学と中国文学』中巻など参照。

2 伝誦歌で天皇の実作ではない。野外の求婚舞踊劇の歌詞かと想像される(西郷信綱『万葉私記』など)。この歌の巻頭歌としての意義について伊藤博『万葉集の構造と成立』上に白鳳的現代の規範意識を説く。巻一は、実質的には次の舒明朝の歌から始まる。

3 原文「家吉閑」でイヘキカナと訓まれてもいるが、吉を告の誤字と見る説による。沢瀉注釈。

4 枕詞(解説参照)。ヤマトにかかる。

5 原文「我許背歯」でワレコソハと訓む説もある。

①告(考)―吉
②紗(元・類・冷)―沙
③吉(玉の小琴)―告
④許(元・類・古)―許者

高市《たけち》[1]の岡本宮に天の下知らしめしし天皇の代　[2]息長足日広額《おきながたらしひろぬか》の天皇

天皇、香具山に登りて望国《くにみ》[3]したまふ時の御製歌《おほみうた》

[2]大和には　群山《むらやま》[4]ありと　[5]とりよろふ　天《あめ》の香具山　登り立ち　国見をすれば　国原は　煙《けぶり》[6]立ち立つ　海原《うなはら》は　かまめ立ち立つ　うまし国そ　あきづ島　大和の国は

山常庭　村山有等　取與呂布　天乃香具山　騰立　國見乎爲者　國原波　煙立龍　海原波　加万目立多都　怜𪫧國曾　蜻嶋　八間跡能國者

天皇、宇智《うち》の野に遊猟したまふ時に、中皇命《なかつすめらみこと》[7]の間人連老《はしひとのむらじおゆ》をして献らしめたまふ歌

[3]やすみしし　我《わ》が大君の　朝《あした》には　取り撫《な》でたまひ　夕《ゆふべ》には　い縁《よ》り立たしし　御執《みと》らしの　梓《あづさ》の弓の　金弭《かなはず》[8]の　音すなり　朝猟

1　奈良県高市郡明日香村雷岳付近ともいわれるが、考古学的な確証はない。網干善教『飛鳥の遺蹟』

2　舒明天皇。

3　国見歌・国讃め歌の性格や源流については土橋寛『古代歌謡と儀礼の研究』、吉田義孝「思国歌の展開」（『文学』一九四八年七月）参照。国見は元来民間の農耕予祝儀礼だった。

4　群山アレドと訓むのが一般であるが、原文「村山有等」で、アリトの方が文字に即している。亀井孝「埋もれた言語と埋もれた訓詁」（『万葉』一七号）

5　村山を周囲にめぐらしている意か。稲岡耕二「舒明天皇・斉明天皇（その二）」（『解釈と鑑賞』昭和四五年一二月）

6　霧や霞・煙など大地の霊の息吹きと見られた。土橋寛『古代歌謡と儀礼の研究』

7　中天皇と同じとする説もあるが、井上光貞『日本古代国家の研究』に、それを否定する。間人皇女をさすか。中西進「中皇命とは誰か」（『解釈と鑑賞』昭和四四年二月）

8　原文「奈加弭」。文字の顛倒と見

に　今立たすらし　夕猟に[9]　今立たすらし　御執らしの　梓の弓
の　金弭の　音すなり

八隅知之　我大王乃　朝庭　取撫賜　夕庭　伊縁立之　御執乃　梓弓之　加奈①
弭乃　音爲奈利　朝獦介　今立須良思　暮獦介　今他田渚良之　御執能②　梓弓
之　加奈③弭乃　音爲奈里

反《はん》歌《か》[10]

4 たまきはる宇智の大野に馬並《な》めて朝踏ますらむその草深野[11]

玉剋春　内乃大野介　馬數而　朝布麻須等六　其草深野

讃岐国安益郡《さぬきのくにあやのこほり》に幸《いでま》す時に、軍王《いくさのおほきみ》[12]の山を見て作る歌[13]

5 霞立つ　長き春日の　暮れにける　わづき[14]も知らず　むら肝《きも》[15]の
心を痛み　ぬえ子鳥《ことり》[16]　うらなけ居《を》れば　玉襷《たまだすき》[17]　懸《か》けのよろしく
遠つ神[18]　わが大君の　行幸《いでまし》の　山越す風の　独居《ひとりを》る　わが衣手に
朝夕《あさよひ》に　還らひぬれば　大夫《ますらを》と　思へるわれも　草枕[19]　旅にしあ

る説による。吉永登『万葉—その異伝発生をめぐって』参照。

9 「朝猟に　今…」「夕猟に　今…」と歌われているので、「今」をどの時点と見るか諸説あるが、朝猟・夕猟のいずれをも含む一日の猟に宮殿を出発する時の歌と見るのが正しいか。西郷信綱『万葉私記』など。

10 『荀子』の反辞に由来する名称。中国の反辞や乱の示唆を受け、長歌内容の要約や反復を主として成立した。ただし、4歌は本来反歌ではなかったのであろう。解説参照。

11 草深い野を歌うのは狩猟の幸の豊かさを願うからである（『代匠記』）。詩経の「騶虞」に似た例を見る（赤塚忠「中国古代歌謡の発生と展開」『中国文学研究』三号）。

12 伝不明。百済王を軍君（コニキシ）と言うのと関連あるものとし、豊璋に擬する説がある。青木和夫「軍王小考」（『五味智英先生還暦記念上代文学論叢』）

①加奈（吉永登）—奈加
②御執能梓弓（元）—御執梓能弓
③加奈（吉永）—奈加

れば　思ひやる　たづき[1]を知らに　網の浦[2]の　海処女《あまをとめ》らが　焼く
塩の　思ひそ焼くる　吾《わ》が下ごころ

霞立　長春日乃　晩家流　和豆肝之良受　村肝乃　心乎痛見　奴要子鳥　卜歎
居者　珠手次　懸乃宜久　遠神　吾大王乃　行幸能　山越風乃　獨座①　吾衣手
尓　朝夕尓　還比奴礼婆　大夫登　念有我母　草枕　客尓之有者　思遣　鶴寸
乎白土　網能浦之　海處女等之　燒塩乃　念曾所燒　吾下情

反歌

6　山越の風を時じみ[3]寝《ぬ》る夜おちず[4]家なる妹を懸けて偲《しの》ひつ

山越乃　風乎時自見　寐夜不落②　家在妹乎　懸而小竹櫃

右[5]、日本書紀を検《かむが》ふるに、讃岐国に幸《いでま》すことなし。また軍王も未だ詳《つばひ》らかならず。ただし、山上憶良大夫《やまのうへおくらまへつきみ》[6]の類聚歌林に曰はく、「記に曰はく[7]『天皇の十一年己亥の冬十二月、己巳の朔《つきたち》の壬午、伊豫《いよ》の温湯《ゆ》の宮に幸す云々』といふ。一書に『この時に、宮の前に二つの樹木あり。この二つの樹に、斑鳩《いかるが》と比米《ひめ》との二つの鳥大《いた》く集《すだ》けり。時に勅《みことのり》して多く稲穂を

13　この歌は持統朝以後の歌であろう（稲岡耕二「軍王作歌の論」『国語と国文学』昭和四八年五月）。
14　ワヅキモは未詳。タヅキモ・ワキモなどの誤りとする説がある。
15・16・17・19　枕詞。
18　祖先神を言う。

1　手段。タドキとも言う。語源的には手付すなわち手がかりを意味する語であったと推測されている。
2　香川県坂出市の海岸。アミノウラノからヤクシホノまで、オモヒソヤクルにかかる序詞。
3　時ジミのジは形容詞をつくる語尾。時ジは時を定めない、絶えまない意の形容詞語幹。ミは形容詞の語幹に接して原因・理由などを表す接尾語。
4　オツは落下する、欠損する意の動詞。ここは後者。
5　この左注は、もっぱら行幸の時期の吟味に主眼をおいている。編者は類聚歌林などから舒明十一年の行幸を想定し、この歌を舒明朝に配列したのであろうが、5歌に「遠つ神わが大君の　行幸の…」とあるのは過去の天皇の行幸を偲んで歌ったも

掛けてこれを養ひたまふ。すなはち作る歌云々』といふ」といふ。けだしここより便《すなは》ち幸ししか。

8 明日《あす》香川原宮《かのかはらのみや》に天の下知らしめしし天皇の代　9 天豊財重日足姫《あめとよたからいかしひたらしひめ》の天皇

額田王《ぬかたのおほきみ》の歌　未だ詳らかならず[10]

7 秋の野のみ草刈り葺《ふ》き宿《やど》れりし宇治の京《みやこ》の仮廬《かりいほ》し思ほゆ

金野乃　美草苅葺　屋杼礼里之　兎道乃宮子能　借五百磯③所念

右、山上憶良大夫の類聚歌林を検《かむが》ふるに曰はく、「一書に、戊申の年比良の宮に幸すときの大御歌」といふ。ただし、紀に曰はく、「五年春正月己卯の朔の辛巳、天皇、紀の温湯《ゆ》より至ります。三月戊寅の朔、天皇吉野の宮に幸して肆宴《とよのあかり》きこしめす。庚辰の日、天皇近江の平の浦に幸す」といふ。

ので、歌そのものは後代の作と思われる。編者の誤認の例。

6 類聚歌林は憶良の編纂した歌集で、古歌を分類し作者や作歌事情など付記したものと推測される。日本書紀を引用している箇所があり、成立は書紀の完成した養老四年以後神亀二年まで、憶良の東宮坊勤務時代と考えられる。沢瀉久孝「山上憶良の生涯と作品」（春陽堂『万葉集講座』第一巻）

7 日本書紀を指す。

8 斉明元年飛鳥板蓋宮が焼失した時、一時皇居になった。『川原寺発掘調査報告書』では、川原寺跡の遺構に宮跡を推定したが、網干善教『飛鳥の遺蹟』では断定を控えている。この標は、「後岡本宮云々」の後標に照らし、皇極朝を示すのであろう。

9 皇極天皇、のちの斉明天皇。

10 額田王の作歌とするのに疑問を抱いて付記されたか。

①座（元・類・古）—居
②夜（元・類・冷）—ナシ。右ニ記ス。
③磯（元・類・紀）—幾

[1]後岡本宮《のちのおかもとのみや》に天の下知らしめしし天皇の代　天豊財重日足姫天皇、後①に後岡本宮に即位す。

額田王の歌

8　熟田津[2]に船乗《ふなの》りせむと月待てば[3]潮もかなひぬ今は漕ぎ出でな[4]

熟田津尒　船乗世武登　月待者　潮毛可奈比沼　今者許藝乞菜

右、山上憶良大夫の類聚歌林を検ふるに曰はく、「飛鳥岡本宮に天の下知らしめしし天皇の元年己丑、九年[5]丁酉②十二月己巳朔壬午、天皇大后《おほきさき》、伊豫の湯の宮に幸す。後岡本宮に天の下知らしめしし天皇の七年辛酉春正月丁酉朔壬寅③、御船西征して、始めて海路に就《つ》く。庚戌、御船伊豫の熟田津の石湯《いはゆ》の行宮《かりみや》に泊《は》つ。天皇、昔日《むかし》より猶《なほ》し存《のこ》れる物を御覧し、当《その》時《とき》に忽ちに感受の情を起《おこ》したまふ。所以《このゆゑ》に因りて歌詠を製《つく》りて哀傷したまふ」といふ。即《すなは》ちこの歌は天皇[6]の御製《おほみうた》ぞ。ただし、額田王の歌は別に四首あり。

1　斉明二年、飛鳥岡本宮跡に宮地を定めた（日本書紀）。

2　愛媛県松山市北部の三津浜、和気町、堀江町など諸説がある。

3　満月になるのを待つ意とする説（山田『講義』）があるが、そう限定する必要はない。また『万葉古径』に、伊予三津浜潮汐表により月の出と満潮の時刻が最も接近する二十二、三日ごろであろうとする詳細な論がある。それによると午前二時から三時ごろになるが、これも余り窮屈に考え過ぎたものと思われる。谷馨『額田姫王』に伴信友書入本『略解』の「此アタリノ海汐ハ満干の極ノトキ甚ク流ルル事早河ノコトシ云々」とあるのを引き、船遊び説を否定する。

4　九州へ向けての解攬を言う。

5　十一年己亥とするのが正しい（日本書紀）。

6　題詞は実作者として額田王を、左注には形式上の作者として斉明天皇を記したか。中西進『万葉集の比較文学的研究』、伊藤博『万葉集の歌人と作品』上など。

7　斉明四年紀に「冬十月庚戌朔甲子

[7]紀の温湯《ゆ》に幸す時に、額田王の作る歌

9 [8]莫囂円隣之大相七兄爪湯気わが背子《せこ》がい立たせりけむ厳橿《いつかし》が本《もと》

莫囂圓隣之大相七兄爪湯氣④　吾瀬子之　射立爲兼　五可新何本

[9]中皇命、紀の温湯に往く時の御歌

10 [10]君が齢《よ》も吾が代も[11]知るや磐代の岡の[12]草根をいざ結びてな

君之齒母　吾代毛所知哉　磐代乃　岡之草根乎　去來結手名

11 [13]吾が背子は仮廬《かりほ》作らす草《かや》無くは小松が下の草《かや》を刈らさね

吾勢子波　借廬作良須　草無者　小松下乃　草乎苅核

12 吾が欲《ほ》りし野島は見せつ底深き阿胡根《あごね》の浦の珠そ拾《ひり》はぬ

或は頭に云はく、わが欲りし子島は見しを

吾欲之　野嶋波見世追　底深伎　阿胡根能浦乃　珠曾不拾

或頭云　吾欲子嶋羽見遠

右[14]、山上憶良大夫の類聚歌林を検ふるに曰はく、「天皇の御製歌《おほみうた》云々」

幸紀温湯」とある。紀の温湯は和歌山県西牟婁郡白浜町の湯崎温泉。

8　二句まで定訓を得ない。四十種以上の試訓を見る。

9　3歌の題詞と同一人を指すとすれば、間人皇女のことか。中皇命を折口信夫は神と天皇との間の尊者、神の「みこともち」と規定している（『全集』第一巻）。

10　君は斉明天皇を指す（『私注』など）とも、中大兄皇子を指す（窪田『評釈』など）とも言われる。

11　「所知哉」をシルヤと訓むこと沢瀉『注釈』に詳しい。

12　旅人が枝や草を結ぶのは、そこに自分の霊魂の一部を結びこめ神に与えて通る呪術的意味を持つ。折口信夫「産霊の信仰」（『全集』第一巻）

13　中大兄皇子。

14　三首のすべてを指して言うのだろう（『全註釈』など）。一首を指すなら、「右一首」とあるべきだと思われる（15歌左注参照）。

①後（元・冷・紀）―位後　②酉（元・冷・紀）―酋　③壬（紀・文・京）―丙　④湯（元・類・紀）―謁

といふ。

中大兄《なかのおほえ》 近江宮に天の下知らしめしし天皇 の三山の歌①

13 香具山は 畝火ををし[1]と 耳梨と 相あらそひき 神代より かくにあるらし[2] 古昔《いにしへ》も 然《しか》にあれこそ うつせみも 嬬《つま》を あらそふらしき[3]

高山波 雲根火雄男志等 耳梨與 相諍競伎 神代従 如此尒有良之 古昔母 然尒有許曾 虚蟬毛 嬬乎 相挌良思吉

反　歌

14 香具山と耳梨山とあひし[4]時立ちて見に[5]来《こ》し[6]印南国原《いなみくにはら》

高山与　耳梨山与　相之時　立見尒來之　伊奈美國原

15 わたつみ[7]の豊[8]旗雲に入日[9]見し今夜の月夜《つくよ》[10]さやに照りこそ

渡津海乃　豊旗雲尒　伊理比弥之②　今夜乃月夜　清明己曾

右[11]の一首の歌は、今案《かむが》ふるに反歌に似ず。ただし、旧本此の歌を以ちて

1 ヲヲシは原文「雄男志」とあり、「雄々し」と解する説（沢瀉『注釈』など）と、「を愛し」と解する説（『新考』『全注釈』『新潮日本古典集成』など）と両説ある。また愛しでなく、上代に多数用例のある惜しで解すべきだとする説（花田比露思『万葉集私解』など）も見える。文字面から言えば雄々しと受け取られても仕方が無い書き方がなされているのは否定し難い。

2・3 ラシは根拠のある推量。神代の妻争いが人の世の妻争いの存在理由とされている。神話的思考。

4 アフは戦う意。

5 「立ちて見に来し」の主体は出雲の阿菩大神。播磨風土記に阿菩大神が三山争闘の時神岡まで来た話を載せる。

6 阿菩大神が来た場所を印南国原と解するのが通説だが、印南国原自体が立って見に来たとする説もある（吉永登「三山の歌の否定的反省」『万葉―通説を疑う』など）。

7 ワタツミは海を表す場合が多いが、ここは海神の意（『代匠記』）。

8 「豊」は神祭りに縁の深い接頭語。

旗雲を海神の起こすものと見ての表現。

9 元暦本などに「伊理比弥之」とあるのによる。

10 「清明己曾」の訓には諸説ある。稲岡耕二「清明己曾」（『日本文学の争点』上代篇）参照。

11 15歌は本来反歌ではなかったのであろう。稲岡耕二「万葉集の詩と歴史」（『国文学』昭和五三年四月）。

12 藤原鎌足。鎌足に詔して、廷臣達に漢詩で春秋の優劣を判定すべく命ぜられたのであろう。解説参照。

13 男たちが詩で表現したのに対して、額田王はやまと歌でこたえたのである。

14 この歌が口誦の歌の技術を駆使し列座の人々の喝采をえたものであろうことについては、犬養孝『万葉の風土』参照。

15 以下四句、前の鳥・花を詠む四句に対して対偶を成さない繰り返しになっている。

①三山歌（元・紀・古）—三山歌一首　②弥（元・類・冷）—祢

反歌に載《の》す。故《このゆゑ》に今も猶《なほ》し此の次《つぎて》に載す。また紀に曰はく、「天豊財重日足姫天皇の先の四年乙巳に、天皇を立てて皇太子となす」といふ。

近江の大津の宮に天の下知らしめしし天皇の代　天命開別《あめみことひらかすわけ》の天皇、諡《おくりな》を天智天皇といふ。

天皇、内大臣《うちのおほまへつきみ》[12]藤原朝臣に詔して、春山の万花の艶《にほひ》と秋山の千葉の彩《いろ》とを競憐《きほ》はしめたまふ時に、額田王、歌[13]を以ちて判《ことわ》る歌

16
冬ごもり[14]　春さり来れば　鳴かざりし　鳥も来鳴きぬ　咲かざりし　花も咲けれど　山を茂み[15]　入りても取らず　草深み　取りても見ず　秋山の　木の葉を見ては　黄葉《もみち》をば　取りてそしのふ　青きをば　置きてそ歎く　そこし恨めし[16]　秋山われは

多木成　春去來者　不喧有之　鳥毛來鳴奴　不開有之　花毛佐家礼杼　山乎茂　入而毛不取　草深　執手母不見　秋山乃　木葉乎見而者　黄葉乎婆　取而曾思

努布　青平者　置而曾歎久　曾許之恨之　秋山吾者

額田王の近江国《あふみのくに》[1]に下る時に作る歌、①井戸王《ゐのへのおほきみ》の即ち和《こた》[2]ふる歌

17 味酒《うまさけ》[3]　三輪の山　あをによし[4]　奈良の山の　山の際《ま》に　い隠《かく》るまで　道の隈《くま》　い積《つも》るまでに　委曲《つばら》にも　見つつ行かむを　しばしばも　見放《さ》けむ山を　情無《こころな》く　雲の　隠さふべしや

味酒　三輪乃山　青丹吉　奈良能山乃　山際　伊隠萬代　道隈　伊積流萬代尒　委曲毛　見管行武雄　數〻毛　見放武八萬雄　情無　雲乃　隱障倍之也

反[5]歌

18 三輪山をしかも隠すか雲だにも情あらなも[6]隠さふべしや

三輪山乎　然毛隱賀　雲谷裳　情有南畝　可苦佐布倍思哉

右の二首の歌は、山上憶良大夫の類聚歌林に曰はく、「都を近江国に遷《うつ》[7]す時に三輪山を御覧《みそこなは》す御歌そ」といふ。日本書紀に曰はく、「六年丙寅の春三月辛酉の朔の己卯[8]、都を近江に遷す」といふ。

19 綜麻《へそ》[9]かたの林のさきの狭野榛《さのはり》[10]の衣《きぬ》[11]に着《つ》くなす目につくわが背《せ》[12]

---

16 前二句を受けて、その点がうらめしいと言う。

1 天智六年三月の近江遷都の時のことであろう。

2 コタフルウタには報歌・答歌・和歌などと書かれたものがある。和歌と書かれた例は、もとの歌に近似し共鳴する立場で詠まれている場合が多い（橋本四郎「幇間歌人佐伯赤麻呂」『境田教授喜寿記念論文集』）。

3 三輪にかかる枕詞。ウマサケはうまい酒の意。三輪山の大物主神は酒の醸造にも縁が深かった。

4 奈良市北郊の丘陵地。そこを越えて山城国に入ると、大和の象徴としての三輪山が見えなくなる。

5 確実な反歌は、この例を初見とするか。解説参照。

6 ナモはナムと同じ願望の助詞。畝はモの音仮名。

7 類聚歌林には、近江遷都の時の皇太子中大兄の歌と記されていたことを言う。

8 十九日。

9 へそかたは地名であろう。滋賀県栗太郡栗東町綣（へそ）あたりとい

綜麻形乃　林始乃　狭野榛能　衣尓着成　目尓都久和我勢

右の一首の歌は、今案《かむが》ふるに、[13]和《こた》ふる歌に似ず。ただし、旧本此の次に載《の》す。故以《そのゆゑ》に猶しここに載す。

天皇の蒲生野《かまふの》に遊猟《みかり》したまふ時に、額田王の作る歌

20 [14]あかねさす[15]紫野行き標野《しめの》行き野守は見ずや君が袖振る

茜草指　武良前野逝　標野行　野守者不見哉　君之袖布流

皇太子《ひつぎのみこ》の答ふる御歌　明日香の宮に天の下知らしめしし天皇、謚を天武天皇といふ

21 [16]紫草《むらさき》のにほへる妹《いも》を憎《にく》くあらば人妻ゆゑにわれ恋ひめやも

紫草能　尓保敝類妹乎　尓苦久有者　人嬬故尓　吾戀目八方

紀に曰はく「天皇七年丁卯、夏五月五日、蒲生野に縦猟《みかり》す。時に、②大皇《ひつぎの》弟《みこ》・諸王《おほきみたち》・内臣《うちつまへつきみ》と群臣《まへつきみたち》、③悉皆《ことごと》従ふ」といふ。

う説（山田『講義』）も見えるが、三輪山近くの名と思われる。

10 サは接頭語。野榛で単に榛と言うに同じ。ハリはハンノキで実や樹皮を黒色の染料とした。

11 この歌に、ヘソ・ハリ・キヌニツクという語句があるのは三輪山伝説を意識した表現。

12 ワガセと呼びかけられているのは誰か種々の解がある。中大兄を指すという説（『古典文学全集』）もあるが、三輪山自体への呼びかけと見るほうが良い。

13 普通の和歌とは思われないと言うのである。19歌を男性への恋歌と解したためだろう。

14 この20・21歌が宴席の即興歌であることは、池田弥三郎・山本健吉『万葉百歌』など参照。

15 以下二句の主語は、野守・君・作者などを含めた薬猟参加者のすべてであろう。

①作（元・類・紀）―ナシ
②大（元・冷・紀）―天
③悉皆（元・冷）―皆悉

[1]明日香清御原宮《あすかのきよみはらのみや》の天皇の代　天渟中原瀛真人《あめぬなはらおきのまひと》の天皇、諡《おくりな》を天武天皇といふ

[2]十市皇女《とをちのひめみこ》の[3]伊勢の神宮《かむみや》に参《ま》[4]ゐ赴《おもぶ》く時に、[5]波多《はた》の横山の巌《いはほ》を見て吹芡刀自《ふふきのとじ》の作る歌

22
[6]河の上《へ》のゆつ磐群《いはむら》に草むさず常にもがな常処女《とこをとめ》にて

河上乃　湯都盤村二　草武左受　常丹毛冀名　常處女煑手

吹芡刀自は、未《いま》だ詳《つばひ》らかならず。ただし、紀に曰はく、「天皇四年乙亥の春二月乙亥の朔丁亥に、十市皇女、阿閉皇女《あへのひめみこ》、伊勢の神宮に参ゐ赴く」といふ。

麻続王《をみのおほきみ》の[7]伊勢国《いせのくに》の伊良虞《いらご》の島に流さるる時に、人の哀傷《あはれ》びて作る歌

23
打《う》ち麻《そ》を麻続王海人《あま》なれや[8]伊良虞《いらご》の島の玉藻刈ります[9]

打麻乎　麻續王　白水郎有哉　射等籠荷四間乃　珠藻苅麻須

16　ムラサキノはニホフにかかる比喩的な枕詞。紫草の根の色からの連想で、白い花によるのではない。

1　天武天皇元年（六七二）から持統八年（六九四）までの皇居。宮址は、奈良県高市郡明日香村の飛鳥小学校付近かといわれる。
2　天武天皇と額田王との間に生まれ、大友皇子（天智天皇の皇子）に嫁し、葛野王を生む。天武七年（六七八）薨。
3　伊勢神宮が天皇家の氏神の地位を確立したのは天武朝以後と見られる。直木孝次郎『日本古代の氏族と天皇』など。
4　この時の参宮の目的は、壬申の乱戦勝の報賽にあったらしい。
5　波多は三重県一志郡一志町一帯を指すか。
6　この一首が皇女の身の上について の願いを歌ったとする説に対し、刀自自身の感懐を述べたとする説（沢瀉『注釈』）もある。皇女を中心とする一行の女性たちすべてに通ずる思いを歌ったと見るべきだろう。
7　愛知県渥美郡渥美町の伊良湖岬か。ただしそこは三河国に属し、伊勢で

麻続王、これを聞き感傷して和ふる歌

24 うつせみの命を惜しみ浪に濡れ伊良虞の島の玉藻刈り[10]食《は》む

空蟬之　命乎惜美　浪尓所濕　伊良虞能嶋之　玉藻苅食

右、日本紀を案《かむが》ふるに、曰はく、「天皇の四年乙亥《いつがい》の夏四月、戊戌の朔の乙卯、三位麻続王罪あり、[11]因幡《いなば》に流す。一子は伊豆の島に流し、一子は血鹿の島に流す」といふ。ここに伊勢国の伊良虞の島に配《なが》すと云ふは、けだし後人歌の辞《ことば》に縁《よ》りて誤り記せるか。

天皇の御製歌《おほみうた》

25 [12]み吉野の　耳我《みみが》の嶺《みね》に　時なくそ　雪は降りける　間《ま》なくそ　雨は降りける　その雪の　時なきが如《ごと》　その雨の　間なきが如《ごと》　隈《くま》もおちず　思ひつつぞ来る[13]　その山道を

三吉野之　耳我嶺尓　時無曾　雪者落家留　間無曾　雨者零計類　其雪乃　時無如　其雨乃　間無如　隈毛不落　念[①]乍叙來　其山道乎

はないので、三重県鳥羽市の神島とする説（沢瀉『注釈』）もある。

8 「〜なれや」の形は、海人であるからか（そうではないのに）の意を表す。吉永登「花つ妻なれや」（『万葉―通説を疑う』）

9 燈・古義などに、「麻須」をヲスと訓み、食べる意の敬語と解する説を見るが、交用表記のあり方からそれは無理かと思う。

10 『考』などに「食」をヲスと訓む。

11 万葉集に伊良虞の島とし、日本書紀に、因幡の国としている点に、大きな食い違いがある。

12 この歌と似た形式の作が巻十三の三二六〇に見える。「小治田の　あゆちの水を　間なくそ　人は汲むといふ　時じくそ　人は飲むといふ　汲む人の　間なきが如　飲む人の　時じきがごと　吾妹子に　吾が恋ふらくは　やむ時もなし」。小治田の地方に歌われた歌謡であろうと推測され、こうしたものを踏まえて、25歌が作られたものと推測される。また、「み吉野の　みかねのたけに

①念（元・類・紀）―思

或本の歌

26 み芳野の　耳我の山に　時じくそ　雪は降るといふ　間なくそ
雨は降るといふ　その雪の　時じきが如　その雨の　間なきが如
隈もおちず　思ひつつぞ来る　その山道を

三芳野之　耳我山尒　時自久曽　雪者落等言　無間曽　雨者落等言　其雪　不
時如　其雨　無間如　隈毛不堕　思乍叙來　其山道乎

右、句々相換《あひかは》れり。因りてここに重ねて載す。

天皇、[1]吉野の宮に幸《いでま》す時の御製歌《おほみうた》

27 よき人のよしとよく見てよしと言ひし芳野よく見よよき人よく見《み》[2]
淑人乃　良跡吉見而　好常言師　芳野吉見与①　良人四來三

紀に曰はく、「[3]八年己卯の五月庚辰の朔の甲申、吉野の宮に幸す」といふ。

間なくぞ　雨は降るといふ　時じくそ　雪は降るといふ　その雨の　間なきがごと　その雪の　時じきが如　間もおちず　吾はぞ恋ふる　妹がただかに」(三二九三)も酷似した歌であり、25・26歌とこれらの類歌との関係は、三二六〇→二五→二六→三二九三のように辿ることができると言う。沢瀉久孝『万葉私記』・西郷信綱『万葉歌人の誕生』など参照。

13 原文「来」とあるのを、クルと訓むか、コシと過去の助動詞を添えて訓むか、説が分かれる。文字に従えば、前者が穏当だろう。

---

1 離宮の所在地は奈良県吉野郡吉野町の宮滝あたりとするのが通説である。犬養孝『万葉の風土続』

2 ミはミヨと言うに同じ。

3 この時、皇子たちに将来にわたって互いに助け合い、そむくことのないよう誓約させたことも記されている。27歌はその時歌われたものか。頭韻をふんだ珍しい歌で漢詩の影響による戯れの歌とも言われるが、呪的な意味を持つものだろう。稲岡耕二「初期万葉のこころ」(『和歌文学の

藤原宮《ふぢはらのみや》に天の下知らしめしし天皇の代

高天原広野姫《たかまのはらひろのひめ》[4]の天皇、元年丁亥、十一年位を軽太子に譲りたまふ。尊号を太上天皇といふ。

天皇の御製歌

28 春過ぎて[5]夏来《きた》るらし白妙の衣乾《ころもほ》したり天《あめ》の香具山

春過而　夏來良之　白妙能　衣乾有　天之香來山

近江の荒れたる都を過ぐる時に、柿本朝臣人麻呂《かきのもとのあそみひとまろ》の作る歌

29 玉襷《たまだすき》　畝火《うねび》の山の　橿原《かしはら》の　ひじりの御代《みよ》ゆ　或は云ふ 宮ゆ[6]　生《あ》れましし　神のことごと　樛《つが》[7]の木の　いやつぎつぎに　天の下　知らしめししを　或は云ふ、めしける[8]　天《そら》[9]にみつ　大和を置きて　あをによし　奈良山を越え　或は云ふ、そらみつ大和を置きあをによし奈良山越えて　いかさまに[10]　思ほしめせか　或は云ふ、思ほしけめか　天離《ざか》る　夷《ひな》にはあれど　石走《いはばし》る　淡海《あふみ》の国の　楽浪《ささなみ》の　大津の宮に　天の下　知らしめしけむ　天皇《すめろき》の　神の尊《みこと》の

世界』第一集)。同字反復を極力避けているのに注意。

4　持統天皇。持統四年(六九〇)即位。文武天皇の大宝二年(七〇二)崩。五十八歳。

5　自然の移りかわりを根拠として季節を判断するのは暦日の観念よりも古い連続的季節観による。新井栄蔵「万葉集季節観攷」(『万葉集研究』第五集)。この歌は藤原宮からでなく浄見原宮から遠望しての作と推測されている(『私注』)。

6　「宮ゆ」は人麻呂の初案だろう。岩下武彦「近江荒都歌異伝考」(『国文学研究資料館紀要』三号)

7　原文「樛木」とあるのは詩経の詩による。樛は枝の下に曲がった木を表す文字で、ツガに当たるわけではないが、詩の意味を踏まえ讃美の心をこめた表現。小島憲之『上代日本文学と中国文学』中巻

8　この「或は云ふ」も人麻呂の初案。以下の異伝も同じ。

9　ソラミツが古い枕詞の形。人麻呂がソラニミツの形に改作したもの。

①与(元朱)—多

大宮は　此処《こ こ》と聞けども　大殿《おほとの》は　此処《こ こ》と言へども　春草[1]の　茂《しげ》く生ひたる　霞《かすみ》立ち　春日《はるひ》の霧《き》れる　或は云ふ、霞立ち春日か霧れる夏草か繁くなりぬる　ももしきの　大宮処《おほみやどころ》　見れば悲し[2]も　或は云ふ、見ればさぶしも

玉手次　畝火之山乃　橿原乃　日知之御世従　或云自宮　阿礼座師　神之盡①　樛木乃　弥繼嗣尒　天下　所知食之乎　或云、食來　天尒滿　倭乎置而　青丹吉　平山乎超　或云、虚見倭乎置青丹吉平山越而　何方　御念食可　或云、所念計米可　天離　夷者雖有　石走　淡海國乃　樂浪乃　大津宮尒　天下　所知食兼　天皇之　神之御言能　大宮者　此間等雖聞　大殿者　此間等雖云　春草之　茂生有　霞立　春日之霧流　或云、霞立春日香霧流夏草香繁成奴留　百礒城之　大宮處　見者悲毛　或云、見者左夫思母②

反歌

30 楽浪《ささなみ》の志賀の辛崎《からさき》幸《さき》く[3]あれど大宮人の船待ちかねつ

樂浪之　思賀乃辛碕　雖幸有　大宮人之　船麻知兼津

31 ささなみの志賀の　一に云ふ、比良の　大わだ淀むとも[4]昔の人にまたも逢は

10 以下の二句が挽歌にしばしば用いられているので、西郷信綱『万葉私記』・山本健吉『柿本人麻呂』など挽歌的発想に言及する。

---

1 以下の対句が、本文では季節的に春で統一され、異伝では春と夏とを含む点について、連続的季節観から新しい季節意識に移る時代の動向を先取りした人麻呂の推敲とも考えられる。岩下武彦「近江荒都歌論」（『日本文学』昭和五三年二月）

2 人事の流転を「悲しも」という感情表現語で歌った例は人麻呂以前にない。益田勝実「柿本人麻呂の抒情の構造」（『日本文学』昭和三二年二月）

3 自然に関してサキクと言った例は集内でも少ない。

4 「〜トモ〜ヤモ」という形の重厚沈痛な調べは、五味智英の名づけた

めやも　[5]一に云ふ、逢はむともへや

左散難弥乃　志我能（一云比良乃）　大和太　與杼六友　昔人二　亦母相目八毛　一云、將會跡母戸八

[6]高市古人《たけちのふるひと》、近江《あふみ》の旧堵《きうと》を感傷《かなし》びて作る歌　或る書に云はく、高市連黒人なりといふ

32 古《いにしへ》[7]の人にわれあれやささなみの故《ふる》き京《みやこ》を見れば悲しき

古　人尓和礼有哉　樂浪乃　故京乎　見者悲寸

33 楽浪《ささなみ》の国つ御神《みかみ》のうらさびて荒れたる京《みやこ》見れば悲しも

樂浪乃　國都美神乃　浦佐備而　荒有京　見者悲毛

紀伊国《きのくに》に幸す時に川島皇子の作らす歌　[8]或は云はく、山上臣憶良の作

34 白浪《しらなみ》[9]の浜松が枝《え》の手向草《たむけぐさ》幾代《いくよ》までにか年の経《へ》ぬらむ　一に云ふ、年は経にけむ

白浪乃　濱松之枝乃　手向草　幾代左右二賀　年乃經去良武　一云、年者經尓計武

日本紀に曰《い》はく、「朱鳥《あかみとり》四年庚寅秋九月、天皇紀伊国に幸す」といふ。

「動乱調」に相当する。(『古代和歌』参照)。

5　この歌の異伝のみ「一云」と記されていること、異伝に比良という地名が見えることから、31歌はもと独立短歌であったものを、近江荒都歌の推敲の過程で二首目の反歌にとり入れたと推測する説もある(神野志隆光「近江荒都歌成立の一問題」『日本文学』昭和五一年一二月)。

6　題詞の下の注のように黒人であろう。

7　この「古の人」の表現と、人麻呂の31歌の「昔の人」とを比較すると両者の詠風の相違が明らかになる。

8　作者に関して川島皇子と山上憶良と二つの伝えがあるのは、憶良の代作歌であるためか。中西進『山上憶良』など。この歌は、巻九・一七一六に「山上歌一首」として、少異歌が載せられている。

9　シラナミノは浜松にかかる描写性の枕詞。「白菅の真野」というのと性格的に通ずる。

①盡(元・類・冷)—書
②母(元・類・冷)—毛

背[1]《せ》の山を越ゆる時に阿閉皇女《あへのひめみこ》の作らす歌

35 これ[2]やこの大和にしては我が恋ふる紀路《きぢ》にありといふ名に負ふ背の山

此也是能　倭尒四手者　我戀流　木路尒有云　名二負勢能山

吉野宮に幸す時に、柿本朝臣人麻呂の作る歌

36 やすみしし[3]　吾《わ》が大君の　聞し食《め》す　天の下に　国はしも　多《さは》に　あれども　山川の　清き河内《かふち》と　御心を[4]　吉野の国の　花散らふ[5]　秋津《あきつ》の野辺《のべ》に　宮柱《みやばしら》　太敷《ふとし》きませば　百磯城《ももしき》の　大宮人は　船並[6]《な》めて　朝川《あさかは》渡り　舟競《ふなきほ》ひ　夕河渡る　此の川の　絶ゆることなく　此の山の　いや高知らす　水激[7]《たぎ》つ　滝の都は　見れど飽《あ》かぬかも

八隅知之　吾大王之　所聞食　天下尒　國者思毛　澤二雖有　山川之　清河内跡　御心乎　吉野乃國之　花散相　秋津乃野邊尒　宮柱　太敷座波　百磯城乃　大宮人者　船并①弖　旦川渡　船競②　夕河渡　此川乃　絶事奈久　此山乃　弥高

1 和歌山県伊都郡かつらぎ町にある紀ノ川北岸の小丘。対岸の長者屋敷と言われる丘が「妹の山」で、二つの山はイモセの山と呼ばれて親しまれた。犬養孝「妹と背の山考」(『万葉の風土続』)

2 阿閉皇女の夫君草壁皇子薨後の歌か。人麻呂歌集に「大穴道少御神の作らしし妹背の山を見らくしよしも」(一二四七)とあるのが、35より古いか。

3 36・38を手本として、山部赤人の吉野の歌(巻六・九二〇)があることは、高木市之助「万葉集の歴史的地盤」(『万葉集大成』第一巻)・五味智英「赤人と家持」(岩波講座日本文学史第三巻)など参照。

4 御心を寄せる意のヨシと、吉野のヨシとが掛けられている。

5 桜の花の散ることを言うか(伊藤左千夫『新釈』)。

6 以下の四句、大宮人の奉仕の様を表す対句。

7 原文「水激」の二字をミヅタギツと訓む。ミナギラフと訓む説(『私注』『注釈』など)もある。

思良珠[3]　水激　瀧之宮子波　見礼跡不飽可問[4]

反　歌

37
見れど飽かぬ吉野の河の常滑[9]《とこなめ》の絶ゆることなくまた還り見む[8]

雖見飽奴　吉野乃河之　常滑乃　絶事無久　復還見牟

38
やすみしし[10]　吾が大君　神《かむ》ながら　神さびせすと　吉野川　激《たぎ》つ　河内《かふち》に　高殿を　高知りまして　登り立ち　国見を為《せ》せば　たたなづく　青垣山《あをかきやま》　山神《やまつみ》の　奉《まつ》る御調《みつき》と　春べは　花かざし持ち　秋立てば　黄葉《もみち》かざせり（一に云ふ、黄葉《もみちば》かざし）　逝《ゆ》[11]き副《そ》ふ　川の神も　大御《おほみ》食《け》に　仕へ奉ると　上《かみ》つ瀬《せ》に　鵜川《うかは》を立ち[12]　下《しも》つ瀬に　小網《さで》さし　渡す　山川[13]も　依りて奉《つか》ふる　神の御代かも

安見知之　吾大王　神長柄　神佐備世須等　芳[5]野川　多藝津河内尓　高殿乎　高知座而　上立　國見乎爲勢婆[6]　疊付[7]　青垣山　〻神乃　奉御調等　春部者　花插頭持　秋立者　黄葉頭刺理[8]（一云、黄葉加射之）　逝[9]副　川之神母　大御食尓　仕奉等

8　巻七の人麻呂歌集歌「巻向の痛足の川ゆ往く水の絶ゆることなくまたかへり見む」（一一〇〇）と類歌。『私注』は37歌が先で、その伝誦された後の形を一一〇〇と見るが、逆に人麻呂歌集歌の方が37より前に作られていたと考えるべきだろう。

9　常滑は、川岸や川底の石に苔などが生えて滑らかになっているところ。

10　讃歌の第一首目と第二首目とを、同じ時の作とする説も見られるが、36・37は春、38・39は夏の行幸時の作で、同時ではない。

11　原文、底本など「遊副」とあるが、元暦本に「逝副」とあるのによればユキソフと訓まれる。山に添って流れる意であろう。

12　タチは、他動詞四段活用タツの連用形で、鵜飼をもよおす意。

①幷（元・古・紀・文）―並　②競（元・類・紀）―竟　③思良（元・類・紀）―良思　④問（元・類・冷）―聞　⑤芳（元・類・紀）―吉　⑥勢婆（元・冷）―波　⑦付（考）―有　⑧刺（元・類・紀）―判　⑨逝（元）―遊

上瀬尒　鵜川乎立　下瀬尒　小網刺渡　山川母　依弖奉流　神乃御代鴨

反歌

39 山川も依《よ》りて奉《つか》ふる神《かむ》ながらたぎつ河内に船出[1]せすかも

山川毛　因而奉流　神長柄　多藝津河内尒　船出爲加母

右、日本紀に曰はく、「[2]三年己丑の正月、天皇吉野の宮に幸《いでま》す。八月吉野の宮に幸す。四年庚寅の二月、吉野の宮に幸す。五月吉野の宮に幸す。五年辛卯の正月、吉野の宮に幸す。四月、吉野の宮に幸す」といへれば、未《いま》だ詳らかに何月の従駕《おほみとも》に作る歌なるかを知らず。

伊勢の国に幸す時[3]に、京《みやこ》に留《とどま》れる柿本朝臣人麻呂の作る歌

40 [4]嗚呼《あ》見《み》の浦に船乗りすらむ嬬嫣《をとめ》らが珠裳《たまも》の裾《すそ》に潮満《しほみ》つらむか

嗚呼見乃浦尒　船乗爲良武　嬬嫣等之　珠裳乃須十二　四寶三都良武香

41 [5]くしろつく手節《たふし》の崎《さき》[6]に今日もかも大宮人の玉藻刈るらむ

釼著　手節乃埼二　今日毛可母①　大宮人之　玉藻苅良武②

---

13 山の神も川の神も。山祇水神が天子の遊幸に際し奉仕することは文選顔延年の遊覧詩にも詠まれている。

1 原文「船出為加母」とありフナデスルカモと訓む説もある。ここは天皇の行為であるから、敬語を読み添えてフナデセスカモとするのによる。

2 持統天皇の吉野行幸は三十一回を数えるが、ここで三年から五年の、六回の行幸のみ記しているのは、左注の筆者に持統五年以前の作という意識が存したためだろう。稲岡「人麻呂『反歌』『短歌』の論」(『万葉集研究』第二集)

3 持統六年三月(日本書紀)。

4 アゴノウラの誤りとする説もあるが、沢瀉注釈に、鳥羽市小浜近くの入海とする。なお、40歌と少異の歌に「阿胡の浦に舟乗りすらむをとめらが赤裳の裾に潮満つらむか」(巻十五・三六一〇)がある。

5 クシロは、貝や石や玉・金属などで作った手に巻く飾り。クシロツクは、タフシ(地名)にかかる枕詞。答志島の形状から考案されたものだ

ろう。米田進「枕詞『釧つく』について」（万葉八四号）参照。

6 写本の中に「今もかも」となっているものがあるが、類聚古集などに「今日もかも」とあるのが正しいだろう。

7 40・41・42の三首は連作。短歌の連作のもっとも古い例。

8 伊良湖岬説と神島説とある。

9 原文「已津物」で、オクツモノとも訓まれているが、已と巳とは誤りやすいし、巳には捨てるとか置くの意があるので「巳津物」の誤りとし、オキツモノと訓む。小島憲之「万葉用字考証実例(一)」（『万葉集研究』第二集）

10 イザミノヤマは、奈良県宇陀郡と同吉野郡の境にある高見山かという。ここでは、さあ見ようの意のイザミと山名とがかけられている。

①今日（類・紀・冷）—今
②武（類・紀・冷）—哉
③已（小島憲之）—己

42 [7]潮騒《しほさゐ》に[8]伊良虞《いらご》の島辺《しまへ》漕《こ》ぐ船に妹乗るらむか荒き島廻《しまみ》を

潮左爲二　五十等兒乃嶋邊　榜船荷　妹乘良六鹿　荒嶋廻乎

当麻真人《たぎまのまひと》麻呂《まろ》の妻の作る歌

43 吾が背子は何処《いづく》行くらむ[9]沖《おき》つ藻《も》の隠《なばり》の山を今日か越ゆらむ

吾勢枯波　何所行良武　已津物③　隱乃山乎　今日香越等六

石上大臣《いそのかみのおほまへつきみ》の従駕《おほみとも》にして作る歌

44 吾妹子《わぎもこ》を[10]いざみの山を高みかも大和の見えぬ国遠みかも

吾妹子乎　去來見乃山乎　高三香裳　日本能不所見　國遠見可聞

右、日本紀に曰はく、朱鳥六年壬辰の春三月丙寅の朔の戊辰、浄広肆《じやうくわうし》広瀬王等を以《もち》て留守の官となす。ここに中納言三輪朝臣高市麻呂《みわのあそみたけちまろ》その冠位《かがふり》を脱《ぬ》きて朝《みかど》に撃《ささ》げ、重《かさ》ねて諫《いさ》めて曰はく、農作《なりはひ》の前《さき》に、車駕《きみ》未だ以て動くべからず。辛未、天皇諫めに従ひたまはず、遂に伊勢に幸す。五月乙丑の朔の庚午、阿胡《あご》の行宮《かりみや》に御《いでま》すといふ。

軽皇子《かるのみこ》の安騎野《あきの》[1]に宿《やど》ります時に、柿本朝臣人麻呂の作る歌

45 やすみしし 吾《わ》が大君 高照らす 日の皇子《みこ》 神《かむ》ながら 神さびせすと 太敷《ふとし》かす 京《みやこ》を置きて 隠口《こもりく》の 泊瀬《はつせ》の山は 真木《まき》立つ 荒山道を 岩が根 禁樹《さへき》押しなべ 坂鳥の[2] 朝越えまして 玉かぎる 夕さり来れば み雪降る 阿騎の大野に 旗薄《はたすすき》 小竹《しの》を押しなべ 草枕 旅宿《たびやど》りせす 古《いにしへ》 思ひて

八隅知之 吾大王 高照 日之皇子 神長柄 神佐備世須等① 太敷爲 京乎置而 隱口乃 泊瀬山者 眞木立 荒山道乎 石根 禁樹押靡 坂鳥乃 朝越座而 玉限 夕去來者 三雪落 阿騎乃大野尓 旗須爲寸 四能乎押靡 草枕 多日夜取世須 古昔念而

短歌[3]

46 阿騎《あき》の野に宿《やど》る旅人うち靡《なび》きいも寝《ぬ》らめやも 古《いにしへ》思ふに

1 安騎野は、奈良県宇陀郡大宇陀町あたりの野を指す。藤原の宮から安騎野へは、飛鳥から桜井初瀬谷に入り、初瀬谷の出雲から南行し、岩坂・狛（こま）の谷あいをのぼり狛峠を越えて女寄峠と笠間の中間に出る道を通ったかと言われる。犬養孝『万葉の風土続』参照。

2 「坂鳥の」は枕詞、「朝越え」にかかる。現在、朝早く沼地から飛び立つ水鳥を山上に張った網で捕る猟法を坂鳥という地方があり、ここもそうしたことと関係があるかともいう。古典文学全集万葉集(1)頭注。

3 人麻呂の長歌に付けられた反歌の前書きには「反歌」と記されたものと「短歌」と書かれたものとがある。人麻呂の反歌意識の変化を示すもので、持統五年以前の作では「反歌」、六年以後の作では「短歌」の称を用いているらしい。「反歌」と書かれるのは長歌内容の反復や要約に近い作であり、「短歌」は長歌の内容から独立した複数の反歌で構成的意図を持つものを含む。解説参照。

4 人麻呂歌集に類歌「塩気立つ荒磯にはあれど往く水の過ぎにし妹が形

阿騎乃野尓② 宿旅人 打靡 寐毛宿良目八方③ 古部念尓

47 ま[4]草刈る荒野《あらの》にはあれど黄葉《もみちば》の過ぎにし君が形見とそ来し

眞草苅 荒野者雖有 黄葉④ 過去君之 形見跡曽來師

48 東《ひむかし》[5]の野にかぎろひの立つ見えてかへり見すれば月傾《かたぶ》きぬ

東 野炎 立所見而 反見爲者 月西渡

49 日並《ひなみし》の皇子の命《みこと》の馬並《な》めて御猟《みかり》立たしし時[6]は来向《きむ》かふ

日雙斯 皇子命乃 馬副而 御獦立師斯 時者來向

藤原宮《ふじはらのみや》の役民[7]の作る歌

50 やすみしし[8] 吾が大君 高照らす 日の皇子 荒妙《あらたへ》の 藤原がうへに 食《を》す国を 見《め》したまはむと みあらかは 高知らさむと 神ながら 思ほすなへに 天地《あめつち》も 寄りてあれこそ 石走《いはばし》る 淡《あふ》海《み》の国の 衣手《ころもで》の 田上山《たなかみやま》の 真木さく 檜《ひ》の嬬手《つまで》を もののふの 八十氏河に 玉藻なす[9] 浮かべ流せれ 其《そ》を取ると さわく

見とそ来し」（巻九・一七九七）がある。

5 現在一般に採用されているこの訓は、賀茂真淵の『万葉考』による。ただし最近種々疑問が出されている。吉永登「阿騎野の歌二題」（万葉八八号）など。

6 この「時」を、季節と解する説もあるが、時刻を言う。

7 役民は、官命によって労役に徴発された民。題詞によると、その役民の作った歌と解されるが、歌の内容から見て、役民の名を借りての知識人の作と考えられる。斎藤茂吉は、役民と人麻呂の共同制作と推定し（『柿本人麿評釈篇』上）武田祐吉は人麻呂作の可能性のあることを論じ（『国文学研究柿本人麻呂攷』）、大久保正はさらに強く人麻呂作の可能性を主張した（『万葉の伝統』）が、川口常孝は逆に人麻呂ではない「同時代の失名氏」と推測している（「擬人麿歌考」万葉五五号）。

①等（元・冷・紀）―登 ②野（紀）―ナシ ③目（元朱・類・紀）―自 ④黄（代匠記初稿本）―ナシ

御民《みたみ》も　家忘れ　身もたな知らず　鴨じもの　[1]水に浮き居《ゐ》て　[2]吾《わ》が作る　日の御門《みかど》に　知らぬ国　よし[3]巨勢道《こせぢ》より　我《わ》が国は　常《とこ》世《よ》に成らむ　図負《あやお》へる　くすしき亀《かめ》も　新代《あらたよ》と　泉《いづみ》の川に　持ちこせる　真木のつまでを　[4]百足《もも》らず　筏《いかだ》に作り　のぼすらむ　いそはく見れば　神ながらならし

八隅知之　吾大王　高照　日乃皇子①　荒妙乃　藤原我宇倍尓　食國乎　賣之賜牟登　都宮者　高所知武等　神長柄　所念奈戸二　天地毛　縁而有許曽　磐走淡海乃國之　衣手能　田上山之　眞木佐苦　檜乃嬬手乎　物乃布能　八十氏河尓　玉藻成　浮倍流礼　其乎取登　散和久御民毛　家忘　身毛多奈不知　鴨自物　水尓浮居而　吾作　日之御門尓　不知國　依巨勢道従　我國者　常世尓成牟　圖負留　神龜毛　新代登　泉乃河尓　持越流　眞木乃都麻手乎　百不足　五十日太尓作　泝須良牟②　伊蘇波久見者　神隨尓有之

右、日本紀に曰はく、朱鳥七年癸巳の秋八月、藤原の宮地《みやどころ》に幸《いでま》す。八年甲午の春正月、藤原宮に幸す。冬十二月、庚戌の朔の乙卯、藤原宮に遷《う》

8 以下四句人麻呂作歌では天武天皇とその皇子たちに対する称詞として用いられているが、この歌では持統女帝に対して使われている。

9 「玉藻なす」は人麻呂の愛用した比喩である。人麻呂の場合は、青々と靡く藻を女性の喩とする。

---

1 「水に浮き居て」は「いそはく」にかかる。

2 「吾が作る」から「新代と」まで、「泉の川」のイヅにかかる序。

3 ヨシコスは帰服させる意。コセが地名と掛けられている。巨勢路から不思議な模様のある亀が出て来たのである。

4 百足らずはイカ（五十日）にかかる枕詞。田上山から切り出した桧の木を、宇治川に流し、それを泉川に入れて川をさかのぼらせ運んだのである。

5 采女は各郡の少領（次官）以上の姉妹や子女の中から、容姿の端正な者が選ばれ、宮中の奉仕に貢上され（大化二年紀）、供膳などに従った。元来地方豪族の天皇に対する服属の

居《つ》らすといふ。

明日《あす》香宮《かのみや》より藤原宮に遷居《うつ》りし後、志貴皇子の作らす歌

51　采女《うねめ》[5]の袖吹きかへす[6]明日香風京《みやこ》を遠みいたづらに[7]吹く

婇女乃　袖吹反　明日香風　京都乎遠見　無用尒布久

藤原宮の御井《みゐ》の歌

52　やすみしし[8]　わご[9]大君　高照らす　日の皇子　あらたへの　藤井が原に　大御門《おほみかど》　始め給ひて　埴安《はにやす》の　堤《つつみ》の上《うへ》に　あり立たし　見《め》し給《たま》へば　大和《やまと》の　青香具山《あをかぐやま》は　日の経《たて》の　大御門に　春山と　しみさび立てり　畝火《うねび》の　この瑞山《みつやま》は　日の緯《よこ》の　大御門に　瑞《みつ》山《やま》と　山さびいます　耳梨[10]の　青菅山《あをすがやま》は　背面《そとも》の　大御門に　宜しなへ　神さび立てり　名くはし　吉野の山は　影面《かげとも》の　大御門ゆ　雲居にぞ　遠くありける　高知《たかし》るや　天《あめ》の御蔭《みかげ》　天《あめ》知るや

あかしとして差出された美女で、人人のあこがれ見る存在でもあった。（門脇禎二『采女』など参照）志貴皇子の母、越道君伊羅都売も采女出身か。

6　フキカヘスは、歴史的現在（古典文学全集）とか習慣的事実（古典大系）などと説明されている。

7　イタヅラニは、見る人もなく花の散る様をいう場合などに用いられるが、ここは吹きかえすべき采女の袖もなく風の吹くのをいう。

8　この歌についても、先の役民の歌と同様に、作者を人麻呂とする説と、人麻呂作ではないとする説とがある。

9　ワガオホキミの転。

10　原文「耳高」で、写本の文字は一致しているが、真淵の『考』に「今本に耳高とあれど、こゝは大和の国中の三の山をいひて、その三の一つの耳成山ぞ北の御門に当るなれは、為を高に誤し事定か也、故に改たり」と言い、「耳為山」を本文としたのが正しいと思われる。

①乃（元・類・冷・紀）―之
②良（元・類・紀）―郎

日の御蔭の　水[1]こそば　常にあらめ　御井《みゐ》の清水《ましみづ》

八隅知之　和期大王　高照　日之皇子　麁妙乃　藤井我原尓　大御門　始賜而
埴安乃　堤上尓　在立之　見之賜者　日本乃　青香具山者　日経乃　大御門尓
春山跡①　之美佐備立有　畝火乃　此美豆山者　日緯能　大御門尓　弥豆山跡
山佐備伊座　耳為之②　青菅山者　背友乃　大御門尓　宜名倍　神佐備立有　名
細　吉野乃山者　影友乃　大御門従③　雲居尓曽　遠久有家留　高知也　天之御
蔭　天知也　日之御影乃　水許曽婆　常尓有米　御井之清水

短歌

53 藤原の大宮つかへ生《あ》[2]れつくや処女《をとめ》がともはともしきろかも

藤原之　大宮都加倍　安礼衝哉　處女之友者　乏④吉呂賀聞⑤

右の歌、作者未だ詳らかならず。

54 [3]大宝元年辛丑秋の九月、[4]太上天皇《おほきすめらみこと》の紀伊国《きのくに》に幸す時の歌

[5]巨勢山《こせやま》のつらつら[6]椿《つばき》つらつらに見つつ偲《しの》はな巨勢の春野を

1　コソハという助詞の場合、ハがバと濁音化するのが一般であったらしい。古典大系本万葉集一補注参照。

2　原文「安礼衝哉」とあって難解なところ。生まれ継ぐ意とする説（考・代匠記・注釈など）のほか、アレは神を宿らせるための榊などを指し、それを立てるのがアレツクであるとする説（私注）などを見る。「衝」の字はツグとは読めないので、アレツグ説は成り立たないだろう。アレを立てるというのも面白いが、アレは聖なるものの誕生を表すので、生まれついたとか、生まれてきた意と解するのが妥当だろう。

3　大宝律令施行以前は公式には年号を用いず、年紀を記すには干支を用いたことが、藤原宮出土木簡によって確認されている（『藤原宮跡出土木簡概報』昭和四四年三月）。題詞に作年月を記すのはこの歌からで、53歌までと異なる。

4　持統天皇。

5　後出の56歌と類似する。その前後

巨勢山乃　列々椿　都良々々尓　見乍思奈　許湍乃春野乎

右一首、坂門人足《さかとのひとたり》

55 あさもよし紀人《きひとども》羨しも[7]亦打山《まつちやま》行き来《く》と見らむ紀人《きひとども》羨しも

朝毛吉　木人乏母　亦打山　行來跡見良武　樹人友師母

右一首、調首淡海《つきのおびとあふみ》

或本の歌

56 [8]河のへのつらつら椿つらつらに見れども飽かず巨勢の春野は

河上乃　列々椿　都良々々尓　雖見安可愛　巨勢能春野者

右一首、春日蔵首老《かすがのくらびとおゆ》

[9]二年壬寅、太上天皇の参河国《みかはのくに》に幸す時の歌

57 [10]引馬《ひくま》野《の》ににほふ榛原《はりはら》入り乱れ衣《ころも》にほはせ旅のしるしに

引馬野尓　仁保布榛原　入乱　衣尓保波勢　多鼻能知師尓

関係は明らかでないが、あるいは56歌が先か。なお巻二〇・四四八一にも類歌がある。

6 椿の並木をツラツラツバキと言ったのだろうが、同時につややかな葉や花のイメージを浮かべさせる表現。椿は呪的な植物と見られた。柳田国男「椿は春の木」(『全集』第二巻)・折口信夫「花の話」(全集第二巻)

7 マツチ山は紀伊と大和の国境の山で、往来する万葉人に親しまれた。犬養孝『万葉の風土続』

8 「河上乃」を、カハカミノと訓む説もある(注釈・全註釈など)。

9 この時の行幸は、十月から十一月にかけて行われた(続日本紀)。

10 引馬野は、今の静岡県浜松市北部の曳馬町とする説もあるが、愛知県宝飯郡御津町御馬・下佐脇新田とする説が有力(久松潜一『万葉集考説』)。

①跡(僻案抄)—路
②爲(考)—高
③從(元・類・紀)—徒
④乏(玉の小琴)—之
⑤呂(元・類・冷・古)—召

右一首、[1]長忌寸奥麻呂《ながのいみきおきまろ》

58 [2]何処《いづく》にか船泊《ふなは》てすらむ[3]安礼《あれ》の崎《さき》漕ぎたみ行きし棚無し小舟《をぶね》

何所尓可　船泊爲良武　安礼乃埼　榜多味行之　棚無小舟

右一首、高市連黒人《たけちのむらじくろひと》

誉謝女王《よざのおほきみ》の作る歌

59 ながらふる[4]つま吹く風の寒き夜にわが背の君はひとりか寝《ぬ》らむ

流經　妻吹風之　寒夜尓　吾勢能君者　獨香宿良武①

長皇子《ながのみこ》の御歌

60 [5]暮《よひ》に逢ひて朝面無《あしたおもな》みなばりにか[6]日《け》長く妹が廬《いほり》せりけむ

暮相而　朝面無美　隠尓加　氣長妹之　廬利爲里計武

舎人娘子《とねりのをとめ》の従駕《おほみとも》にして作る歌

1 長忌寸奥麻呂の伝記については、川上富吉「長忌寸意吉麻呂伝考」『大妻女子大学文学部紀要』三号など参照。

2 巻七・一一七二に類歌。

3 愛知県宝飯郡御津町御馬の南、音羽川の河口の崎とする説がある（久松潜一前掲書）。

4 ツマは原文「妻」とあるので、文字通り妻の意とする説が見えるほか、衣の褄（つま）と解する説（代匠記・攷證・全釈など）や、つむじ風を方言でツマと言ったのではないかとする説（古典文学全集）、「雪」の誤字説（槻乃落葉・注釈）、家の切妻部分とする説（古典集成）などがある。

5 二句まで地名「名張」にかかる序。同じ序詞は、巻八・一五三六の歌に見える。

6 第四句ケナガクイモガ。ケナガキイモガと訓む説もある（旧訓・古典文学全集など）が、ケナガクとして第五句にかかると見る方が良いと思われる。

61 大夫《ますらを》の得物矢《さつや》手ばさみ立ち向かひ射る円方《まとかた》は見るにさやけし

②大夫之　得物矢手揷　立向　射流圓方波　見尒清潔之

62 三野連《みののむらじ》名かけたりの[7]入唐の時に、春日蔵首老《かすがのくらびとおゆ》の作る歌

ありねよし対馬《つしま》の渡り海中《わたなか》に幣《ぬさ》取り向けて早《はや》帰り来ね

在根良　對馬乃渡　〻中尒　③幣取向而　早還許年

63 山上臣憶良《やまのうへのおみおくら》大唐《もろこし》に在る時に、本郷《もとつくに》を憶《おも》ひて作る歌

[8]いざ子ども早く大和へ大伴の三津の浜松待ち恋ひぬらむ

[9]去來子等　早日本邊　大伴乃　御津乃濱松　待戀奴良武

64 [10]慶雲三年丙午、難波の宮に幸す時に、志貴皇子の作らす歌

葦辺《あしべ》行く鴨の羽《は》がひに霜降りて[11]寒き夕は大和《やまと》し思ほゆ

葦邊行　鴨之羽我比尒　霜零而　寒暮夕　④倭之所念

7 この時の遣唐使は、大宝元年に任命され、同年渡唐の予定であったが、風浪烈しく引き返し、同二年六月二十九日、改めて出発した（続日本紀）。

8 類歌が、巻三・二八〇の黒人の歌に見える。

9 「去来」をイザと訓むことについては、小島憲之『上代日本文学と中国文学』に、唐代の口語性を有する「帰去来」や「去来」などによって、「去来」にイザの訓があてられるようになったと推定する。

10 あとに大宝年間の作歌があるので、「慶雲三年」という記載を誤りと見る説もある（渡瀬昌忠『柿本人麻呂研究』）。

11 この歌と下句の等しい歌が巻七・一二一九に見える。

①武（元・類・冷）—哉。左ニ直ス。
②大（元・類・冷）—丈
③幣（元・類・冷）—弊
④倭（元・紀・冷）—和

長皇子の御歌《みうた》

65 あられうつ[1]あられ松原住吉《まつばらすみのえ》の弟日娘《おとひをとめ》[2]と見れど飽かぬかも

霰打　安良礼松原　住吉乃①　弟日娘与　見礼常不飽香聞

太上天皇《おほきすめらみこと》[3]の難波宮《なにはのみや》に幸す時の歌

66 大伴の高師《たかし》の浜の松が根を枕き寝《ぬ》れど家し偲《しの》はゆ

大伴乃　高師能濱乃　松之根乎　枕宿杼　家之所偲由

右一首、置始東人《おきそめのあづまひと》

67 旅にして物恋し[4]□鳴毛聞こえざりせば恋ひて死なまし

旅尒之而　物戀之②□鳴毛　不所聞有世者　孤悲而死萬思

右一首、高安大嶋《たかやすのおほしま》

68 大伴《おほとも》の御津の浜なる忘れ貝家なる妹を忘れて思へや

大伴乃　美津能濱尒有　忘貝　家尒有妹乎　忘而念哉

右一首、身人部王《むとべのおほきみ》

1 アラレウツは古事紀歌謡七九に「小竹葉に　打つやあられの」ともあるように、アラレの勢いはげしく降るのを言う。次の「あられ松原」(地名)にかかる枕詞とする説(私注)もあるが、初冬の実景と解する説(窪田評釈・注釈・全註釈など)のほうが良い。

2 弟日という名の娘。当時の住吉は、港町として繁栄し、遊行女婦も多かったので弟日娘も、そうした女性かと考えられる。

3 持統天皇を指す。大宝二年の崩御だから、以下は前の二首より早い時の作。排列の乱れは66歌以下十首を文武朝の年代不明歌として追補したためか(身崎寿『万葉集を学ぶ』第一集)。

4 この部分に文字の脱落があると思われる。原文としてあげたのは、元暦本などの本文であるが、第二句・第三句の言葉が欠けているようである。武田祐吉は「伎尒鶴」を補い(全註釈)、沢瀉久孝は、それに更に之を加え、「旅にして物恋しきに鶴がねも」と訓む(注釈)。

69
草枕旅行く君と知らませば岸の埴生《はにふ》ににほはさましを

草枕　客去君跡　知麻世婆　崖③之埴④布尓　仁寶播散麻思呼⑤

右一首、清江娘子《すみのえのをとめ》、長皇子《ながのみこ》に進《たてまつ》る。姓氏未だ詳らかならず

太上天皇《おほきすめらみこと》の吉野の宮に幸す時に、高市連黒人の作る歌

70
大和[5]には鳴きてか来《く》[6]らむ呼子《よぶこ》[7]鳥《どり》象《きさ》の中山呼びそ越ゆなる

倭尓者　鳴而歟來良武　呼兒鳥　象乃中山　呼曾越奈流

大行天皇、難波宮に幸す時の歌

71
大和恋ひいの寝らえぬに情《こころ》なくこの渚崎廻《すさきみ》に鶴《たづ》鳴くべしや

倭戀　寐之不所宿尓　情無　此渚埼未⑥尓　多津鳴倍思哉

右一首、忍坂部乙麻呂《おさかべのおとまろ》

72
玉藻刈る沖[8]へは漕《こ》がじ敷妙《しきたへ》の枕辺の人忘れかねつも

玉藻苅　奥敝波不榜　敷妙之　枕⑦邊之人　忘可祢津藻

5 第二句まで等しい歌が、巻十・一九五六に見える。

6 「来る」について、冨士谷御杖の万葉集燈に「こなたに心をおきてはゆくといひ、かなたに心をおけばくると云、これ古人ゆきくを用ふる法也。此京になりても此法たがはず。土佐日記などいと正し。」と言う。

7 呼児鳥は、「人を呼ぶ様な鳴き声を出す鳥」で、カッコウやアヲバトなど数種の鳥の総名だろうと言われる（東光治『続万葉動物考』）。

8 「沖へ」の「へ」は助詞のようにも見られるが、石垣謙二『助詞の歴史的研究』は、沖の方を意味する体言と解している。

①乃（元・類・紀・冷）―之
②之（元・類・紀）―ナシ
③崖（元・類・紀）―岸
④埴（元・類・紀・冷）―垣
⑤呼（元・類）―乎
⑥未（元・類・冷）―ナシ
⑦枕邊之人（沢瀉注釈）―枕之邊人

右一首、式部卿藤原宇合《ふじはらのうまかひ》

長皇子《ながのみこ》の御歌

73 吾妹子《わぎもこ》を早見浜風[1]大和なる吾《わ》を待つ椿吹かざるなゆめ

吾妹子乎　早見濱風　倭有　吾松椿　不吹有勿勤

大行天皇[2]、吉野宮に幸す時の歌

74 み[3]吉野の山の嵐《あらし》の寒けくにはたや[4]今夜《こよひ》もわが独り寝む

見吉野乃　山下風之　寒久尒　爲當也今夜毛　我獨宿牟

右一首、或《ある》は云ふ、天皇の御製歌《おほみうた》

75 宇治間山《うぢまやま》朝風寒し旅にして衣《ころも》貸すべき妹《いも》もあらなくに

宇治間山　朝風寒之　旅尒師手　衣應借　妹毛有勿久尒

右一首、長屋王《ながやのおほきみ》

1 巻十一・二七〇六に「泊瀬川速み早瀬を結びあげて」の句がある。

2 文武天皇の吉野行幸は大宝元年二月と二年七月。ここは前者か。

3 類型の歌が、巻十・二二六一、二三三八に見える。

4 原文「為當」をハタと訓む。二つあるいはそれ以上をあげて、そのうちの一つを選択する言葉で、モシクハとかアルイハの意。六朝ごろの口語にもとづくという（小島憲之『上代日本文学と中国文学』中巻）。

5 大夫（ますらを）については巻一・五の頭注の稲岡稿参照。

6 「おほまへつきみ」は太政大臣・左大臣・右大臣・内大臣の総称。

7 和銅二年三月に蝦夷の叛乱があり、真淵はそのための兵士の調練と見ているが、76歌は和銅元年の作であり、慶雲期以来の政治的不安を背景に理解すべきではないかと、北山茂夫は説いている（「万葉における慶雲期の諸様相」『万葉の世紀』所収)。

8 元明天皇の姉。高市皇子の妻で、長屋王の母。

9 万葉集における「和歌」「報歌」はコタフルウタと訓まれるがその相違については、巻一・一七歌の題詞の注参照。

10 類型の歌に、巻四・五〇六「わが背子は物な思ひそ事しあらば火にも水にもわが無けなくに」がある。

11 『続日本紀』には、和銅三年三月十日に「始メテ都ヲ平城ニ遷ス」とある(太陽暦四月十三日)。

12 長屋原は、現在の天理市西井戸堂町付近であり、藤原京の東京極となった中つ道が北に延び、平城京の東京極に接続する、そのほぼ中間に位置する。元明天皇は遷都に当たり、中つ道を北上し、長屋原に一泊したのだろうと言われる(岸俊男「飛鳥から平城へ」『古代の日本』5所収)。

13 「君があたり」は、草壁皇子の墓のある真弓の岡を指すかとする説もあるが、岸俊男は、これを天武の大内陵と考える(『文学』四六年九月)。

①御製(元・冷・紀)—御製歌

和銅元年戊申

天皇の①御製《おほみうた》

76 大夫《ますらを》[5]の鞆《とも》の音《おと》すなりもののふの大臣《おほまへつきみ》[6]楯立[7]つらしも

大夫之　鞆乃音爲奈利　物部乃　大臣　楯立良思母

御名部皇女《みなべのひめみこ》[8]の和《こた》[9]へ奉《まつ》る御歌《みうた》

77 吾[10]が大君ものな思ほし皇神《すめかみ》の継《つ》ぎて賜へるわが無《な》けなくに

吾大王　物莫御念　須賣神乃　嗣而賜流　吾莫勿久尒

和銅三年[11]庚戌の春二月、藤原宮より寧楽宮《ならのみや》に遷《うつ》る時に、御輿《みこし》を長屋[12]の原に停《とど》めて迥《はる》かに古郷《ふるさと》を望みて作らす歌　一書に云はく、太上天皇の御製

78 飛ぶ鳥の明日香の里を置きて去《い》なば君[13]があたりは見えずかもあらむ　一に云ふ、君があたりを見ずてかもあらむ

飛鳥　明日香能里乎　置而伊奈婆　君之當者　不所見香聞安良武（一云、君之當乎不見而香毛安良牟）

或本、藤原京《ふぢはらのみやこ》より寧楽宮《ならのみや》に遷る時の歌

79 天皇《おほきみ》の　御命《みこと》かしこみ　柔《にき》びにし　家をおき　隠国《こもりく》の　泊瀬の川に　舟浮けて　わが行く河の　河隈《かはくま》の　八十隈《やそくま》おちず　万度《よろづたび》　かへり見しつつ　玉桙《たまほこ》の　道行き暮らし　あをによし　奈良の京《みやこ》の　佐保川に　い行き至りて　わが宿《ね》たる　衣《ころも》の上ゆ　朝月夜《あさつくよ》　さやかに見れば　栲《たへ》の穂《ほ》に　夜《よる》の霜降り　磐床《いはとこ》と　[1]川の氷凝《ひこご》り　寒き夜を　いこふことなく　通ひつつ　作れる家に　千代《ちよ》までに　[2]いませ[3]大君よ　われも通はむ

天皇乃　御命畏美　柔備尓之　家乎擇　隠國乃　泊瀬乃川尓　舼浮而　吾行河乃　①河隈之　八十阿不落　万段　顧爲乍　玉桙乃　道行晩　青丹吉②　楢乃京師乃　佐保川尓　伊去至而　我宿有　衣乃上従　朝月夜　清尓見者　栲乃穂尓　夜之霜落　磐床等　川之氷凝　冷夜乎　息言無久　通乍　作家尓　千代二手尓③

1　原文、西本願寺本などには「川之氷凝」とある。類聚古集・冷泉本には「氷」が「水」になっているので、カハノミヅコリと訓む説もあるが、氷が正しいか（沢瀉注釈）。

2　「千代までに　来ませ大君よ」と読む説もあるが、古写本に「来座多公与」とある「来」は、真淵の考に「来は尓を誤れるもの」として上の句「千代二手」に繰り入れたのに従うのが良い。

3　この場合のオホキミは、必ずしも天皇や皇子を指すとは限らない。普

座多公与　吾毛通武

反歌

80 あをによし寧楽《なら》の家には万代にわれも通はむ[4]忘ると思ふな

青丹吉　寧樂乃家尒者　万代尒　吾母將通　忘跡念勿

右の歌は、作主未だ詳らかならず

和銅五年壬子の夏四月、長田王を伊勢の斎宮《いつきのみや》に遣《つか》はす時に、

[5]山辺《やまのへ》の御井《みゐ》にして作る歌

81 山の辺《へ》の御井を見がてり[6]神風《かむかぜ》の伊勢少女《をとめ》ども相見つるかも

山邊乃　御井乎見我弖利　神風乃　伊勢處女等　相見鶴鴨

82 [7]うらさぶる情《こころ》さまねしひさかたの天《あめ》のしぐれの流らふ見れば

浦佐夫流　情左麻祢之④　久堅乃　天之四具礼能　流相見者

83 海《わた》の底沖つ白浪立田山何時か越えなむ妹があたり見む

海底　奥津白浪　立田山　何時鹿越奈武　妹之當見武

通のオホキミ（天皇）に対し、作者に親しい人とも見られよう。

4 「忘ると思ふな」という結句は人麻呂歌集歌（巻十一・二四九三）にも見られる。

5 山辺の御井の位置は明らかでない。犬養孝『万葉の旅』には、鈴鹿市山辺町・石薬師町説、一志郡久居町説、同嬉野町説などをあげる。

6 井の水を汲みに来た処女を言う。

7 82歌にシグレを詠み、83歌では立田山が歌われて、いずれも夏四月の伊勢行という題詞に合わない。伊藤博『万葉集の表現と方法上』に、古歌を転用して心情を表現したものとする。

①河（類・古）—川

②丹（類・古・紀）—西本文ナシ。
右ニ記ス。

③尒（考）—来

④祢（代匠記）—弥

右の二首は、今[1]案《かむが》ふるに御井にして作れるに似ず。けだしその時に誦《よ》みし古歌[2]か。

寧楽宮《ならのみや》

長皇子と志貴皇子《しきのみこ》と佐紀宮《さきのみや》に倶《とも》に宴《うたげ》する歌

84 秋さらば今[3]も見るごと妻恋《つまご》ひに鹿《か》鳴かむ山そ高野原の上

秋去者　今毛見如　妻戀尓　鹿將鳴山曾　高野原之宇倍

右の[4]一首、長皇子

萬葉集巻第一

1 沢瀉『注釈』に、別時の作の並べて集録されていたのが、万葉集に収められた結果と見る。

2 土屋文明私注に、作者は伊勢にいて、帰京後河内に通う日のことを心において作ったと見れば別時の作とか古歌と考えないでも理解しうることを記す。

3 イマモミルのミルが、何を見ているかについて、諸説がある。今は秋ではないが鹿の鳴いているのを見ているのか、今秋であって鹿の鳴いているのを見ているのか、それとも、絵画に鹿の鳴く様が画かれているのを見つつ歌ったのかなど。古典大系頭注に、「宴席に、鹿の鳴く絵か作り物でもあったのであろう」という説を紹介する。

4 万葉集の巻一が、この長皇子歌でもともと終わっていたのかどうかに疑問が持たれている。元暦本・紀州本・冷泉本の目録には、「長皇子御歌」の次行に「志貴皇子御歌」という一行があるので、本来は、もう一首歌があったのではないかとも考えられる。伊藤博「釈万葉」（『万葉集研究』第五集）参照。

萬葉集巻第二

萬葉集巻第二

相聞

難波高津宮に天の下知らしめしし天皇の代

近江の大津の宮に天の下知らしめしし天皇の代

挽　謌

寧楽宮

萬葉集巻第二

相《さう》聞《もん》[1]

難波高津宮《なにはのたかつのみや》に天の下知らしめしし天皇《すめらみこと》の代《みよ》　大鷦鷯天皇《おほさざきのすめらみこと》、諡《おくりな》を仁徳天皇といふ

磐姫皇后《いはのひめのおほきさき》[2]、天皇を思ひて作らす歌四首

85 君が行き日《け》長くなりぬ山たづね[3]迎へか行かむ待ちにか待たむ

君之行　氣長成奴　山多都祢　迎加將行　待尒可將待①

右の一首の歌は、山上憶良臣の類聚歌林《るいじうかりん》に載《の》す。

86 かくばかり恋ひつつあらず[4]は高山の[5]磐根《いはね》しまきて死なましものを

如此許　戀乍不有者　高山之　磐根四巻手　死奈麻死物呼②

87 ありつつも君をば待たむ打靡《うちなび》く吾《わ》が黒髪に霜の置くまでに[6]

在管裳　君乎者將待　打靡　吾黒髪尒　霜乃置萬代日

1　中国では、互いに様子をたずねるために文書をやりとりする、すなわち往復存問の意で用いられた言葉であるが、万葉集ではそれを歌の内容分類に利用し、雑歌・挽歌と並ぶ部立の一としている。文選や玉台新詠の影響という説もあるが、それのみでなく、法帖尺牘類の影響も考えられる（小島憲之『上代日本文学と中国文学』中巻）。

2　以下四首の連作的構成については、山田孝雄『万葉集講義』参照。また、四首の成立については、これを人麻呂の作と見る伊藤博説（『古代和歌史研究』）に対し、養老以降の成立と考える稲岡耕二説（「磐姫皇后歌群の新しさ」東京大学人文科学科紀要第60輯）などがある。

3　死者の魂乞いをすることと解する折口信夫・山本健吉（『柿本人麻呂』）説もあるが、穏やかに山の中に尋ね入ることとする方がよい。

①待尒（金・紀・温）—尒待
②呼（金）—乎

88 秋の田の穂の上《へ》に霧《き》らふ朝霞いつへ[1]の方《かた》に我が恋ひ止まむ

秋田之　穗上尒霧相　朝霞　何時邊乃方二　我戀將息

或る本の歌に曰はく

89 居《ゐ》[2]明かして君をば待たむぬばたまの吾《わ》が黒髪に霜はふれども[3]

居明而　君乎者將待　奴婆珠能①　吾黑髪尒　霜者零騰文

右の一首は、古歌集の中に出づ。

古事記に曰はく、軽太子《かるのひつぎのみこ》、軽大郎女《かるのおほいらつめ》に奸《たは》けぬ。故《そのゆゑ》にその太子を伊豫の湯に流す。この時、衣通王《そとほりのおほきみ》、恋慕《こひ》②に堪《あ》へずして、追ひ往く時に歌ひて曰はく

90 君が行き日《け》長くなりぬ山たづの迎へを往かむ待つには待たじ　ここに山たづといふは、これ今の造木《みやつこぎ》をいふ

君之行　氣長久成奴　山多豆乃　迎乎將往　待尒者不待　此云山多豆者、是今造木者也

4 万葉集のズハについて、これを、(1)…ムヨリハと解する説（宣長『詞玉緒』）、(2)…ズシテの意と解する説（橋本進吉『上代語の研究』）、(3)…ナイナラバすなわち仮定条件に解する説などがある

5 高い山の岩を枕として臥す状態を言う。

6 霜は白髪の比喩である。

---

1 イツヘノカタ。難解の語。イヅヘノカタと訓み、どちらの方向と解する説もある。原文「何時邊乃方」であり、濁らずに訓むべきか。沢瀉注釈ではイツ・ヘノカタと解し、時間性と空間性とを重ねた言い方であるとする。

2 巻十二・三〇四四に類歌がある。

3 シモハフルトモとも訓まれる。ただし、その場合でも、タトヘ…シヨウトモという仮定条件を表すのではなく、確定の条件句と解される。巻一・三一歌など参照。

右の一首の歌は、古事記と類聚歌林《るいじうかりん》③と説《い》ふ所同じからず。歌主《うたぬし》もまた異《こと》なり。因《よ》りて日本紀を検《かむが》ふるに曰はく、難波高津宮に天の下知らしめし大鷦鷯天皇《おほさざきのすめらみこと》の二十二年春正月に、天皇、皇后《おほきさき》に語りて、八田皇女《やたのひめみこ》を納《めしい》れて妃《きさき》とせむとす。時に、皇后聴《ゆる》さず。ここに天皇歌よみして[4]皇后に乞《こ》ひたまふ云々。三十年の秋九月、乙卯の朔の乙丑に、皇后、紀伊国《きのくに》に遊行《いでま》して、熊野の岬《みさき》に到り、その処の御綱葉《みつながしは》を取りて還る。ここに天皇、皇后の在らぬを伺ひて、八田皇女を娶《め》して宮の中に納《めしい》れたまふ。時に、皇后難波の済《わたり》に到りて、天皇八田皇女を合《め》しつと聞きて大《いた》くこれを恨《うら》む云々。また曰はく、遠飛鳥宮《とほつあすかのみや》に天の下知らしめしし雄朝嬬稚子宿祢天皇《をあさづまわくごのすくねのすめらみこと》の二十三年春正月、甲午の朔の庚子に、木梨軽皇子《きなしのかるのみこ》を太子《ひつぎのみこ》となす。容姿《かほ》佳麗《きらきら》しく、見る者自《おのづか》らに感《め》でつ。同母妹《いろも》軽太娘皇女《かるのおほいらつめのひめみこ》もまた艶《かほ》妙《よし》云々。遂に竊《ひそ》かに通《たは》けぬ。すなはち悒懐《いきどほり》少しく息《や》みぬ。二十四年夏六月、御羹《みあつもの》の汁凝《こご》りて氷《ひ》となる。天皇異《あや》しびて、その所由《ゆゑ》を卜《うら》へしむ。卜《うら》ふる者曰《まをさ》く、内《うち》の乱《みだれ》あり。けだし親々《はらからどち》相奸《たは》けたるか云々。よりて太娘皇女を伊豫④に移すといへり。今案《かむが》ふるに、[5]二代二時にこの歌を見ず。

4 この時の歌として、日本書紀には、次の五首が記されている。「貴人（うまひと）の立つる言立（ことだ）てうさ弦（ゆづる）絶え間継がむに並べてもがも」（天皇の歌）。「衣こそ二重もよきさ夜床を並べむ君は畏（かしこ）きろかも」（皇后の答歌）。「おしてる難波の崎の並び浜並べむとこそその子は有りけめ」（天皇の歌）。「夏虫のひむしの衣二重着て囲（かく）みやだりはあに良くもあらず」（皇后の答歌）。「朝嬬のひかの小坂を片泣きに道行く者もたぐひてぞ良き」（天皇の歌）。

5 日本書紀によって、仁徳天皇の時代と允恭天皇の時代を探ってみても、このような歌が見えないことを言う。

①能（金・紀）―乃
②慕（金・温・矢）―暮
③林（元・金・温）―ナシ
④豫（金・紀）―与

近江《あふみ》の大津の宮に天の下知らしめしし天皇の代《みよ》 天命開別天皇《あめみことひらかすわけのすめらみこと》諡して天智天皇といふ

天皇、鏡王女《かがみのおほきみ》に賜《たま》ふ御歌《みうた》一首

91 [1]妹が家も継ぎて見ましを大和なる大島の[2]嶺《ね》に[3]家もあらましを [4]一に云ふ、妹があたり継ぎても見むに 一に云ふ、家居らましを

妹之家毛　繼而見麻思乎　山跡有　大嶋嶺尒　家母有猿尾 一云、妹之當繼而毛見武尒 一云、家居麻之乎

鏡王女、和《こた》へ奉《まつ》る御歌《みうた》一首

92 [5]秋山の樹《こ》の下隠《がく》り逝《ゆ》く水の吾《われ》こそ益《ま》さめおもほすよりは

秋山之　樹下隱　逝水乃　吾許曾益目　御念從者

内大臣《うちのおほまへつきみ》藤原卿《ふぢはらのまへつきみ》、鏡王女を娉《よば》ふ時に、鏡王女の内大臣に贈る歌一首

1　91歌によると、作者は大和の山を眺めうる地にいたようで、大津の宮ではなく、皇太子として難波に在った時の歌と見る説もある（注釈）。

2　所在は明らかでない。龍田の神南山（かんなびやま・三室山）に擬する説や、信貴山（しぎさん）あたりの山に擬する説（『万葉古径』三）などがある。

3　この「家」は第一句と同じく「妹が家」と解される（山田講義・茂吉秀歌）。

4　「一に云ふ」では本文と異なって、作者が山の上に住んでいたらよいのにと歌われている。大津宮での作としては、この方が合理的である。茂吉『秀歌』に本文の方が「古調」ですぐれていると言う。

5　類歌、巻十一・二七一一。斉明紀挽歌をはじめ、「…行く水の…」という序歌は多い。

93 玉くしげ覆《おほ》ふを安み開《あ》けて行かば君が名[6]はあれど吾《わ》が名し惜しも

玉匣　覆乎安美　開而行者　君名者雖有　吾名之惜裳①

内大臣藤原卿、鏡王女に[7]報《こた》へ贈《おく》る歌一首

94 玉くしげ[8]みもろの山のさな葛《かづら》さ寝ずは遂に[9]ありかつましじ　或る本の歌に曰はく、玉くしげ三《み》室戸《むろと》山《やま》の

玉匣　将見圓山乃　狭名葛　佐不寐者遂尓　有勝麻之自②　或本歌曰、玉匣三室戸山乃

内大臣藤原卿、采女《うねめ》安見児《やすみこ》③を娶《ま》きし時に作る歌一首

95 吾《われ》はもや安見児得《え》たり皆人《みなひと》の得がてにすといふ安見児得たり

吾者毛也　安見兒得有　皆人乃　得難尓爲云　安見兒衣多利

久米禅師《くめのぜんじ》、石川郎女《いしかはのいらつめ》を娉《よば》ふ時の歌五首

6 「〜はあれど」は、「ふるさとの飛鳥はあれど」（巻六・九九二）「筑波ねの新桑まよのきぬはあれど」（巻十四・三三五〇）などにも見られるように、「〜ハトモカクトシテ」の意で、下句の内容を強調する表現（沢瀉注釈）。

7 「報歌」（こたふるうた）の場合は、原則的に働きかけを受けた当の相手がまともに返す歌で、心情的には「しっぺ返し」の意の強いものが多い（橋本四郎「幇間歌人佐伯赤麻呂」『上代の文学と言語』所収）。

8 ミモロノヤマは原文「将見円山」とあってミムマトヤマなどと訓まれていたが、講義にミモロノヤマと改訓し、童蒙抄にミムロノヤマと訓むべきだとされた。ミムロかミモロかの判断は難しいが、三諸山すなわち三輪山を指すという説により、後者に従っておく。

9 カツは出来るとか堪える意の動詞、マシジは否定推量の助動詞（橋本進吉『上代語の研究』）。

①裳（元・金・紀）—毛　②自（元・類）—目　③兒（元・金・紀）—望

96 みこも刈る[1]信濃《しなの》の真弓吾《わ》が引かば貴人《うまひと》さびて否《いな》と言はむかも　禪師

水薦苅　信濃乃眞弓　吾引者　字眞人佐備而①　不欲常將言可聞　禪師

97 みこも刈る信濃の真弓引かずして弦《を》[2]はくるわざを知ると言はなくに　郎女

三薦苅　信濃乃眞弓　不引爲而　弦作留行事乎②　知跡言莫君二　郎女

98 梓弓《あづさゆみ》引かばまにまに依らめども後の心を知りかてぬかも　郎女

梓弓　引者隨意　依目友　後心乎　知勝奴鴨　郎女

99 梓弓弦緒《つらを》取りはけ引く人は後の心を知る人そ引く　禪師

梓弓　都良絃取波氣　引人者　後心乎　知人曾引　禪師

100 東人《あづまと》の荷向《のさき》の箱の荷《に》の緒《を》にも妹[3]は心に乗りにけるかも　禪師

東人之　荷向篋乃③　荷之緒尒毛　妹情尒　乘尒家留香聞④　禪師

大伴宿祢《おほとものすくね》、巨勢郎女《こせのいらつめ》を娉《よば》ふ時の歌一首

大伴宿祢は諱《いみな》を安麻呂といふ。難波朝《なにはのみかど》の右大臣大紫《だいし》大伴《おほとものながとこまへつきみ》長徳卿の第六

1　信濃から梓弓が貢上されたことは続日本紀などで知られる。

2　第四句難解。原文、元・類・金などに「強佐留行事乎」とあり、シヒザルワザヲと訓む説もある（注釈）が、「佐」をザにあてるのも珍しく、意味もおちつかない。「強」を「弦」の誤りとし、考にヲハグルと訓み、講義等にヲハクルと訂したのに従っておく。97・98の郎女歌を受け、99の禅師の歌があるわけで、そこに「ツラヲトリハケヒクヒト」と詠まれているのにも注意される。巻七・一三二九に「みちのくのあだたら真弓つらはけて引かばか人の吾を言なさむ」とあるのも参考になろう。

3　下句の等しい歌は集内に多い。巻十・一八九六、巻十一・二四二七など。

4　タマカヅラは、蔓性植物の総称で、「玉」は美称（松田修『万葉植物新考』）。花の咲かないのも、また、実のならぬものもあるという。ここは実にかかる枕詞というより比喩的な修飾語か。

5　巨勢郎女と大伴安麻呂との間に、安麻呂の第二子として田主が生まれ

子、平城朝《ならのみかど》に大納言兼大将軍に任ぜられて薨《こう》ず。

101 玉葛《たまかづら》[4]実ならぬ木にはちはやぶる神そ着くといふ成《な》らぬ樹《き》ごとに

玉葛　實不成樹尓波　千磐破　神曾著常云　不成樹別尓

巨《こ》勢郎女《せのいらつめ》[5]、報《こた》へ贈る歌一首　即ち近江朝《あふみのみかど》の大納言巨勢人《こせのひとのまへつきみ》卿　の女そ

102 玉かづら花[6]のみ咲きて成らざるは誰《た》が恋ひにあらめ吾《あ》は恋ひ思ふを

玉葛　花耳開而　不成有者　誰戀尓有目　吾孤悲念乎

明日《あす》[7]香清御原宮《かのきよみはらのみや》に天の下知らしめしし天皇の代　天渟《あめぬ》中原瀛真人《なはらおきのまひと》[⑤]天　皇《のすめらみこと》　諡して天武天皇といふ

天皇、藤原夫人《ふぢはらのぶにん》[8]に賜ふ御歌一首

103 吾《わ》が里に大雪降れり大原の古《ふ》りにし郷《さと》に落《ふ》らまくは後《のち》

吾里尓　大雪落有　大原乃　古尓之郷尓　落巻者後

たことが、元暦本・西本願寺本などの古写本の一二六歌題詞下の注「即佐保大納言大伴卿之第二子、母曰巨勢朝臣也」によって知られる。

6　花だけ咲いて実の成らないのはゴトウヅルだとも言われるが（小清水卓二「万葉集の植物」大成八巻）、ビナンカヅラの雄木を念頭においたものともいう。雌雄異株で、雄木に花は咲いても実はならない（古典文学全集『万葉集』(1)頭注）。

7　明日香の浄（清）御原宮の的確な位置は、今日なお明らかでないが、文献史料の示すところによると、岡本宮の南で、真神原にあり、雷丘付近で、東に丘があることになる。こうした条件に適する地の一つとして大官大寺の南、飛鳥寺の北の地があり、飛鳥小学校東北隅から敷石遺構、その南から基壇状遺構など検出され、注目されている（『明日香村史』上巻）。大原（今の小原）とは至近である。

①佐（元・金・類）―作　②弦（考）―強　③箋（元・金）―箋　④聞（元・類）―問　⑤中（元・金・―紀）名

藤原夫人の和《こた》へ奉《まつ》る歌一首

104 吾《わ》が岡の龗《おかみ》に言ひて降らしめし雪の摧《くだ》けしそこに散りけむ

吾岡之　於可美尓言而　令落　雪之摧之　彼所尓塵家武

藤原宮に天の下知らしめし[1]高天原広野姫天皇《たかまのはらひろのひめのすめらみこと》①の代

天皇諡して持統天皇といふ、元年丁亥の十一年に位を軽太子《かるのひつぎのみこ》に譲り、尊号を太上天皇といふ。

[2]大津皇子、竊《ひそ》かに伊勢神宮に下りて上り来る時に、大伯皇女《おほくのひめみこ》の作らす歌二首

105 [3]吾が背子を大和へ遣《や》るとさ夜ふけて暁露《あかときつゆ》に吾《わ》が立ち濡《ぬ》れし

吾勢祜乎　倭邊遣登　佐夜深而　鶏鳴露尓　吾立所霑之②

106 二人行けど[4]行き過ぎ難き秋山をいかにか君がひとり越ゆらむ

二人行杼　去過難寸　秋山乎　如何君之　獨越武

---

8 天武二年紀に「夫人藤原大臣女氷上娘生㆓但馬皇女㆒。次夫人氷上娘弟五百重娘生㆓新田部皇子㆒」とあり、鎌足の娘二人が、天武天皇の夫人であったことを知る。巻八・一四六五の題詞注によると、五百重娘が大原に住み、大原大刀自と言われたらしい。

1 高天原の観念の成立は、「天」の観念および「天皇」号の成立などと関連して考えられる。後者は推古朝と言われてきたが、天智朝あるいは天武朝にくり下げる説が出されている。東野治之『正倉院文書と木簡の研究』

2 以下の皇女の歌を、私注では、いわゆる謀叛事件と関わりなく解すべきだとしているが、内容から言っても、事件と無関係とは思われない。

3 天武天皇の崩御は朱鳥元年九月九日、大津皇子の逮捕されたのは十月二日であって、皇子の伊勢下向はこの間のことかと想像される。神堀忍は、飛鳥から吉野を経て伊勢に至る一〇〇キロの行程を馬で一日と推測

大津皇子、石川郎女に贈る御歌一首

107 あしひきの山のしづくに妹待つと吾《われ》立ち濡れぬ山のしづくに

足日木乃　山之四付二　妹待跡　吾立所沾③　山之四附二

石川郎女、和《こた》へ奉《まつ》る歌一首

108 吾《あ》を待つと君が濡れけむあしひきの山のしづくにならましものを

吾乎待跡　君之沾④計武　足日木能　山之四附二　成益物乎

大津皇子、竊《ひそ》かに石川女郎[5]に婚《あ》ひし時に、津守連《つもりのむらじ》通《とほる》その事を占《うら》へ露《あら》はすに、皇子の作らす歌一首　未だ詳らかならず

109 大船《おほぶね》の津守が占《うら》に告《の》らむとはまさしに知りて我《わ》が二人宿《ね》し

大船之　津守之占尒　将告登波　益爲尒知而　我二人宿之

日並皇子尊《ひなみしのみこのみこと》、石川女郎に贈り賜ふ御歌一首　女郎、字《あざな》を大名児といふ

し（万葉五四号）、古典文学全集では、往復五日と計算している。

4 私注に「秋山の趣深いのに引かれて行きすぎかねる」と解しているが、注釈にも言われるように、それでは「二人行けど」が生きてこない。

5 石川女郎は、万葉集に数箇所（イ）〜（ヘ）見えるが、そのすべてが同一人か、あるいは、どれとどれが同人物かに問題が残されている。

(イ) 九七・九八の作者。
(ロ) 一〇八の作者。
(ハ) 一二六・一二八の作者。
(ニ) 一二九の作者。
(ホ) 五一八・四四三九の作者。
(ヘ) 四四九一の作者。

①高天原廣野姫天皇代（元・紀）—天皇
②霑（元・類・金）—露
③沾（金・細・京）—沽
④沾（金・細・温・京）—沽

110
大名児[1]を彼方野辺《をちかたのべに》刈る草《かや》の束《つか》の間も吾《われ》忘れめや

大名兒　彼方野邊尓　苅草乃　束之間毛　吾忘目八

吉野宮に幸す時に、弓削皇子[2]、額田王に贈り与ふる歌一首

111
古に恋ふる鳥かも弓絃葉《ゆづるは》の御井《みゐ》の上より鳴き渡りゆく

古尓　戀流鳥鴨　弓絃葉乃　三井能上従　鳴①濟遊久

額田王の和《こた》へ奉る歌一首　大和の都より奉り入る

112
古に恋ふらむ鳥は霍公鳥《ほととぎす》けだしや鳴きしわが念《も》へるごと

古尓　戀良武鳥者　霍公鳥　盖哉鳴之　吾念②流③碁騰

吉野より蘿生《こけむ》せる松[3]が柯《え》を折り取りて遣《や》る時に、額田王の奉り入るる歌一首

113
み吉野の玉松が枝は愛《は》しきかも君が御言《みこと》を持ちて通はく

三吉野乃　玉松之枝者　波思吉香聞　君之御言乎　持而加欲波久

1　類歌「紅の浅葉の野らに刈る草の束の間も吾を忘らすな」（巻十二・二七六三）。

2　弓削皇子について、その作歌の検討をとおして反逆者として抹殺されたのではないかとする説も見られるが（梅原猛『黄泉の王』）、黛弘道（「弓削皇子について」万葉集研究第六集）の言うように、薨伝その他から判断して、そうした説の成り立つ可能性は乏しい。

3　当時、消息文は「梓（あづさ）」の木に挿んで往来した（折口信夫『万葉集辞典』）。この場合は、代わりに古い松の枝を使ったのである。

4　但馬皇女と穂積皇子は異母の兄妹。皇女は始め高市皇子と同棲していて、のちに穂積皇子に思いを寄せるに至ったらしい。

5　類歌「秋の田の穂向の依れる片寄りに吾はもの念ふつれなきものを」（巻十・二二四七）。

6　第三句「ことよりに」と訓む説がある（全註釈・古典大系）。

7　「近江志賀山寺」は崇福寺であり、天智七年に建立された。穂積皇子派

遣は、勅勘によって寺に籠ったと解する説（考・注釈）と、寺の法会のためとする説（攷證・講義）などあるが、北山茂夫は、これを持統の志賀行幸と関連するものとし（『万葉の創造的精神』）、渡瀬昌忠は、持統四年四月十三日の仏事と関わり、近江朝の鎮魂のためと見る（『国文学』五一年四月）。

8 第二句まで同じ歌は、巻四・五三八、巻十二・二八九五、二九三八に見える。

9 結句の「朝川渡る」に『詩経』の渡河の詩や六朝の雲漢詩の影響が見られるともいう（松本雅明「詩経と万葉集」『文学』昭和四六年九月）。しかし、ここはそのまま理解すべきだろう。なお、「朝川渡る」が人目を避けての未明の渡渉とは思われないことは、稲岡「朝川渡る」（明日香、昭和五二年一月）参照。

①鳴濟（元・金）―渡
②念（元・金・類・紀）―恋
③碁（金・類・紀）―其
④而（元・金・類）―与
⑤歌（元・金・紀）―ナシ

但馬皇女《たぢまのひめみこ》、[4]高市皇子《たけちのみこ》の宮に在《いま》す時に、穂積皇子《ほづみのみこ》を思ひて作らす歌一首

114 [5]秋の田の穂向きの寄れる[6]片寄りに君に寄りなな言痛《こちた》かりとも

秋田之　穂向乃所縁　異所縁　君尓因奈名　事痛有登母

穂積皇子に勅《みことのり》して[7]近江の志賀の山寺に遣はす時に、但馬皇女の作らす歌一首

115 後《おく》れ居《ゐ》て恋ひつつあらずは追ひ及《し》かむ道の阿廻《くまみ》に標結《しめゆ》へ吾《わ》が背

遺居而④　戀管不有者　追及武　道之阿廻尓　標結吾勢

但馬皇女、高市皇子の宮に在《いま》す時に、竊《ひそ》かに穂積皇子に接《あ》ひ、事既《すで》に形《あら》はれて作らす歌⑤一首

116 [8]人言《ひとごと》を繁《しげ》み言痛《こちた》み己《おの》が世に未だ渡らぬ[9]朝川渡る

人事乎　繁美許知痛美　己世尓　未渡　朝川渡

舎人皇子《とねりのみこ》の御歌《みうた》一首

117 [1]大夫《ますらを》や片恋ひせむと嘆けども鬼《しこ》の大夫なほ恋ひにけり

大夫哉　片戀將爲跡　嘆友　鬼乃益卜雄　尚戀二家里

舎人娘子《とねりのをとめ》の和《こた》へ奉《まつ》る歌一首

118 嘆[2]きつつますらをのこの恋ふれこそ吾が結ふ髪の漬《ひ》ちてぬれけれ

嘆管①　大夫之　戀礼許曾　吾結髪乃②　漬而奴礼計礼

[3]弓削皇子《ゆげのみこ》、紀皇女《きのひめみこ》を思ふ御歌四首

119 吉野川逝《ゆ》く瀬の早みしましくも淀《よど》むことなくありこせぬかも

芳野河　逝瀬之早見　須臾毛　不通事無　有巨勢濃香問③

120 吾妹児《わぎもこ》に恋ひつつあらずは秋萩《あきはぎ》の咲きて散りぬる花にあらましを

吾妹兒尓　戀乍不有者　秋芽之　咲而散去流　花尓有猿尾

121 夕[4]さらば潮満《しほみ》ち来《き》なむ住吉《すみのえ》の浅鹿《あさか》の浦に玉藻刈りてな

1 マスラヲは、人麻呂歌集の「健男」と書かれた例から察せられるように、本来は剛強の男を意味する語であったが、律令制国家の整備にともない、男子官僚一般の呼称に拡大して用いられ、宮廷官僚の風流化とともに勇武の意を著しく減じたらしい。奈良時代以後の例には、単なる男を意味するに過ぎないものもある。

2 類想の歌が巻四・六三九に「吾が背子がかく恋ふれこそぬばたまの夢に見えつつ寐ねらえずけれ」とある。

3 以下の四首に、連作的な構成を認める考え方がある（山田『講義』、伊藤博『万葉集の構造と成立』上）。一一九は愛の持続を願う焦燥、一二〇は散る花であった方がましだという興奮、一二一はやはり相手を手に入れたい反省、一二二は結局物思いに暮れる苦悶をあらわすと見る。

4 この歌と下句の似た歌が、巻六・九五八と巻七・一一五七に見える。

暮去者　塩満来奈武　住吉乃　浅鹿乃浦尓　玉藻苅手名

122 大船の泊《は》つる泊《とま》りのたゆたひに物念《も》ひ痩《や》せぬ人の児ゆゑに

大船之　泊流登靡里能　絶多日二　物念痩奴　人能児故尓

[5]三方沙弥《みかたのさみ》、園臣生羽《そののおみいくは》の女《むすめ》を娶《ま》きて、未だいくばくの時も経ず、病に臥して作る歌三首

123 たけばぬれたかねば長き妹が髪このころ見ぬに掻き入《い》れつらむか　三方沙弥

多氣婆奴礼　多香根者長寸　妹之髪　比來不見尓　掻入津良武香　三方沙弥

124 人皆[6]は今は長しとたけと言へど君が見し髪乱れたりとも　娘子

人皆者　今波長跡　多計登雖言　君之見師髪　乱有等母　娘子

125 橘[7]の蔭履《かげふ》む路《みち》の八衢《やちまた》に物をそ念《おも》ふ妹《いも》に逢はずして　三方沙弥

橘之　蔭履路乃　八衢尓　物乎曾念　妹尓不相而　三方沙弥

5 三方沙弥は、三方氏の沙弥と解すべきだろう（講義・注釈など）。

6 万葉集内の「人皆」と「皆人」について、伊藤博はその相違を、前者が不特定多数の人を指すに対して、後者は限定された範囲の特定多数を指すことばであったろうと説いている（「釈万葉」『万葉集研究』第五集所収）。

7 類歌。巻六・一〇二七の豊嶋采女の作「橘の本に道履む八衢にものをそ念ふ人に知らえず」は天平十年の橘諸兄宅の宴会で高橋安麻呂の誦したもの。

①嘆（元・金）―歎
②結髪（元）―髪結
③濃（元・金・紀）―流

石川女郎、大伴宿祢田主《おほとものすくねたぬし》に贈る歌一首　即ち佐保大納言大伴卿の第二子、母を巨勢朝臣といふ

126 [1]みやびをと吾《われ》は聞けるを屋戸《やど》貸《か》さず吾《われ》を還《かへ》せりおそのみやびを

遊士跡　吾者聞流乎　屋戸不借　吾乎還利　於曾能風流士

[2]大伴田主、字《あざな》を仲郎《ちうらう》といふ。容姿佳艶《ようしかえん》、風流秀絶、見る人聞く者歎息せずといふことなし。時に石川女郎といふひとあり。自《みづか》ら雙栖《さうせい》の感を成し、恒《つね》に独守《どくしゅ》の難きことを悲しぶ。意《こころ》に書を寄せむと欲《おも》ひて、未だ良信に逢はず。ここに方便を作《な》して賤《いや》しき嫗《おみな》に似す。己《おの》れ堝子《なべ》を提《さ》げて寝側《しんそく》に到り、哽音蹢足《かうおんてきそく》して戸を叩《たた》き諮《はか》りて曰はく、「[3]東隣の貧しき女、火を取らむとして来《きた》る」といふ。ここに仲郎、暗き裏《うち》に冒隠の形を識《し》らず、慮《おもひ》の外《ほか》に拘接《かうせふ》の計に堪《あ》へず。念ひのまにまに火を取り、路に就《つ》きて帰り去らしむ。明けて後に、女郎、すでに自媒《じばい》の愧《は》づべきことを恥ぢ、また心契の果さざることを恨む。因りて、この歌を作りて謔戯①を贈る。

大伴宿祢田主、報へ贈る歌②一首

1　遊士もミヤビヲと訓む。中国で風流というのは、晋代以後、①個人の道徳的風格、②放縦不羈、③官能的頽廃性を帯びたなまめかしさなどの意を表すという。女郎の歌のミヤビは、③に近い好色の意であるが、次の田主の歌では、①に近い意味になっている。

2　この左注は、文選の登徒子好色賦や司馬相如の「美人賦」などを踏まえて書かれている。一群の贈答歌は事実をよんだものかも知れないが、左注は撰者の「あそび」による注かも知れず、贈答の構成順序なども撰者の編成を考えうるかと言う（小島憲之『上代日本文学と中国文学』中巻、九一五頁）。

3　「東隣の女」は、中国文学では美人であるのを常とする。登徒子好色賦でも宋玉の家の東隣の女が、眉は翡翠の羽の如く肌は白雪の如き美人であったという。

127 遊士《みやびを》に吾《われ》はありけり屋戸貸さず還《かへ》し吾そ風流士《みやびを》にはある

遊士尓　吾者有家里　屋戸不借　令還吾曾　風流士者有

同じ石川女郎、さらに大伴田主中郎に贈る歌一首

128 吾《わ》が聞きし耳に[4]好く似る葦の[5]うれの足[6]痛《ひ》く吾《わ》が背《せ》勤《つと》めたぶべし

吾聞之　耳尓好似　葦若末乃③　足痛吾勢　勤多扶倍思

右は、中郎の足の疾《やまひ》に依りて、この歌を贈りて問訊《もんしん》するなり。

大津皇子[7]④の宮の侍《まかたち》石川女郎、大伴宿祢宿奈麻呂《おほとものすくねすくなまろ》に贈る歌一首

女郎、字を山田の郎女といふ。宿奈麻呂宿祢は、大納言兼大将軍卿の第三子そ。

129 古りにし嫗《おみな》にしてやかくばかり恋に[8]沈まむ手童《たわらは》の如　一に云ふ、恋をだに忍びかねてむ手童の如

古之　嫗尓為而也　如此許　戀尓將沉　如手童兒　一云、戀乎太⑤尓忍金手武多和良波乃如

4 第二句を「ミミニヨクニツ」(古義・私注)「ミミニヨクニテ」(注釈)などと訓む説もある。

5 第三句「葦若未乃」は「葦若末乃」が正しいであろう。「若末」は「小松之若末」(一九三七)の例もあってウレと読む。ただし「葦牙」と同じと見てアシカビノと読む説もある。

6 金子評釈に、女郎が忍んで行った時に田主が出て逢おうともしなかったので、足を患っていると言ったのだと説く。

7 「大津皇子の宮」は、西本願寺本・温故堂本・京大本など、「大伴皇子宮」となっている。「津」とあるのが正しいとすれば、大津皇子の庇護を受けた過去による書き方だろう。

8 「恋に沈む」はこの時代の新しい表現かと言われる(小島憲之『上代日本文学と中国文学』中巻、九一七頁)。

①諿(元)—諺
②歌(元・古・温)—ナシ
③末(考)—未
④津(元・古・紀)—伴
⑤太(紀・温・矢)—大

長皇子《ながのみこ》、皇弟《いろと》に与ふる御歌一首

130 丹生《にふ》の河瀬は渡らずてゆくゆくと恋痛《こひいた》き吾《わ》が背《せ》いで通ひ来《こ》ね

丹生乃河　瀬者不渡而　由久遊久登　戀痛吾弟　乞通來祢

柿本朝臣人麻呂、石見国《いはみのくに》[1]より妻に別れて上り来る時の歌二首

并せて短歌

131 石見《いはみ》の海　角《つの》の浦廻《うらみ》を　浦なし[2]と　人こそ見らめ　潟《かた》なしと　[3]一に云ふ、磯なしと　人こそ見らめ　よしゑやし　浦は無くとも　よしゑやし　潟は　一に云ふ、磯は　無くとも　鯨魚《いさな》取り　海辺を指して　和多津《わたづ》の　荒磯の上に　か青く生ふる　玉藻沖つ藻　朝羽振る　風こそ寄せめ　夕羽振る　波こそ来寄れ　浪《なみ》の共《むた》　か寄りかく寄る　玉藻なす　寄り寝し妹を　[4]一に云ふ、はしきよし妹がたもとを　露霜の　置きてし来れば　この道の　八十隈毎《やそくまごと》に　万《よろづ》たび　かへりみすれど　いや遠《とほ》に　里は放《さか》りぬ　いや高に　山も越え来ぬ　夏草[5]の　思ひ萎《しな》えて　偲《しの》ふらむ

1 人麻呂が石見国にあったのは、国府の役人としてであり、彼の晩年のことであったろうという推定が、真淵以後有力であった。「この度は朝集使にて、かりに上るなるべし、そは十一月一日の官会にあふなれば、石見などよりは、九月の末十月の初に立べし」（考）とも言われる。ただし、そうした人麻呂伝には、種々の疑問点がある。契沖は、石見行を持統初年と考えている（『代匠記』）。

2 巻十三・三二二五に類句が見える。

3 この異伝を人麻呂の推敲の過程を示すものと見るか、あるいは伝誦上の訛伝と見るかで説が分かれる。松田好夫「人麿作品の形成」（万葉二五号）や曾倉岑「万葉集巻一巻二における人麻呂歌の異伝」（『国語と国文学』昭和三八年八月）などは前者であり、伊藤博の「歌人の生誕」（古代和歌史研究）も、その方向で人麻呂の創作意識を探ろうとしている。土屋私注は後者の立場をとる。

4 沢瀉注釈に「玉藻なす寄り寝し妹を」と対句をなしていたのだろうと推測する。

妹が門《かど》見む　靡《なび》けこの山

石見乃海　角乃浦廻乎　浦無等　人社見良目　滷無等 一云、礒無登　人社見良目　能咲八師　浦者無友　縦畫屋師　滷者 一云、礒者　無　鯨魚取　海邊乎指而　和多豆乃　荒礒乃上尒　香青生　玉藻息津藻　朝羽振　風社依米　夕羽振流　浪社來縁　浪之共　彼縁此依　玉藻成　依宿之妹乎 一云、波之伎余思妹之手本乎　露霜乃　置而之來者　此道乃　八十隈毎　萬段　顧爲騰　弥遠尒　里者放奴　益高尒　山毛越來奴　夏草之　念思奈要而　志怒①布良武　妹之門將見　靡此山

反歌二首[6]

132 石見のや高角山《たかつのやま》の木《こ》の際《ま》よりわが振る袖を妹見つらむか

石見乃也　高角山之　木際從　我振袖乎　妹見都良武香

133 小竹《ささ》の葉《は》はみ山もさやに[7]乱《さや》げども吾《われ》は妹思ふ[8]別れ来ぬれば

小竹之葉者　三山毛清尒　乱友　吾者妹思　別來礼婆

或る本の反歌に曰《い》はく

5 「夏草の」については、七〇頁の頭注2参照。

6 「反歌二首」とあるが、一三四や、一三九のあり方から考えて、一三一の長歌に元来二首の反歌が付せられるべく構想されていたかどうかは、疑問。伊藤博は、「小竹の葉は」の一首は、推敲の最終段階において加えられたもので、初案・再案にはなかったと考えている（前掲書）。また、稲岡耕二は、人麻呂作品中「反歌」と書かれたものの中で、この一三二と一三三の二首の関係が特異であることに注目している「人麻呂『反歌』『短歌』の論」（万葉集研究第二集）。

7 原文「乱」をミダルと訓むかサヤグと訓むか、判断は難しい。いま沢瀉注釈により、後者に従っておく。

8 長歌一三一には「別れ」の語を使用せず、一三三に至って始めて「別れ来ぬれば」と言っているのに注目される。角の里を見うる山を下り、遙かに隔たった所で改めて別離の思いが強まったことを示す。

①怒（元・紀・細）—奴

134 石見なる高角山の木《こ》の間《ま》ゆも我《わ》が袖振るを妹見けむかも

石見尓有　高角山乃　木間従文　吾袂振乎　妹見監鴨

135 [1]つのさはふ　石見の海の　言《こと》さへく　辛《から》の崎なる　海石《いくり》にそ　深《ふか》海松《みる》生《お》ふる　荒磯《ありそ》にそ　玉藻は生ふる　玉藻なす　靡き寐し児《こ》を　深海松の　深めて思へど　さ寐《ね》し夜は　いくだもあらず　延《は》ふつたの　別れし来れば　肝向《きもむ》かふ　心を痛み　思ひつつ　かへりみすれど　大船の　渡《わたり》の山の　黄葉《もみちば》の　散りのまがひに　妹が袖　さやにも見えず　嬬隠《つまごも》る　屋上《やかみ》の　一に云ふ、室上山　山の　[2]雲間より　渡らふ月の　惜しけども　隠《かくろ》ひ来れば　天つたふ　入日《いりひ》さしぬれ　大《ます》夫《らを》と　思へる吾も　敷妙《しきたへ》の　衣《ころも》の袖は　通りて濡《ぬ》れぬ

角障①經　石見之海乃　言佐敝久　辛乃埼②有　伊久里尓曾　深海松生流　荒礒尓曾　玉藻者生流　玉藻成　靡寐之兒乎　深海松乃　深目手思騰　左宿夜者　幾毛不有　延都多乃　別之來者　肝向　心乎痛　念乍　顧爲騰　大舟之　渡乃山之　黄葉乃　散之乱尓　妹袖　清尓毛不見　嬬隱有　屋上乃　一云、室上山　山乃　自

1　一三一よりも妻の里から遠ざかった時点に焦点を合わせたのが一三五であると見るのが普通であるが、伊藤博（前掲書）では、この一三五の方が、一三一より、時間的にも場所的にも明らかに前に属する所を歌っているという。私注に「同一内容をもった両様の表現」と見うるとし、「行路のやや進んでゐることが地名によって察せられる」と言っている方が穏やかだろう。稲岡「人麻呂と中国詩」（『明日香』昭和五三年五月）に、『文選』陸機の「赴レ洛二首」および「赴レ洛道中作二首」をあげ、人麻呂の長歌二首が、陸機の詩と同様別離直後と、それから時処を隔てた時点における抒情の二首構成になっているのではないかと説く。

2　西郷信綱『万葉私記』にこの部分の序詞を「遊んだ修辞」という。ただし、この月を実景とも見ることができる。

雲間 渡相月乃 雖惜 隠比來者 天傳 入日刺奴礼 大夫跡 念有吾毛 敷妙乃 衣袖者 通而沾③奴

反歌二首

136 青駒[3]の足掻《あが》きを早み雲居にそ妹が当《あた》りを過ぎて来にける 一に云ふ、あたりは隠り来にける

青駒之 足搔乎速 雲居曾 妹之當乎 過而來計類 一云、當者隠來計留

137 秋山に落つる黄葉《もみちば》しましくはな散りまがひそ妹があたり見む 一に云ふ、散りなまがひそ

秋山尒 落黄葉 須臾者 勿散乱曾 妹之當④將見 一云、知里勿乱曾

或る本の歌一首[4] 并せて短歌

138 石見の海 津の浦を無《な》み 浦無しと 人こそ見らめ 潟《かた》無しと 人こそ見らめ よしゑやし 浦は無くとも よしえやし 潟は無くとも 勇魚《いさな》取り 海辺を指して 柔田津《にきたつ》の 荒磯の上に か青

3 人麻呂歌集に類歌「赤駒の足がき速けば雲居にも隠りゆかむぞ袖まけ吾妹」（巻十一・二五一〇）がある。

4 私注に「此は（一三一）の別伝であるが、作者が両様に作ったのではなく伝承の間に転訛されたものと見るべきであらう」と言う。ただし、前掲の推敲説によれば（伊藤、前掲書）この一三八・一三九が初案となる。「津の浦」「柔田津」という地名が一三一では「角の浦」「和多津」となり、「明け来れば〜夕されば」という対句が「朝羽振る〜夕羽振る」と推敲されているのに注意したい。

①障（元・金・紀）—鄣
②埼（元・金・紀）—埣
③沾（金・温・京）—沽
④當（元・金・類）—雷

く生ふる　玉藻沖つ藻　明け来れば　浪こそ来寄れ　夕されば
風こそ来寄れ　浪の共《むた》　か寄りかく寄る　玉藻なす　靡きわが宿《ね》
し敷妙の　妹が手本《たもと》を　露霜の　おきてし来れば　此の道の[1]
八十隈毎《くまごと》に　万《よろづ》たび　かへりみすれど　いや遠に　里放《さか》り来ぬ
いや高に　山も越え来ぬ　はしきやし　吾が孋《つま》の児《こ》が、夏草の[2]
思ひ萎《しな》えて　嘆くらむ　角の里見む　靡けこの山

石見之海　津乃浦乎無美　浦無跡　人社見良米　滷無跡　人社見良目　吉咲八
師　浦者雖無　縦恵夜思　滷者雖無　勇魚取　海邊乎指而　柔田津乃　荒礒之
上尓　蚊青生　玉藻息都藻　明來者　浪己曽來依　夕去者　風己曽來依　浪之
共　彼依此依　玉藻成　靡吾宿之　敷妙之　妹之手本乎　露霜乃　置而之來者
此道之　八十隈毎　萬段　顧雖爲　弥遠尓　里放來奴　益高尓　山毛超來奴
早敷屋師　吾嬬乃兒我　夏草乃　思志萎而　將嘆　角里將見　靡此山

反歌一首

139
石見の海打歌《うつた》[3]の山の木の際《ま》より吾《わ》が振る袖を妹見つらむか

1 巻十三・三二四〇に類句「…道の隈　八十隈ごとに　嗟きつつ　吾が過ぎゆけば　いや遠に　里離り来ぬ　いや高に　山も越え来ぬ…」が見える。

2 「夏草の」は、諸注にシナエにかかる枕詞とし、夏の草が日光にしなえるから、と説いている。稲岡耕二は、一三一が秋の終わりから初冬のころの別離を歌っている作なので、夏草が秋も深まってしおれる意で、時の経過も詠みこまれていると言う「人麻呂の枕詞について」（万葉集研究第一集）。人麻呂の枕詞の用法については、さらに深い検討が必要である。

3 ウツタノヤマ。原文「打歌山」で、タカツノヤマのタカを打歌と書いたものか（考）とも言われるが、ウツタノヤマが固有名で、一三二、一三四のタカツノヤマは妹の住むツノノサトを見おさめる山（西郷信綱『万葉私記』）であることを、一首の表現のなかで読者に分かるように改めたものと思われる。伊藤博『万葉集の歌人と作品』上。

石見之海　打歌山乃　木際従　吾振袖乎　妹將見香

右は歌の体同じといへども、句句相替《かは》れり。此《こ》れに因《よ》りて重《かさ》ねて載《の》す。

柿本朝臣人麻呂の妻[4]依羅娘子《よさみのをとめ》、人麻呂と相別るる歌一首

140 な念《おも》ひと君は言へども逢はむ時何時《いつ》と知りてか吾《わ》が恋ひざらむ

勿念跡　君者雖言　相時　何時跡知而加　吾不戀有牟

挽詞《ばんか》

後岡本宮《のちのおかもとのみや》に天の下知らしめしし天皇の代　天豊財重日足姫天皇《あめとよたからいかしひたらしひめのすめらみこと》、譲位の後、後岡本宮に即《つ》きたまふ。

有間皇子《ありまのみこ》、自《みづか》ら傷《いた》みて松が枝を結ぶ歌二首

141 磐代《いはしろ》の浜松が枝《え》を引き結びま幸《さき》くあらばまたかへり見む

磐白乃　濱松之枝乎　引結　眞幸有者　亦還見武

142 [5]家《いへ》にあれば[6]笥《け》に盛《も》る飯《いひ》を草枕旅にしあれば椎《しひ》の葉に盛《も》る

4　ここに記された依羅娘子と、二三一の題詞の「妻」とを同一人と考えるか否かで説が分かれる。「依網娘子」と呼ばれるのは、依網氏の出身であるか、依網という土地に住むためであろうが、依網という地名は河内・摂津・参河などにあって石見国には見られぬし、依網氏も文献上河内・和泉・摂津に集中していて、石見にはない。恐らく依網娘子と、石見で別れた妻とは別人であろう。（稲岡「石見相聞歌と人麻呂伝」万葉一〇三号）。

5　「家にあれば…旅にしあれば…」という類型は、巻三・四一五の聖徳太子伝承歌を始め少なくない。

6　この飯を、作者自身の食事のためのものと解するのが普通であるが、高崎正秀は、道祖神に供える神饌とし（『文芸春秋』昭和三一年五月号）、以後それに従う人も少なくない。

家有者　笥尒盛飯乎　草枕　旅尒之有者　椎之葉尒盛

長忌寸意吉麻呂《ながのいみきおきまろ》、結び松を見て哀《かな》しび咽《むせ》ぶ歌二首

143 磐代の岸の松が枝結びけむ人は帰りてまた見けむかも

磐代乃　崖之松枝①　将結　人者反而　復将見鴨

144 磐代の野中に立てる結び松情《こころ》も解けず古《いにしへ》思ほゆ　未だ詳らかならず

磐代之　野中尒立有　結松　情毛不解　古所念　未詳

山上臣憶良《やまのうへのおみおくら》の追ひて和ふる歌一首

145 つばさなす[1]有《あ》りがよひつつ見らめども人こそ知らね松は知るらむ

鳥翔成　有我欲比管　見良目杼母　人社不知　松者知良武

右の件《くだり》の歌どもは、柩《ひつぎ》を挽《ひ》く時に作る所にあらずといへども歌の意《こころ》を准《なぞ》②擬《ら》ふ。故以《そゑ》に挽歌の類に載す。

144 1 初句難訓。原文「鳥翔成」とある。真淵はこれをツバサナスと訓み(考)、岸本由豆流はカケルナスとした。その後、佐伯梅友はアマガケリという新訓を提示し、沢瀉注釈などこれに従っている。万葉集内で「―成」と書かれているのは「名詞・ナス」の形に読まれるのが一般なので、ツバサナスに従っておく。

145 2 この題詞は、人麻呂歌集歌の題詞として特殊であり、後藤利雄は一四六歌を人麻呂歌集歌かどうか疑問とする根拠の一としている(『人麻呂の歌集とその成立』)。

3 結句をマタミケムカモとするのが通説であるが、渡瀬昌忠はマタモミムカモと訓むべきことを主張してい

[2]大宝元年辛丑、紀伊国《きのくに》に幸《いでま》しし時に、結び松を見③る歌一首

柿本朝臣人麻呂の歌集の中に出づ

146 後見むと君が結べる磐代の子松がうれを[3]また見けむかも

後將見跡　君之結有　磐代乃　子松之宇礼乎　又將見香聞

近江大津宮《あふみのおほつのみや》に天の下知らしめしし天皇の代　天命開別天皇《あめみことひらかすわけのすめらみこと》諡して天智天皇といふ

天皇《すめらみこと》の聖躬不豫《みやまひ》したまふ時に、太后の奉る御歌一首

147 天[4]の原振り放《さ》け見れば大君の御寿《みいのち》は長く天足《あまた》らしたり

天原　振放見者　大王乃　御壽者長久　天足有

一[5]書に曰はく、近江天皇の聖躰不豫《みやまひ》したまひて、御病急《みやまひには》かなる時に、④太后の奉献《たてまつ》る御歌一首

148 青旗《あをはた》の木幡《こはた》の上を通ふとは目には見れども直《ただ》に逢はぬかも

る（『柿本人麻呂研究』歌集編上）。ただし、これは通説によるのが妥当であろうと思われる（稲岡耕二『万葉表記論』）。

4　アマノハラフリサケミレバは、巻三・二八九に「天の原振りさけ見れば白真弓張りてかけたり夜道は吉けむ」とあるのをはじめ集内の例は大空を振り仰いで見る意であり、この一四七歌も同様に解するのが通説。ただし、異説もあって、橘守部は寝殿の屋上を仰ぐ意とし（檜嬬手）、『講義』などもそれによっている。折口信夫口訳も後者。

5　異例の題詞。一四八歌の内容からいって恐らく崩御後の作と思われるが、一本で崩御前の作のように伝えるものがあったので、特殊な書き方をしたものか。前歌の注とする説もある。「近江天皇」という記し方から、後に追補された歌かと推測される。

①崖（元・金・古）—岸
②准（金・紀・元朱）—唯
③見（元・金・紀）—ナシ
④太（金・紀・細）—大

青旗乃　木旗能上乎　賀欲布跡羽　目尓者雖視　直尓不相香裳

天皇の崩《かむあが》りましし後の時に、倭大后《やまとのおほきさき》の作らす御歌一首

149 人はよし思ひやむとも玉かづら[1]影《かげ》に見えつつ忘らえぬかも

人者縦　念息登母　玉蘰　影尓所見乍　不所忘鴨

天皇の崩りましし時に婦人《をみなめ》[2]の作る歌一首　姓氏未だ詳らかならず

150 うつせみし　神に堪《あ》へねば　離《さか》り居て　朝嘆く君　放《さか》り居て　吾が恋ふる君　玉ならば　手に巻き持ちて　衣ならば　脱《ぬ》く時もなく　吾が恋ふる　君そ昨夜《きぞのよ》　夢《いめ》[3]に見えつる

空蟬師　神尓不勝者　離居而　朝嘆君　放居而　吾戀君　玉有者　手尓巻持而　衣有者　脱時毛無　吾戀　君曾伎賊乃夜　夢所見鶴

天皇の大殯の時の歌二首

1 殯宮には蔓草でこしらえた花蘰を飾ったらしい。持統元年紀に「以二花蘰一進二于殯宮一。此曰二御蔭一。」と見える。その花蘰をミカゲとも言ったので、即境の景物として、次の影にかかる枕詞とした。影は面影の意である。

2 令義解に、「宮人」に注して「婦人仕官者之惣号也」とある。後宮の女官であろう。

3 古代人が祭式的な手続きによって得た夢に特殊な意味を認めていたことについては、西郷信綱の論がある（『古代人と夢』）。また伊藤博は、この一五〇歌の作者（婦人）が、「夢殿」ともいうべき忌屋にこもって「夢」を獲得しようとした祭式行為者の一人ではなかったかと推測している（「天智天皇を悼む歌」美夫君志一九号）。

151 かからむとかねて知りせば大御《おほみ》船《ふね》泊《は》てし泊《とま》りに標結《しめゆ》[5]はましを[4] 額田王

如是有乃　豫知勢婆　大御船　泊之登萬里人　標結麻思乎　額田王

152 やすみししわご大君の大御船待ちか恋ふらむ志賀の辛崎《からさき》 舎人吉年

八隅知之　吾期大王乃　大御船　待可將戀　四賀乃辛埼　舎人吉年

太后の御歌一首①

153 鯨魚取《いさなと》り　淡海《あふみ》の海を　沖放《さ》けて　漕《こ》[6]ぎ来る船　辺《へ》つきて　漕ぎ来る船　沖つ櫂《かい》　いたくな撥《は》ねそ　辺《へ》つ櫂　いたくな撥ねそ　若草の　夫《つま》の　念《おも》ふ鳥立つ

鯨魚取　淡海乃海乎　奥放而　榜來船②　邊附而　榜來船　奥津加伊　痛勿波祢　邊津加伊　痛莫波祢曾　若草乃　嬬之　念鳥立

石川夫人《いしかはのぶにん》の歌一首

4　一、二句難訓。初句は「如是有乃」の文字通りに訓めばカカラムノであろうが、第二句とのつながりから言うとカカラムトとあるべきか。代匠記に「乃」を「刀」の誤字と見たのは一案であるが、上代仮名遣の上から否定されよう。疑問を存しつつ、古典文学全集本などの訓に一応従っておく。

5　標を結って大御舟をとどめていたらよかったろうにと解する説（講義・注釈・古典大系など）に対して、御船の泊てた港に標縄をめぐらして悪霊の入るのを封じたらよかったとする説がある。

6　この太后歌に船が歌われ、次の一五四歌に「標結ふ」ことが歌われているのは、それぞれ、一五二歌、一五一歌と波紋型に対応すると見られ、一五一以下四首が同じ時、同じ場での作であることを示していると、渡瀬昌忠は説く（「四人構成の場」『万葉集研究』第五集）。

①太（金・温）―大
②船（金・紀・類）―舡

154 楽浪《ささなみ》の大山守《おほやまもり》は誰《た》がためか山に標結《しめゆ》ふ君もあらなくに
神楽浪乃　大山守者　為誰可①　山尒標結　君毛不有國

山科《やましな》②の御陵《みはか》より[1]退《まか》り散《あら》くる時に、額田王《ぬかたのおほきみ》の作る歌一首

155 やすみしし　わご大君の　恐《かしこ》きや　御陵《みはか》仕《つか》ふる　山科の　鏡の山に　夜はも　夜のことごと　昼はも　日のことごと　哭《ね》のみを　泣きつつ在りてや　百磯城《ももしき》の　大宮人は　去《ゆ》き別れなむ
八隅知之　和期大王之　恐也　御陵奉仕流　山科乃　鏡山尒　夜者毛　夜之盡　晝者母　日之盡　哭耳呼③　泣乍在而哉　百磯城乃　大宮人者　去別南

明日香《あす》清御原宮《かきよみはらのみや》に天の下知らしめしし天皇の代
天渟中原瀛真人天皇《あめぬなはらおきのまひとのすめらみこと》、諡して天武天皇といふ

[2]十市皇女《とをちのひめみこ》の薨《かむあが》りましし時に、高市皇子尊《たけちのみこのみこと》の作らす歌三首

156 三諸《みもろ》の神の神杉《かむすぎ》　[3]已具耳矣自得見監乍共　いねぬ夜ぞ多き

1 続日本紀によると、文武天皇三年十月に天智天皇の山科陵営造のための官人が任命されている。壬申の乱までに天智陵は完成しなかったのであろう。

2 十市皇女は、天武七年四月突然の病で没したという（日本書紀）。この時、天武天皇は、天神地祇を祭るために倉梯川の河上の斎宮に行幸しようとされていたが、皇女の急死によって中止となった。皇女の死を自殺と見る説もある。

3 第三句、四句難訓。イメニダニミムトモヘドモ（新考）、イメノミニミエツツトモニ（生田耕一『万葉集難語難訓攷』）、コゾノミヲイメニハミツツ（全註釈）、イメニダニミムトスレドモ（古典大系）などと訓まれているが、確実でない。

4 山吹の色の黄と清水で、「黄泉」の意を裏に含むか。茂吉秀歌に「山吹の花にも似た姉の十市皇女が急に死んで、どうしてよいのか分からぬといふ心が含まれてゐる。…黄泉云々の事はその奥にひそめつつ、挽歌

三諸之　神之神須疑　已具耳矣自得見監乍共　不寝夜叙多

157 三輪山の山辺まそ木綿《ゆふ》短木綿《みじかゆふ》かくのみ故に長くと思ひき

神山之　山邊眞蘇木綿　短木綿　如此耳故尓　長等思伎

158 [4]山吹《やまぶき》の立ちよそひたる山清水酌《く》みに行かめど道の知らなく

山振之　立儀足　山清水　酌尓雖行　道之白鳴

紀に曰はく、七年戊寅夏四月、丁亥の朔の癸巳に、十市皇女卒然《にはか》に病発《おこ》りて宮の中に薨《かむあが》りましぬといふ。

天皇崩りましし時[5]に、④太后の作らす歌一首

159 やすみしし　わが大君の　夕されば　見《め》したまふらし[6]　明けくれば　問ひたまふらし　神岳《かむをか》の　山の黄葉《もみち》を　今日もかも　問ひたまはまし　明日もかも　見《め》したまはまし　その山を　振り放《さ》け見[7]つつ　夕されば　あやに悲しび　明け来れば　うらさび暮らし　荒妙《あらたへ》の　衣の袖は　乾《ふ》る時もなし

としての関連を鑑賞すべきである。」という。

5 天武天皇の崩御は朱鳥元年九月九日で、同二十四日「南庭に殯（もがり）」した（日本書紀）。殯は翌々年持統二年十一月に大内陵に葬られるまで続いた。一五九歌が、長い殯の期間の何時ごろに作られたか明確でないが、崩御後間もないころの作と見て良いだろう。

6 ラシは、確実な根拠にもとづく推量を表す助動詞。ここでは「大君の」の「の」を受けての連体形で、「神岳の山の黄葉」を修飾する（佐伯梅友『万葉語研究』）。別に、「わが大君し」と訓み、ラシを終止形と見る説もある（伊藤博「天智天皇を悼む歌」美夫君志一九号）。

7 「荒妙の衣」を着て「振り放け見る」のは、殯宮における招魂の祭式の反映かという推測もなされている（伊藤前掲論文）。

①可（金・類・古）―ナシ
②科（元・金・類）―科
③呼（金・類・紀）―乎
④太（矢・京）―大

八隅知之　我大王之　暮去者　召賜良之　明來者　問賜良志　神岳乃　山之黄葉乎　今日毛鴨　問給麻思　明日毛鴨　召賜萬旨　其山乎　振放見乍　暮去者　綾哀　明來者　裏佐備晩　荒妙乃　衣之袖者　乾時文無

一書に曰はく、天皇崩《かむあが》りましし時の太上天皇の御製歌《おほみうた》二首

160 燃ゆる火も取りてつつみて袋には入る[1]と言はずや逢はむ日招《を》くも

燃火物　取而褁而　福路庭　入登不言八①　面知日男雲②

161 北山にたなびく雲の青雲の星離れゆき月を離れて

向南山　陳雲之　青雲之　星離去　月矣③離而

天皇の崩りましし後の八年[2]九月九日、奉為《おほみため》の御《ご》斎会《さいゑ》の夜、夢[3]のうちに習ひ賜ふ御歌一首　古歌集の中に出づ

162 明日香《あすか》の　清御原《きよみはら》の宮に　天の下　知らしめしし　やすみしし　わが大君　高照らす　日の皇子　いかさまに　思ほしめせか　神

1 下句難解。「男雲」をナクモと訓む説もあるが、ヲクモであろう（稲岡『万葉表記論』）。「面智」が問題だが、「面知日」とし、アハムヒと訓む注釈の説による。

2 持統七年九月十日の紀に「丙申、為浄御原天皇、設無遮大会於内裏」とある。九日の斎会のことは見えないが、私注に言うように例年の行事となっていたので記さなかったのであろう。

3 この「夢」は、魂鎮めのための夢占いで、その「夢」の収穫が一六二の歌かと推測する人もある（伊藤博「天智天皇を悼む歌」美夫君志一九号）。

風の　伊勢の国は　沖つ藻も　なみたる波に[4]　潮気《しほけ》のみ　かをれる国に　うまこり　あやにともしき　高照らす　日の皇子
明日香能　清御原乃宮尒　天下　所知食之　八隅知之　吾大王　高照　日之皇子　何方尒　所念食可　神風乃　伊勢能國者　奥津藻毛　靡足波尒　塩氣能味香乎礼流國尒　味凝　文尒乏寸　高照　日之御子

藤原宮《ふじはらのみや》に天の下知らしめしし天皇の代　高天原広野姫天皇、④天皇の元年丁亥、十一年に位を軽太子に譲り、尊号を太上天皇といふ

大津皇子の薨《かむあが》りましし後に、大来皇女《おほくのひめみこ》、伊勢の斎宮《いつきのみや》より京に上る時に作らす歌二首

163 神風の伊勢の国にもあらましを何しか来けむ[5]君もあらなくに
神風乃⑤　伊勢能國尒母⑥　有益乎　奈何可來計武　君毛不有尒

164 見まく欲《ほ》り吾《わ》がする君もあらなくに何しか来けむ馬疲るるに[6]

4 原文「靡足波尒」とあり、旧訓はナビキシナミニ。「足」の字を「ナビキシ」のシの音表記に用いたとは考えられず、「靡足」はナミタルと訓むべきだろう。

5 第四句「奈何可来計武」を、イカニカキケムと訓む説もあるが（全註釈）、どうして、とか、何のためにを表すナニシカの方がこの歌の場合はふさわしい。

6 結句「馬疲尒」をウマツカラシニと訓む説もある（旧訓・全註釈・古典文学全集など）。原文の文字から言ってもツカラシではなくツカルルの方が自然だし、歌としてもまさる。

①登（古）―澄
②面知日（檜嬬手・注釈）―面智
③矣（金・紀）―牟
④以下は底本になし。金・古・紀による。
⑤乃（金・類・紀）―之
⑥母（金・類・紀）―毛

欲見　吾爲君毛　不有尒　奈何可來計武　馬疲尒

大津皇子の屍《かばね》を葛城《かづらき》の二上山《ふたかみやま》に移し葬《はぶ》る時に、大来皇女の
哀しび傷《いた》みて作らす歌二首

165 うつそみの人なる吾《われ》や明日よりは二上山を弟《いろせ》[1]と吾《あ》が見む
字都曾見乃　人尒有吾哉　従明日者　二上山乎　弟世登吾將見

166 磯の上に生《お》ふる馬酔木《あしび》を手折らめど見すべき君がありと言はなくに
礒之於尒　生流馬酔木乎①　手折目杼②　令視倍吉君之　在常不言尒

右の一首は、今案《かむが》ふるに移し葬る歌に似ず。けだし疑はくは、伊勢神宮より京に還る時に、[2]路の上に花を見て感傷哀咽《あいえつ》してこの歌を作るか。

日並皇子尊《ひなみしのみこのみこと》の殯宮《あらきのみや》の時に、柿本朝臣人麻呂の作る歌一首
并せて短歌

1　結句の「弟世」は、ナセ・イモセ・イロセと三通りに訓まれている。「弟」一字ではイロトと訓まれる可能性の強いのを考慮して「世」を書き添えたと見て、イロセと訓ずるのが正しいか（稲岡耕二「弟世と伊呂勢」（万葉五九号）。

2　馬酔木の花は、早春に開く。皇女の伊勢からの帰京は十一月であって、左注の筆者の判断は誤っていると思われる。

3　アメツチノハジメノトキノと、「ノ」を訓みそえる説もある（古典文学全集本の訓）。

4　カムアガチ（古義・私注）・カムワカチ（代匠記・全註釈など）と訓む説もある。大祓の祝詞に「神集集賜比神議議賜底」とある。

5　この「日の皇子」は、前の文脈からすると天孫ニニギノミコトを指すようでありながら、以下の文脈では、「カムアガリアガリイマシヌ」の主体すなわち天武天皇を指すようにも受けとれる。こうした文脈のよじれについて、窪田評釈に、天孫と天武天皇との同格性を言い、西郷信綱は神話的思考において代々の天子が祖

167　[3]天地の　初《はじめ》の時　ひさかたの　天《あま》の河《か》原《はら》に　八《や》百万《ほよろづ》　千万《ちよろづ》神の
神集《かむつど》ひ　集《つど》ひ座《いま》して　[4]神分《かむはか》り　分《はか》りし時に　天照らす　日女《ひるめ》の尊《みこと》
一に云ふ、さしのぼる日女の命　天《あめ》をば　知らしめすと　葦原の　瑞穂の国を　天《あめ》
地《つち》の　寄り合ひの極《きはみ》　知らしめす　神の命《みこと》と　天雲《あまくも》の　八重かき
分《わ》けて　一に云ふ、天雲の八重雲分けて　神下《かむくだ》し　いませまつりし　高照らす　[5]日の
皇子は　飛ぶ鳥の　浄《きよみ》の宮に　神ながら　太敷きまして　天皇《すめろき》の
敷きます国と　天の原　石《いは》門を開き　神あがり　あがりいましぬ
一に云ふ、神のぼりいましにしかば　吾《わ》が大君　皇子の命の　天の下　知らしめしせ
ば　春花の　貴からむと　望月《もちづき》の　満《たたは》しけむと　天の下　一に云ふ、食す
国　四方《よも》の人の　大船の　思ひ頼《たの》みて　[6]天《あま》つ水　仰ぎて待つに
いかさまに　思ほしめせか　由縁《つれ》もなき　真弓の岡に　宮柱　太
敷きいまし　みあらかを　高知りまして　[7]朝言《あさこと》に　御言《みこと》問はさず
日月の　まねくなりぬる　そこゆゑに　皇子の宮人《みやひと》　行方知らず
も　[8]一に云ふ、さす竹の皇子の宮人行く方知らにす

霊の生きる化身であったことを指摘している（『詩の発生』）。また、橋本達雄はこれを表現の論理の問題として、口誦歌謡の方法と無関係でない人麻呂の意図的な技法と見る（『万葉宮廷歌人の研究』）。

6　巻十八に「…みどりこの乳乞ふがごとく　天つ水　仰ぎてそ待つ…」（四一二二・家持）という雨乞いの歌があり、天つ水すなわち雨のことと解せられる。なお、尾崎暢殃は、中臣の寿詞の中に見える「天つ水」に注目し、天皇の登極・復活の際の聖なる水というに近い古意をそこに認めるべきだと言う（『柿本人麿の研究』）。

7　アサゴトニと訓み、朝毎にの意と解する説が有力であるが、原文「明言」とあり、「朝早くものを言う」（古典文学全集）意のアサコトと考える説も出されている。

8　殯宮で数ヶ月を経過し「行方知らず」と嘆いているところから、殯宮の解散時、嶋の宮周辺に立ちもどっ

①乎（金・類・紀）―ナシ
②折（金・類・紀）―析

天地之　初時①　久堅之　天河原尓　八百萬　千萬神之　神集　々座而　神分
々之時尓　天照　日女之命　一云、指上日女之命　天乎婆　所知食登　葦原乃　水穂之國乎
天地之　依相之極　所知行　神之命等　天雲之　八重掻別而　一云、天雲之八重雲別而　神下
座奉之　高照　日之皇子波　飛鳥之　淨之宮尓　神隨　太布座而　天皇之　敷
座國等　天原　石門乎開　神上　々座奴　一云、神登座尓之可婆　吾王　皇子之命乃　天下
所知食世者　春花之　貴在等　望月乃　滿波之計武跡　天下　一云、食國　四方之人乃
大船之　思憑而　天水　仰而待尓　何方尓　御念食可　由縁母無　眞弓乃岡尓
宮柱　太布座　御在香乎　高知座而　明言尓　御言不御問　日月之　數多成塗
其故　皇子之宮人　行方不知毛　一云、刺竹之皇子宮人歸邊不知尓爲

反歌二首

168 ひさかたの[1]天見るごとく仰ぎ見し皇子の御門《みかど》の荒れまく惜しも

久堅乃　天見如久　仰見之　皇子乃御門之　荒巻惜毛

169 [2]あかねさす日は照らせれどぬばたまの夜渡る月の隠らく惜しも

茜刺　日者雖照有　烏玉之　夜渡月之　隱良久惜毛

た時点での作歌かと渡瀬昌忠は推測する（「人麻呂殯宮挽歌の登場」『解釈と鑑賞』昭和四五年七月）。

1　前の長歌に、「天」の語が句頭に十回も表れることを次田潤（『新講』）が注意している。人麻呂の「天」の観念は、推古朝以後の「大王」から「天皇」への変化にも見られる皇室観と結んで解されよう。中西進は人麻呂を「天」の詩人だとも言う（『柿本人麻呂』）。

2　この歌の日と月が実景か比喩かについて説が分れる。真淵が「日はてらせれどてふは、月の隠るるをなげくを強むる言」とし、茂吉がその真淵説を受け、『月の隠らく惜しも』は日並皇子の薨去を惜しみ奉ったことは確かだが、上の句は必ずしもそういふ人事的関係を顧慮せずともいい」（評釈篇）と言っているのと、古義および全注釈に、日も月も天皇

或る本、[②]件《くだり》の歌を以ちて後皇子尊《のちのみこのみこと》の殯宮の時の歌の反と為す

[3]或る本の歌一首

170 島の宮勾《まがり》の池の放ち鳥人目に恋ひて池に潜《かづ》かず

嶋宮　勾乃池之　放鳥　人目尒戀而　池尒不潜

皇子尊の宮の舎人《とねり》ら慟《かな》しび傷みて作る歌二十三首

171 [4]高光るわが日の皇子の万代《よろづよ》に国知らさまし島の宮はも

高光　我日皇子乃　萬代尒　國所知麻之　嶋宮波[③]母

172 島の宮上の池なる放ち鳥荒びな行きそ君まさずとも

嶋宮　上池有　放鳥　荒備勿行　君不座十方

173 高光る吾《わ》が日の皇子のいましせば島の御門は荒れざらましを

高光　吾日皇子乃　伊座世者　嶋御門者　不荒有益乎

174 [5]よそに見し檀《まゆみ》の岡も君ませば常《とこ》つ御門《みかど》と侍宿《とのゐ》するかも

および皇子の比喩と見ているのとを代表としてあげることができる。

3 真淵は「是はかならす右の反哥にはあらず、次の哥どもの中に入しものなるを」と言っている。この点につき渡瀬昌忠に詳論がある（「島の宮」『文学』昭和四六年九月・一〇月・一二月）。

4 「高光」と記されているので、タカヒカルと訓むのが通説であるが、沢瀉注釈には、タカテラスの訓が採られている。日の皇子の枕詞として人麻呂作歌では、「高輝」「高照」と書かれたものも見え、それらはタカテラスであり、「光」はテラスとも訓みうる文字であることなどを理由とする。古事記歌謡タカヒカルの例もあり、ここは通説に従う。

5 家持の「吾が大君天知らさむと思はねばおほにそ見けるわづか杣山」（巻三・四七六）、「昔こそよそにも見しか吾妹子が奥つ城と思へばはしき佐保山」（同・四七四）は類想の歌。

①初時（金・類・紀）—初時之
②本（金・類・古）—本云
③波（金・類・古・紀）—婆

外尓見之　檀乃岡毛　君座者　常都御門跡　侍宿爲鴨

175 夢《いめ》にだに見ざりしものをおほほしく宮出もするか佐日《さひ》の隈廻《くまみ》を
夢尓谷　不見在之物乎　欝悒　宮出毛爲鹿　佐日之隈①廻乎

176 天地と[1]共に終へむと念《おも》ひつつ仕《つか》へ奉《まつ》りし情《こころ》たがひぬ
天地与　共將終登　念乍　奉仕之　情違奴

177 朝日照る佐太《さだ》の岡辺に群れ居つつ吾等《わが》泣く涙《なみた》止《や》む時もなし
朝日弖流　佐太乃岡邊尓　群居乍　吾等哭涙　息時毛無

178 み[2]立たしの島を見る時にはたづみ流るる涙止《と》めそかねつる
御立爲之　嶋乎見時　庭多泉　流涙　止曾金鶴

179 橘[3]の島の宮には飽《あ》かねかも佐田《さだ》の岡辺に侍宿しにゆく
橘之　嶋宮尓者　不飽鴨　佐田②乃岡邊尓　侍宿爲尓徃

180 み立たしの島をも家と住む鳥も荒びな行きそ年かはるまで
御立爲之　嶋乎母家跡　住鳥毛　荒備勿行　年替左右

181 み[4]立たしの島の荒磯《ありそ》を今見れば生ひざりし草生ひにけるかも

1 巻四・五七八に「天地と共に久しく住まはむと念ひてありし家の庭はも」（大伴三依）という類歌を見る。

2 類句が、巻十九・四一六〇と四二一四の家持の歌に見える。

3 橘は奈良県高市郡明日香村橘であり、現在は飛鳥川西岸にあるので、島の宮があったと思われる島の庄との関係が問題となるが、古くは島の庄を含む広い地を指していたと考えられる。現在の島の庄村は、明暦二年（一六五六）に橘村から分村したものと言う（秋山日出雄「付・嶋宮伝承地発掘調査概要」『明日香村史』上巻）。

4 巻六・一〇四八の「立ちかはり古

き京となりぬれば道の芝草長く生ひにけり」（福麻呂歌集）は類想の歌。

5　巻三・四五四の余明軍の歌「はしきやし栄えし君のいましせば昨日も今日も吾を召さましを」は、この歌を踏まえるか。なお、「東の滝の御門」とあるところから、飛鳥川とこのタギとの関係が問題になるが、島の宮跡の場合、上流からの引き水が考えられるという（『明日香村史』上巻）。

6　メスコトは原文「召言」であり、お呼びの言葉（古典文学全集）と解される。

①隈（金・紀）―隅
②田（類・紀・温）―多
③去（類・紀・温）―西本文ナシ
④上（金・類）―ナシ
⑤儛（金・類・古）―舞

御立爲之　嶋之荒礒乎　今見者　不生有之草　生尒來鴨

182 鳥垣《とぐら》立て飼ひし雁《かり》の子巣立ちなば檀《まゆみ》の岡に飛びかへり来《こ》ね

鳥垣立　飼之鴈乃兒　栖立去③者　檀岡尒　飛反來年

183 吾《わ》が御門《みかど》千代とことばに栄えむと思ひてありしわれし悲しも

吾御門　千代常登婆尒　將榮等　念而有之　吾志悲毛

184 [5]東《ひむがし》の多芸《たぎ》の御門に伺侍《さもら》へど昨日も今日も召す[6]言《こと》もなし

東乃　多藝能御門尒　雖伺侍　昨日毛今日毛　召言毛無

185 水伝《みなつた》ふ磯の浦廻《うらみ》の石《いは》つつじもく咲く道を又も見むかも

水傳　礒乃浦廻乃　石上④乍自　木丘開道乎　又將見鴨

186 一日《ひとひ》には千《ち》遍《たび》参《まゐ》りし東《ひむがし》の大き御門を入りかてぬかも

一日者　千遍參入之　東乃　大寸御門乎　入不勝鴨

187 つれもなき佐太《さだ》の岡辺に帰り居ば島の御橋に誰か住まはむ

所由無　佐太乃岡邊尒　反居者　嶋御橋尒　誰加住儛⑤無

188 朝ぐもり日の入りゆけばみ立たしの島に下《お》りゐて嘆きつるかも

旦覆① 日之入去者 御立之 嶋尒下座而 嘆鶴鴨

189 朝日照る島の御門におほほしく人音もせねばまうら悲しも

旦日照② 嶋乃御門尒 欝悒 人音毛不爲者 眞浦悲毛

190 真木柱太き心はありしかどこの吾《わ》が心鎮《しづ》めかねつも

眞木柱 太心者 有之香杼 此吾心 鎭目金津毛

191 けころもを春冬《とき》片設《かたま》けて幸《いでま》しし宇陀《うだ》の大野は思ほえむかも

毛許呂裳遠 春冬片設而 幸之 宇陁乃大野者 所念武鴨

192 朝日照る佐太の岡辺に鳴く鳥の夜鳴きかへらふこの年ころを

朝日照 佐太乃岡邊尒 鳴鳥之 夜鳴變布 此年己呂乎

193 はたこら[1]が夜昼と言はず行く路《みち》を吾《われ》はことごと宮道《みやぢ》にぞする[2]

八多籠良我 夜晝登不云 行路乎 吾者皆悉 宮道叙爲

右、日本紀に曰はく、三年己丑の夏四月、癸未の朔の乙未薨《かむあが》りましぬといふ。

1 ハタコは原文「八多籠」。これをヤタコと訓む説（『代匠記』『総釈』など）があったが、橋本四郎「八多籠」（万葉九号）にハタコと訓み畑子すなわち畑で働く者の意としたのによるべきだろう。

2 以上二十三首の成立および構成につき、連続する二首あるいは四首ずつが作歌の場と時を異にしつつ作られたとする渡瀬昌忠『柿本人麻呂研究―島の宮の文学』の論がある。

柿本朝臣人麻呂、[3]泊瀬部皇女《はつせべのひめみこ》と忍坂部皇子《おさかべのみこ》に献る歌一首 并せて短歌

194
飛ぶ鳥の　明日香の河の　上《かみ》つ瀬《せ》に　生ふる玉藻は　下つ瀬に
流れ触《ふ》らばふ　玉藻なす　かよりかく寄り　靡かひし　[4]嬬の命の
たたなづく　[5]柔膚《にきはだ》すらを、剱大刀《つるきたち》　[6]身にそへ寝《ね》ねば　ぬばたまの
[7]夜床も荒るらむ　一に云ふ、あれなむ　そこ故に　なぐさめかねて　けだし
くも　逢ふやと思ひて　一に云ふ、君もあふやと　玉垂《たまだれ》の　越智《をち》の大野の　且《あさ》
露に　玉裳はひづち　夕霧に　衣《ころも》は濡れて　草枕　旅宿《たびね》かもする
逢はぬ君ゆゑ

飛鳥　明日香乃河之　上瀬尒　生玉藻者　下瀬尒　流觸經　玉藻成　彼依此依
靡相之　嬬乃命乃　多田名附　柔膚③尚乎　劒刀　於身副不寐者　烏玉乃　夜床
母荒良無 一云、阿④礼奈牟　所虚故　名具鮫⑤兼天　氣⑥田敷藻　相屋常念而 一云、公毛相哉登　玉垂
乃　越能⑦大野之　旦露尒　玉裳者遅打　夕霧尒　衣者沾⑧而　草枕　旅宿鴨爲留
不相君故

3　この題詞に泊瀬部皇女と忍坂部皇子とが並記されていることにつき、誤写説も出されたが、二人が同母の兄妹であり、忍坂部皇子から命ぜられて人麻呂はこの歌を作ったのではないかと考えるのが穏やかだろう(身崎寿「柿本人麻呂献呈挽歌」『万葉集を学ぶ』第二集)。

4　泊瀬部皇女を指す。「夫の命」すなわち川島皇子を指すと見る説もあるが、「玉藻なす　かよりかく寄り靡かひし」という修飾語から考えて無理だろう。

5　皇女の柔膚を言う。

6　主語は川島皇子。

7　武田『全註釈』・西郷『万葉私記』に、墓の中に寝ることを言うと解している。

①且(金・類・紀)―旦
②且(金・類・紀)―且
③膚(金・矢・京)―膚
④阿(類・紀・京頭書)―何
⑤兼(略解)―魚
⑥田(金・類)―留
⑦能(金・紀)―乃
⑧沾(金・温・京)―沽

反歌一首

195 敷妙《しきたへ》の袖かへし君玉垂《たまだれ》の越智野《をちの》過ぎ行くまたも逢はめやも 一に云ふ越智野に過ぎぬ

敷妙乃　袖易之君　玉垂之　越野過去　亦毛将相八方 一云、乎知野尓過奴

右、或本に曰《い》はく、河島皇子を越智野に葬る時に、泊瀬部皇女に献る歌なりといふ。日本紀に曰はく、朱鳥五年辛卯の秋九月己巳朔の丁丑に、浄大参皇子川島薨《かむあが》りましぬといふ。

明日香皇女[1]の城上《きのへ》[2]の殯宮《あらきのみや》の時に、柿本朝臣人麻呂①の作る歌一首 并せて短歌

196 飛《と》ぶ鳥《とり》の　明日香《あすか》の川の　上《かみ》つ瀬に　石橋《いはばし》渡し 一に云ふ、石なみ　下つ瀬に　打橋《うちはし》渡す　石橋に 一に云ふ、石なみに　生《お》ひ靡《なび》ける　玉藻もぞ　絶ゆれば生《お》ふる　打橋に　生ひをれる[3]　川藻もぞ　枯るれば生《は》ゆる　何しかも　吾《わ》[4]が大君の　立たせば　玉藻のもころ[5]　臥《こや》せば　川藻

1 父は天智天皇、母は阿倍倉梯麻呂の娘橘娘。

2 「城上」を、奈良県北葛城郡広陵町とするのが通説であったが、高市郡明日香村木部（きべ）とする説が有力視されつつある（折口信夫『万葉集辞典』、和田萃「殯の基礎的考察」『史林』五二巻五号）。

3 原文「生乎為礼流」で、為は鳥の誤字ではないかとする説（『童蒙抄』）に従ってオヒヲヲレルと訓む。沢瀉注釈はオヒヲキレルとする。

4 明日香皇女を言う。

5 モコロは、接頭語モに、それ自身を表すコロの付いた形で、ゴトシに近い意を持つ。

6 皇女の夫君を指す。忍壁皇子。皇子の宮殿は浄見原宮の南、明日香川のほとりにあった（天武天皇朱鳥元年七月紀）。

7 永久の御殿、すなわち墓所としたことを言う。

8 味鴨を網を張ってとらえる意で、「目」（網の目）にかかる枕詞と説かれる（井手至「枕詞『あぢさはふ』の背後」『国語・国文』昭和三二年七月）。

の如く 靡かひし 宜[6]しき君が 朝宮を 忘れ賜ふや 夕宮を
背《そむ》き賜ふや うつそみと 思ひし時 春へには 花折りかざし
秋立てば 黄葉《もみちば》かざし 敷妙の 袖たづさはり 鏡なす 見れど
も飽かず 望月《もちづき》の いやめづらしみ 思ほしし 君と時々 いで
まして 遊び賜ひし みけむかふ 城上の宮を 常宮《とこみや》[7]と 定め賜
ひて あぢさはふ[8] 目《め》[9]言《こと》も絶えぬ 然《しか》[10]れかも 一に云ふ、そこをしも あやに
悲しみ ぬえ鳥の 片恋嬬 一に云ふ、しつつ 朝鳥の 一に云ふ、朝霧の 通はす君
が 夏草[11]の 念《おも》ひしなえて 夕星《ゆふづつ》[12]の かゆきかく行き 大船の
たゆたふ見れば 慰もる 情《こころ》もあらず そこ故に せむすべ知れ
や 音のみも 名のみも絶えず 天地《あめつち》の いや遠長く 偲《しの》ひゆか
む み名に懸《かか》せる 明日香河 万代《よろづよ》までに はしきやし 吾が大
君の 形見[13]にここを

飛鳥 明日香乃河之 上瀬 石橋渡 一云、石浪 下瀬 打橋渡 石橋 一云、石浪 生靡留
玉藻毛叙 絶者生流 打橋 生乎烏②礼流 川藻毛叙 干者波由流 何然毛 吾

9 目に見、口で言う事か（『攷證』）。
10 「一に云ふ」の「そこをしも」は、直後の「あやに悲しみ」にかかることが明らかだが、本文の「然れかも」がどこまでかかるか説が分かれる。「あやに悲しみ」だけにかかると見るよりも、下の「たゆたふ」にまで及ぶと考える説（山田『講義』）が妥当であろう。
11 皇女の死は文武四年夏四月四日（続日本紀）である。それから時を経て秋となり、夏に茂っていた草もしおれるように、皇子が思いしおれていることを「夏草の 思ひ萎えて」と言ったのでる。
12 ユフヅツノは「かゆきかく行き」にかかる比喩的な枕詞。
13 原文「形見何此焉」と底本にあり、金沢本など「何」が「河」となっているので、読み方に諸説ある。「何」をニの仮名とする例は人麻呂歌集にもあるので、いま底本の文字によっておく。

①朝臣（金・紀・温）―ナシ
②烏（童蒙抄）―為

王①能 立者 玉藻之母許②呂 臥者 川藻之如久 靡相之 宜君之 朝宮乎 忘賜哉 夕宮乎 背賜哉 宇都曾臣跡 念之時 春部者 花折挿頭 秋立者 黄葉挿頭 敷妙之 袖携 鏡成 雖見不猒 三五月之 益目頬染 所念之 君与時々 幸而 遊賜之 御食向 木瓲之宮乎 常宮跡 定賜 味澤相 目辞毛絶奴 然有鴨 (一云、所己乎之毛) 綾尒憐 宿兄鳥之 片戀嬬 (一云、爲乍) 朝鳥 (一云、朝霧) 往來爲君之 夏草乃 念之萎而 夕星之 彼往此去 大船 猶預不定見者 遣③悶流 情毛不在 其故 爲便知之也 音耳母 名耳毛不絶 天地之 弥遠長久 思將往 御名尒懸世流 明日香河 及万代 早布屋師 吾王乃 形見何此焉

短歌二首[1]

197 明[2]日香川しがらみ渡し塞《せ》かませば流るる水ものどにかあらまし 一に云ふ、水のよどにかあらまし

明日香川 四我良美渡之 塞益者 進留水母 能杼尒賀有萬思 (一云、水乃与杼尒加有益)

198 明[3]日香川明日だに 一に云ふ、さへ 見むと念へやも 一に云ふ、思へかも 吾[4]が大君の御名忘れせぬ 一に云ふ、御名忘らえぬ

明日香川 明日谷 (一云、佐倍) 將見等 念八方 (一云、念香毛) 吾王 御名忘世奴 (一云、御名不所忘)

1 人麻呂の長歌に添えられた反歌の頭書に、とくに「短歌」と記されたものは持統六年以降の作と思われること、反歌が長歌の内容の単純な要約や反復でなく、独立的な傾向が強くなっていることなど、稲岡「人麻呂『反歌』『短歌』の論」(万葉集研究第二集)参照。

2 明日香川の流れを比喩とした挽歌に斉明紀の「明日香川みなぎらひつつ行く水の間もなくも思ほゆるかも」がある。人麻呂はおそらくそれを意識していたであろうが、ここでは、水の流れのごとく人の命のとどめ難いことを嘆く心を主としている。

3 初句は第二句の明日を起す序と見るのが一般であるが、『私注』に、「明日香川明日も渡らむ」(二七〇一)の例をあげて、あとの「見む」の目的格とする。

4 皇女の死は続紀によれば文武四年四月だが、万葉集には持統五年の川島皇子挽歌と、持統十年の高市皇子挽歌との間に配列されているので、皇女の薨年に疑問も出されている(『私注』参照)。

5 持統十年七月十日薨(続紀)。

[5]高市皇子尊《たけちのみこのみこと》の城上《きのへ》の殯宮の時に、柿本朝臣人麻呂の作る歌一首 并せて短歌

199
かけまくも　ゆゆしきかも 一に云ふ、ゆゆしけれども 言はまくも　あやにかしこき　明日香の　真神《まかみ》の原に　ひさかたの　天つ御門《あまつみかど》を　かしこくも　定め賜ひて[6]　神さぶと　磐隠《いはがく》ります　やすみしし　吾[7]が大君の　きこしめす　背面《[8]そとも》の国の　真木《まき》立つ　不破山越えて　高《こ》麗劔《まつるき》　和射見《わざみ》が原の　行宮《かりみや》に　天降《あも》りいまして　天の下　治め賜ひ 一に云ふ、払ひたまひて 食《を》す国を　定め賜ふと　鶏《とり》が鳴く　東《あづま》の国の　御《み》軍士《いくさ》を　召し賜ひて　ちはやぶる　人を和《やは》せと　まつろはぬ　国を治めと 一に云ふ、はらへと 皇子[9]ながら　任《ま》け賜へば　大御身《[10]おほみみ》に　大刀《たち》取り佩《は》かし　大御手に　弓取り持たし　御軍士《みいくさ》を　あどもひ賜ひ　斉《[11]ととの》ふる　鼓《つづみ》の音は　雷《なるかみ》の　声と聞くまで　吹き響《な》せる　小角《くだ》の音も 一に云ふ、笛の音は 敵《あた》見たる　虎か吼《ほ》ゆると　諸人《もろひと》の　おびゆるまでに 一に云ふ、聞き惑ふまで　ささげたる　幡《はた》の靡きは　冬ごもり　春さりくれば

6　明日香の浄御原宮に宮都を定められたことを言う。
7　天武天皇。以下壬申の乱の描写。この乱については直木孝次郎『壬申の乱』、北山茂夫『壬申の内乱』など参照。また、『研究史壬申の乱』には問題点が詳説されている。
8　美濃の国を背面つまり北の国とするのは、北を暗い陰の方位とする観想による（小島憲之『上代日本文学と中国文学』中）。
9　高市皇子を指す。
10　以下「あどもひ賜ひ」まで高市皇子の行動が描かれている。
11　以下の戦闘描写に文選の子虚賦・上林賦や、陸士衡の「漢の高祖の功臣の頌」、楚辞などの影響が説かれているが、そうしたものの暗示を得つつ巧みにやまとことばで馴化して歌ったところに人麻呂の本領がある（中西進『万葉集の比較文学的研究』・小島憲之『上代日本文学と中国文学』中）。

①王能（金・紀）―生乃
②母（金）―如
③悶（金・類・温）―悶ヲ問ニ直ス

野ごとに　着《つ》きてある火の　一に云ふ、冬ごもり春野やく火の　風の共《むた》　靡くがごと
く　取り持てる　弓弭《ゆはず》の騒き　み雪降る　冬の林に　[1]一に云ふ、ゆふの林　つ
むじかも　い巻き渡ると　念《おも》ふまで　聞《き》きの恐《かしこ》く　一に云ふ、諸人の見惑ふまでに
引き放つ　矢の繁けく　大雪の　乱れて[2]来《きた》れ　一に云ふ、霰なすそちより来れば　ま
つろはず　立ち向かひしも　露霜の　消《け》なば消《け》ぬべく　行く鳥の
あらそふはしに　一に云ふ、朝霜の消なば消ぬと言ふにうつせみとあらそふはしに　渡会《わたらひ》の　斎《いつき》の宮ゆ
神風《かむかぜ》に　い吹き惑《まと》はし　天雲《あまくも》を　日《ひ》の目《め》も見せず　常闇《とこやみ》に　覆《おほ》ひ
賜ひて　[3]定めてし　瑞穂《みづほ》の国を　神《かむ》ながら　太敷《ふとし》きまして　やす
みしし　吾《わ》が[4]大君の　天の下　[5]申し賜《たま》へば　万代《よろづよ》に　然《しか》しもあら
むと　一に云ふ、かくもあらむと　[6]木綿花《ゆふはな》の　栄ゆる時に　吾が大君　皇子《みこ》の御門《みかど》
を　一に云ふ、さす竹の皇子の御門を　神宮《かむみや》に　装《よそ》ひまつりて　使はしし　御門の人[7]
も　白妙の　麻衣《あさごろも》着て　埴安の　御門の原に　あかねさす　日の
ことごと　鹿《しし》じもの　い這《は》ひ伏しつつ　ぬばたまの　[8]暮《ゆふべ》になれば
大殿を　振り放《さ》け見つつ　鶉《うづら》なす　い這ひもとほり　侍《さもら》へど　侍《さもら》

1　この一云は、冬を一本に「布由」と仮名書きしたのが、「由布」と誤られたものか。白い木綿の林を想像したものと考える説もある。

2　「来れ」は已然形で、既定の条件を示す語法（山田『講義』、古典大系など）。

3　「い吹き惑はし」「覆ひ賜ひ」の主語を天照大神とする説、「定め」は天武天皇と見る説があるが（沢瀉注釈、橋本達雄『万葉宮廷歌人の研究』）、すべてを天武の分身としての高市皇子の行為と解することもできるか（伊藤博『万葉集の歌人と作品』上）。

4　高市皇子。

5　巻五の八七九に「天の下申し給はね」とあり、天下の大政を執り申す意。皇子が太政大臣になったのは、持統四年七月であった（日本書紀）。

6　木綿の花で造花。「栄ゆる」の比喩的な枕詞としているのは、その花がしおれることのない所からか。

7　皇子の舎人たちを指す。

8　「ぬばたまの」が「暮」にかかるのは珍しいが、心理的な暗さを強調するのであろう（稲岡「人麻呂の枕

ひ得《え》ねば　春鳥の　[9]さまよひぬれば　嘆きも　いまだ過ぎぬに
憶《おも》ひも　いまだ尽きねば[10]　言《こと》さへく　[11]百済《くだら》の原ゆ　神葬《かむはぶ》り　葬《はぶ》り
いませて　あさもよし　城上《きのへ》の宮を　常宮《とこみや》と　[12]高くしまつりて
神ながら　しづまりましぬ　しかれども　吾《わ》が大君の　万代と
念《おも》ほしめして　作らしし　[13]香来《かぐ》山の宮　万代に　過ぎむと念へや
天の如　振り放け見つつ　玉だすき　懸《か》けて偲《しの》はむ　恐《かしこ》かれども

挂①文　忌之伎鴨一云、由遊志計礼杼母　言久母　綾尓畏伎　明日香乃　眞神之原尓　久堅
能　天都御門乎　懼母　定賜而　神佐扶跡　磐隱座　八隅知之　吾大王乃　所聞
見爲　背友乃國之　眞木立　不破山越而　狛劔　和射見我原乃　行宮尓　安母
理座而　天下　治賜一云、掃②賜而　食國乎　定賜等　鷄之鳴　吾妻乃國之　御軍士
乎　喚賜而　千磐破　人乎和爲跡　不奉仕　國乎治跡一云、掃部等　皇子隨　任賜者
大御身尓　大刀取帶之　大御手尓　弓取持之　御軍士乎　安騰毛比賜　齊流
鼓之音者　雷之　聲登聞麻侶　吹響流　小角乃音母一云、笛乃音波　敵見有　虎可叫吼
登　諸人之　恊流麻侶尓一云、聞或③麻泥④　指擧有　幡之靡者　多木成　春去來者　野

詞について」万葉集研究第一集)。

9　さまよひを原文に「佐麻欲比」と仮名書きする。新撰字鏡に「⿰口保」に「呻吟」とも「佐万与不」「奈介久」とも注があるように嘆きの声を発することを言う。巻二十に「春鳥の声のさまよひ」(四四〇八)ともある。

10　イマダツキネバの「ネバ」は已然形にバの接する形であるが、これで順接、逆接いずれをも表しえた。ここは「見まつりて未だ時だにかはらねば年月の如思ほゆる君」(五七九)と同じく逆接(山田講義など)。

11　百済は奈良県北葛城郡広陵町百済の辺という。

12　タカクシマツリテのシは助詞と解するのが一般だが、沢瀉『注釈』にサ変の動詞としている。後者は原文から言って無理か。

13　皇子の宮が香具山の麓、埴安の池のほとりにあったので言う。

①挂(金・類・矢)―桂
②掃(金・類)―拂
③或(類・紀・細)―惑
④泥(金・類)―伲

毎　著而有火之 一云、多木成春野燒火乃　風之共　靡如久　取持流　弓波受乃驟　三雪落
冬乃林尒 一云、由布乃林　飃可毛　伊卷渡等　念麻伇　聞之恐久 一云、諸人①見或麻伇尒　引放
箭②之繁計久　大雪乃　乱而來礼 一云、霰成曾知余里久礼婆　不奉仕　立向之毛　露霜之　消者
消倍久　去鳥乃　相③競端尒 一云、朝霜之消者消言尒打蟬等安良蘇布波之尒　渡會乃　齋宮従　神風尒　伊
吹④或之　天雲乎　日之目毛不令⑤見　常闇尒　覆賜而　定之　水穗之國乎　神隨
太敷座而　八隅知之　吾大王之　天下　申賜者　萬代⑥尒　然之毛將有登 一云、如是
毛安良無等　木綿花乃　榮時尒　吾大王　皇子之御門乎 一云、刺竹皇子御門乎　神宮尒　裝束奉
而　遣使　御門之人毛　白妙乃　麻衣著　⑦埴安乃　御門之原尒　赤根刺　日之
盡　鹿自物　伊波比伏管　烏玉能　暮尒至者　大殿乎　振放見乍　鶉成　伊波
比廻　雖侍候　佐母良比不得者　春鳥之　佐麻欲比奴礼者　嘆毛　未過尒　憶
毛　未⑧不盡者　言⑨左做久　百濟之原従　神葬　葬伊座而　朝毛吉　木上宮乎
常宮等　高之奉而　神隨　安定座奴　雖然　吾大王之　萬代跡　所念食而　作
良志之　香⑩來山之宮　萬代尒　過牟登念哉　天之如　振放見乍　玉手次　懸而
將偲　恐有騰文

1　以下二首、第一反歌では大づかみに概念的に人々の悲しみを歌い、第二反歌では現実的地上的なものを機縁として写生的に歌って、両首の関連が考慮されている。

2　原文「不知」。この二字を、シラズと前の歌（二〇〇）では読み、この歌でシラニと読むのは、「舎人はまとふ」の理由を示す句だからである（佐伯梅友『万葉語研究』）。

3　或る本では、二〇二歌が前の長歌の反歌として伝えられていたことを言う。代匠記に左注の類聚歌林の伝

短歌二首

200 ひ[1]さかたの天《あめ》知らしぬる君故に日月も知らず恋ひわたるかも

久堅之　天所知流　君故尓　日月毛不知　戀渡鴨

201 埴安《はにやす》の池の堤の隠《こも》り沼《ぬ》の行方《ゆくへ》を知ら[2]に舎人はまとふ

⑪埴安乃　池之堤之　隱沼乃　去方乎不知　舍人者迷惑

或《あ》[3]る書の反歌一首

202 哭沢《なきさは》の神社《もり》に神酒《みわ》すゑ祈れども我が大君は高日知らしぬ

哭澤之　神社尓三輪須恵　雖禱祈　我王者　高日所知奴

右の一首は、類聚歌林に曰はく、檜隈女王《ひのくまのおほきみ》の泣沢神社を怨《うら》むる歌といふ。日本紀《にほんぎ》を案《かむが》ふるに⑫云はく、十年丙申の秋七月、辛丑朔の庚戌に、後⑬の皇子尊薨ずといふ。

[4]但馬皇女《たぢまのひめみこ》の薨じて後、穂積皇子、冬の日雪の降るに、遙かに

える所を正しいとしているように、檜隈女王の歌であろう。女王は大日本古文書に山形女王や鈴鹿王と並べ記されていて、高市皇子の子と思われる（『私注』）。女王の歌が、人麻呂の歌と同じ時に誦され、書きとどめられていたのを、反歌と誤り伝えた一本があったのだろう。

4　皇女と穂積皇子との関係については、一一四〜一一六歌参照。皇女の死は和銅元年六月二五日であった。

①或（金・類）―惑
②之（金・紀）―ナシ
③競（類・紀・矢）―竟
④或（類・紀）―惑
⑤令（金・矢・京）―合。左ニ令ヲ記ス。
⑥尓（金・類・紀）―ナシ
⑦埴（温・矢・京）―垣
⑧不（金・類・紀）―ナシ
⑨左（金）―右
⑩來（金・類・紀）―未
⑪埴（紀）―垣
⑫云（金・紀）―曰
⑬皇子（金・紀・温）―ナシ。左ニ記ス。

御墓《み》を望み、悲傷流涕して作らす歌一首

203 降る雪はあはに[1]な降りそ吉隠《よなばり》の猪養《ゐかひ》の岡の寒から[2]まくに

零雪者　安播尓勿落　吉隠之　猪養乃岡之　寒有①②卷尓

弓削皇子《ゆげのみこ》の薨ずる時に、置始東人《おきそめのあづまひと》の③作る歌一首　并《あは》せて短歌

204 やすみしし　吾《わ》が大君　高光る　日の皇子　ひさかたの　天つ宮に　神《かむ》ながら　神と座《いま》せば　そこをしも　あやに恐《かしこ》み　[3]昼《ひる》はも　日のことごと　夜はも　夜のことごと　臥《ふ》し居嘆けど　飽《あ》き足《だ》らぬかも

安見知之　吾王　高光　日之皇子　久堅乃　天宮尓　神隨　神等座者　其乎霜　文尓恐美　晝波毛　日之盡　夜羽毛　夜之盡　臥居雖嘆　飽不足香裳

反歌一首

205 大君は神にしませば天雲の五百重が下に隠りたまひぬ

王者　神西座者　天雲之　五百重之下尓　隠賜奴

また短[4]歌一首

1　アハニの解釈には諸説がある。「淡に」の意とするもの（『拾穂抄』）、地名とするもの（『攷證』）、「多に」でサハとアハとが通ずるとするもの（井上『新考』）など。「淡に」は歌意に合わず、地名説も「吉隠の猪養の岡の…」という下句に照らして疑わしい。沢瀉『注釈』に、播磨風土記賀古郡鴨波里の条に「多に粟を種う。故粟々里と曰ふ」とあるのをあげ、サハとアハとの通用を説く佐竹昭広説が紹介されている。それが妥当であろう。

2　原文は底本に「塞為巻尓」とあり、セキナサマクニ（『古義』『注釈』など）とも読まれてきた。しかし金沢本には塞が寒となっており、それによって為を有の誤字と見る橘守部『檜嬬手』の説が最も有力と考えられる。

3　天智十年の挽歌には「夜はも夜のことごと昼はも日のことごと」（一五五）と、夜・昼の順で歌われているのに、この歌では昼・夜となっているのに注目される。神野志隆光「古代時間表現の一問題」（『論集上代文学』第六冊）南方熊楠「往古通

用日の初め」（全集四巻）など。

4 前の長歌の反歌ではなかろう。

5 「泣血」は、血の涙を流すこと。韓非子に「哭二於楚山之下一三日三夜、泣尽而継レ之以血」とある。

6 軽（地名）にかかる枕詞。大空を飛ぶ雁の意で、類音のカルにかかる。

7 現在の橿原市の東南部。天武十年十月紀に「親王以下及群卿、皆居于軽市」とあり、交易する市として発達していたことがわかる。また允恭記に「天だむ軽の嬢子」という歌詞があり、歌垣が軽の地で行われたことを想像させる（土橋寛『古代歌謡全注釈』古事記編）。

8 真淵は以下四句から正妻ではなく「忍びて通ふ女」を想像したが（『考』）、契沖は「さだまれる妻なれども、まなくかよふと人のおもはん事を遠慮するなり」（『代匠記』初稿本）と解した。

9・10 次の用言に冠する枕詞。比喩的意味を持つ。

①寒（金）—塞 ②有（檜嫣手）—為 ③作（金・紀）—ナシ ④浪（金・紀）—波

206 ささなみの志賀さざれ波しくしくに常にと君が思ほせりける

神楽浪之④ 志賀左射礼浪 敷布尓 常丹跡君之 所念有計類

柿本朝臣人麻呂、妻の死にし後に、[5]泣血哀慟して作る歌二首

并せて短歌

207 [6]天飛ぶや [7]軽《かる》の路《みち》は 吾妹児《わぎもこ》が 里にしあれば ねもころに 見まく欲しけど [8]止まず行かば 人目を多み まねく行かば 人知りぬべみ [9]さね葛《かづら》 後も逢はむと [10]大船の 思ひ憑《たの》みて [11]玉かぎる 磐垣淵《いはかきふち》の 隠《こも》りのみ 恋ひつつあるに 渡る日の 暮れゆくが如《ごと》 照る月の 雲隠《がく》る如 [12]沖つ藻の 靡きし妹は [13]黄葉《もみちば》の 過ぎてい去《ゆ》くと [14]玉梓《たまづさ》の 使の言へば 梓弓 声《おと》に聞きて 一に云ふ、声のみ聞きて 言はむ術《すべ》 せむすべ知らに 声のみを 聞きてあり得ねば 吾《あ》が恋ふる 千重《ちへ》の一重も 慰《なぐさ》もる 情《こころ》もありやと 吾妹子《わぎもこ》が 止まず出で見し 軽の市に 吾が立ち聞けば [15]玉だすき 畝火の

山に　鳴く鳥の　音《こゑ》も聞こえず　玉桙《たまほこ》の　道行く人も　ひとりだに　似てし行かねば　すべをなみ　妹が名喚《よ》びて　袖そ振りつる

1或る本に、名のみを聞きてありえねばと謂ふ句あり

天飛也　輕路者　吾妹兒之　里尓思有者　懃　欲見騰　不已行者　人目乎多見眞根久往者　人應知見　狹根葛　後毛將相等　大船之　思憑而　玉蜻　磐垣淵之　隱耳　戀管在尓　度日乃　晩去之如　照月乃　雲隱如　奥津藻之　名延之妹者　黄葉乃　過伊去等　玉梓之　使之言者　梓弓　聲尓聞而（一云、聲耳聞而）　將言爲便　世武爲便不知尓　聲耳乎　聞而有不得者　吾戀　千重之一隔毛　遣悶流情毛有八等　吾妹子之　不止出見之　輕市尓　吾立聞者　玉手次　畝火乃山尓喧鳥之　音母不所聞　玉桙　道行人毛　獨谷　似之不去者　爲便乎無見　妹之名喚而　袖曾振鶴（或本、有謂之名耳聞而有不得者句）

短歌二首

208 秋山の黄葉《もみち》を茂み迷《まと》ひぬる妹を求めむ山道《やまぢ》知らずも　一に云ふ、路知らずして

秋山之　黄葉乎茂　迷流　妹乎將求　山道不知母（一云、路不知而）

11 「玉かぎる」は玉が微光を放つ意（『古義』）。かかり方に諸説があるが、次の「磐垣淵」にかかると思われる。イハカキフチは山奥の岩に囲まれた淵を言う。青々とした美しさは『文選』でも「玉淵」として詠まれている（「呉都賦」）。タマカギルイハカキフチノという二句が「隠り」を導く比喩的な序詞。

12 「玉藻なす　靡きねし児を」（一三五）・「玉藻なす　寄り寝し妹を」（一三一）などと同じく、かつての共寝を回想した表現。「沖つ藻の」は「靡き」にかかる比喩的枕詞。

13 過ぐにかかる枕詞。沖つ藻のように青々としていた妹が、黄葉のようにはかなく散ったという、イメージの利用が巧妙である。

14 梓の枝に、文をつけて使者が通ったので、「使」にかかる枕詞となった。

15 「玉だすき」は「畝火」にかかる枕詞。そして「玉だすき…鳴く鳥の」までが「声も聞こえず」を導く序。沢瀉『注釈』に、畝火山から距離があるので、鳥の声が聞こえないのはあたりまえで、実質的な意味を持た

ないと言われているが、茂吉は「実と非実」とのまじった象徴的効果を持つ写生句と見た（『評釈篇』）。ここはむしろ耳を澄ませても聞こえようのないものを聞く意味の比喩として効果があると思われるので、後説が支持される。

1　本文中の「声のみを　聞きてあり得ねば」の異伝（『拾穂抄』）。

2　長歌中の「玉梓の使」と同じく、妹の死を知らせに来た使と解するのが通説だが、他の人の所へ恋の便りを運ぶ使を指す（稲岡「人麻呂『反歌』『短歌』の論」）。

3　この長歌と前の長歌と、同じ女性の死を詠んだか、それとも別の女性の死を扱っているかに、論議がある（伊藤博『万葉集の歌人と作品』上など）。前者が正しかろう。

4　「天領巾」は、「白雲」（代匠記・沢瀉注釈）とも、「葬送の旗」（略解）「柩を覆ふ蓋」（檜嫣乎）「天女の羽衣」（攷證・講義・古典大系・新潮古典集成）「歩障」（古義）などと種々に説かれているが、雲あるいは旗などを作者が天女の領巾と観じ

209
黄葉《もみちば》の散りゆくなへに玉梓[2]の使を見れば逢ひし日念《おも》ほゆ

黄葉之　落去奈倍尒　玉梓之　使乎見者　相日所念

210
うつせみと[3]　念ひし時に　一に云ふ、うつそみと念ひし　取り持ちて　吾が二人見
し　走り出の　堤に立てる　槻《つき》の木の　こちごちの枝《え》の　春の葉
の　茂きが如く　念《おも》へりし　妹にはあれど　憑《たの》めりし　児等《こら》には
あれど　世の中を　背《そむ》きし得ねば　かぎろひの　燃ゆる荒野に
白妙《しらたへ》の　天領巾《あまひれ》[4]隠《がく》り　鳥じもの[5]　朝立ちいまして　入日なす　隠《かく》
りにしかば　吾妹子《わぎもこ》が　形見に置ける　みどり児《こ》の　乞《こ》ひ泣くご
とに　取り与ふる　物し無ければ　男じもの[6]　わきばさみ持ち
吾妹子と　二人吾《わ》が宿《ね》し　枕づく[7]　嬬屋《つまや》の内に　昼はも　うらさ
び暮らし　夜はも　息づき明かし　嘆けども　せむすべ知らに
恋ふれども　逢ふ因《よし》を無み　大鳥の[8]　羽易《はがひ》[9]の山に　吾が恋ふる
妹はいますと　人の言へば　岩根さくみて　なづみ来《こ》し　吉《よ》けく

もそなき　うつせみと　念ひし妹が　玉かぎる　ほのかにだにも
見えなく思へば

打蟬等　念之時尓（一云、字都曽臣等念之）　取持而　吾二人見之　趍出之　堤尓立有　槻木
之　己知碁知乃枝之①　春葉之　茂之如久　念有之　妹者雖有　馮有之②　兒等尓
者雖有　世間乎　背之不得者　蜻火之　燎流荒野尓　白妙之　天領巾隱　鳥自
物　朝立伊麻之弖　入日成　隱去之鹿齒　吾妹子之　形見尓置有　若兒乃③　乞
泣毎　取與　物之無者　烏徳自物④　腋挾持　吾妹子与　二人吾宿之　枕付　嬬
屋之内尓　晝羽裳　浦不樂晩之　夜者裳　氣衝明之　嘆友　世武爲便不知尓
戀友　相因乎無見　大鳥乃⑤　羽易乃山尓　吾戀流　妹者伊座等　人之云者　石
根左久見手⑥　名積來之　吉雲曽無寸　打蟬等　念之妹之　珠蜻　髣髴谷裳　不
見思者

短歌二首

211　[1]去年《こぞ》見てし秋の[2]月夜《つくよ》は[3]照らせども相見し妹はいや年さかる

去年見而之　秋乃月夜者　雖照　相見之妹者　弥年放

た表現なのであろう（中西進『柿本人麻呂』）。

5　以下四句に似た表現として文選挽歌詩の「朝ニ発シ二高堂ノ上ヲ一、暮ニ宿ス二黄泉ノ下ニ一。白日入リ二虞淵ニ一、懸ケテレ車ヲ息ハシム二駟馬ヲ一」（繆熙伯）があげられる。

6　原文「鳥穂自物」とあるのを『考』に「鳥徳自物」としたのによる。男らしくもなくの意。橋本四郎「上代の形容詞語尾ジについて」（万葉一五号）参照。

7　嬬屋にかかる枕詞。「夫婦は房に枕を並付てぬるが故にいへり」（冠辞考）と言われているのが二一六歌の「玉床の外に向きけり妹が木枕」によって肯定されよう。

8　大鳥の羽交（はがい）の意で「羽易の山」の枕詞とした。山の形から言ったものか。

9　三輪山の北の龍王山を指すと言われる。三輪山のうしろにちょうど鳥の翼をひろげた如く見える故の名か（大浜厳比古「大鳥の羽易山」万葉四六号）。

1　去年妻と共に見た秋の月はの意。

2　月夜は、月の出ている夜を表すが

月や月光を指す場合もある。ここは後者。

3　テラセレドの訓もある。ただし完了の助動詞「リ」を人麻呂作歌では「念有」（一三五）「生靡留」（一九六）「吹響流」（一九九）のように文字表記するのが普通。拾遺集に「こぞ見てし秋の月夜は照せどもあひ見し妹はいや遠ざかる」（巻二十）とある。

4　衾は地名で、そこを通る道が衾道であろう（代匠記）。夜具を体に密着させるために引く紐を通す輪を衾ぢと言い、引手の山の枕詞とする説（攷證・古典集成など）も見える。

5　長歌の羽易の山に同じ。

6　二一〇の長歌の初案。

7　明日香皇女の挽歌にも見えた。同挽歌では生前の回想も含めて一首中に構想されたものが、この泣血哀慟歌では二首に分けて構想されたものか（伊藤博『万葉集の歌人と作品』上）。

①知（金・紀）―智　②馮有（類・紀・温）―ナシ。右ニ記ス。③乃（金・類・紀）―ナシ　④烏徳（考）―鳥穂　⑤乃（金・類・紀）―ナシ　⑥手（類）―平　⑦徑（細）―侄

212　[4]衾道《ふすまぢ》を[5]引手の山に妹を置きて山路を行けば生けりともなし

衾道乎　引手乃山尓　妹乎置而　山徑⑦往者　生跡毛無

[6]或る本の歌に曰はく

213　[7]うつそみと　念ひし時　携へて　吾《わ》が二人見し　出で立ちの　百《もも》枝《え》槻《つき》の木　こちごちに　枝《えだ》させる如《ごと》　春の葉の　茂きが如く　念へりし　妹にはあれど　恃《たの》めりし　妹にはあれど　世の中を　背《そむ》きし得ねば　かぎろひの　燃ゆる荒野に　白栲《しろたへ》の　天領巾《あまひれ》隠《がく》り　鳥じもの　朝立ちい行きて　入日なす　隠《かく》りにしかば　吾妹子が　形見に置ける　緑児《みどりこ》の　乞ひ泣くごとに　取り委《まか》す　物し無ければ　男じもの　腋挟《わきばさ》み持ち　吾妹子と　二人吾《わ》が宿《ね》し　枕づく　嬬屋の内に　昼は　うらさび暮らし　夜は　息づき明《あか》し　嘆けども　せむすべ知らに　恋ふれども　逢ふよしを無み　大鳥の羽易の山に　汝が恋ふる　妹はいますと　人の云へば　岩根さくみ

て　なづみ来し　好《よ》けくもぞ無き　うつそみと　念ひし妹が　灰[1]にていませば

宇都曾臣等　念之時　携手　吾二見之　出立　百兄槻木　虚知期知尓　枝刺有如　春葉　茂如　念有之　妹庭雖在　恃有之　妹庭雖有　世中　背不得者　香切火之　燎流荒野尓　白栲　天領巾隠　鳥自物　朝立伊行而　入日成　隠西加婆　吾妹子之　形見尓置有　緑兒之　乞哭別　取委　物之無者　男自物　腋挾持　吾妹子與　二吾宿之　枕附　嬬屋内尓①　日者　浦不怜晩之　夜者　息②衝明之　雖嘆　爲便不知　雖戀　相縁無　大鳥　羽易山尓　汝戀　妹座等　人云者石根割見而　奈積來之　好雲叙無　宇都曾臣　念之妹我　灰而座者

短歌三首

214 去[2]年見てし秋の月夜は渡れども相見し妹はいや年離《さか》る

去年見而之　秋月夜者　雖度　相見之妹者　益年離

215 衾路《ふすまぢ》を引出の山に妹を置きて[3]山路念ふに生ける[4]ともなし

衾路　引出山　妹置③　山路念迹　生刀毛無

216 家[5]に来て吾《わ》が屋を見れば玉床《たまどこ》の外《ほか》に向きけり妹が木枕《こまくら》

1　この表現によって、ここに歌われている妹が火葬にされたことを知る。続日本紀に火葬の初めを文武四年(七〇〇)三月の僧道昭の場合としているのは、多少問題があるにしても、この二一三歌が文武朝以後に作られたことはほぼ疑いないところであろう。作歌年代を推測させる手掛かりとなる例。二一〇が再案とすると、人麻呂は「灰にていませば」の表現を捨て、「玉かぎる　ほのかにだにも　見えなく思へば」という朧化した表現に改めたことも知られる。

2　以下三首は、墓所から帰っての心境を詠む。二一一の「照らせども」と異なり、この「渡れども」には移りゆく時の意識が見える。

3　「山路念ふに」はその山路を離れての感慨で、二一二歌の「山路を行けば」と異なる(古典集成)。

4　原文「生刀毛無」とあり、トに刀の仮名が用いられている。刀はト甲の仮名で、助詞のトは乙類であるから、ここは助詞とは考えられない。仮名の誤用と見る説もあるが(沢瀉注釈など)、「利心」のトと同じく、しっかりした心を表すとする説によ

家來而　吾屋乎見者　玉床之　外向來　妹木枕

[6]吉備津《きびつ》の釆女《うねめ》の死にし時[7]に、柿本朝臣人麻呂の作る歌一首

并せて短歌

217
秋山の　したへる妹　なよ竹の　とをよる子等《こら》は　いかさまに
念ひ居《を》れか　栲縄《たくなは》の　長き命を　露こそば　朝《あした》に置きて　夕《ゆふべ》には
消ゆと言へ　霧こそば　夕に立ちて　朝には　失《う》すと言へ　梓弓
音聞く吾《われ》も　おほに見し　事悔《くや》しきを　敷妙《しきたへ》の　手枕《たまくら》まきて　劔
大刀　身に副《そ》へ寝けむ　若草の　その夫《つま》の子は　さぶしみか　念
ひて寝《ぬ》らむ　悔しみか　念《おも》ひ恋ふらむ　時ならず　[8]過《す》ぎにし子等《こら》
が　朝露のごと　夕霧のごと

秋山　下部留妹　奈用竹乃　騰遠依子等者　何方尓　念居可　栲紲之　長命乎
露己曾婆　朝尓置而　夕者　消等言　霧己曾婆　夕立而　明者　失等言　梓弓
音聞吾母　髣髴見之　事悔敷乎　布栲乃　手枕纒而　劔刀　身二副寐價牟　若

るべきか（武田全注釈など）。
5　この歌再案では削られている。
6　吉備津は、吉備国の津宇郡で、現在の岡山県都窪郡に含まれる地。その出身の采女の死を歌った挽歌。
北山茂夫「柿本人麻呂論序説」（文学昭和四七年九月）に、この作の成立を天智朝とする新説が見られるが、反歌の作り方などから持統朝後半以後の作であることは疑いないだろう。
7　沢瀉久孝『万葉歌人の誕生』に、事件は近江朝に起こったことで、持統朝の人麻呂が近江朝の事件当時を今として虚構した作と言う。注6の北山説は、沢瀉説を受けつつ、作歌時点を近江朝に溯らせるものである。これらに対し伊藤博は、人麻呂と同時代の釆女の事件を、近江朝の釆女に託して歌ったものかと考えている（『万葉集の表現と方法』下）。
8　この表現から、釆女は自殺したのだろうと推測される（『私注』など）。

①日（金・類）—且
②衝（金・類・紀）—衡
③置（類・紀・温）—且。消シテ左ニ「置」ヲ記ス。

草　其嬬子者　不怜弥可　念而寐良武　悔弥可　念戀良武　時不在　過去子等
我　朝露乃如也　夕霧乃如也

短歌二首

218 楽浪《さざなみ》の[1]志《し》賀《が》津《つ》の子等が（一に云ふ、志賀の津の子が）[2]罷《まか》り道《ち》の川瀬の道を見れば
さぶしも

樂浪之　志我津子等何（一云、志我乃津之子我）　罷道之　川瀬道　見者不怜毛

219 [3]そら数ふ大津の子が[4]逢ひし日におほに見しくは今ぞ悔しき

天數　凡津子之　相日　於保尒見敷者　今叙悔

讃岐《さぬき》の[5]狭岑島《さみねのしま》に、石《いは》の中の[6]死人《しにひと》を視《み》て、柿本朝臣人麻呂の作
る歌一首　并せて短歌

220 玉藻よし　讃岐の国は　国からか　見れども飽《あ》かぬ　神からか
ここだ貴き　天地《あめつち》　日月とともに　満《た》りゆかむ　神の御面《みおも》と　継《つ》
ぎ来《きた》る　中の水門《みなと》ゆ　船浮《う》けて　吾《わ》が漕《こ》ぎ来《く》れば　時つ風　雲居

1　この歌で「志賀津の子等」と称されているのは、通説では題詞の吉備津の采女と同人で、近江朝の采女であったから「志賀津の子」「大津の子」と呼ばれたと考えるのであるが（沢瀉久孝『万葉歌人の誕生』など）、神堀忍『吉備津采女』と『天数ふ大津の子』（万葉八三号）には、采女の夫が大津連・大津造であったのを、このように表現したものと推測する。

2　采女の葬送の道とする説（考・山田講義・古典大系）、黄泉の国への道とする説（私注・古典集成）に対し、罪を得て都を退去してゆく道とする説（神堀）もある。

3　初句の原文「天數」はアマカゾフ、ソラカゾフのいずれにも読めるが、真淵が「こは物をさだかにせで凡にそら量りするを、そらかぞへといふを以て、大津の凡を凡（オホヨソ）の意にとりなして冠らせたり」と言って後者としたのによる。但しかかり方には疑問も出されている。

4　神堀説では、采女の夫が采女に逢った日のことになるが、下句との関連から疑わしい。

に吹くに　沖見れば　[7]とゐ浪立ち　辺見れば　白浪さわく　鯨魚《いさな》
取り　海を恐《かしこ》み　行く船の　[8]梶《かぢ》引き折りて　をちこちの　島は多
けど　名くはし　狭岑の島の　荒磯面《ありそも》に　廬《いほ》りて見れば　浪の音
の　繁《しげ》き浜辺を　敷妙の　枕になして　荒床《あらとこ》に　ころ伏《ふ》す君が
[9]家知らば　行きても告げむ　妻知らば　来も問はましを　玉桙の
道だに知らず　おほほしく　待ちか恋ふらむ　愛《は》しき妻らは

玉藻吉　讃岐國者　國柄加　雖見不飽　神柄加　幾許貴寸　天地　日月與共
滿將行　神乃御面跡　次來　中乃水門従　①船浮而　吾榜來者　時風　雲居尓吹
尓　奥見者　跡位浪立　邊見者　白浪散動　鯨魚取　海乎恐　行②船乃　梶引折
而　彼此之　嶋者雖多　名細之　狭③岑之嶋乃　荒儀面尓　廬作而見者　浪音乃
茂濱邊乎　敷妙乃　枕尓爲而　荒床　自伏君之　家知者　徃而毛將告　妻知者
來毛問益乎　玉桙之　道太尓不知　欝④悒久　待加戀良武　愛伎妻等者

反歌二首

221 妻もあらば採《つ》みて[10]たげまし作美《さみ》の山野の上《へ》のうはぎ[11]過ぎにけらず

5 香川県塩飽（しあく）諸島の沙弥の島。現在坂出港と陸つづきになっている。この辺の潮の状態などについては犬養孝「人麻呂と風土」（万葉二五号）参照。

6 折口信夫『口訳万葉集』（二二二歌の項）に、「此種の行路病死人を憐んだ歌は、単に気の毒に思うて歌うたものと解するのはよろしくない。触穢を厭ふ当時の風習に、更に病死人の霊魂の祟りを恐れて、慰める心もあったのだ」と説く。

7 原文「跡位浪」でトキナミと読まれる。巻十三・三三三五には「跡座浪」とある。北条忠雄『「跡位浪」考』（文学昭和一七年一〇月）に、トキは撓むのタワの母音転換をしたものと説く。うねり撓み立つ浪の意。

8 梶（かぢ）は櫂（かい）に同じ。後世に言う舵とは違う。引き折りは「浪荒く風悪き時、島陰などへ船をこぎ入るゝを云」（檜嬬手）うか。

①船（類・紀・温）—舡
②船（類・紀・温）—舡
③岑（類・紀・温）—峯
④悒（金・温・矢）—拖

や

妻毛有者　採而多宜麻之　作①美乃山　野上乃宇波疑　過去計良受也

222 沖つ波来よる荒磯《ありそ》を敷妙の枕とまきて寝《な》せる君かも

奥波　來依荒礒乎　色妙乃　枕等巻而　奈世流君香聞

1 柿本朝臣人麻呂、石見国《いはみのくに》に在りて死に臨む時に、自《みづか》ら傷みて作る歌一首

223 2鴨山《かもやま》の3磐根《いはね》しまける吾《われ》をかも知らにと妹が待ちつつあるらむ

鴨山之　磐根之巻有　吾乎鴨　不知等妹之　待乍將有

柿本朝臣人麻呂の死ぬる時に、妻4依羅娘子《よさみのをとめ》の作る歌二首

224 今日今日と吾が待つ君は石川の5貝に（一に云ふ、谷に）まじりてありと言はずやも

②且今日々々　吾待君者　石水之　貝尒（一云、谷尒）　交而　有登不言八方

9 行路死人歌で、「家」「妻」が歌われることは、人間的な同情のみでなく、旅人と家人との共感的関係にもとづく鎮魂の意味を持つ（神野志隆光「行路死人歌の周辺」論集上代文学第四冊）。

10 タグは食べる意の動詞。皇極紀の歌謡に「米だにも　多礙底通らせ」と見える。

11 嫁菜（よめな）の盛りの過ぎたことを言う。

1 この題詞によると人麻呂は晩年に石見国に下って客死したことになる。「死」と書かれているので、六位以下の身分であったと推定される。続日本紀和銅元年四月に「従四位下柿本朝臣佐留卒」とあるのと関連させ、佐留と人麻呂を同人と考える人もあるが（梅原猛「水底の歌」）、両者は別人だろう。

2 鴨山の位置については諸説がある。茂吉は島根県邑智郡邑智町湯抱（ゆがかえ）の鴨山としたが（『柿本人麿雑纂篇』）、神田秀夫・土屋文明は大和の葛城連山中の鴨山と見ている（『人麻呂歌集と人麻呂伝』・『私注』）。

225 直《ただ》の逢ひは逢ひかつましじ石川[6]に雲立ち渡れ見つつ偲《しの》はむ

直相者　相不勝　石川尓　雲立渡礼　見乍將偲

丹比真人《たぢひのまひと》 名闕けたり 柿本朝臣人麻呂の意《こころ》に擬《なずら》へて報《こた》ふる歌一首

226 荒浪[7]に寄り来る玉を枕に置き吾《われ》ここにありと誰か告げけむ

荒浪尓　縁來玉乎　枕尓置　吾此間有跡　誰將告

或る本の歌に曰《い》はく

227 天離《あまざか》る[8]夷《ひな》の荒野に君を置きて念《おも》ひつつあれば生けるともなし

天離　夷之荒野尓　君乎置而　念乍有者　生刀毛無

右の一首の歌は、作者未だ詳《つばひ》らかならず。ただし古本此の歌をもちて、此の次《つぎて》に載《の》す。

寧楽宮《ならのみや》

3 イハネシマケルを、石槨の中に横たわる状態と説くもの（折口訳など）もあるが、文字通り岩を枕とした行きだおれの状態と見て良いだろう。

4 依網娘子を石見の人麻呂の妻と見る説（沢瀉注釈・伊藤博『万葉集の歌人と作品』上など）に対し、依網を河内の依網と考え、その地の女性と見る説（私注など）もある。

5 「貝にまじりて」の貝をそのまま受けとると、海浜の状景が浮かべられる。貝を峡（かひ）の借り字と考える説もある（近藤芳樹『万葉集註疏』など）。

6 二二四・二二五歌の石川は石見国ではどこに当たるかはっきりしない。茂吉は江川上流の呼び名とする。もし鴨山が大和の葛城連山の中に求められる鴨山とすれば、石川はその麓を流れる川で郡名にもなっている。二二三から二二五までの三首を、人麻呂が自身の死を仮構して歌った作とする見解もある（伊藤博『万葉集の歌人と作品』上）。

①作（金・類・古）—佐
②且（紀・細・温）—且

和銅四年歳次辛亥　河辺宮人《かはへのみやひと》、姫島《ひめしま》の松原に嬢子《をとめ》の[1]屍《かばね》を見て
悲しび嘆きて作る歌二首

228 妹が名は千代に流れむ姫島の子松が末《うれ》に蘿《こけ》むすまでに
妹之名者①　千代尓将流　姫嶋之　子松之末尓　蘿生萬代尓

229 難波《なには》潟《がた》潮干なありそね[2]沈みにし妹が光儀《すがた》を見まく苦しも
難波方　塩干勿有曽祢　沉之　妹之光儀乎　見巻苦流思母

[3]霊亀元年歳次乙卯の秋九月、志貴親王《しきのみこ》の薨ずる時に作る歌一首　并せて短歌

230 梓弓　手に取り持ちて　大夫《ますらを》の　得物矢手《さつやた》ばさみ　立ち向かふ
高円山《たかまとやま》に　春野焼く　野火と見るまで　燃ゆる火を　[4]いかにと問
へば　玉桙の　道来る人の　泣く涙　霈霖《こさめ》に降り　白妙の　衣《ころも》ひ
づちて　立ち留《と》まり　吾に語らく　何しかも　[5]もとなとぶらふ
聞けば　哭《ね》のみし泣かゆ　語れば　心そ痛き　天皇《すめらき》の　神の御子《みこ》

7　この歌は、二二二歌と表現が似ている。

8　これは、人麻呂の二一五歌「衾路を引手の山に妹を置きて山道念ふに生けるともなし」と類歌。

1　「屍を見て」と題されているが実際に見ての作かどうか疑問とする説もある。

2　折口信夫全集ノート編の口訳（第十一巻）では嬢子を行路病死者とし、「おそらく汐がさしてくると見えなくなるのか、あるいは、海の底に投げたのか。」と言う。

3　続日本紀霊亀二年八月の条に「甲寅、二品志貴皇子薨」とあって、この題詞と食い違っている。ここの元年は二年の誤りで（沢瀉注釈）、八月九日に親王が薨去し、その四十九日目の供養の日に作られた歌かと見る説（近藤章「志貴親王薨去とその挽歌」『国語と国文学』昭和四九年八月）に蓋然性があろうか。

4　この歌の技法上の特色として、葬送を知らないたてまえの作者が葬送者に問い、それに人が答えてくれるという形式になっている点が指摘さ

のいでましの　手火《たひ》の光そ　ここだ照りたる

梓弓　手取持而　大夫之　得物②矢手挾　立向　高圓山尒　春野燒　野火登見左右　燎火乎　何如問者　玉桙之　道來人乃　泣涙　③霈霂尒④落　白妙之　衣𣵀漬而　立留　吾尒語久　何鴨　本名⑤吕　聞者　泣耳師所哭　語者　心曾痛　天皇之　神之御子之　御駕之　手火之光曾　幾許照而有

[6]短歌二首

231 高円の野辺《のべ》の秋萩いたづらに咲きか散るらむ見る人なしに

高圓之　野邊秋芽子　徒　開香將散　見人無尒

232 三笠山野辺行く道はこきだくも繁《しげ》く荒れたるか久にあらなくに

御笠山　野邊徃道者　己伎⑥太雲　繁荒有可　久尒有勿國

右の歌は、笠朝臣金村の歌集に出づ。[7]

[8]或る本の歌に曰はく

233 高円の野辺の秋萩《あきはぎ》な散りそね君が形見に見つつ偲《しぬ》はむ

れる（清水克彦「笠金村論」『万葉』七八号など）。

5 原文は紀州本や西本願寺本に「本名言」とあるが、京大本に「言」を消し左に吕としたのによる（吉永登『万葉―その異伝発生をめぐって』）。

6 ここに「反歌二首」とせず「短歌二首」としているのは人麻呂作歌の模倣か。『古典集成』では、別人の歌二三三・二三四を利用した歌であるために、短歌と記されたと考えている。伊藤博「第一人者の宿命」（『万葉集の歌人と作品』下）に、二三一と二三三、二三二と二三四の相違は間接的と直接的とにあり、他人の作を第三者的な立場で歌う長歌につける反歌にふさわしく改作したものと説いている。ただし注7に掲げる小野稿に反論も見える。

7 小野寛「笠金村の歌集出歌と歌中出歌と或本歌」（『論集上代文学』第

①者（金・類・古）―ナシ。右ニ書ク。②矢（金・類・紀）―失　③霈（金・類・温）―霈　④落（金・類）―落者　⑤吕（京赭）―言　⑥太（金・古・京）―大

六冊）に、金村関係歌で、この長反歌だけが「歌集出」となっている点に注目し、そのことと、長歌の虚構の技法とが関連していると言う。

8 「或る本の歌」を、金村の作品の異伝として考えるか、あるいは、別人の作と見るか説が分かれる。

高圓之　野邊乃秋芽子　勿散祢　君之形見尒　見管思奴播武

234 三笠山野辺ゆ行く道こきだくも荒れにけるかも久にあらなくに

三笠山　野邊從遊久道　己伎太久母　荒尒計類鴨　久尒有名國

萬葉集巻第二

萬葉集巻第三

萬葉集巻第三

雑歌

譬喩謌

挽謌

萬葉集巻第三

雑歌

天皇[1]、雷岳《いかづちのをか》[2]に御遊《いでま》す時に、柿本朝臣人麻呂の作る歌一首

235
大君は神にしませば天雲の雷《いかづち》の上に廬《いほ》り[4]せるかも[3]

皇者　神二四座者　天雲之　雷之上尓　廬爲流鴨①

右、或る本に云はく[5]、忍壁皇子に献れるなりといふ。その歌に曰はく、

大君は神にしませば雲隠る雷山に宮敷きいます[6]

王　神座者　雲隱　伊加土山尓　宮敷座

天皇[7]、志斐[8]の嫗《おみな》に賜ふ御歌一首

236
不《い》聴《な》と言へど強《し》ふる志斐《しひ》のが強語《しひがた》りこのころ聞かずて朕《われ》恋ひにけ

1 この天皇を、天武天皇（武田全註釈）・元正天皇（『拾穂抄』）などと見る説もあるが、持統天皇（攷證など）とするのが穏当か。

2 明日香村雷にある小丘がそれかと言われる。日本霊異記上巻の第一話に「雷を捉ふる縁」が載せられている。少子部螺蠃が雷神をとらえる話で、雷岳が古く雷神の降臨する聖丘と考えられていたことを示す。

3 類歌が巻十九・四二六〇・四二六一に見える。

4 第五句、イホリスルカモ（古典全書、全註釈など）・「イホラセルカモ」（折口訳・古典大系・古典集成）と読む説もある。

5 「或る本」の歌が初稿で、それは忍壁皇子への献歌であったが、のちに推敲が加えられ、二三五の歌が成ったか（沢瀉注釈）。

6 「大君は神にしませば」という表現は天武天皇を讃える表現として成立したのであるが、のちに天武の皇子たちにも讃辞として用いられるようになった。

①流鴨（類・古・紀）―鴨流

り

不聴跡雖云　强流志斐能我　强語　比者不聞而　朕戀尒家里

志斐の嫗の和《こた》へ奉《まつ》る歌一首　嫗の名いまだ詳らかならず

237 不《い》聴《な》と言へど語れ語れと詔《の》らせこそ志斐い[1]は奏《まを》せ[2]強語《しひがた》りと言ふ

不聴雖謂　話礼〻〻常　詔許曽　志斐伊波奏　强話登言

長忌寸《ながのいみき》意吉麻呂、[3]詔《みことのり》に応《こた》ふる歌一首

238 大宮の内まで聞こゆ網引《あびき》すと網子《あご》ととのふる[4]海人《あま》の呼び声

大宮之　内二手所聞　網引爲跡　網子調流　海人之呼聲

右一首

長皇子、猟路《かりぢ》の池に遊《いでま》す時に、柿本朝臣人麻呂の作る歌一首

并せて短歌

7 これも何天皇を指すか明らかでないが、前と同じく持統天皇か。

8 新撰姓氏録の左京皇別上に阿倍志斐連名代が、天武朝に楊花を献じ、これを辛夷花（こぶしのはな）と言いはったので阿倍志斐連の名を賜った話が見える。この氏の人か（山田講義など）。

---

1 この「イ」は主格の助詞とも言われるが、副助詞と考える説もある。小林芳規「謂はゆる主格助詞『い』は副助詞と考ふべきである」（『国語』昭和二八年九月）。

2 結句をシヒガタリトノルと読む説もある。

3 代匠記に「難波へ行幸ノ時ナドヨメルニヤ」と言う。持統天皇・文武天皇のいずれとも定めがたい。

4 万葉集の海人を詠む歌のなかで、海人に親しく呼びかけるような明るさを持つ特殊な例。高木市之助『雑草万葉』参照。

239 やすみしし[5] 吾《わ》が大君 高光《たかひか》る 吾が日の皇子《みこ》の 馬並《な》めて み猟《かり》立たせる 弱薦《わかこも》を 猟路《かりぢ》の小野《をの》に 猪鹿《しし》こそば い這《は》ひ拝《をろが》め 鶉《うづら》こそ い這ひ廻《もと》ほれ 猪鹿じもの い這ひ拝み 鶉なす い這ひ廻ほり 恐《かしこ》みと 仕《つか》へ奉《まつ》りて ひさかたの 天《あめ》見るごとく ま[6]そ鏡 仰ぎて見れど [7]春草の いやめづらしき 吾《わ》が大君かも

八隅知之 吾大王 高光 吾日乃皇子乃 馬並而 三獦立流 弱薦乎 獦路乃 小野尒 十六社者 伊波比拜目 鶉己曽 伊波比廻礼 四時自物 伊波比拜 鶉成 伊波比毛等保理 恐等 仕奉而 久堅乃 天見如久 眞十鏡 仰而雖見 春草之 益目頬四寸 吾於富吉美可聞

反歌一首

240 ひさかたの天《あま》行く月を網に刺し[8]我《わ》が大君は 蓋《きぬがさ》[9]にせり

久堅乃 天歸月乎 網尒刺 我大王者 盖尒爲有

[10]或る本の反歌一首

241 大君は神にしませば真木《まき》の立つ荒山中《あらやまなか》に海を成すかも

5 「やすみしし 吾が大君 高光る 吾が日の皇子」という表現は万葉集で天武・持統両天皇とその皇子および皇孫軽皇子に限って見える（吉井巌「雷岳の歌」『万葉集を学ぶ』第三集）。

6 「仰ぎ見」の枕詞。

7 「いやめづらし」にかかる枕詞。春草の萌え出るのは愛すべく、心惹かれるところから冠せられたか。

8 「網に刺し」とは、網でとらえることを言う（山田講義）。アンデス地方に太陽をとらえた人の話が伝えられている（佐竹昭広「人麿の反歌一首」万葉一九号）。

9 盖は、絹あるいは織物でつくった長柄の傘で、貴人のうしろからさしかけたもの。華蓋。『代匠記』に楚辞の「建日月以為蓋兮」の例をあげる。茂吉は「日が暮れて既に大きな月が出てゐたと看る方が却つておもしろい」と言う（評釈）。

10 恐らく同じ時に二四一のような形の短歌が、長歌とは別に作られていたのを記録し伝えるうちに反歌とされたのであろう。

皇者　神尒之坐者　眞木乃①立　荒山中尒　海成可聞

弓削皇子、吉野に遊《いでま》す時の御歌一首

242 滝[1]の上の三船の山に居る雲[2]の常にあらむとわが思はなくに
瀧上之　三船乃山尒　居雲乃　常將有等　和我不念久尒

春日王[3]の和《こた》へ奉《まつ》る歌一首

243 大君は千歳《ちとせ》にまさむ白雲も三船の山に絶ゆる日あらめや
王者　千歳二②麻佐武　白雲毛　三船乃山尒　絶日安良米也

或[4]る本の歌一首

244 み吉野の御船《みふね》の山に立つ雲の常にあらむと我《わ》が思はなくに
三吉野之　御船乃山尒　立雲之　常將在跡　我思莫苦二

右の一首は、柿[5]本朝臣人麻呂の歌集に出づ。

1 宮滝の地の岩に水のたぎち流れる所。

2 「居る雲の」が「常にあらむ」にかかるか、常なきを悲しむ下句全体にかかるか説が分かれるが、前者か(私注など)。

3 同名の王が、持統三年（六八九）四月、文武三年（六九九）六月、天平十七年（七四五）四月にそれぞれ没している。ここは文武三年になくなった王を指すか。

4 前の二四二歌が転訛を経て人麻呂歌集に収載されたか、それとも二四四をもとに前の歌が作られたか明らかでないが、私注は独自の人麻呂歌集観により前者と考えている。後者とも考えられよう。

5 二四四歌が人麻呂歌集に弓削皇子の歌として載せられていたかどうか疑問である。

長田王[6]、筑紫に遣《つか》はされて、[7]水島に渡る時の歌二首

245 聞くが如《ごと》まこと貴く奇《くす》しくも神《かむ》さびをるかこれの水島

如聞　眞貴久　奇母　神左備居賀　許礼能水島

246 [8]葦北《あしきた》の野坂の浦ゆ船出《ふなで》して水島に行かむ浪立つなゆめ

葦北乃　野坂乃浦従　船出爲而　水嶋尓將去　浪立莫勤

石川大夫《いしかはのまへつきみ》の和《こた》ふる歌一首　名闕けたり

247 [9]沖つ浪辺《へ》浪《なみ》立つともわが背子が御船《みふね》の泊《とま》り浪立ためやも

奥浪　邊波雖立　和我世故我　三船乃登麻里　瀾立目八方

[10]右、今案《かむが》ふるに、従四位下石川宮麻呂《いしかはのみやまろ》朝臣、慶雲年中に大弐に任ず。又、正五位下石川朝臣吉美侯《きみこ》、神亀年中に少弐に任ず。両人の誰《いづ》れが此の歌を作るかを知らず。

又、長田王の作る歌一首

6 作歌年代は不明であるが、あとの二四七の作者が石川宮麻呂とすれば、慶雲のころか。

7 景行紀十八年四月の条に葦北の小島に泊てたが水がなく天神地祇に祈ったところ寒泉が湧き出たので水島と名づけたという地名説話が見える。そうした伝承を踏まえての作歌である。

8 熊本県葦北郡葦北町の不知火海に面した所を指す。野坂の浦は未詳。

9 長田王の第二首目に答えた歌。

10 石川宮麻呂と石川吉美侯と、どちらが題詞の「石川大夫」にあたるかわからないとする。全註釈などに前者とし、私注では吉美侯の蓋然性を言う。

①乃（類・古・紀）―之
②二（類・古・紀）―尓

248 隼人《はやひと》の薩摩《さつま》の瀬戸《せと》を雲居なす遠くも吾《われ》は今日見つるかも

隼人乃　薩麻乃迫門乎　雲居奈須　遠毛吾者　今日見鶴鴨

柿本朝臣人麻呂の羈旅《たび》の歌八首

249 [1]三津の崎浪を恐《かしこ》み隠江《こもりえ》の[2]舟なる公《きみ》は[3]宿《やど》る[4]美奴馬《みぬめ》に

三津埼　浪矣恐　隠江乃　舟公　宿①美②奴③馬尓

250 玉藻刈る敏馬《みぬめ》を過ぎて夏草の野島《のしま》の崎に舟近づきぬ

珠藻苅　敏馬乎過　夏草之　野嶋之埼尓　舟近著奴

[5]一本に云はく、処女乎《をとめを》過而《すぎて》　夏草乃《なつくさの》　野島我《のじまが》埼尓《さきに》　伊保里為吾等者《いほりすわれは》

251 淡路《あはぢ》の野島の埼の浜風に妹が結びし[6]紐吹き返す

粟路之　野嶋之前乃　濱風尓　妹之結　紐吹返

252 [7]荒栲《あらたへ》の藤江の浦にすずき釣《つ》る海人《あま》とか見らむ旅行く吾《われ》を

荒栲　藤江之浦尓　鈴寸釣　④白水郎跡香將見　旅去吾乎

一本に云はく、白栲乃《しろたへの》　藤江能浦尓《ふぢえのうらに》　伊射里為流《いざりする》

1　この歌の下句の訓に異説があり、西下の時の作とも、東上の作とも見られる。しかし、「三津の埼浪を恐み」という歌い出しから見て、難波出航の折に近くの入江に隠ったという想像は受け入れがたいので、三津の崎を目ざして東上して来た時の歌と考える方が妥当だろう（稲岡「万葉びとにおける旅」国文学昭和四八年七月）。

2　第四句「舟公」をフネナルキミハと訓む（私注・沢瀉注釈）。

3　「宣奴嶋尓」の四字の訓に種々異説があるが、童蒙抄および沢瀉注釈に「宣」を「宿」の誤字としたのにより、また古葉略類聚鈔に「奴」の上に「美」のあるのによれば、本来「美奴馬」とあったところが、馬を嶋に誤り、さらに「美」を脱したとも推測される。

4　美奴馬は敏馬とも記される神戸市灘区岩屋付近の地。水神を祭る所でもある。水神の加護を祈る心の表現か。

5　一本の伝を、人麻呂の推敲と見る説（松田好夫『万葉研究　新見と実証』・村田正博「柿本人麻呂が羈旅

の歌八首」和歌文学研究三四号）もあるが、この場合は後の伝誦による転訛だろう（稲岡前掲稿・井手至「柿本人麻呂の羈旅歌八首をめぐって」『万葉集研究』第一集）。

6 第三句に「浜風に」と言い結句を「吹き返す」としているので、その主語をめぐって論議もあったが、吹き返すままにまかせる意で、軽い使役と見るべきか（山田講義・沢瀉注釈など）。文選の行旅詩に「軽襟随風吹」（潘安仁）という表現を見る。

7 「荒栲の」は藤江の枕詞。藤や麻を材料とする粗末な布をアラタへと言うので、旅人の汚れた衣や海人の衣服を想像させる効果を持つ。

8 『代匠記』などに佳景に惹かれて過ぎがたいと説くが、泰野武国「万葉二五三番歌をめぐっての推論」（上代文学二九号）に家郷大和を離れて西下するわびしさを理由とする。

9 加古の島名に「子」に対する連想

①宿（意改）―宣 ②美（古）―ナシ ③馬（意改）―嶋 ④白水郎（類・細）―泉郎 ⑤能尓波好（意改）―舳尓波

253 稲日野《いなびの》も[8]行き過ぎかてに思へれば心恋しき[9]加古《かこ》の島見ゆ 一に云ふ、湖《みなと》見ゆ

稲日野毛　去過勝尓　思有者　心戀敷　可古能嶋所見 一云、湖見

254 留火《ともしび》の明石《あかし》大門《おほと》に[10]入る日にか漕《こ》ぎ別れなむ家《いへ》の当《あたり》見ず

留火之　明大門尓　入日哉　榜將別　家當不見

255 天離《あまざか》る夷《ひな》の長道《ながち》ゆ恋ひ来れば明石の門《と》より大和島《やまとしま》見ゆ

天離　夷之長道從　戀來者　自明門　倭嶋所見

一本に云はく、家門《やどのあたりみゆ》当見由

256 [11]飼飯《けひ》の海の庭[12]好《よ》くあらし刈《か》り薦《こも》の乱れ出づ見ゆ海人《あま》の釣船[13]

飼飯海乃　庭好有之　苅薦乃　乱出所見　海人釣船

一本に云はく、武庫《むこ》乃《の》海《うみ》能⑤《の》尓波《には》好有之《よくあらし》　伊射里為流《いざりする》　海部《あま》乃《の》釣船《つりふね》　浪《なみの》上従所見《うへゆみゆ》

[14]鴨君足人《かものきみたるひと》の香具山の歌一首 并せて短歌

257 天降《あも》りつく　天《あめ》の香具山　霞立つ　春に至《いた》れば　松風に　池波立

ちて　桜花　木《こ》のくれ茂《しげ》に　沖辺《おきへ》には　鴨妻喚《つまよ》ばひ　辺《へ》つ方《へ》に
あぢむら騒《さわ》き　ももしきの　大宮人《おほみやひと》の　まかり出《で》て　遊ぶ船には[1]
梶棹《かぢさを》も　無くてさぶしも　漕《こ》ぐ人なしに

天降付　天之芳來山　霞立　春尒至婆　松風尒　池浪立而　櫻花　木乃晩茂尒
奧邊波　鴨妻喚　邊津方尒　味村左和伎　百礒城之　大宮人乃　退出而　遊船
尒波　梶棹毛　無而不樂毛　己具人奈四二

反歌二首

258 人漕《こ》がずあらくもしるし潜《かづ》きする鴦《をし》とたかべと船の上に住む

人不榜　有雲知之　潛爲　鴦与高部共　船上住

259 何時《いつ》の間も神さびけるか香具山の鉾杉《ほこすぎ》が本に薜《こけ》むすまでに[2]

何時間毛　神佐備祁留鹿　香山之　鉾榲之本尒　薜生左右二

或る本の歌に云はく

260 天降りつく　神の香具山　打靡く　春去り来れば　桜花　木《こ》のく

が含まれる（吉永登『万葉　通説を疑う』）。

10 「入らむ日や」と訓む説もある（全註釈・古典文学全集など）。

11 淡路の西岸、松帆村の笥飯野（慶野とも書く）の海を指す。

12 海面が隠やかであるらしいの意。海の平穏を予祝する表現（神野志隆光「柿本人麻呂羈旅の歌八首」『万葉集を学ぶ』第三集）。

13 以上八首の配列について、村田前掲稿に構成意図を認める説があるが、山田講義に「旅程の進みにつれたる順序とは見られず」と記すように西下時、東上時の作が混然としている。

14 橿原市鴨公はこの氏族の住んだ所と言う。

---

1 「遊びし船には」の意。眼前に舟遊びを思い浮かべての表現。

2 以上の長反歌について、真淵は高市皇子薨去後香具山の宮の荒れたのを歌ったものと考えたが（考）、岸本由豆流攷證などの言うように、奈良遷都後藤原の宮のあとの荒れはてたのを見て悲しんだ歌と見るのが妥当か。私注に「モモシキノ　オホミ

れ茂に　松風に　池波立ち　辺《へ》つへには　あぢむら騒き　沖辺には　鴨妻喚《よ》ばひ　ももしきの　大宮人の　まかり出て　漕ぎける舟は　竿梶も　無くてさぶしも　漕がむと思へど

天降就　神乃香山　打靡　春去來者　櫻花　木晤茂　松風丹　池浪飈　邊都遍者　阿遲村動　奥邊者　鴨妻喚　百式乃　大宮人乃　去出　榜來舟者　竿梶母無而左夫之毛　榜与雖思

[3]右、今案《かむが》ふるに、都を寧楽《なら》に遷《うつ》したる後に、旧《ふ》りぬるを怜《あはれ》びてこの歌を作るか。

柿本朝臣人麻呂、新田部皇子《にひたべのみこ》に献る歌一首　并せて短歌

261　やすみしし　吾《わ》が大君《おほきみ》　[4]高輝《たかて》らす　日《ひ》の皇子《みこ》　[5]しきいます　大殿《おほとの》の上《うへ》に　ひさかたの　天伝《あまつた》ひ来《く》る　[6]雪《ゆき》じもの　ゆきかよひつつ　いや常世《とこよ》まで[7]

八隅知之　吾大王　高輝　日之皇子　茂座　大殿於　久方　天傳來　①白雪仕物

ヤヒトノ　マカリデテ　アソブフネニハ」を藤原宮を想定して始めて理解される句だと言う。

3　沢瀉注釈に「この注は歌意から推察して奈良遷都後の作と考へて原本の整理を加へた人即ち家持の筆かと思はれるが、この前後の作、持統文武の御世のものであつて、ここに奈良朝の作がはひつてゐるとは考へ難く、歌の姿も第二期のもののやうに考へられる。」と言い、真淵の高市皇子薨去後の歌とする説に賛している。

4　原文「高輝　日之皇子」。巻一・四五歌には「高照　日之皇子」とあった。タカヒカルヒノミコと言う場合もあり、ここも「輝」をヒカルと読む説を見るが（山田講義・全註釈など）、タカテラスが正しいであろう。

5　「茂」の訓に諸説あるが、繁と同じと見てシクと読むのによる。二三五の或本歌に「敷座」とあったのと同様で、それに栄える意を含ませての文字づかいか。

6　原文「白雪仕物」で、「白」が特

①白（類・紀・細）―自

に強調されているのに意味があろう。雪の如く清浄な心を暗示する。

7 このあとに「仕へ奉らむ」が略されていると見るのが正しかろう（総釈・私注・沢瀉注釈など）。ユキカヨヒの主語は皇子でなく作者。

---

1 初句を類聚古集などに「矢駒山」とし、細井本に「矣駒山」とあるので、イコマヤマかとする説もあるが、矣をイの仮名とするのは不審。全註釈に「唐招提寺の戒院は新田部親王の旧宅を施して寺としたもの」と言い「その宮殿で生駒山を望み見て詠んだ歌」とするが、「木立も見えず降りまがふ」という表現から、もっと近距離と推測される。

2 第四句に異訓が多い。代匠記「ユキニクロコマ」、講義「ユキニウクツク」、全註釈・注釈「ユキノサワケル」、私注「ユキニウマナム」。なお、驟の字は底本等に「驪」とあり、普通クロコマと訓まれる文字であるが、驟に通じてサワク意にも用いられた例を見るので、それを原字とする説も出されている（小島憲之『上代日本文学と中国文学』中巻）。

往來乍　益及常世

反歌一首

262 [1]矢釣山《やつりやま》木立《こだち》も見えず降りまがふ雪に[2]騒《さわ》ける朝楽《あしたたの》しも

矢釣山　木立不見　落乱　雪驟①　朝樂毛

近江の国より上り来る時に、刑部垂麻呂《おさかべのたりまろ》の作る歌一首

263 馬ないたく打ちてな行きそ日《け》ならべて見てもわが行く志賀にあらなくに

馬莫疾　打莫行　氣並而　見弖毛和我歸　志賀尒安良七國

柿本朝臣人麻呂、近江国より上り来る時に、宇治河の辺に至りて作る歌一首

264 [3]もののふの八十《やそ》氏河《うぢかは》の網代木《あじろき》にいさよふ波の行く方《へ》知らずも

物乃部能　八十氏河乃　阿白木尒　不知代經浪乃　去邊白不母

長忌寸奥麻呂《ながのいみきおきまろ》の歌一首

265 苦しくも降り来る雨か[4]神《みわ》の埼《さき》狭野《さの》の渡りに[5]家もあらなくに

苦毛　零來雨可　神之埼　狭野乃渡尓　家裳不有國

柿本朝臣人麻呂の歌一首

266 淡海《あふみ》の海《うみ》夕波千鳥汝《な》が鳴けば心もしのに古《いにしへ》思ほゆ

淡海乃海　夕浪千鳥　汝鳴者　情毛思努②尓　古所念

志貴皇子の御歌一首

267 [6]むささびは木末《こぬれ》求むとあしひきの山の猟夫《さつを》にあひにけるかも

牟佐々婢波　木末求跡　足日木乃　山能佐都雄尓　相尓來鴨

長屋王《ながやのおほきみ》の故郷《ふるさと》の歌一首

268 わが背子が古家《ふるへ》の里の明日香《あすか》には千鳥鳴くなり[7]島待ちかねて

吾背子我　古家乃里之　明日香庭　乳鳥鳴成　嶋待不得而

3 モノノフノヤソが、宇治（氏）の序となっているが、壬申の乱に敗れた近江方の氏族の流転の相が、宇治川の川波に重ねられて形象化されている（土橋寛『万葉集―作品と批評―』参照）。

4 神の崎・佐野の所在が明らかでないが、玉かつまに「三輪が崎は、新宮より那智へゆく道の海べ也、新宮より一里半ばかりありて、けしきよき所なり、佐野は、佐野村といふ有て、三輪が崎のつゞき也」と言う。

5 人家がないという意味ではなく、自分の住む家を離れていることをいう（真鍋次郎「家もあらなくに」万葉七四号）。

6 この歌に寓意を見る説（略解など）もあるが、このままに理解してさしつかえない作だろう。

7 『講義』に「君がすてたまひし古家の島は今荒れはてたるが、千鳥は、その島をば、いづれ見事に修理せらるるならむと楽みにして待ちてあるなれど、何時までも荒れたるままに

①驟（類）―驟　②努（類・紀・温）―奴。「力」を別筆で補う。

右、今案《かむが》ふるに、明日香より藤原宮に遷りし後に、この歌を作るか。

阿倍女郎《あへのいらつめ》の屋部坂《やべさか》の歌一首

269 1人見ずは我《わ》が袖もちて隠《かく》さむを焼けつつかあらむ着せずて来にけり

人不見者　我袖用手　將隱乎　所燒乍可將有　不服而來來

高市連黒人《たけちのむらじくろひと》の羇旅《たび》の歌八首

270 旅にしてもの恋しきに2山下の赤《あけ》のそほ船《ぶね》3沖へ漕《こ》ぐ見ゆ

客爲而　物戀敷尒　山下　赤乃曾保船①　奥榜所見

271 桜田《さくらだ》へ鶴《たづ》鳴き渡る年魚市潟《あゆちがた》潮干《しほひ》にけらし鶴鳴き渡る

櫻田部　鶴鳴渡　年魚市方　塩干二家良之　鶴鳴渡

272 四極山《しはつやま》うち越え見れば笠縫《かさぬひ》の島漕ぎ隠《かく》る棚無《たなな》し小舟《をぶね》

四極山　打越見者　笠縫之　嶋榜隱　棚無小船

てあれば、待ちあぐみてなくなり」と説く。ただし、原文「嶋」とあるのを「嬬」の誤字とし、ツママチカネテと解する説もある。沢瀉『万葉古径』三。

1 難解歌。第四句「焼けつつかあらむ」を自分の心の燃えるさまを表すと見る説（代匠記など）もあるが、山が焼かれつつあるだろうと推測しているると解するのが正しいか（全註釈・注釈など）。

2 枕詞とする説もあるが、「山下の」は実景であろう。

3 オキニコグミユ・オキヘコグミユ・オキヲコグミユ・オキヘコグミユなど諸説ある。助詞の「へ」は、表現者の現位置から遠ざかって行く時に用いる助詞で、「沖へ」とすれば船の動きを含めて表現しうるという古典大系本補注の説による。

4 黒人の短歌には、地名を詠みこむものが多いが、とくに第三句目に地名を置くものが十八首中十一首に及ぶ。犬養孝『万葉の風土』に、その表現効果を説く。

5 鵠は『倭名抄』にコフ・クグヒを

273
磯の崎漕ぎ廻《た》み行けば近江[4]の海《うみ》八十《やそ》の湊《みなと》に鵠[5]《たづ》さはに鳴く

礒前　榜手廻行者　近江海　八十之湊尒　鵠佐波二鳴②

274
[6]吾《わ》が船は比良《ひら》の湊《みなと》に漕《こ》ぎ泊《は》てむ沖へな離《さか》りさ夜ふけにけり

吾船者　枚乃湖尒　榜將泊　奥部莫避　左夜深去來

275
[7]いづくにか吾は宿らむ高島の勝野《かちの》の原にこの日暮れなば

何處　吾將宿　高嶋乃　勝野原尒　此日暮去者

276
[8]妹も我《あれ》も一つなれかも三河《みかは》なる[9]二見《ふたみ》の道ゆ別れかねつる

妹母我母　一有加母　三河有　二見自道　別不勝鶴

一本に云はく、水《み》河乃《かはの》　二見《ふたみ》之《の》自道《みちゆ》　別者《わかれなば》　吾勢《わがせ》毛《も》吾文《われも》　獨可《ひとりか》文《も》將去《ゆかむ》

277
とく来ても見てましものを山背《やましろ》の高《たか》の槻群《つきむら》散りにけるかも

速來而母　見手益物乎　山背　高槻村　散去奚留鴨

石川少郎《いしかはのせうらう》の歌一首

278
志賀《しか》の海人《あま》は藻《め》刈り塩焼き暇《いとま》なみくしら[10]の小櫛《をぐし》取りも見なくに

表す旨の注があるが、『類聚名義抄』には、それに加えてツルの訓も見える。鶴と通用したのであろう。

6　少異歌が巻七・一二二九にある。

7　陸行の折の歌（窪田評釈・私注・全註釈など）とするのが通説。しかし、私注の一案・沢瀉注釈などに舟行者の吟と見られぬこともないと言う。

8　一・二・三の数を詠みこんだ戯れの歌。二七六は男の歌で、「一本」の歌は女の歌である。あるいは、「一本」歌が地方の伝承歌で、黒人はそれを踏まえて即興的に二七六を作ったかとも想像される（『古典集成』）。

9　二見の道は御油から東へ〇・二粁の追分のわかれ道（『東海道名所図会』）と言う。犬養孝『万葉の旅』。

10　原文「髪梳」は髪をくしけずる意。この二字でクシゲ（櫛笥）と訓む説もあるが、不審。『仙覚抄』に「髪梳、コレヲクシラト和スベキコトハ、

①保船（類・紀・細）―保舡
②鳴（類・紀・温）―「鳴」の下に未詳とあり

大隅国風土記ニ、大隅郡串ト郷、昔者造国ノ神、勅ニ使者ニ遣ニ此村ニ……髪梳者、隼人俗語久西良」とあり、方言にクシラと言ったことを記している。あるいはクシラという方言に対する興味からの作か（私注）。

然之海人者　軍布苅塩焼　無暇　髪梳乃小櫛①　取毛不見久尒

右、今案《かむが》ふるに、石川朝臣君子《きみこ》、号《な》を少郎子《せうらうし》といふ。

高市連黒人《たけちのむらじくろひと》の歌二首

279 [1]吾妹児《わぎもこ》に猪名野《ゐなの》は見せつ名次山《なすぎやま》角《つの》の松原いつか示さむ

吾妹兒二　猪名野者令見都　名次山　角松原　何時可將示

280 [2]いざ子ども大和へ早く[3]白菅《しらすげ》の真野《まの》の榛原《はりはら》手折りて行かむ

去來兒等　倭部早　白菅乃　眞野乃榛原　手折②而將歸

[4]黒人《くろひと》の妻の答ふる歌一首

281 白菅の真野の榛原往《ゆ》くさ来《く》さ君こそ見らめ真野の榛原

白菅乃　眞野乃榛原　往左來左　君社見良目　眞野之榛原

春日蔵首老《かすがのくらびとおゆ》の歌一首

1　類形の歌として「吾が欲りし野島は見せつ底深き阿胡根の浦の玉そ拾はぬ」（巻一・一二）がある。

2　類歌「いざ子ども香椎の潟に白妙の袖さへ濡れて朝菜摘みてむ」（巻六・九五七）。

3　白菅の生えている意の実景の表現を、枕詞的に用いている。

4　黒人に同行しての作（代匠記その他）と見るのが通説だが、家に居ての作とする説もある（折口『口訳万葉集』・山田講義など）。森朝男「高市黒人」（有精堂万葉集講座第五巻）は、先の二八〇歌の「いざ子ども」に対して妻が答えるのはおかしいと見、本来は別個に成立した歌が、編者によって結合されたと説く。

282 つのさはふ磐余《いはれ》も過ぎず泊瀬山《はつせやま》いつかも越えむ夜は更《ふ》けにつつ

角障經　石村毛不過　泊瀬山　何時毛將超　夜者深去通都

高市連黒人の歌一首

283 住吉《すみのえ》の得名津《えなつ》に立ちて見渡せば武庫《むこ》[5]の泊《とまり》ゆ出づる船人《ふなびと》

墨吉乃　得名津尓立而　見渡者　六兒乃泊従　出流船人

春日[6]蔵首老の歌一首

284 焼津辺《やきつへ》に吾が行きしかば駿河《するが》なる阿倍《あへ》の市道《いちぢ》に逢ひし児《こ》らはも

燒津邊　吾去鹿齒　駿河奈流　阿倍乃市道尓　相之兒等羽裳

丹比真人《たぢひのまひと》笠麻呂《かさまろ》、紀伊国《きのくに》に往《ゆ》き、勢能山《せのやま》を越ゆる時に作る歌一首

285 たくひれの懸《か》けまく欲しき妹[7]の名をこの勢能山《せのやま》に懸けばいかにあ

5 武庫の泊は、武庫川河口の船着き場。住吉から十数キロを隔てている。もちろん舟人の姿が見わけられたわけではない。舟人を直感しての表現（私注）。

6 春日老は、和銅七年従五位下となり、後に常陸介に任ぜられている。そのころ焼津辺に行くこともあったのだろう。

7 「妹名」をイモガナ・イモノナいずれにも訓みうるが、ここはイモという名の意なので、助詞ノを採る説がよい（沢瀉注釈・古典文学全集）。

①小（古・矢・京）—少
②折（類・紀・温）—析

らむ　一に云ふ、かへばいかにあらむ

栲領巾乃　懸巻欲寸　妹名乎　此勢能山尓　懸者奈何將有　一云、可倍波伊香尓安良牟

春日蔵首老、即《すなは》ち和《こた》ふる歌一首

286 宜《よろ》しなへ吾《わ》が背の君が負《お》ひ来《き》にしこの勢能山《せのやま》を妹とは呼ばじ

宜奈倍　吾背之君之　負來尓之　此勢能山乎　妹者不喚

志賀《しが》[1]に幸《いでま》す時に、石上卿《いそのかみのまへつきみ》[2]の作る歌　名欠けたり

287 ここにして家《いへ》やもいづち[3]白雲のたなびく山を越えて来にけり

此間爲而　家八方何處　白雲乃　棚引山乎　超而來二家里

穂積朝臣老《ほづみのあそみおゆ》の歌一首

288 吾《わ》[4]が命《いのち》し真幸《まさき》くあらばまたも見む志賀の大津に寄する白浪

吾命之　眞幸有者　亦毛將見　志賀乃大津尓　縁流白浪

1 この行幸の年次は、二八八の左注に「不審」としているように明らかでない。養老元年九月の美濃行幸の折（古義など）とも、大宝二年のこと（槻落葉・略解など）とも言う。

2 麻呂・乙麻呂・豊庭の三者のうち、麻呂と見るのが正しいか。

3 「何処」をイヅクと訓むのが一般であるが、方向に関する不定称はイヅチであり、「いづち向きてか吾が別るらむ」（巻五・八八七）の例もあるので、イヅチの訓による。

4 巻十三に穂積老の佐渡配流時の作が伝えられている。「天地を嘆き乞ひ禱み幸くあらば又かへり見む志賀の唐崎」（三二四一）という歌が、この二八八に似ているので、その折の作かとも言う（攷證など）。

5 左注の筆者は、二八七と同じ従駕の作と見たのであるが、そうした推定自体誤っている可能性もある。

6 ミカヅキと訓むが、旧暦三日の月に限らず、その前後を含めて言う。

右、今案《かむが》ふるに、幸行[5]《いでまし》の年月を審《つばひ》らかにせず。

間人宿祢大浦《はしひとのすくねおほうら》の初月[6]《みかづき》の歌二首

289 天の原ふり放《さ》け見れば白真弓《しらまゆみ》張りて懸《か》けたり夜路《よみち》は吉《よ》けむ

天原　振離見者　白眞弓　張而懸有　夜路者將吉

290 倉橋の山を高みか[7]夜ごもりに出《い》で来《く》る月の[8]光乏《とも》しき

①椋橋乃　山乎高可　夜隱尒　出來月乃　光乏寸

[9]小田事《をだのつかふ》の勢能山《せのやま》の歌一首

291 真木《まき》の葉のしなふ勢能山しのはずて吾《わ》が[10]越えぬるは[11]木の葉知りけむ

眞木葉乃　之奈布勢能山　之②努波受而　吾超去者　木葉知家武

[12]角麻呂《つののまろ》の歌四首

7 夜ふけて出る月を詠んだもので、初月の歌と題詞に記すのは誤り（攷證など）。

8 少異歌「倉橋の山を高みか夜ごもりに出で来る月の片待ちがたき」（巻九・一七六三）。犬養孝『万葉の風土』に、帝京の位置がいずれも東方の山嶺に近く片よっている処から、自然、月の出が遅いので、こうした歌が詠まれるのだと言う。

9 代匠記精撰本に「六帖ニ此哥ヲ載タルニ、作者ヲ小田コトヌシトイヘリ。事主ナリケルヲ、後ノ本ニ主ノ字ヲ落セルカ」と言う。

10 コエユケバの訓もある。

11 人麻呂歌集に「天雲の棚引く山の隠りたる吾が下心木の葉知るらむ」（巻七・一三〇四）という歌がある。

12 代匠記に、続紀養老五年正月の条に見える角兄麻呂の「兄」の脱字かとするが『講義』にそれを否定する。川上富吉「角麻呂伝考」（大妻女子大学文学部紀要七号）に、角兄麻呂説が詳論されている。

①椋（温・京・細）—椋
②努（類・紀・京）—奴

292 ひさかたの天《あめ》の探女《さぐめ》の[1]石船《いはふね》の泊《は》てし高津《たかつ》はあせにけるかも

久方乃　天之探女之　石船乃　泊師高津者　淺尒家留香裳

293 潮干《しほひ》の三津《みつ》の海女《あま》のくぐつ持ち玉藻刈るらむいざ行きて見む

塩干乃　三津之海女乃　久具都持　玉藻將苅　率行見

294 風を疾《はや》み沖つ白浪高からし海人の釣船《つりぶね》浜に帰りぬ

風乎疾　奥津白浪　高有之　海人釣船　濱眷奴①

295 住吉《すみのえ》の[2]岸野松原[3]遠つ神我が大君の幸行処《いでましどころ》

清江乃　木笑松原　遠神　我王之　幸行處

田口益人大夫《たぐちのますひとのまへつきみ》、上野国《かみつけのくに》の司《つかさ》に任《よ》さす[4]時に、駿河《するが》の浄見《きよみ》の崎に至りて[5]作る歌二首

296 廬原《いほはら》の清見の崎の[6]三保の浦の[7]寛《ゆた》けき見つつもの思《も》ひもなし

廬原乃　浄見乃埼乃　見穂之浦乃　寛見乍　物念毛奈信

297 昼見れど飽かぬ田児《たご》の浦大君の命《みこと》恐《かしこ》み[8]夜《よる》見つるかも

1 続歌林良材集（上）に「津国風土記に云、難波高津は天稚彦天下りし時天稚彦に属て下れる神天の探女磐舟に乗して爰に至る」という（沢瀉注釈）。

2 底本等に「木笑松原」とある。「岸の松原」と訓まれてきたが、笑をシノと訓むとノは甲類であるから、「岸野松原」と考えるべきか。稲岡「木笑松原私按」（万葉五八号）。

3 過去の天皇を指すこと、巻一・五参照。舒明天皇を偲んでの表現か。

4 続紀和銅元年三月条に「従五位上田口朝臣益人為上野守」とある。二年十一月には右兵衛率となった。

5 正倉院文書の天平十年駿河国正税帳に下野国に下る小野老などが駿河を通ったことも見えるので、東山道に属する下野・上野などにも信濃を通らず駿河を経たことが知られる

(『講義』)。
6 清見の崎から向こうに見える清水市の三保の浦の入海を言う。
7 ゆたかに水をたたえて広々とした海の感じを表す。
8 延喜式によれば駿河の国府静岡まで下りは九日、伊豆国府三島までは十一日、その間二日の強行日程であった(『講義』)。
9 旅人とする注者も多いが、安麻呂と考えるのが妥当である。沢瀉『万葉の作品と時代』・全釈・講義など参照。ただし私注には勘の部類に属することとして、旅人説を採る。
10 長屋王の邸は佐保にあったので、そこを出たのなら「過ぎて」とは言わないはずで、奈良遷都以前に藤原から佐保を過ぎた時の作とする説(講義)があるが、邸を出て佐保の城内を過ぎた意とも解せられるし(私注)、平城京から佐保を通って奈良山にさしかかったのだとも言う(全注釈)。
①眷(類)—春

晝見騰　不飽田兒浦　大王之　命恐　夜見鶴鴨

弁基《べんき》の歌一首

298 亦打《まつち》山《やま》夕《ゆふ》越え行きて廬前《いほさき》の角太河原《すみだかはら》に独《ひと》りかも宿《ね》む

亦打山　暮越行而　廬前乃　角太河原尓　獨可毛將宿

右、或《ある》いは云はく、弁基は春日蔵首老の法師《ほふし》名《な》なり、といふ。

[9]大納言大伴卿《おほとものまへつきみ》の歌一首 未だ詳らかならず

299 奥山の菅の葉しのぎ降る雪の消なば惜しけむ雨な降りそね

奥山之　菅葉凌　零雪乃　消者將惜　雨莫零行年

長屋王、馬を寧楽《なら》山《やま》に駐《と》めて作る歌二首

300 [10]佐保過ぎて寧楽《なら》の手向《たむけ》に置く幣《ぬさ》は妹を目離《か》れず相見しめとそ

佐保過而　寧樂乃手祭尓　置幣者　妹乎目不離　相見染跡衣

301 磐《いは》が根のこごしき山を越えかねて哭《ね》[1]には泣くとも色に出でめやも

磐金之　凝敷山乎　超不勝而　哭者泣友　色尓將出八方

中納言安倍廣庭卿《あへのひろにはのまへつきみ》の歌一首

302 児等《こら》が家道《いへぢ》やや間遠きをぬばたまの[2]夜渡る月に競《きほ》ひあへむかも

兒等之家道　差間遠焉　野干玉乃①　夜渡月尓　競敢六鴨

柿本朝臣人麻呂、筑紫国に下る時に、海路にて作る歌二首

303 名くはしき[3]稲見の海の沖つ波千重に隠《かく》りぬ大和島根は

名細寸　稲見乃海之　奥津浪　千重尓隠奴　山跡嶋根者

304 大君の遠《とほ》[4]の朝廷《みかど》とあり通《がよ》ふ島門《しまと》を見れば神代《かみよ》し思ほゆ[5]

大王之　遠乃朝庭跡　蟻通　嶋門乎見者　神代之所念

高市連黒人の近江の旧《ふる》き都の歌一首

1 ネニハナクトモまで、嶮しい山を越えかねての状態で、結句は恋しい妻のことを顔色に出しはしないと言うのである（古典大系など）。

2 月を渡るものとして動的に表現することは古今以下では殆んど見られなくなる（高木市之助『吉野の鮎』）。

3 明石海峡から西に出たあたりの海で、大和が見えなくなる。二五四歌参照。

4 九州の政庁、すなわち大宰府を指す。

5 五味智英『古代和歌』に、人麻呂の動乱調・端厳調の二種を指摘し、後者の例としてこの歌などをあげている。

6 モトは根拠の意、モトナは理由なく、根拠なく、むやみになどの意を表す副詞（山田孝雄『万葉集考叢』）。

7 ～ツモトナと結ぶ歌は多い。六一八・一五七九・一八二六・一九六四など。

8 代匠記に天平十二年の行幸の時の従駕歌とするが、疑問。養老二年二月の美濃国行幸の際と考えるのが妥当か。沢瀉久孝「万葉集」（国語国文の研究昭和五年六月）・山田講義

など参照。

9 志貴皇子の孫で、春日王の子。父春日王は既出（二四三歌）の作者とは別人。

10 類想歌。「玉津島見れども飽かずいかにしてつつみ持ち行かむ見ぬ人のため」（巻七・一二二二）

11 ハタススキ・ハナススキの形も集内に見える。ここは「皮為酢寸」とあるので、ハダと濁音で読まれる。次の「久米」にかかる枕詞（冠辞考・攷證など）とも言われるが、「穂」にかかる例（二二八三など）が多いので、ここも第四句の「三穂」にかかるか（古典大系・全注釈・注釈など）。

12 伝説上の人物であろうが、不詳。書記に顕宗天皇の別名を「来目の稚子」としているので、童蒙抄・記伝などに天皇がここにかくれていたことがあるのかと推定、それに従う説もあるが、真淵の考や攷證に言うように次の歌に「住みける」とあり、敬語がないのは不審。「槻落葉」（三之巻別記）には「神武天皇の率ませ

①玉（類）―子。左ニ「玉」。

305 かくゆゑに見じといふものを楽浪《ささなみ》の旧き都を見せつつも[6]と[7]な

如是故尒　不見跡云物乎　樂浪乃　舊都乎　令見乍本名

右の謌は、或る本に曰はく、小弁の作なりといふ。いまだこの小弁といふ者を審《つばひ》らかにせず。

伊勢国に幸《いでま》す[8]時に、[9]安貴王《あきのおほきみ》の作る歌一首

306 伊勢の海の沖つ白浪花にもが包みて妹が家裹《いへづと》に[10]せむ

伊勢海之　奥津白浪　花尒欲得　褁而妹之　家褁爲

博通法師《はくつうほふし》、紀伊国《きのくに》に往きて三穂《みほ》の石室《いはや》を見て作る歌三首

307 [11]はだすすき[12]久米《くめ》の若子《わくご》がいましける（一に云ふ、けむ）三穂の石室《いはや》は見れど飽かぬかも（一に云ふ、荒れにけるかも）

皮爲酢寸　久米能若子我　伊座家留（一云、家牟）　三穂乃石室者　雖見不飽鴨（一云、安礼尒家留可毛）

308 ときはなす石室は今もありけれど住みける人そ常なかりける

し、久米部の壮子にや」と言い、沢瀉注釈にも同様な考えが記されている。

常磐成　石室者今毛　安里家礼騰　住家類人曾　常無里家留

309 石室戸《いはやと》に立てる松の木汝《な》を見れば昔の人を相見るごとし

石室戸尓　立在松樹　汝乎見者　昔人乎　相見如之

[1]門部王《かどべのおほきみ》、[2]東《ひむかし》の市《いち》の樹を詠みて作る歌一首　後に姓大原真人の氏を賜ふ

310 東の市の植木の木足《こだ》るまで逢はず久しみ[3]うべ恋ひにけり

東　市之殖木乃　木足左右　不相久美　宇倍戀①尓家利

椋作村主益人《くらつくりのすぐりますひと》、豊前国《とよくにのみちのくち》より京に上る時に作る歌一首

311 [4]梓弓引き豊国《とよくに》の鏡山見ず久ならば[5]恋ひしけむかも

梓弓　引豊國之　鏡山　不見久有者　戀敷牟鴨

式部卿藤原宇合卿《うまかひのまへつきみ》、難波《なには》の堵《みやこ》を改め造らしめらるる[6]時に作る謌一首

---

1 長皇子の孫で、川内王の子。後出の高安王の弟にあたる。

2 奈良京の東の市は、左京八条二坊にあった。今の奈良市辰市付近。市には街路樹が植えられた。西の市は右京八条二坊で今の大和郡山市市田(八木充『古代日本の都』)。

3 山田講義に「わが都を恋しく思ひたりし心を市之樹に託していへるものなり」と記すが、第三句までは「逢はず久しみ」の修飾で、女性に対する恋の心を歌ったものと見られる(私注・注釈など)。なお底本等に結句「宇倍吾恋尓家利」と「吾」の字が混入している誤りについては注釈に詳述。

4 梓弓を引き響(とよ)める意で、豊国のトヨにかけた序詞。私注に「梓弓引く豊国」と訓み、梓弓を引く音、其のトをトヨクニのトに言いかけた序という。代匠記・槻落葉など同説。

5 前歌と同様、久しく逢わぬ女性に

312
昔こそ難波田舎《ゐなか》と言はれけめ今[7]は京《みやこ》引き都びにけり

昔者社　難波居中跡　所言奚米　今者京引　都備仁鶏里

土理宣令《とりのせんりやう》の歌一首

313
み吉野の滝の白浪知らねども語りし継げば古《いにしへ》思ほゆ

見吉野之　瀧乃白浪　雖不知　語之告者　古所念

波多《はた》朝臣《のあそみ》少足《をたり》の歌一首

314
さざれ波磯越道《いそこしぢ》なる能登湍河《のとせがは》音のさやけさ激《たぎ》つ瀬ごとに

小浪　礒越道有　能登湍河　音之清左　多藝通瀬毎尓

[8]暮春の月、芳野《よしの》の離宮に幸す時に、中納言大伴卿《おほとものまへつきみ》、勅を奉《うけたまは》りて作る歌一首 并《あは》せて短歌、[9]未だ奏上を経ぬ歌

315
み吉野の　芳野の宮は　山からし[10]　貴《たふと》くあらし　川からし　清《さや》け

対する恋情を歌ったと見る説もあるが、ここは、鏡山に対する気持ちであろう。

6　続日本紀神亀三年の条に「十月庚午以式部卿従三位藤原宇合為造難波宮事」とある。

7　「昔者」をムカシと訓むように「今者」の二字でイマと訓む説もある（注釈・古典文学全集など）。

8　続紀神亀元年三月の条に「庚申朔天皇幸吉野宮」とある。また旅人が中納言となったのは養老二年。恐らく神亀元年の行幸の折の作と考えられる。旅人六〇歳。

9　勅によって作りながら公表する機会がなかった点や、旅人のような高位者の讃歌は珍しく、他に例のない点に注目し、題詞の「勅を奉りて作る」は誤りで、旅人が新帝の吉野行幸に心を躍らせて預作したものの、吉野では漢詩が奉上され、やまと歌は召されなかったのだろうという推論を見る（伊藤博『万葉集の歌人と作品』下）。

10　以下の対句は論語雍也篇の「知者

①戀（類・紀）―吾戀

くあらし　天地《あめつち》[1]と　長く久しく　万代《よろづよ》[2]に　変らずあらむ　行幸《いでまし》の
宮

見吉野之　芳野乃宮者　山可良志　貴有師　①水可良思　清有師　天地与　長久
萬代尒　不改將有　行幸之宮②

反　歌

316 昔見し象《きさ》の小河《をがは》を今見ればいよよ清《さや》けくなりにけるかも

昔見之　象乃小河乎　今見者　弥清　成尒來鴨

山部宿祢赤人、不尽山《ふじのやま》を望む謌一首 并せて短歌

317 天地《あめつち》の　分れし時ゆ　神《かむ》さびて　高く貴き　駿河《するが》なる　布士《ふじ》の高《たか》
嶺《ね》を　天《あま》の原　振《ふ》り放《さ》け見れば　[3]渡る日の　影も隠《かく》らひ　照る月
の　光も見えず　白雲も　い行きはばかり　時じくそ　雪は降り
ける　語り継ぎ　言ひ継ぎ行かむ　不尽の高嶺は

天地之　分時従　神左備手　高貴寸　駿河有　布士能高嶺乎　天原　振放見者

楽水、仁者楽山」および懐風藻の吉野詩に多く見られる山水の表現を踏まえる。

1　漢文の「天地長久」の直訳的表現。

2　原文「万世尒不改将有」とあるのは、聖武即位の宣命に「万世尒不改常典」とあるのを典拠としたか（清水克彦『万葉論集』）。

3　以下の対句が概念的で一定の時における実景とは考えられない点を難ずる人もあるが、高貴で雄大な富士の美を詠む意図からのもので、それが成功した作と言える。

度日之　陰毛隠比　照月乃　光毛不見　白雲母　伊去波伐加利　時自久曾　雪者落家留　語告　言繼將往　不盡能高嶺者

反　謌

318 [4]田児《たご》の浦[5]ゆうち出でて見れば真白《ましろ》にそ不尽の高嶺に雪は降りける

田兒之浦従　打出而見者　眞白衣　不盡能高嶺尒　雪波零家留

不尽山《ふじのやま》を詠む歌一首　并せて短謌

319 [6]なまよみの　甲斐《かひ》の国　[7]うちよする　駿河の国と　こちごちの　国のみ中《なか》ゆ　出で立てる　不尽《ふじ》の高嶺は　[8]天雲も　いゆきはばかり　飛ぶ鳥も　飛《と》びも上《のぼ》らず　燃ゆる火を　雪もて消《け》ち　降る雪を　火もて消ちつつ　言ひも得ず　名づけも知らず　霊《くす》しくも　います神かも　石花《せ》の海と　名づけてあるも　その山の　つつめる海そ　不尽《ふじ》河と　人の渡るも　その山の　水の激《たぎ》ちそ　日の本の　大和の国の　鎮《しづめ》とも　います神かも　宝とも　なれる山かも

4　『東国紀行』に「清見が関の此方六里ばかりの程、皆田子の浦となむ」とあるように、今の興津町の東薩埵山の麓から、倉沢・由比・蒲原・岩淵あたりまでが田子の浦と言われていた（沢瀉『万葉古径』、犬養『万葉の旅』など）。

5　この「ゆ」は「鄙の長道ゆ恋ひ来れば」（巻三・二五五）の「ゆ」に同じく、口語に訳せば「〜ヲ通ッテ」とされる性格のもの。由比・蒲原の浜辺は山かげになっており、そこから富士は見えない。その山かげを打出て、富士を望み見たのであろう。

6　甲斐に冠する枕詞。意味およびかかり方不明。

7　駿河に冠する枕詞。波の打ち寄するのスルと、同音のスルを繰り返したものか。

8　前の赤人の歌には「白雲も　いゆきはばかり」とあった。天雲より白雲の方が視覚印象がはっきりする（五味『古代和歌』）。

①水（類・古ニ）―氷
②宮（類・紀）―處

駿河なる　不尽の高嶺は　見れど飽かぬかも

奈麻余美乃　甲斐乃國　打縁流　駿河能國与　己知其智乃　國之三中従　出立①有　不盡能高嶺者　天雲毛　伊去波伐加利　飛鳥母　翔毛不上　燎火乎　雪以滅　落雪乎　火用消通都　言不得　名不知　靈母　座神香聞②　石花海跡　名付而有毛　彼山之　提有海曾　不盡河跡　人乃渡毛　其山之　水乃當焉　日本之山跡國乃　鎭十方　座祇可聞　寶十方　成有山可聞　駿河有　不盡能高峯者　雖見不飽香聞

反　謌

320　不尽《ふじ》の嶺《ね》に降りおく雪は六月《みなづき》の十五日《もち》に消ぬればその夜降りけり[1]

不盡嶺尒　零置雪者　六月　十五日消者　其夜布里家利

321　布士《ふじ》の嶺を高み恐《かしこ》み天雲もい行きはばかりたなびくものを

布士能嶺乎　高見恐見　天雲毛　伊去羽斤　田菜引物緒

右の一首[2]は、高橋連虫麻呂の歌の中に出づ。類[3]を以《も》ちてここに載《の》す。

山部宿祢《やまべのすくね》赤人《あかひと》、伊豫《いよ》の温泉《ゆ》に至りて作る歌一首　并せて短歌

1　仙覚の『万葉集註釈』に、「冨士ノ山ニハ、雪ノツモリテアルガ、六月十五日ニ、ソノ雪ノキエテ、子ノ時ヨリシモニハ、又フリカハルト、駿河国風土記ニミエタリト云ヘリ」とある。

2　「右の一首」を直前の三二一歌のみに限るか、三一九・三二〇・三二一の長反三首を指したと見るか、説が分かれている。前者は代匠記・考をはじめ略解・攷證・新考・山田講義・鴻巣全釈・森本治吉『高橋虫麻呂』・五味智英「高橋虫麻呂管見」(『上古の歌人』)などに受け継がれ、後者は佐佐木信綱評釈・沢瀉注釈・新講などに見られる。前者とすれば、三二一の歌のみが虫麻呂の作で、三一九・三二〇の長反歌は作者不明ということになる。山田講義などに指摘するごとく、左注で「右何首」とある場合は長歌短歌それぞれを一首ずつ数えて記すのが一般なので、そ

322
皇神祖《すめろき》の　神の命の　敷きいます　国のことごと　湯はしも　多《さは》にあれども　島山の　宜《よろ》しき国と　こごしかも　伊豫の高嶺の　[4]射狭庭《いざには》の　岡に立たして　[5]歌思ひ　辞《こと》思はしし　み湯の上《うへ》の　樹《こ》群《むら》を見れば　[6]臣《おみ》の木も　生ひ継ぎにけり　鳴く鳥の　声も変らず　遠き代に　神さびゆかむ　行幸処《いでましところ》

皇神祖之　神乃御言乃③　敷座　國之盡　湯者霜　左波尒雖在　嶋山之　宜國跡　極此疑④　伊豫能高嶺乃　射狭庭乃　崗尒立而　謌思　辞思爲師　三湯之上乃　樹村乎見者　臣木毛　生繼尒家里　鳴鳥之　音毛不更　遐代尒　神左備將往　行幸處

反　謌

323
ももしきの大宮人の[7]飽田津《にきたつ》に舟乗《ふなのり》しけむ年の知らなく

百式紀乃　大宮人之　飽田津尒　船乘將爲　年之不知久

[8]神岳《かむをか》に登りて、山部宿祢赤人の作る歌一首　并せて短歌

の点を重視すれば、前者の説に傾く。

3　「類を以ちて」とは、前の赤人の不尽山歌を意識しての言い方とも、三一九・三二〇を意識したものともとれる。

4　松山市道後温泉の南の、湯月城址のある道後公園の岡（犬養孝『万葉の旅』）。

5　巻一・八歌の左注に引かれた類聚歌林によると、舒明天皇および斉明天皇の行幸があったことが知られる。その折に作歌もあったのだろう。

6　仙覚の『万葉集注釈』に伊与国風土記を引き「以ニ岡本天皇、并皇后二軀ニ為ニ一度一。于レ時於ニ大殿戸ニ有ニ椹與臣木。（下略）」とある。

7　巻一・八歌に詠まれている斉明天皇一行の舟出を言うか。

8　雷岳か（折口『万葉集巻三講義』ノート編第十巻など）。

①立（古）―之
②聞（類・紀・古）―ナシ。右ニ記ス。
③乃（紀・温・矢）―ナシ。右ニ記ス。
④疑（細）―凝

324 三諸《みもろ》の 神名備《かむなび》山《やま》[1]に 五百枝《いほえ》[2]さし 繁《しじ》に生ひたる つがの木の いや継ぎ継ぎに 玉かづら 絶ゆることなく ありつつも 止《や》まず通はむ 明日香《あすか》の 旧《ふる》き京師《みやこ》は 山高み 河とほしろし 春[3]の日は 山し見がほし 秋の夜は、河し清《さや》けし 朝雲に 鶴《たづ》は乱れ 夕霧に かはづはさわく 見るごとに 哭《ね》のみし泣かゆ 古《いにしへ》思へば

三諸乃 神名備山尓 五百枝刺 繁生有 都賀乃樹乃 弥繼嗣尓① 玉葛 絶事無 在管裳 不止將通 明日香能 舊京師者 山高三 河登保志呂之 春日者 山四見容之 秋夜者 河四清之 旦雲二② 多頭羽乱 夕霧丹 河津者騒 毎見 哭耳所泣 古思者

反 謌

325 明日香《あすか》河《がは》[4]川淀《よど》去らず立つ霧[5]の念《おも》ひ過ぐべき恋にあらなくに

明日香河 川余藤不去 立霧乃 念應過 孤悲尓不有國

門部王《かどべのおほきみ》、難波に在りて、漁父《あま》の燭光《ともしび》を見て作る歌一首 後に、姓大

1 カムナビは、神座である山や森を表す語。ナはノと同じで、ビは山ビ・浜ビのビと同語で辺の意か（『時代別国語大辞典』）。

2 以下の表現は人麻呂の近江荒都歌を意識してのものだろう（風巻景次郎「山部赤人」大成九巻）。

3 以下の対句は、万葉集内でもっとも整然とした対比表現を見せる。

4 川淀毎にの意とする説もあるが、吉井巌「明日香川川淀さらず立つ霧の」（万葉二二号）に説くように、川淀を離れずの意と解すべきだろう。

5 霧が過ぎやすいものであると観念されたことは「霧こそば夕に立ちて朝には失すといへ」（二一七）「立つ霧の失せぬるごとく」（四二一四）などからも察せられる。それにより「立つ霧の」までが「過ぐ」にかかる序と見る説もある。

6 平城宮出土木簡に薄鰒・長鰒・蒸鰒などとあり、藤原宮跡出土の木簡にも酢鰒が見え、当時アワビが賞味されたことを示す。ここでは、乾し

た鰒で、それをのしたものが後世ののしあわびだという（関根真隆『奈良朝食生活の研究』）。

7「褁める乾鮑」。乾燥したあわびを、生きた魚や貝のように藻に包んだのである（橋本四郎「つつむ」万葉八五号）。

8 老は天平元年三月四日従五位上に叙せられており、上京したのは昇叙の勅授を受けるためだったかという説も見える（林田正男「小野老小考」『国語と国文学』昭和四五年一一月）。老の少弐任命の時期もわからないが、金子『評釈』では、天平元年暮春の赴任を考え、三二八もその時の作とする。なお、以下三三七の憶良の歌まで同じ場で作られたと見る説もある（伊藤博「歌壇上代」和歌文学講座3）。

9 この花を藤（金子評釈）・桜（全註釈）など特定する説があるが、ここは漠然と言っているわけで限定する必要はない（注釈）。

①嗣（類・紀・温）―飼。別筆デ右ニ記ス。

②且（類・紀・温）―且

原真人の氏を賜ふ

326 見渡せば明石の浦に燭《とも》す火の秀《ほ》にそ出でぬる妹に恋ふらく

見渡者　明石之浦尓　燒火乃　保尓曾出流　妹尓戀久

或《あ》る娘子《をとめ》等、褁《つつ》める[6]乾鰒《ほしあはび》を贈りて、戯れに通観《つうぐわん》僧《ほふし》の咒願《しゆぐわん》を請ふ時に、通観の作る謌一首

327 海若《わたつみ》の沖に持ち行きて放つともうれむそ[7]これがよみがへりなむ

海若之　奥尓持行而　雖放　宇礼牟曾此之　將死還生

[8]大宰少弐《だざいのせうに》小野老《をののおゆ》朝臣の歌一首

328 あをによし寧楽《なら》の京師《みやこ》は咲く[9]花の薫《にほ》ふがごとく今盛りなり

青丹吉　寧樂乃京師者　咲花乃　薫如　今盛有

防人司佑《さきもりのつかさのすけ》大伴四綱《よつな》の歌二首

329 やすみしし吾《わ》が大君の敷きませる国の中には京師《みやこ》し思ほゆ

安見知之　吾王乃　敷座在　國中者　京師所念

330 藤波の花は盛りになりにけり平城《なら》の京《みやこ》を思ほすや君[1]

藤浪之　花者盛尒　成來　平城京乎　御念八君

帥大伴《そちおほともの》卿《まへつきみ》の歌五首[2]

331 吾が盛《さか》りまた変若《をち》めやもほとほとに寧楽《なら》の京を見ずかなりなむ

吾盛　復將變八方　殆　寧樂京乎　不見歟將成

332 吾が[3]命も常にあらぬか[4]昔見し象《きさ》の小川を行きて見むため

吾命毛　常有奴可　昔見之　象①小河乎　行見爲

333 浅茅《あさぢ》原《はら》つばらつばらに物《も》思へば故《ふ》りにし郷し思ほゆるかも

浅茅原　曲曲二　物念者　故郷之　所念可聞

334 忘れ草わが紐に付《つ》く香具山の故《ふ》りにし里を忘れむ[5]がため

萱草　吾紐二付　香具山乃　故去之里乎　②忘之爲

335 吾が[6]行きは久にはあらじ夢《いめ》のわだ瀬にはならずて淵《ふち》[7]にありこそ

1 大伴旅人を指すか。

2 五味智英「讃酒歌のなりたち」(『国語と国文学』昭和四四年一〇月)に、旅人の浄瀉単位の限度が三首であること、この五首も始めの三首がまず詠まれ、のちにさらに二首が作られたと考えうることを記す。

3 『私注』に、老や四綱の歌にはない詠嘆を見る理由として、妻の没後の心境だからかと言う。

4 三一六の歌にも見えた表現。それと同じくかつての吉野従駕を想起して言う。

5 底本に原文「不忘之為」とあり、傍訓ワスレヌガタメとなっているが、沢瀉注釈に説くようにもと「忘之為」とあったのが誤られたのだろう。

6 文選の行旅詩に「我行」(謝玄暉、敬亭山詩)の語を見る。ワガユキとは、そうした詩語の翻読語か。

7 「乞」の字、底本等「毛」とある。それによってフチニアラヌカモ(古典大系)フチニアラムモ(全註釈)などとも読まれている。

8 『攷證』に、女を綿によそえた比喩歌であろうと言う。

9 宴席を退出する時の歌。一首に酒

に対する反撥をまじえた憶良の人生観を見ようとする説（高木市之助『古文芸の論』）に対し、宴席における戯れの歌（私注・万葉百歌）もしくは宴のお開きの挨拶歌（伊藤博『和歌文学講座』3）などとする見方が出されている。

10 このソレは、漢文における強調の助字「其」の翻訳語（井手至「憶良の用語『それ』と『また』」万葉二六号）。

11 以下十三首が構成を持った連作であることを初めに説いたのは山田講義で、以下、稲岡耕二（「旅人・憶良私記」『国語と国文学』昭和三四年六月）伊藤博「歌壇・上代」（和歌文学講座3）・清水克彦「讃酒歌の構造と性格」（『文学』昭和四八年八月）などに言及されている。なお、五味智英「讃酒歌のなりたち」（国語と国文学）は構成意識を認めず、おのずから成ったものとする特殊な構造論を説く。

①小（類・細）―少
②忘（類・紀）―不忘
③乞（古義）―毛

吾行者　久者不有　夢乃和太　湍者不成而　淵有乞③

沙《さ》弥《み》満誓《まんぜい》、綿を詠む歌一首[8]　造筑紫観音寺別当《ざうつくしくわんおんじのべつたう》、俗姓は笠朝臣麻呂なり。

336 しらぬひ筑紫の綿は身につけて未《いま》だは着ねど暖かに見ゆ

白縫　筑紫乃綿者　身著而　未者妓袮杼　暖所見

山上憶良臣、宴《うたげ》[9]を罷《まか》る歌一首

337 憶良らは今は罷《まか》らむ子泣くらむ[10]それその母も吾《わ》を待つらむぞ

憶良等者　今者將罷　子將哭　其彼母毛　吾乎將待曾

大宰帥《だざいのそち》大伴卿、酒を讃むる歌十三首[11]

338 験《しるし》[12]なき物を思はずは一坏《ひとつき》の濁れる酒を飲むべくあるらし

驗無　物乎不念者　一坏乃　濁酒乎　可飲有良師

339 酒の名を聖《ひじり》と負《おほ》せし古《いにしへ》の大き聖の言の宜《よろ》しさ

340 古の七《なな》の賢《さか》しき人たちも欲りせしものは酒にしあるらし

酒名乎　聖跡負師　古昔　大聖之　言乃宜左

古之　七賢　人等毛　欲爲物者　酒西有良師

341 賢しみと物いふよりは酒飲みて[1]酔泣するしまさりたるらし

賢跡　物言従者　酒飲而　酔哭爲師　益有良之

342 言はむすべ為《せ》むすべ知らず[2]極りて貴きものは酒にしあるらし

將言爲便　將爲便不知　極　貴物者　酒西有良之

343 なかなかに人とあらずは[3]酒壺《さかつぼ》に成りにてしかも酒に染《し》みなむ

中〻尒　人跡不有者　酒壺二　成而師鴨　酒二染甞

344 あな醜《みにく》賢しらをすと酒飲まぬ人を[4]よく見ば[5]猿にかも似る

痛醜　賢良乎爲跡　酒不飲　人乎熟見者①　猿二鴨似

345 [6]価《あたひ》なき宝といふとも一坏の濁れる酒にあに益《ま》さめやも

價無　寶跡言十方　一坏乃　濁酒尒　豈益目八方②

346 夜《よる》光る玉と言ふとも酒飲みて情《こころ》を遣《や》るにあに若《し》かめやも

12 この歌がまず最初に詠まれたであろうと、斎藤茂吉は推測し（『秀歌』）、武田祐吉は総括的抒情であると言っている（全註釈）。

---

1 酔哭あるいは賢しらが、二首おきにあらわれることに注意したい。稲岡「憶良・旅人私記」（『国語と国文学』昭和三四年六月）

2 「極貴」の訓読語がキハマリテタフトキであった。巻五の沈痾自哀文にも見える（古典文学全集）。

3 琱玉集に「鄭泉字文淵、陳郡人也…臨㆑死之日、勅㆓其子㆒曰、我死可㆑埋於窯之側、数百年之後化而成㆑土、覬取為㆓酒瓶㆒、獲㆓心願㆒矣。出㆓呉書㆒」とある。

4 ヨクミレバと読む説もある（全註釈・古典大系など）。

5 結句をサルニカモニムと読む説もある（沢瀉注釈・桜楓社万葉集・古典集成）。

6 法華経巻四に「以㆓無価宝珠㆒繫㆓其衣裏㆒、與㆑之而去」とある。

7 原文「冷者」を、山田講義・全註釈・古典文学全集などスズシキハと読む。それが正しいか。新撰万葉集に「卒丹裳風之冷吹塗鹿」とあり、それが増補本では「卒丹裳風之凉吹塗鹿」となっていて、冷をスズシと読んだことが知られる。古典大系ではスズシキハとし、心楽しまず荒涼たるならばと訳している、注釈・桜楓社万葉集・古典集成は怜の誤字と見てタノシキハと読む。

8 初句イケルヒトの訓もある（古典文学全集・古典集成など）。

9 底本などに「今生在間者」とあるが、類聚古集・古葉略類聚鈔・紀州本には「生」の字がなく、類聚古集にイマアルアヒダハの訓もあるところから、「今在間者」を原文と考え、イマアルホドハと読む説もある（全註釈・注釈）。

10 霊異記に「默然」に注して「二合毛太安流己止」とする。

11 十三首は時の経過に従って配列されているか（伊藤前掲稿）。

①者（類・古・紀）―ナシ。右ニ記ス。
②方（類・古・紀）―ナシ
③且（古・紀・矢）―旦

347
夜光 玉跡言十方 酒飲而 情平遣尓 豈若目八方

世の中の遊びの道にすずし[7]きは酔泣するにあるべかるらし
世間之　遊道尓　冷者　酔泣爲尓　可有良師

348
今《こ》の世《よ》にし楽しくあらば来《こ》む生《よ》には虫に鳥にも吾はなりなむ
今代尓之　樂有者　來生者　蟲尓鳥尓毛　吾羽成奈武

349
生[8]ける者《もの》遂にも死ぬるものにあれば今《こ》[9]の生《よ》なる間《ま》は楽しくをあらな
生者　遂毛死　物尓有者　今生在間者　樂乎有名

350
默《も》然《だ》[10]をりて賢《さか》しらするは酒飲みて酔泣《ゑひなき》するになほ若《し》かずけり[11]
默然居而　賢良爲者　飲酒而　酔泣爲尓　尚不如來

沙弥満誓の歌一首

351
世間《よのなか》を何に譬《たと》へむ且《あさ》びらき漕ぎ去《い》にし船の跡なきがごと
世間乎　何物尓將譬　且③開　榜去師船之　跡無如

若湯座王《わかゆゑのおほきみ》の歌一首

352 [1]葦辺《あしへ》には鶴《たづ》が音《ね》鳴きて湖風《みなと》寒く吹くらむ[2]津乎《つを》の崎《さき》はも

葦邊波　鶴之哭鳴而　湖風　寒吹良武　津乎能埼羽毛

釈通観《しやくつうぐわん》の歌一首

353 み吉野の高城《たかき》の山に白雲は行きはばかりてたなびけり見ゆ

見吉野之　高城乃山尒　白雲者　行憚而　棚引所見

日置少老《へきのをおゆ》の歌一首

354 [3]縄《なは》の浦に塩焼くけぶり夕されば行き過ぎかねて山にたなびく

縄乃浦尒　塩燒火氣　夕去者　行過不得而　山尒棚引

生石村主真人《おひしのすぐりまひと》の歌一首

355 大汝《おほなむち》少彦名《すくなひこな》のいましけむ[4]志都《しつ》の石室《いはや》は[5]幾代《いくよ》経《へ》ぬらむ

1　類想歌に家持の「みなと風寒く吹くらし奈呉の江に妻呼びかはし鶴さはに鳴く」（巻十七・四〇一八）がある。この歌を踏まえたものか。

2　所在未詳。近江国浅井郡都宇とする説（代匠記初稿本）、愛媛県説（仙覚抄）などある。

3　相生市那波の地の海岸で、相生湾の最奥にあたるとする説が有力だが、大阪市内説・高知説もある（犬養孝『万葉の旅』）。

4　島根県大田市静間町の海岸の大岩窟とも、邑智郡瑞穂町岩屋の岩窟ともいうが、未詳。

5　結句はイクヨヘヌラム（講義・古典大系・古典全集・古典集成など）ともイクヨヘニケム（全註釈・注釈・桜楓社万葉集など）とも読まれるが、『講義』に「これはその石窟を今見てよめるものなるべければ、

大汝　小彦名乃　将座　志都乃石室者　幾代将経

上古麻呂《かみのこまろ》の歌一首

356 今日もかも明日香の川の夕さらず河蝦《かはづ》鳴く瀬の清けくあるらむ

或本の歌、発句に云はく、明日香川今もかもとな

今日可聞　明日香河乃　夕不離　川津鳴瀬之　清有良武　或本歌、發句云、明日香川今毛可毛等奈

山部宿祢赤人の歌六首[6]

357 縄《なは》の浦ゆ背向《そがひ》に見ゆる沖つ島[7]漕《こ》ぎ廻《み》る舟は釣《つり》しすらしも

縄浦従　背向尓所見　奥嶋　榜廻舟者　釣爲良下

358 武庫《むこ》の浦を漕ぎ廻《み》る小舟《をぶね》粟島《あはしま》を背向《そがひ》に見つつともしき[8]小舟

武庫浦乎　榜轉小舟　粟嶋矣　背尓見乍　乏小舟

359 阿倍の島[9]鵜《う》の住む磯《いそ》に寄する波間なくこのころ大和し思ほゆ

阿倍乃嶋　宇乃住石尓　依浪　間無比來　日本師所念

『ヌラム』の方適切なりとす」と言うのが正しいか。

6 笠金村・車持千年とともに人麻呂の宮廷讃歌の伝統を継承したことについて、風巻景次郎「山部赤人」(万葉集大成第九巻・第一〇巻)は、赤人派という派(シューレ)を想定している。赤人が地方の旧族の出身であり、皇室や中央の豪族とはかかわりを持たず、現実の社会における自己の存在の微小さを認識せざるをえなかったことや、新時代に同化しえない古さが、その歌を形成させたと説く。

7 赤人が空間的な動きにもよく注意していることと、その動きが激烈なものでなく、平明穏和なものであることなども指摘されている(五味智英「山部赤人」大成九巻)。

8 赤人歌に見る破格的手法では、句の顛倒や言いさしよりも、名詞止がもっとも成功している(五味前掲論文)。

9 所在不明。大阪市天王寺区の南、阿倍野の辺にあてる説(地名辞書)のほか、和歌山・兵庫・愛知などの諸県に求める説がある。

360 潮干《ひ》なば玉藻刈り蔵《つ》め家の妹が浜づと乞はば何を示さむ[1]

塩干去者　玉藻苅藏　家妹之　濱裹乞者　何矣示

361 秋風の寒き朝明《あさけ》を佐《さ》農《ぬ》の岡越ゆらむ君[2]に衣《きぬ》借さましを

秋風乃　寒朝開乎　佐農能岡　將超公尒　衣借益矣

362 [3]みさご居《ゐ》る磯廻《いそみ》に生ふる名《な》乗藻《のりそ》の名は告《の》らしてよ親は知るとも

美沙居　石轉尒生　名乘藻乃　名者告志弖①余　親者知友

或る本の歌に曰《い》はく

363 [4]みさご居る荒磯に生ふる名乗藻のよし名は告《の》らせ親は知るとも

美沙居　荒礒尒生　名乘藻乃　②吉名者告世　父母者知友

笠朝臣金村、[5]塩津《しほつ》山にして作る歌二首

364 大夫《ますらを》の弓《ゆ》末《ずゑ》[6]振り起こし射[7]つる矢を後見む人は語りつぐがね

大夫之　弓上振起　射都流矢乎　後將見人者　語繼金

365 塩津山うち越え行けば我が乗れる馬そつまづく家恋[8]ふらしも

1 この歌は、潮が干たら玉藻をたくさん刈りためよと言い、下句に、妻にみやげとして何を求めようと歌っているので、ほかに何もない殺風景な海岸を詠んだとも解されているが、王藻は包装材料で、珍しい風物のどれを土産とするか迷っていることを歌うのだろう(橋本四郎「つつむ」万葉八五号)。

2 赤人が知人に贈った歌と解する説もあるが(槻乃落葉・講義・全釈・新講・全註釈など)女の立場に立っての歌か(玉の小琴・金子評釈・注釈など)。

3 浜辺の実景を序とし、浜の娘子に対する軽い愛着を詠んだものだろう(佐佐木評釈)。

4 少異歌「みさご居る荒磯に生ふる名乗藻のよし名は告らじ親は知るとも」(巻十二・三〇七七)

5 琵琶湖の最北の湾入塩津湾の奥から、沓掛・愛発(あらち)を経て福井県の敦賀に越える道の山。

6 原文「振起」をフリオコセと命令形に読む説(古典大系・桜楓社万葉集など)もある。

7 今射た矢を言う。大木に矢を射立

塩津山　打越去者　我乗有　馬曽爪突　家戀良霜

角鹿《つのが》[9]の津にして船に乗る時に、笠朝臣金村の作る歌一首

并せて短歌

366 越《こし》の海の　角鹿の浜ゆ　大船に　真梶貫《まかぢぬ》きおろし　いさなとり
海路《うみぢ》に出《い》でて　あへきつつ　我《わ》が漕ぎ行けば　大夫《ますらを》の　手結《たゆひ》[10]が浦
に　海人娘子《あまをとめ》[11]　塩焼くけぶり　草枕　旅にしあれば　独《ひと》りして
見るしるしなみ　海神《わたつみ》[12]の　手に巻かしたる　玉襷《たまだすき》　懸けて偲ひつ
大和島根を

越海之　角鹿乃濱従　大舟尒　眞梶貫下　勇魚取　海路尒出而　阿倍寸管　我
榜行者　大夫乃　手結我浦尒　海未通女　塩燒炎　草枕　客之有者　獨爲而
見知師無美　綿津海乃　手二巻四而有　珠手次　懸而之努櫃　日本嶋根乎

反歌

367 越の海の手結《たゆひ》が浦を旅にして見ればともしみ[13]大和《やまと》思《しの》ひつ

てて吉凶を占い、旅中の平安を祈る習俗と関連があろうか（古典文学全集）。柳田国男「矢立の木」（全集二十二巻）によると、矢立が峠の名前や境の山の名になっている例が少なくないという。

8　家とは家人のことで、建物としてのそれを指すわけではない。家と屋戸との違いについては、後藤和彦「家と宿」（『万葉集を学ぶ』第三集）など参照。

9　今の敦賀港。もとツヌガと言った（垂仁二年紀）が、ツノガの形もあったらしい（大野晋「奈良時代のヌとノの万葉仮名について」万葉一二号）。

10　敦賀から北へ一里ほどの田結（たい）のあたり（犬養孝『万葉の旅』）。

11　以下の表現には、巻一の軍王作歌の影響が見られる。

12　二句「玉襷」の玉を導く序詞。

13　トモシには、少ない、羨しいの意とともに、心惹かれるという意を表す場合もある。「見まく欲り来し

①弖（代匠記）—五
②吉（略解）—告

越海乃　手結之浦矣　客爲而　見者乏見　日本思櫃

[1]石上大夫《いそのかみのまへつきみ》の歌一首

368 大船に真梶《まかぢ》しじ貫《ぬ》き大君の命恐《かしこ》み磯廻《いそみ》するかも

大船二　眞梶繁貫　大王之　御命恐　礒廻爲鳴

右、今案《かむが》ふるに、石上朝臣乙麻呂《いそのかみのあそみおとまろ》、越前の国守に任《ま》けらゆ。けだしこの大夫か。

和《こた》[2]ふる謌《うた》一首

369 もののふの臣の壮士《をとこ》は大君の任《まけ》のまにまに聞く[3]といふものそ

物部乃　臣之壮士者　大王　任乃隨意　聞跡云物曾

右は、作者未だ審《つばひ》らかならず。但《ただ》し笠朝臣金村の歌の中に出づ。

安倍廣庭卿《あへのひろにはのまへつきみ》の歌一首

くもしるく吉野川音の清けさ見るにともしく」（一七二四）など。

1 左注に石上乙麻呂かと言う。乙麻呂が越前の国守になったことは続紀に見えないが、神亀元年従五位下となり、天平四年正月従五位上、同四月に丹波守に任ぜられているので、越前国守となったのもこの前後かと推測されている（日本古代人名辞典）。なお、天平十六年九月西海道巡察使に任ぜられた時の歌（槻落葉）とも、土佐国に配流された時の歌（攷證）とも言われる。

2 左注によれば、作者は金村とされる。そうすると、三六四以下この歌まで、同じ時の作で乙麻呂の越前守赴任に際してのものと考えられよう。

3 『攷證』に「今の世の俗言に、人のいふ言を聞などいふ聞と同じく、諾ひ従ふ意」とする。この歌は、乙麻呂の歌の意を受け、同席の者をいましめた歌（古典集成）か。

4 第三句難訓。ヌレヒヅト（古典大系）・シメジメト（古典文学全集）・ヌルヌルト（古典集成）・ウルホヘド（全注釈）・ヌレヒテド（桜楓社

370
雨降らずとの曇《ぐも》る夜の[4]潤湿跡恋ひつつ居りき君待ちがてり

雨不零　殿雲流夜之　潤濕跡　戀乍居寸　君待香光

[5]出雲守《いづものかみ》門部王、京《みやこ》を思ふ歌一首 後に大原真人の氏を賜ふ

371
[6]飫宇《おう》の海の[7]河原の千鳥汝《な》が鳴けば吾《わ》が佐保川の思ほゆらくに

飫海乃　河原之乳鳥　汝鳴者　吾佐保河乃　所念國

山部宿祢赤人、春日野《かすがの》に[8]登りて作る歌一首 并せて短歌

372
春日《はるひ》を　春日《かすが》の山の　高座《たかくら》の　三笠の山に　[9]朝さらず　雲居たなびき　[10]容鳥《かほとり》の　間なくしば鳴く　雲居なす　心いさよひ　その鳥の　片恋のみに　昼はも　日のことごと　夜はも　夜のことごと　立ちて居て　思ひそ吾《あ》がする　逢はぬ児ゆゑに

春日乎　春日山乃　高座之　御笠乃山尒　朝不離　雲居多奈引　容鳥能　間無　數鳴　雲居奈須　心射左欲比　其鳥乃　片戀耳二　晝者毛　日之盡　夜者毛

万葉集）など諸説がある。

5 長皇子の孫で、高安王の弟。和銅三年従五位下、養老元年従五位上、同三年七月伊勢守となった。このころ出雲守となることもあったかと言う（古代人名辞典）が、霊亀二年から船連秦勝が出雲守となっており、むしろ養老末年から天平の初めころではないかとも説かれる（沢瀉注釈）。

6 ここでは旧国庁近くの意宇川河口付近の海を指すか（犬養孝『万葉の旅』）。

7 人麻呂の「淡海の海夕波千鳥汝が鳴けば心もしのに古思ほゆ」（二六六）を踏まえる。

8 山近くの傾斜地を野と言ったので、「登」と記したのも誤りではない。槻落葉など「野」を「山」に訂している。「登—」は文選などの題詞にも見られる。

9 時を示す名詞にサラズが続く場合は「—毎に」の意となる（吉井巌「明日香川川淀さらず立つ霧の」万葉二二号）。

10 諸説あるが、郭公とする説が有力（中西悟堂「万葉集の動物二」大成

夜之盡　立而居而　念曾吾爲流　不相見故荷

反　謌

373 [1]高桉《たかくら》の三笠の山に鳴く鳥の[2]止めば継がるる恋もするかも

高桉之　三笠乃山尓　鳴鳥之①　止者繼流　戀②哭爲鴨

石上乙麻呂朝臣の歌一首

374 雨降らば着むと思へる[3]笠の山人にな着《き》せそ濡《ぬ》れはひつとも

雨零者　將盖跡念有　笠乃山　人尓莫令盖　霑者漬跡裳

湯原王《ゆはらのおほきみ》、芳野にて作る謌一首

375 吉野なる[4]夏実《なつみ》の[5]河の川淀に鴨そ鳴くなる[6]山陰[7]にして

吉野尓有　夏實之河乃　川余杼尓　鴨曾鳴成　山影尓之弖

湯原王の宴席の歌二首

第八巻)。郭公なら「間なくしば鳴く」の表現に適合すると言う。

1 人麻呂の「玉襷　畝火の山に　鳴く鳥の　声も聞こえず」(二〇七)を踏まえての作か。

2 鳥の声が、とぎれたかと思うとまた鳴きつがれるように、恋心も静まったかと思うと再び強まる状態を言う。

3 桜井市笠の地にある山とする説(山田講義)も見られるが、三笠の山をこのように呼んだものと考えるのが妥当か。

4 離宮のあった宮滝から一キロほど上流の、吉野町菜摘の地。山が両岸に迫り、蔭をつくる静かな場所である。

5 カハノカハヨドニカモゾナクナルというカ音の繰り返しが、静寂な中に響く鴨の声を感じさせる(五味智英『古代和歌』)。

6 山の向こう側(山田講義説)ではなく、山のかげになって日や月の光のさえぎられている場所を指すのだろう(谷馨『万葉集講座』第一巻、創元社)。

376 あきづ羽《は》の袖振る妹[8]を玉くしげ奥《おく》に思ふを見たまへ吾《あ》が君

秋津羽之　袖振妹乎　珠匣　奥尒念乎　見賜吾君

377 青山の嶺《みね》の白雲朝に日《け》に常に見れども[9]めずらし吾《あ》が君

青山之　嶺乃白雲　朝尒食尒　恒見杼毛　目頬四吾君

山部宿祢赤人、故太政大臣藤原家[10]の山池《しま》を詠む謌一首

378 古《いにしへ》のふるき堤《つつみ》は年深み池[11]のなぎさに水草《みくさ》生ひにけり

昔者之　舊堤者　年深　池之瀲尒　水草生尒③家里

大伴坂上郎女、[12]神を祭る謌一首　并せて短歌

379 ひさかたの　天《あま》の原より　[13]生《あ》れ来《きた》る　神の命　奥山の　賢木《さかき》の枝に　[14]白香《しらか》つけ　木綿《ゆふ》取り付けて　斎瓮《いはひべ》を　[15]斎《いは》ひほりすゑ　竹玉《たかたま》を　繁《しじ》に貫き垂れ　鹿猪《しし》じもの　膝折り伏して　手弱女《たわやめ》の　おすひ取りかけ　かくだにも　吾は祈《こ》ひなむ　[16]君に逢はじかも

7 「春されば木の暗多み夕月夜おぼつかなしも山陰にして」（一八七五）など、ニシテで止める形の先駆か（谷馨、前掲稿）。

8 宴席に侍した美女を指す。

9 メヅラシを結句「吾が君」に対する讃辞ととるのが普通だが、これを前歌の妹とひとしい女性に対する讃めことばとし、客である男性たちに呼びかけたのが結句の「吾が君」だと解する説もある（折口口訳・沢瀉注釈）。

10 藤原不比等。養老四年八月没。この歌はその後間もないころの作か。

11 類想歌、巻二・一八一。

12 氏神を祭る時であることが左注に見える。

13 「生れ来し」と読む説もある（注釈）。

14 シラカ未詳。麻や楮の繊維を細く裂いたものを言うか。

15 瓮の底が丸かったので、土を掘って据えることをした。

①鳥（類・温・矢）―ナシ。右ニ記ス。②戀（類・紀・矢）―ナシ。右ニ書ク。③尒（紀）―ナシ

久堅之　天原從　生來　神之命　奥山乃　賢木之枝尒　白香付　木綿取付而
齋戸乎　忌穿居　竹玉乎　繁尒貫垂　十六自物　膝折伏　手弱女之　押日取懸
如此谷裳　吾者祈①奈牟　君尒不相可聞

反　謌

木綿畳　手取持而　如此谷母　吾波乞甞　君尒不相鴨

380 木綿《ゆふ》たたみ手に取り持ちてかくだにも吾は祈《こ》ひなむ君[1]に逢はじかも

右の歌は天平五年冬十一月[2]を以《も》ちて、大伴[3]の氏の神を供祭《まつ》る時に、いささかこの謌を作る。故に神を祭る歌といふ。

筑紫《つくし》の娘子《をとめ》、行旅《たびびと》に贈る歌一首　娘子[4]、字《あざな》を児島といふ

381 家思《も》ふと情《こころ》進むな風守《かざまも》り好くしていませ荒[5]しその道

思家登　情進莫　風俟　好為而伊麻世　荒其路

---

16 キミニアハヌカモ（槻乃落葉）という訓もあるが、旧訓にアハジカモとしているのが正しいだろう。意味は、逢わないだろうかというのであって、君にあえないものかと、希望を表す場合とやや異なる。

1 この「君」は祖神を指す（私注・古典集成など）。とくに天平三年七月に死んだ旅人（桜井満「坂上郎女祭神歌」万葉集を学ぶ第三集）、あるいは郎女の亡夫宿奈麻呂が意識されているのではないか（古典集成）とも言われる。

2 類聚三代格に寛平七年の太政官符が載せられており、そこに「諸人氏神多在畿内。毎年二月四月十一月何廃先祖之常祀」と見え、二月もしくは四月と、冬十一月に氏神の祭をしたことが知られる（講義）。

3 祭祀や宴席を主宰するのは家刀自であり、その地位を旅人の妻の死後郎女が引き継いだのであろう（尾山篤二郎『大伴家持の研究』、山本健吉「大伴家持」など）。

4 この小字の注は、類聚古集にはないが、紀州本・西本願寺本など、そ

のほかの古写本にはすべてあるので、もともと存したものと思われる。巻六に見える、天平二年十二月大伴旅人が九州から上京する時に歌をおくっている女性（九六五・九六六）と同人であろう。

5　結句は「アラキソノミチ」という訓もある（旧訓・私注・注釈など）。

6　夜明けを将来する鶏は太陽の昇る東方の常世の国に生まれてこそふさわしいので「鶏が鳴く　東」というのだろうとする新説（大久間喜一郎『古代文学の伝統』）も見られるが、東国が文化の後進地域で大和の人から蔑視され、その言葉がピーチクパーチク鳥が鳴くようだとして、この成句が使われたと見るのが妥当と思う。このガの特殊性については、大野晋『日本語の文法を考える』など参照。

7　第二句原文中の「種」は、玉篇に

①祈（紀・細ニ・無ニ）―折　②朋（童蒙抄）―明　③皀（古典大系）―果　④築（類・温・矢）―筑　⑤時（類・紀・温）―ナシ。右ニ書ク。⑥煎（紀）―前一

382
筑波《つくは》の岳《たけ》に登りて、丹比真人《たぢひのま》国人《ひとくにひと》の作る歌一首　并せて短謌

[6]鶏《とり》が鳴く　東《あづま》の国に　高山は　多《さは》にあれども　朋神《ふたかみ》の　貴き山の
並《な》み立ちの　見が欲《ほ》し山と　神代より　人の言ひ継ぎ　国見する
筑波《つくは》の山を　冬ごもり　時じき時と　見ずて行《い》かば　益《ま》して恋し
み　雪消《ゆきげ》する　山道すらを　なづみぞ吾《あ》が来《け》る

鶏之鳴　東國尓　高山者　佐波尓雖有　朋②神之　貴山乃　儕立乃　見皀③石山跡
神代従　人之言嗣　國見爲　築④羽乃山矣　多木成　時敷時⑤跡　不見而徃者　益
而戀石見　雪消爲　山道尚矣　名積叙吾來煎⑥

反　謌

383
筑波嶺《つくはね》をよそのみ見つつありかねて雪消の道をなづみ来《け》るかも

築羽根矣　卌耳見乍　有金手　雪消乃道矣　名積來有鴨

山部宿祢赤人の歌一首

384
吾《わ》が屋戸に韓藍《からあゐ》[7]植ゑ生《おほ》し枯れぬれど懲[8]りずてまたも蒔《ま》かむとそ思

ふ

吾屋戸尓　韓藍①種生之　雖干　不懲而亦毛　將蒔登曾念

仙柘枝《やまひめつみのえ》の歌三首

385 あられ降り[1]吉志美《きしみ》が嶽《たけ》を険《さが》しみと草取りはなち[2]妹が[3]手を取る

霰零　吉志美②我高嶺乎　險跡　草取叵③奈④知　妹手乎取

右の一首、或《あるい》は云はく、吉野の人味稲《うましね》の柘枝仙媛《つみのえのやまひめ》に与ふる歌なりといふ。但《ただ》し柘枝伝を見るに、この歌あることなし。

386 この夕《ゆふべ》柘《つみ》のさ枝《えだ》の流れ来《こ》ば梁《やな》は打たずて取らずかもあらむ

此暮　柘之左枝乃　流來者　梁者不打而　不取香聞將有

右の一首

387 古《いにしへ》に梁《やな》打つ人のなかりせばここにもあらまし柘の枝はも

古尓　梁打人乃　無有世伐　此間毛有益　柘之枝羽裳

右の一首は、若宮年魚麻呂《わかみやのあゆまろ》の作。

植也とあり、ウウと読む。

8 この歌に寓意があるとし、韓藍を女の比喩とする注者が多いが、必ずしも譬喩とは見ないでも良いだろう(山田講義)。比喩とすれば、一度失敗した恋愛を再び繰り返そうというのか(私注)。

---

1 仙覚抄に引く肥前風土記に杵島曲の歌として「あられふる杵島が嶽を峻しみと草取りかねて妹が手を取る」を載せている。また仁徳記に「はしたての倉橋山を嶮しみと岩かきかねてわが手取らすも」の歌もある。三八五の歌は、杵島地方の歌垣の歌をもとにして作られたものだろう。

2 原文は、底本に「可奈和」とあり、紀州本に「可奈知」、古葉略類聚鈔には「可所奈知」とある。可を叵の誤字とし、ハナチと訓む定本万葉集・全註釈などの説による。

3 吉志美が嶽がけわしいので草を取っていた手を放し、妹の手をつかんだという、男が何らかの理由をつけて妹の手をつかもうとするのをユーモラスに歌ったものだろう。

羇旅《たび》の歌一首 并せて短歌

388 海若《わたつみ》は 霊《くす》しきものか 淡路島《あはぢしま》 中に立て置きて[4] 白波を 伊豫《いよ》に廻《めぐ》らし 座待月《ゐまちづき》[5] 明石《あかし》の門《と》ゆは 夕されば 潮を満《み》たしめ 明けされば 潮を干《ひ》しむ 潮騒《しほさゐ》の 波を恐《かしこ》み 淡路島 磯隠《いそがく》りゐて 何時《いつ》しかも 此の夜の明けむと さもらふに 眠《い》の寝《ね》かてねば 滝の上《うへ》の[6] 浅野《あさの》の雉《きぎし》 明けぬとし 立ち騒《さわ》くらし いざ子ども あへて漕ぎ出《で》む にはも静けし

海若者 靈寸物香 淡路嶋 中尒立置而 白浪乎 伊与尒廻之 座待月 開乃門從者 暮去者 塩乎令滿 明去者 塩乎令干 塩左爲能 浪乎恐美 淡路嶋 礒隱居而 何時鴨 此夜乃將明跡 侍⑤從尒 寐乃不勝宿者 瀧上乃 淺野之雉 開去歲 立動良之 率兒等 安倍而榜出牟 尒波母之頭氣師

反歌

389 島伝《しまづた》ひ[7] 敏馬《みぬめ》の崎《さき》を 漕ぎ廻《み》れば 大和恋しく 鶴《たづ》さはに鳴く

嶋傳 敏馬乃埼乎 許藝廻者 日本戀久 鶴左波尒鳴

4 以下「立て置き」「廻し」「満たしめ」「干しむ」の主語は、海神（わたつみ）。

5 寝ずに坐っていて月を待つことをキマチと言うが、月を待ち夜を明かす意から、明石という地名にかけたものと思われる。必ずしも十八日の夜に限らない（攷證・山田講義）。

6 兵庫県津名郡北淡町浅野で、野島の西南の海浜地。海岸から離れた山手の浅野公園に、紅葉滝がある（犬養『万葉の旅』）。なお浅野を普通名詞と考える説もある（私注・全註釈）。

7 類歌として黒人の「磯の崎漕ぎたみ行けば近江の海八十の湊に鶴さはに鳴く」（二七三）があげられる。なお、この反歌が、もともと前の長歌の反歌として作られたものかどうか、疑問も出されている（私注）。

①種（類・古）—蘊
②志（類・古・紀）—ナシ
③叵（定本）—可
④知（古・紀・細）—和
⑤侍（細・無）—待

右の謌は、若宮年魚麻呂誦《うた》ふ。但し、未だ作者を審《つばひ》らかにせず。

譬《ひ》喩《ゆ》謌《か》[1]

紀皇女《きのひめみこ》[2]の御謌一首

390 軽[3]の池の汭《うらみ》廻《み》行き廻る鴨すらに玉藻の上に独《ひと》り寝なくに

輕池之　汭廻徃轉留　鴨尚尒　王藻乃於丹　獨宿名久二

造筑紫《ざうつくし》観世音寺別当《くわんぜおんじのべつたう》沙弥満誓の歌一首

391 鳥総《とぶさ》[4]立て足柄山に船木伐《き》り樹《き》に伐《き》りゆきつあたら船材《ふなき》を

鳥總立　足柄山尒　船木伐　樹尒伐歸都　安多良船材乎

大宰大監《ださいのだいげん》[5]大伴宿祢百代《ももよ》の梅の歌一首

392 ぬばたまのその夜の梅をた忘れて折らず来にけり思ひしものを

1 巻一・巻二には見られない部立で、歌を表現面から分類したもの。人間の行為や感情などを事物に譬えて表現した歌を言う。以下二十五首の歌のうち、冒頭の紀皇女歌をのぞくと、他は天平初年の満誓・百代などの歌をはじめ、比較的に新しい時代の歌が並んでおり、また歌数も少ないので、巻三の原形ともいえるものには本来含まれていなかったであろうと推測されている（伊藤博『万葉集の構造と成立』上）。

2 穂積皇子の妹。続日本紀に没年を記さず、日本書紀にも見えないのは、持統末年までに没したためかと想像される（吉永登『万葉―その異伝発生をめぐって―』）。

3 寺田透『万葉の女流歌人』に「孤愁を訴える気品高い歌」とし、愛慾問題とは異質なものがあるとするのに対し、梅原猛『黄泉の王』では姦通の発覚した時の開き直りの歌と言う。なお、前者では、皇女が義妹であった坂上郎女にこの歌を送ったか、

烏珠之　其夜乃梅乎　手忘而　不折①來家里　思之物乎

満誓沙弥の月の歌一首

393 見えずとも誰《たれ》恋ひざらめ山の[6]はにいさよふ月を外《よそ》に見てしか

不所見十方　孰不戀有米　山之末尒　射狭夜歷月乎　外見而思香

余明軍《よのみやうぐん》の歌一首

394 標《しめ》結ひて我《わ》が定めてし[7]住吉《すみのえ》の浜の小松は後も吾《わ》が松

印結而　我定義之　住吉乃　濱乃小松者　後毛吾松

笠女郎《かさのいらつめ》、大伴宿祢家持に贈る謌三首

395 託馬野《つくまの》に生ふる紫草《むらさき》衣《きぬ》に染《し》めいまだ着ずして色に出《い》でにけり

託②馬野尒　生流紫　衣尒③染　未服而　色尒出來

396 [8]陸奥《みちのく》の真野《まの》の草原《かやはら》遠けども面影にして見ゆといふものを

とも言う。

4 美しい女が他人の妻となったのを口惜しむ歌（講義・古典大系・注釈など）。

5 「その夜の梅」は、女性を暗示する。とくに宴席に侍した遊行女婦などを梅にたとえたとする説（全註釈・古典集成）が正しいか。

6 噂に聞いているのみで、まだ見ない女性にあこがれる気持ちを歌ったのであろう。

7 住吉にいた遊行女婦を専有する気持ちを歌った（佐佐木評釈）のだろう。ほかに、家持に対する作者の気持ちを述べたと解する説（古典集成一案）もある。

8 初二句を「遠けども」の序とする説（槻乃落葉など）もあるが、一首全体を比喩と見る方が良い。家持が近くに住んでいるのに逢えないことを嘆いた歌か（小野寛「笠女郎の譬喩歌と季節観」論集上代文学第五冊）。

①折（類・紀・温）ー析
②託（類・紀・温）ー詫
③尒（紀・細）ーナシ

陸奥之　眞野乃草原　雖遠　面影爲而　所見云物乎

397 [1]奥山の岩本菅《いはもとすげ》を根深めて結びし情《こころ》忘れかねつも[2]

奥山之　磐本菅乎　根深目手　結之情　忘不得裳

藤原朝臣八束《やつか》の[3]梅の譎二首　八束、後の名は①真《ま》楯《たて》、房前の第三子

398 妹《いも》が家に咲きたる梅の何時《いつ》も何時《いつ》も[4]成りなむ時に事は定めむ

妹家尓　開有梅之　何時毛々々　將成時尓　事者將定

399 [5]妹が家に咲きたる花の梅の花実《み》にし成りなばかもかくもせむ

妹家尓　開有花之　梅花　實之成名者　左右將爲

大伴宿祢駿河《するが》麻呂《まろ》の梅の譎一首

400 [6]梅の花咲きて散りぬと人は言へど吾が標結《しめゆ》ひし枝ならめやも

梅花　開而落去登　人者雖云　吾標結之　枝將有八方

1　初三句が結びしにかかる序か。山崎馨「万葉集の 譬喩歌」（大成第七巻）には、この歌を本意が全く表現の裏にかくれた純粋な譬喩歌とする。

2　以上三首は、巻四の女郎歌よりも前、家持との恋の初期の作歌かと見られる（小野前掲稿および北山茂夫『大伴家持』）。

3　梅を媒体とした寓喩歌で、この巻三譬喩歌には、同類が多い。巻四相聞歌中にはほとんど寓喩歌がないところから、編者がそこからぬき出して譬喩歌の部を作ったかと想像される（井手至「巻三譬喩歌の表現」万葉集を学ぶ第三集）。

4　梅の結実に婚期の到来を寓することも、当時の新しい試みであったか（山田講義）。

5　前歌にも見える「妹」を、相手の女性と見る説（全註釈・私注など）と、娘の母（金子評釈・古典大系一案・注釈など）と見る説がある。後者か。

6　類歌「なでしこは咲きて散りぬと人は言へど吾が標めし野の花にあらめやも」（一五一〇）

7　次の駿河麻呂の歌と合わせると駿

大伴坂上郎女、親族《うがら》と宴《うたげ》する日に吟《うた》ふ謌一首

401 [7]山守《やまもり》のありける知らに其《そ》の山に標結《しめゆ》ひ立てて結《ゆ》ひの恥《はぢ》しつ

山守之　有家留不知尒　其山尒　標結立而　結之辱爲都

大伴宿祢駿河麻呂、即《すなは》ち和《こた》ふる歌一首

402 山守はけだしありとも[8]吾妹子が結ひけむ標を人解《と》かめやも

山主者　盖雖有　吾妹子之　將結標乎　人將解八方

大伴宿祢家持、同じ坂上《さかのうへ》家の大嬢《おほいらつめ》に贈る歌一首

403 朝に日《け》に見まく欲《ほ》りする其の玉を[9]如《い》何《か》にせばかも手ゆ離《か》れざらむ

朝尒食尒　欲見　其玉乎　如何爲鴨　從手不離有牟

[10]娘子《をとめ》、[11]佐伯宿祢《さへきのすくね》赤麻呂《あかまろ》の贈るに報ふる謌一首

404 ちはやぶる神の社《やしろ》しなかりせば春日《かすが》の野辺に[12]粟蒔《あはま》かましを

河麻呂にはすでに定められた女性がいたのに、娘の婿と思い定めて恥をかいた意と解される。あとの四〇七に見える坂上二嬢と関係がある歌か（古典大系・古典文学全集など）。

8　標を結うのは男女関係の比喩としては男の側からの働きかけであるのが普通。前歌で郎女はそれを意識しつつ、表現上は男を装って自らの恥を衆目にさらす形をとったのに対し、駿河麻呂は女が標を結ったことをすっぱ抜いたのである（橋本四郎「幇間歌人佐伯赤麻呂」『上代の文学と言語』）。

9　第四句はイカニシテカモとも読まれているし、イカニスレカモ（全註釈）の訓もある。

10　この歌の前に佐伯赤麻呂から娘子に贈る歌があり、それに対してこたえた歌。

11　橋本四郎は、この贈報の虚構性を説き、赤麻呂が宴席をにぎわせる道化役を仮構の贈答をとおして演じてみせたのではなかろうかと推測している（前掲稿）。

①三（矢・京）―二

千磐破　神之社四　無有世伐　春日之野邊　粟種益乎

佐伯宿祢赤麻呂、更《さら》に贈る謌一首

405 春日野に粟蒔《ま》けりせば鹿《しし》待ちに継ぎて行かましを社《やしろ》[1]しうらめし[2]

春日野尒　粟種有世伐　待鹿尒　繼而行益乎　社師怨焉①

娘子のまた報《こた》ふる謌一首

406 吾《わ》が祭《まつ》る神にはあらず大夫《ますらを》につきたる神そよく祭るべき

吾祭　神者不有　大夫尒　認有神曽　好應祀

大伴宿祢駿河麻呂、同じ坂上家の二嬢《おといらつめ》を娉《つまど》ふ歌一首

407 春霞春日《かすが》の里の植子水葱《うゑこなぎ》苗《なへ》なりといひし柄[3]はさしにけむ

春霞　春日里之　殖子水葱　苗有跡云師　柄者指尒家牟

12 仙覚抄に「モロ〳〵ノタナツモノ、ヲホカル中ニ、粟ヲヨメルコトハ、アハマシト云心ニ、ヨソフル也」と言う。

---

1 社は前歌では表面は春日神社のことを言いつつ赤麻呂の以前からの愛人を寓するものであったが、この歌ではそれを逆に相手の愛人だろうと切り返す形をとっている（佐佐木評釈）。

2 底本などに「留焉」とあり、結句は「ヤシロシトドムル」とも読まれているが、紀州本に怨焉とあるのが原字と見て「ヤシロシウラメシ」と解した『槻落葉』の説によるべきだろう。注釈・古典文学全集・古典集成など、この訓を採る。

3 葉柄が長くのびただろう。

4 前に二嬢に娉う歌があった（四〇七）。それと同じく二嬢のことを歌ったのであろう。

5 この歌は誰に宛てられたものか記されていない。駿河麻呂に対する歌とする説（金子評釈・古典文学全

大伴宿祢家持、同じ坂上家の大嬢に贈る謌一首

408 石竹《なでしこ》の其《そ》の花にもが朝《あさ》な朝《さ》な手に取り持ちて恋ひぬ日無けむ

石竹之　其花尓毛我　朝旦　手取持而　不戀日將無

大伴宿祢駿河麻呂[4]の謌一首

409 一日には千重波《ちへなみ》しきに思へどもなぞ其《そ》の玉の手に巻きがたき

一日尓波　千重浪敷尓　雖念　奈何其玉之　手二巻②難寸

大伴坂上郎女[5]の橘の歌一首

410 橘[6]を屋前《やど》に植ゑ生《おほ》[7]し立ちて居て後に悔ゆとも験《しるし》あらめやも

橘乎　屋前尓殖生　立而居而　後雖悔　驗將有八方

和《こた》[8]ふる謌一首

411 吾妹児《わぎもこ》が屋前《やど》の橘いと近く植ゑてしゆゑに成らずは止《や》まじ

集・古典集成など）もある。

6 橘が男・女いずれの比喩かで、説が分かれる。相手の男として「橘を家に植えるが如く、君との恋愛関係を結んでしまったからには」（私注）と解するのは前者であるが、次の歌との関係で娘を橘にたとえたとする説（代匠記・攷證・略解・古義・注釈など）が妥当か。

7 「殖生」の二字をウヱオホセと読む宣長の訓（玉の小琴）もあり、槻落葉・古義・折口訳・総釈などそれによっているが、無理だろう。

8 作者の名が記されていないので、種々の推測がなされている。契沖は「上ヨリノツヽキ、哥ノ意、尤駿河麻呂ノ作ナルヘシ」（精撰本）とし、槻落葉・古義などそれに従う注釈書も多い（古典文学全集・古典集成も同説）が、真淵は家持と推測、古義・全釈などもそれに従っている。駿河麻呂にしても、家持にしても、意味の上からは支障がないようだが、なぜ名を記さないか不審。

①怨（紀）—留

②難（類・古・紀）—對

吾妹兒之　屋前之橘　甚近　殖而師故二　不成者不止

市原王《いちはらのおほきみ》の譬一首

412 [1]いなだきに[2]きすめる玉は二つなしかにもかくにも[3]君がまにまに

伊奈太吉尓　伎須賣流玉者　無二　此方彼方毛　君之随意

大網公人主《おほあみのきみひとぬし》、宴《うたげ》に吟《うた》ふ譬一首

413 須磨《すま》の海人《あま》の塩焼衣《しほやきぎぬ》の藤衣《ふぢごろも》[4]間遠にしあれば[5]未《いま》だ着《き》なれず

須麻乃海人之　塩焼衣乃　藤服　間遠之有者　未著穢

大伴宿祢家持の譬一首

414 あしひきの石根《いは》こごしみ菅《すが》の根を引かば難《かた》みと標《しめ》のみそ結《ゆ》ふ

足日木能　石根許其思美　菅根乎　引者難三等　標耳曾結焉

1 法華経安楽行品に「髻中明珠…頂上有此一珠」の語句があり、至上の仏法を珠にたとえているのを、女性の喩に転用した（古典大系・注釈など）。

2 蔵める意か（新考）。

3 上句の玉の比喩が、「君」を言うのか、それとも作者の大切にしている女性（愛娘）を言うのかで、説が分かれる。注釈に「作者が忠誠を誓ふ誰かに贈つたものであらう」とするのは前者で、古典大系に「大切な珠をあなたにお任せしますから、どうにでも思いのままになさって下さい。」と説くのは後者の例になる。

4 藤の衣の目の粗いことと、女に逢う間隔の遠いことをかけている。

5 新婚ののろけ歌と見る説もある（古典集成）。

挽《ばん》謌《か》

[6] 上宮聖徳皇子《かみつみやのしやうとこのみこ》、竹原井《たかはらのゐ》に出遊《い》でます時に、龍田山の死人を見て悲傷《かなし》びて作らす御謌一首

小墾田宮《をはりたのみや》に天の下治《し》らしめしし天皇の代、小墾田の宮に天の下治らしめしし天皇は豊御食炊屋姫天皇なり。諱《いみな》は額田、謚は推古。

415 家ならば妹が手まかむ草枕旅に臥《こ》やせるこの旅人《たびと》あはれ

家有者　妹之手將纏　草枕　客尓臥有　此旅人怜

[7] 大津皇子、被死《みまから》しめらゆる時に、磐余《いはれ》の池の陂《つつみ》にして涕《なみた》を流して作らす御歌一首

416 ももづたふ磐余《いはれ》の池に鳴く鴨を今日のみ見てや雲隠《くもがく》りなむ

百傳　磐余池尓　鳴鴨乎　今日耳見哉　雲隱去牟

右、藤原宮の朱鳥《あかみとり》元年冬十月。

6 推古二十一年十二月紀に、皇子が片岡で飢えた人に食物や衣裳を与え「しなてる 片岡山に 飯に飢て 臥せる その旅人あはれ 親なしに 汝生（な）りけめや さす竹の 君はやなき 飯に飢て 臥せる その旅人あはれ」と歌ったことが記されている。場所が四一五歌の題詞では竹原井となっており、歌詞も大幅に異なっているのは、太子を敬仰する万葉人が伝承を踏まえて創作した仮託の歌だからか（伊藤博『万葉集の構造と成立』上）。

7 懐風藻に「五言臨終一絶」として「金烏臨西舎、鼓声催短命。泉路無賓主、此夕誰家向」を伝えるが、この詩を後人の仮託の作とする説が小島憲之によって出されている（「大津皇子とその周辺」『歴史と人物』昭和五三年十月）。

河内王《かふちのおほきみ》[1]を豊前国《とよくにのみちのくち》の鏡山《かがみのやま》に葬《はぶ》る時に、手持女王《たもちのおほきみ》の作る
歌三首

417 王《おほきみ》の親魄《にきたま》[2]逢へや豊国《とよくに》の鏡の山を宮と定むる
王之　親魄相哉　豊國乃　鏡山乎　宮登定流

418 豊国の鏡の山の石戸《いはと》立て隠《かく》りにけらし待てど来まさず[3]
豊國乃　鏡山之　石戸立　隱尒計良思　雖待不來座

419 石戸《いはと》破《わ》る手力《たぢから》もがも手弱《たよわ》き女《をみな》にしあればすべの知らなく
石戸破　手力毛欲得　手弱寸　女有者　爲便乃不知苦

石田王《いはたのおほきみ》[4]の卒《みまか》る時に、丹生王《にふのおほきみ》[5]の作る謌一首　并せて短歌

420 なゆ竹の　とをよる皇子《みこ》　さ丹《に》つらふ　吾が大王《おほきみ》は　隠国《こもりく》の　泊《はつ》
瀬《せ》の山に　神《かむ》さびに　斎《いつ》きいますと　玉梓《たまづさ》の　人そ言ひつる　お
よづれか　吾《わ》が聞きつる　狂言《たはこと》か　我《わ》が聞きつるも　天地《あめつち》に　悔《くや》
しきことの　世間《よのなか》の　悔《くや》しきことは　天雲の　そくへの極《きはみ》　天地《あめつち》

1　持統八年四月紀に「戊午、以浄大肆贈筑紫大宰率河内王、并賜賻物」とあり、その前に筑紫で没したと推測される。

2　「親魄」をムツタマと読むのが通説であったが、ムツタマの語は他に見えず、親はニキと訓まれるし、ニキタマは多く見られるので、作者にとって親しみなつかしまれる御魂の意で、和魂を親魄と記したものと解する説に従う（吉永登『親魄相哉』について」万葉一五号）。

3　マテドキマサズという結句は「秋山の黄葉あはれとうらぶれて入りにし妹は待てど来まさず」（一四〇九）「荒雄らを来むか来じかと飯盛りて門に出で立ち待てど来まさず」（三八六一）などにも見られるがこの歌の例がもっとも早いらしい。

4　没年不明。ただし四二三に同じく石田王に対する山前王の挽歌があり、山前王は養老七年十二月卒であるから、それ以前であることは確かめうる。

5　丹生女王と同一人とする説がある（攷證・全註釈など）。

の至《いた》れるまでに 杖つきも 衝《つ》かずも行《ゆ》きて [6]夕占《ゆふけ》問《と》ひ [7]石占《いしうら》もちて 吾が屋戸《やど》に [8]御諸《みもろ》を立てて 枕辺《まくらへ》に 斎瓮《いはひべ》をすえ 竹玉《たかたま》を 間無《まな》く貫《ぬ》き垂《た》れ 木綿《ゆふ》たすき かひなに懸《か》けて 天《あめ》なる [9]左《さ》佐羅《ら》の小野《をの》の [10]七《なな》ふ菅《すげ》 手に取り持ちて ひさかたの 天の川原《かはら》に 出《い》で立《た》ちて 潔身《みそぎ》てましを 高山《たかやま》の 巌《いはほ》の上に 座《いま》せつるかも

名湯竹乃 十縁皇子 狭丹頬相 吾大王者 隠久乃 始瀬乃山尓 神左備尓 伊都伎坐等 玉梓乃 人曽言鶴 於余頭礼可 吾聞都流 狂①言加 我聞都流母 天地尓 悔事乃 世間乃 悔言者 天雲乃 曽久敝能極 天地乃 至流左右二 杖策毛 不衝毛去而 夕衢占問 石卜以而 吾屋戸尓 御諸乎立而 枕邊尓 齋戸乎居 竹玉乎 無間貫垂 木綿手次 可比奈尓懸而 天有 左佐羅能小野之 七相菅 手取持而 久堅乃 天川原尓 出立而 潔身而麻之乎② 高山乃 石穂乃上尓 伊座都類③香物

反 謌

421 [11]逆言《およづれ》の狂言《たはこと》とかも高山の巌《いはほ》の上に君が臥《こや》せる

6 夕方、街の辻に立って道行く人の言葉を聞いて吉凶を占うことを夕占と言う（折口信夫万葉集辞典）。

7 石占は、石を持ちあげてその軽重で吉凶を占うこと。

8 神の降臨する所。

9 天上にあると考えられた野。詳細は不明。

10 不詳。玉の小琴に「なゝふは七節なゝふし也、陸奥の、とふの菅にも、七ふには、君をねさせて、三ふにわがねむ、とあり」と言う。

11 類歌「たは言かおよづれ言かこもりくの泊瀬の山にいほりせりといふ」（一四〇八）

①狂（紀・温）—枉

②乎（類・紀・温）—身。消シテ右ニ同筆デ「乎」ヲ記ス。

③類（類・紀・矢）—流

逆言之　狂言等可聞　高山之　石穂乃上尓　君之臥有

422 石上《いそのかみ》布留《ふる》の山なる杉群《すぎむら》の思ひ過ぐべき[1]君にあらなくに

石上　振乃山有　杉村乃　思過倍吉　君尓有名國

同じく石田王《いはたのおほきみ》の卒《みまか》る時に、山前王《やまさきのおほきみ》[2]の哀傷《かなし》びて作る謌一首

423 つのさはふ　磐余《いはれ》の道を　朝さらず　行きけむ人の[3]　思ひつつ　通ひけまくは　ほととぎす　鳴く五月《さつき》には　菖蒲草《あやめぐさ》　花橘を　玉に貫《ぬ》き　一に云ふ、貫き交へ　かづらにせむと　九月《ながつき》の　しぐれの時は　黄葉《もみちば》を　折りかざさむと　延《は》ふ葛《くず》の　いや遠永く　一に云ふ、田葛《くず》の根のいや遠長に　万世に　絶えじと思ひて　一に云ふ、大船の思ひたのみて　通ひけむ　君をば明日ゆ[4]　一に云ふ、君を明日ゆは　外《よそ》にかも見む

角障經　石村之道乎　朝不離　將歸人乃　念乍　通計萬口波[①]　霍公鳥　鳴五月者　菖蒲　花橘乎　玉尓貫　一云、貫交　蘰尓將爲登　九月能　四具礼能時者　黄葉乎　折[②]插頭跡　延葛乃　弥遠永　一云、田葛根乃弥遠長尓　萬世尓　不絶等念而　一云、大舟之念憑而　將通

1　赤人の歌「明日香川川淀さらず立つ霧の思ひ過ぐべき恋にあらなくに」(三二五)と類似する。

2　山前王はヤマサキノオホキミともヤマクマノオホキミとも訓まれている。文字から言えば前者が妥当か。忍壁皇子の子で、養老七年十二月二十日没。

3　石田王を指す。契沖は「長谷ノ辺ニ宅アリテ、磐余ノ道ヲ経テ藤原宮ニ通ハレケルカ」(精撰本)と言い槻落葉には「泊瀬におもひ人ありて、通ひ給へるならん」とする。「行きけむ」を「將帰」と記しているところから推測すれば、泊瀬から磐余の道を朝帰ってくるのを歌っているらしいから、後者が正しいか。

4　末尾の二句に表された感慨は、作者自身のものというより女に代わってのものと見ることができると言う(注釈)。

5　人麻呂作歌に似た枕詞などを見るので、こうした説が生じたのであろうが、真淵が考の頭注に「こは人万呂の哥しらぬものゝ注なり」と言っているように、人麻呂の挽歌の作風とは大分違っている。

君乎婆明日従（一云、君乎従明日者③）外尓可聞見牟

右の一首、或《あるい》は云はく、柿本朝臣人麻呂[5]の作なりといふ。

或る本[6]の反謌二首

424 隠口《こもりく》の泊瀬《はつせ》[7]娘子《をとめ》が手に巻ける玉は乱れて[8]ありと言はずやも

隠口乃　泊瀬越女我　手二纒在　玉者乱而　有不言八方

425 河風の寒き長谷《はつせ》を歎きつつ君があるく[9]に似る人も[10]逢へや

河風　寒長谷乎　歎乍　公之阿流久尓　似人母逢耶

右の二首は、或《あるい》は云はく、紀皇女薨《こう》ぜし後に山前王《やまさきのおほきみ》、石田王に代《かは》りて作る、といふ。

柿本朝臣人麻呂、香具山《かぐやま》の屍《かばね》を見て悲慟《かなし》びて作る謌一首

426 草枕旅の宿《やど》りに誰《た》が夫《つま》か国忘れ[11]たる[12]家待たまくに

草枕　羇宿尓　誰嬬可　國忘有　家待眞國④

6 或る本には、右の長歌の反歌として次の二首が載せられているというのである。真淵の考に、「却て此の二首こそいささかは人麿に似たることはあれ」とも記す。私注に「譬喩が主で内容に乏しいけれど、調には粘著力があって、真淵が評言も尤もと思はれる」とする。

7 石田王の愛していた女性か。

8 石田王を玉に譬え、玉の乱れで王の死を暗示するという説（私注・注釈・古典集成など）に対し、女の心の千々に乱れた状態を玉の乱れで表したとする説（古典文学全集）もある。後者が良いか。

9 生前石田王が娘子を思って通っていたことを表す。

10 石田王に似た人にも逢えようか、の意。なお、左注に言う紀皇女の死んだ時の挽歌とすれば、「似る人」は当然紀皇女に似た人を意味する。

11 この「忘る」は巻二の「朝宮を忘

①ロ（類・古・細）―石
②折（類・紀・矢）―析
③者（類・古・紀）―香
④眞（類・古・紀）―莫

田口廣麻呂《たぐちのひろまろ》の死ぬる時に、刑部垂麻呂《おさかべのたりまろ》の作る謌一首

427 百足《ももた》らず[1]八十隅坂《やそくまさか》に手向《たむ》けせば過ぎにし人にけだし逢はむかも

百不足　八十隅坂尓　手向爲者　過去人尓　盖相牟鴨

土形娘子《ひぢかたのをとめ》を泊瀬の山に火葬《ひはぶ》る時に、柿本朝臣人麻呂の作る歌一首

428 [2]隠口《こもりく》の泊瀬の山の山の際《ま》にいさよふ雲は妹にかもあらむ

隠口能　泊瀬山之　山際尓　伊佐夜歴雲者　妹鴨有牟

溺《おほ》れ死にし出雲娘子《いづものをとめ》を吉野に火葬る時に、柿本朝臣人麻呂の作る歌二首

429 山の際《ま》ゆ出雲の児らは霧なれや吉野の山の嶺《みね》に[3]たなびく

山際従　出雲児等者　霧有哉　吉野山　嶺霏霺①

430 八雲《やくも》さす出雲の子らが黒髪は吉野の川の沖《おき》になづさふ

れ賜ふや夕宮を背き賜ふや」の「忘る」「背く」と同じく、漢籍の哀策文の背くの翻読語およびその応用であろうと言う（小島憲之『上代日本文学と中国文学』中巻）。

12　行路死人を悲しむ挽歌に、家人の待つことが歌われるのは、単なる同情からのみでなく、家人と旅人との間の呪術的共感関係を踏まえてのことであった（神野志隆光「行路死人歌の周辺」論集上代文学第四冊）。

1　古事記に「百足らず八十坰手」とあるのは、多くの曲り道を経てゆく片隅の国で、記伝に黄泉国のこととしている。ヤソクマサカも死出の旅路に越えてゆく多くの坂を意識しているのだろう。

2　類歌「こもりくの泊瀬の山に霞立ちたなびく雲は妹にかもあらむ」（一四〇七）「つのさはふ磐余の山に白たへにかかれる雲はわが大君かも」（三三二五）など。

3　原文「霏霺」。人麻呂歌集と作歌にのみ見える特異な用字例で漢語の霏微にもとづく（小島憲之「万葉用字考証実例㈣」万葉集研究第七集な

八雲刺　出雲子等　黑髮者　吉野川　奥名豆颯

[4]勝鹿《かつしか》の真間娘子《ままのをとめ》の墓に過《よぎ》る時に、山部宿祢赤人の作る謌一首

并せて短歌　東《あづま》の俗語《くにひとのことば》に云ふ、可豆思賀能麻末能弖胡《かづしかのままのてご》

431 古《いにしへ》に　在《あ》りけむ人の　倭文幡《しつはた》の　[5]帯解《おびと》きかへて　[6]盧屋《ふせや》立て　妻問ひしけむ　勝鹿の　真間の手児名が　奥《おく》つ城《き》を　こととは聞けど　真木《まき》の葉や　茂《しげ》りたるらむ　松が根や　遠く久しき　言《こと》のみも　名のみも吾《われ》は　[7]忘らゆましじ

古昔　有家武人之　倭文②幡乃　帯解替而　盧屋立　妻問為家武　勝壯鹿乃　眞間之手兒名之　奥槨乎　此間登波聞杼　眞木葉哉　茂有良武　松之根也　遠久寸　言耳毛　名耳母吾者　不可③忘

反　謌

432 吾《われ》も見つ人にも告げむ勝鹿の真間の手児名が奥《おく》つ城処《きどころ》

吾毛見都　人尓毛將告　勝壯鹿之　間〻④能手兒名之　奥津城處

ど)。

4 この娘子のことは巻九の虫麻呂歌集の歌にも詠まれている(一八〇七・一八〇八)。

5 帯を解きかわして。童蒙抄・山田講義・佐佐木評釈などに、「ふせや立て」のふせにかかる序詞とするが、私注に「此の歌によって、手児名が幾人かの男に婚したと解すべきだ。其は当時の婚姻形態から言へば寧ろ常態であったに過ぎない」と言う。

6 「今も土佐ノ国にて、少し城府を離りたる里の風俗には、微、賤者とても、妻迎せむとては、二人宿らるるばかりの、甚ちひさき屋を造りかまへて、さて妻を迎て、其屋に率寝るなり」(古義)。

7 注釈に原文を「不所忘」と推定し、ワスラエナクニと読む真淵の説を良しとする。

①霰(天・京)—霰
②文(紀・細)ニ—父。右ニ「文ィ」。
③可(類・紀・京)—所
④〻(類・古・紀)—間

433
勝鹿の真間の入江[1]に打靡く玉藻刈りけむ手児名し思ほゆ

勝壯鹿乃　眞々乃入江尒　打靡　玉藻苅兼　手兒名志所念

和銅四年辛亥、河辺宮人《かはべのみやひと》、姫島[2]の松原に美人の屍《かばね》を見て、哀《かな》慟《し》びて作る謌四首

434
[3]風早《かざはや》の[4]美保《みほ》の浦廻《うらみ》の白《しら》つつじ見れどもさぶし亡《な》き人思へば　或は云ふ、見れば悲しも亡き人思ふに①

加座皤夜能　美保乃浦廻之　白管仕　見十方不怜　無人念者　或云、見者悲霜無人思丹

435
[5]みつみつし久米《くめ》の若子《わくご》がい触《ふ》れけむ磯の草根《くさね》の枯れまく惜しも

見津見津四　久米能若子我　伊觸家武　礒之草根乃　干巻惜裳

436
[6]人言《ひとごと》の繁《しげ》きこのころ玉[7]ならば手に巻き持ちて恋ひずあらましを

人言之　繁比日　玉有者　手尒巻以而　不戀有益雄

437
[8]妹《いも》も吾《あれ》も[9]清《きよみ》の河の河岸の妹が悔《く》ゆべき心は持たじ

妹毛吾毛　清之河乃　河岸之　妹我可悔　心者不持

1　今の市川市国府台の南の崖下にあたる真間町一帯が、昔ままと言われたところで、当時はこの付近まで海であった（犬養『万集の旅』）。

2　古く難波にあった島で、記紀・続紀にも見えるが所在未詳。西淀川区姫島町説、浪速区勘助町説その他がある。淀川河口付近のデルタの一つだろうと言う（犬養前掲書）。

3　原文底本など「加麻皤夜能」とあるのは座を麻に誤ったものだろう（稲岡『万葉表記論』）。

4　前の三〇七歌に見えた三穂と同じ土地か。題詞とは場所が異なっている。

5　四三四歌もこの四三五歌も三穂の石屋の近くで、久米の若子のことを思って詠んだ歌と解される。

6　攷證に「全く恋の歌なれば、この挽歌の部に入べきならぬをいかゞしてここにはみだれ入けん。次の歌もしかなり」と言う。

7　類句「玉ならば手に巻き持ちて」（一五〇）

8　類歌「鎌倉のみこしの崎の岩崩の君が悔ゆべき心は持たじ」（三三六五）。

右、案《かむが》ふるに、年紀并《あは》せて所処《ところ》また娘子《をとめ》の屍と歌を作る人の名と、已《すで》に上に見えたり。[10]但《ただ》し謌《うた》の辞《ことば》相違《あひたが》ひ、是非《ぜひ》別《わ》き難し。よりて累《かさ》ねてこの次《つぎて》に載《の》す。

[11]神亀《じんき》五年戊辰《ぼしん》、大宰帥大伴卿、故人《なきひと》を思ひ恋《しの》ふる歌三首

438 [12]うつくしき人の纏きてし敷妙《しきたへ》の吾《わ》が手枕《たまくら》を巻く人あらめや

愛　人之纏而師　敷細之　吾手枕乎　纏人將有哉

右の一首は別れ去《い》にて、数旬を経て作る歌。

439 [13]還《かへ》るべく時はなりけり京師《みやこ》にて誰《た》が手本《たもと》をか吾《わ》が枕《まくら》かむ

應還　時者成來　京師尒而　誰手本乎可　吾將枕

440 [14]京師《みやこ》なる荒れたる家にひとり寝《ね》ば旅に益《まさ》りて苦しかるべし

在京②　荒有家尒　一宿者　益旅而　可辛苦

右の二首は、京に向かふ時に臨近《ちかづ》きて作る歌。

9　「大井川下ハ桂ト忠岑ガヨメルヤウニ、飛鳥川ヲ浄御原ノ辺ニテハキヨミノ川ト申ベシ」（代匠記）。

10　巻二の二二八・二二九とは歌詞に大きな相違のあることを言う。

11　旅人が大宰府で妻を亡くしたのは、神亀五年三月ころと推測されている（平山城児「旅人の妻は果して神亀五年五月中旬頃に死んだのであろうか」日本文学論叢昭和四五年一一月）。

12　原文「愛」をウルハシキと訓む説もある（童蒙抄・考・略解・注釈など）。

13　天平二年に大納言となって上京する時の歌。制作年月から言うと、もっと後に入るべきものであるが、作者自身の手記に並べ書かれていて、編者もそれによったのだろうと推測される（私注・注釈など）。

14　後に「人もなき空しき家は草枕旅にまさりて苦しかりけり」（四五一）と歌っているのは、この歌と呼応する。

①座（略解）—麻
②京（類・紀）—京師

1神亀《じんき》六年己巳《きし》、左大臣長屋王《ながやのおほきみ》に死を賜はりし後に、倉橋部《くらはしべの》女王《おほきみ》の作る謌一首

441 大君の命《みこと》恐《かしこ》み大殯《おほあらき》の時にはあらねど雲隠《くもがく》ります

大皇之　命恐　大荒城乃　時尒波不有跡　雲隠座

2膳部王《かしはでのおほきみ》を悲傷《かなし》ぶる歌一首

442 世間《よのなか》3は空しき物とあらむとそ此《こ》の照る月は満《み》ち闕《か》けしける

世間者　空物跡　將有登曾　此照月者　満闕爲家流

右の一首は、作者未だ詳《つばひ》らかならず。

天平元年己巳、摂津国の班田《はんでん》の史生丈部龍麻呂《ししやうはせつかべのたつまろ》自ら経《わな》きて死ぬる時に、判官大伴宿祢三中《みなか》の作る謌一首　并せて短謌

443 天雲《あまくも》の　向伏《むかふ》す国の　4武士《もののふ》と　言はるる人は　皇祖《すめろき》の　神の御門《みかど》に　外《と》の重《へ》に　立ち候《さもら》ひ　内《うち》の重《へ》に　仕へ奉《まつ》り　玉かづら　いや

1 長屋王の自尽は、神亀六年（天平元年）二月一二日（続紀）。

2 長屋王の子で、母は吉備内親王。長屋王事件に際し、母や兄弟とともに自殺した。

3 この歌の一・二句と同じものが旅人歌（七九三）に見えるので、旅人と膳夫王との間に個人的な関係があり、その死を悲しんで旅人の作歌したものを、名を伏せてここに載せたという推測（古典文学全集）もあるが、内容の常識的なところから、長屋王一族の繁栄に羨望なり不満なりを持った時人の作という、うがった見方（私注）もある。

4 原文「武士」とあるのを、マスラヲと訓む説も見える（古義・佐佐木評釈・金子評釈・注釈）。人麻呂歌集に「健男」と書いているのと同じ

遠長く　祖《おや》の名も　継ぎゆくものと　母父《おもちち》に　妻に子等《こども》に　語《かた》らひて　立ちにし日より　たらちねの　[5]母の命《みこと》は　斎瓮《いはひべ》を　前にすゑ置きて　一手《かたて》には　木綿《ゆふ》取り持ち　一手《かたて》には　和細布《にきたへ》奉《まつ》り　平《たひ》らけく　ま幸《さき》くませと　天地《あめつち》の　神を乞《こ》ひ禱《の》み　いかならむ　歳《とし》月日《つきひ》にか　つつじ花　にほへる君が　[6]にほ鳥の　なづさひ来《こ》むと　立ちてゐて　待ちけむ人は　大君の　命恐み　押し照る　難波《なには》の　国に　あらたまの　年経《ふ》るまでに　白栲《しろたへ》の　衣も干《ほ》さず　朝夕《あさよひ》に　ありつる君は　いかさまに　思ひいませか　うつせみの　惜しき　此の世を　露霜の　置きて往《い》にけむ　時にあらずして

天雲之　向伏國　武士登　所云人者　皇祖　神之御門尒　外重尒　立候　内重尒　仕奉　玉葛　弥遠長　祖名文　繼徃物与　母父尒　妻尒子等尒　語而　立西日從　帶乳根乃　母命者　齋忌戸乎　前坐置而　一手者　木綿取持　一手者　和細布奉　平①　間幸座与　天地乃　神祇乞禱　何在　歳月日香　茵花　香君之　牛留鳥　名津迺來与　立居而　待監人者　王之　命恐　押光　難波國尒　荒玉

に考えるのであるが、律令制の整備とともにマスラヲの語が官僚としての男子のすべてにあてはめられるようになり、その内容にも変化が認められる（稲岡「軍王作歌の論」『国語と国文学』昭和四八年五月）。剛強の男という本来の意味が次第に稀薄になってゆくのであって、この歌で「武士」と記しているのは、それと異なる意識からの表記と思われる。

5　以下「立ちてゐて　待ちけむ」まで母の行為を叙する。

6　原文「牛留鳥」。クロトリノ、シナガドリ、ニホドリノなど訓に諸説ある。難訓と言うほかないが、「牛留」が戯書で、ニホにあてたものとする古典文学全集の説に惹かれる。鶏を呼ぶのに「ツツ」と言い「喚鶏」と記してツツと読ませたように、牛をとまらせる時にニホと言ったのを利用してニホドリを牛留鳥と書いたと推測するのである。

①平（紀）―乎

之　年經左右二　白栲　衣不干　朝夕　在鶴公者　何方尓　念座可　欝蟬乃

惜此世乎　露霜　置而徃監　時尓不在之天

反　歌

444 昨日《きのふ》こそ君は在《あ》りしか思はぬに浜松が上に[1]雲にたなびく

昨日社　公者在然　不思尓　濱松之於①　雲棚引

445 何時《いつ》しかと待つらむ妹に玉梓《たまづさ》の言《こと》だに告げず往《い》にし君かも

何時然跡　待牟妹尓　玉梓乃　事太尓不告　徃公鴨

[2]天平二年庚午冬十二月、大宰帥大伴卿《だざいのそちおほとものまへつきみ》、京に向ひて道に

上る時に作る謌五首

446 吾妹子《わぎもこ》が見し鞆《とも》の浦《うら》の[3]天木香《むろ》の木は常世《とこよ》にあれど見し人ぞなき

吾妹子之　見師鞆浦之　天木香樹者　常世有跡　見之人曾奈吉

447 鞆《とも》の浦の磯《いそ》の室《むろ》の木《き》見むごとに相見し妹は忘らえめやも

鞆浦之　礒之室木　將見毎　相見之妹者　將所忘八方

1 結句はクモトタナビクとも訓まれてきたが、「あしひきの　山の木末に　白雲に　たちたなびくと」（三九五七）のように、「～にたなびく」と集内では表現されていること、ニの訓み添えは少なくないが、こういうトの訓み添えは異例であることなどからクモニタナビクの訓に従う（蜂矢宣朗「万葉集読添訓の研究」天理大学学報二二号）。

2 ここの五首と、すぐあとの三首（四五一～三）に、前の三首（四三八～四四〇）を加えて、十一首が連作として認められるという、伊藤博の論を見る（『万葉集の歌人と作品』下、『万葉集の表現と方法』下など）。

3 ここに言うムロノキは現在備後地方でモロギと呼ばれる木で、これを神木とする習俗もあると言う（松田芳昭「鞆浦之天木香樹」『国語と国文学』昭和三三年一月）。なお、鞆のあたりの潮流の関係で原則的に三時間ないし六時間の潮待ちが必要なので、その間に旅人夫妻は上陸してムロノキを見、それに関する信仰習俗をきかされたのだろうとも、松田は推測している。

448 磯《いそ》の上《うへ》に根這《ねば》ふ室《むろ》の木《き》見し人をいづら[4]と問[5]はば語り告げむか

礒上丹　根蔓室木　見之人乎　何在登問者　語將告可

右の三首は、鞆の浦を過ぐる日に作る謌。

449 妹《いも》と来《こ》し敏馬《みぬめ》の崎《さき》を還《かへ》るさに独《ひと》りして見れば涙《なみた》ぐましも

与妹來之　敏馬能埼乎　還左尒　獨而見者　涕具末之毛

450 往《ゆ》くさには二人吾《ふたりわ》が見《み》しこの崎を独《ひと》り過《す》ぐれば情《こころ》悲しも

去左尒波　二吾見之　此埼乎　獨過者　情悲喪② 一云、見毛左可受伎濃

一に云ふ、見もさかず来ぬ

右の二首は、敏馬の崎を過ぐる日に作る謌。

故郷の家に還り入りて即《すなは》ち作る謌三首

451 人もなき空《むな》しき家は[6]草枕旅[7]にまさりて苦しかりけり

人毛奈吉　空家者　草枕　旅尒益而　辛苦有家里

452 妹[8]として二人作りし吾《わ》が山斎《しま》[9]は木高《こだか》く繁くなりにけるかも

4 イヅラはイヅコに似ているが、特定の場所をたずねる後者と違って、どこら辺とかどのあたりという現代語に相当する意味を持つ（石川徹「平安文学語意考證（その二）」平安文学研究昭和三一年五月）。

5 室の木が問うのか、それとも作者が問うのか、説が分かれている。拾穂抄・童蒙抄・新考・講義・金子評釈など前者だが、「見し人」と室の木とを親密な関係とし、霊木に亡妻の行く方を尋ねるのは自然な発想と思われるので、後者が支持されよう。

6 家（イヘ）は元来人的な内容を持つ語であった。妻のいない家は、文字通りうつろな、形骸化したものであったわけである。

7 この「旅」には、九州在任中のことも、上京時のことも含まれよう。

8 一・二句変わった言い方で、白雉元年作の法隆寺二天造像銘に「山口ノ大口ノ費ヲ上トシテ次ナル木閛ト二人シテ作レルナリ」「薬師徳保ヲ

①於（類・古・紀）—上於
②喪（古・細）—哀。左ニ貼紙別筆「喪」ヲ記ス。

与妹爲而　二作之　吾山齋者　木高繁　成家留鴨

453 [1]吾妹子《わぎもこ》が植ゑし梅の樹《き》見るごとに情《こころ》むせつつ涙《なみた》し流る

吾妹子之　殖之梅樹　毎見　情咽都追　涕之流

天平三年辛未秋七月、大納言大伴卿の薨じし時の謌六首

454 [2]愛《は》しきやし栄えし君のいましせば昨日も今日も吾《わ》を召さましを

愛八師　榮之君乃　伊座勢婆①　昨日毛今日毛　吾乎召麻之乎②

455 かくのみにありけるものを萩《はぎ》の花咲きてありやと問ひし君はも

如是耳　有家類物乎　芽子花　咲而有哉跡　問之君波母

456 [3]君に恋ひいたも為便《すべ》なみ蘆鶴《あしたづ》の哭《ね》のみし泣かゆ朝夕《あさよひ》にして

君尓戀　痛毛爲便奈美　蘆鶴之　哭耳所泣　朝夕四天

457 遠長く仕《つか》へむものと思へりし[4]君しまさねば心神《こころど》もなし

遠長　將仕物常　念有之　君師不座者　心神毛奈思

458 [5]みどり子《こ》の這《は》ひたもとほり朝夕《あさよひ》に哭《ね》のみぞ吾《あ》が泣く君なしにして

上トシテ鉄師手古ト二人シテ作レルナリ」とあるように、「誰々と二人して作」ったというのが普通。それを歌の調べの上から、このように表現したものと思われる。

9 天平二年七月吉田宜から旅人に贈った歌に「君が行きけ長くなりぬ奈良路なる山斎の木立も神さびにけり」（八六七）とあるのは、同じ庭園の樹木を歌ったもの。

---

1 四五一・四五二・四五三の三首について五味智英『古代和歌』に「家、庭、一本の木と焦点を絞って、をはりに感情の最高潮を持って来た連作である。」と言う。

2 日並皇子挽歌に「高光る我が日の皇子のいましせば島の御門は荒れざらましを」（一七三）「東のたぎの御門にさもらへど昨日も今日も召すこともなし」（一八四）とあるのを踏まえての作歌であろう。

3 類歌「君に恋ひいたもすべなみ奈良山の小松が下に立ち嘆くかも」（五九三）は、この歌より後のものであろう。

4 原文、類聚古集・古葉略類聚鈔・

若子乃　匍匐多毛登保里　朝夕　哭耳曾吾泣　君無二四天

右の五首は、資人《しじん》余明軍《よのみやうぐん》、犬馬《けんば》[6]の慕《したひ》に勝《あ》へずして心の中に感緒《おも》ひて作る謌。

459
見れど飽《あ》かず座《いま》しし君が黄葉《もみちは》の移りい去《ゆ》けば悲しくもあるか

見礼杼不飽　伊座之君我　黄葉乃　移伊去者　悲喪有香

右の一首。内礼正《うちのゐやのかみ》県犬養宿祢《あがたいぬかひのすくね》人上《ひとかみ》に勅《みことのり》して卿の病を検護《けむご》せしむ。しかれども医薬験《しるし》なく、逝く水留《とどま》らず。これによりて悲慟《かなし》びて、即ち此の歌を作る。

七年乙亥、大伴坂上郎女、尼理願[7]の死去《しぬ》るを悲しび嘆きて作る謌一首　并せて短歌

460
たくづのの　新羅《しらき》の国ゆ　人言《ひとごと》を　良しと聞かして　問《と》ひ放《さ》くる　親族兄弟《うがらはらから》　無き国に　渡《わた》り来まして　大君《おほきみ》の　敷《し》きます国に　うち日さす　京《みやこ》しみみに　里家《さといへ》は　多《さは》にあれども　いかさまに　念《おも》

5　紀州本などに「君不座者」とあり、キミイマサネバと訓む説（全註釈・古典大系・注釈・古典集成など）もある。

5　沢瀉注釈に旅人の「草加江の入江にあさる芦鶴のあなたづたづし友無しにして」（五七五）をあげ、四五六・四五八など旅人に学んでいろいろに句をおきかえたことを指摘している。

6　文選曹子建の上二責レ躬応レ詔詩一表に「不レ勝二犬馬戀レ主之情一」とある。

7　伝未詳。左注によると新羅の尼で、わが国に帰化、大伴家に寄住したらしい。

①婆（類・細ュ）—波
②麻（類・古・矢）—座

ひけめかも　つれもなき　佐保《さほ》の山辺《やまべ》に　泣く児《こ》なす　慕《した》ひ来《き》まして　[1]布細《しきたへ》の　宅《いへ》をも造《つく》り　あらたまの　年《とし》の緒《を》長く　住《す》まひつつ　座《いま》ししものを　生《い》ける者《もの》　死ぬとふことに　免《まぬか》れぬ　ものにしあれば　[2]たのめりし　人のことごと　草枕　旅なる間《あひだ》に　佐保河を　朝川渡り　春日野《かすがの》を　背向《そがひ》に見つつ　あしひきの　山辺をさして　[3]夕闇《ゆふやみ》と　隠《かく》りましぬれ　言はむすべ　為《せ》むすべ知らに　たもとほり　ただ独《ひと》りして　白たへの　衣袖干《ころもでほ》さず　嘆《なげ》きつつ　吾《わ》が泣く涙《なみた》　[4]有間山《ありまやま》　雲居たなびき　雨に降りきや

栲角乃　新羅國從　人事乎　吉跡所聞而　問放流　親族兄弟　無國尒　渡來座而　大皇之　敷座國尒　內日指　京思美弥尒　里家者　左波尒雖在　何方尒　念鷄目鴫　都礼毛奈吉　佐保乃山邊尒①　哭兒成　慕來座而　布細乃　宅乎毛造　荒玉乃　年緒②長久　住乍　座之物乎　生者　死云事尒　不免　物尒之有者　馮有之　人乃盡　草枕③　客有間尒　佐保河乎　朝河渡　春日野乎　背向尒見乍　足氷木乃　山邊乎指而　晩闇跡　隱益去礼　將言爲便　將爲須敝不知尒　徘徊

1　普通、枕や袖にかかる枕詞、ここでは家に冠せられているのが特異である。『講義』に「シキタヘノは枕床などの枕詞なるを、それを汎く夜床の意に拡張し更に夜寝ぬる意にせしならむ」と言い、また古典文学全集に「寝床のように居心地よく安らかなの意でいうか」と推測する。

2　頼りにしていた大伴家の人々。左注によれば石川命婦たちが有間の温泉に行って留守の間に理願は死んだという。

3　原文「晩闇跡」をクレクレトと訓む説（私注・古典大系）もある。ここは、夕闇の如くおぼつかなく、山辺に隠れてしまったと言うのであろう。

4　神戸市兵庫区有馬町の、有馬温泉付近の山々を広く指したと言われる。左注にも見えるように有間の湯に行っていた人々への報告の形で作られた歌である。挽歌でありながら、死んだ人に捧げられず、自分の実母に贈られているのは、素材に対して文学的な感興がいち早く動いて制作に喜びを見出す郎女の傾向を示しているという（寺田透『万葉集の女流歌

直獨而　白細之　衣袖不干　嘆乍　吾泣涙　有間山　雲居輕引　雨尒零寸八

反　謌

461 留[5]《とど》めえぬ命《いのち》にしあれば敷細《しきたへ》の家ゆは出でて雲隠《くもがく》りにき

留不得　壽尒之在者　敷細乃　家從者出而　雲隱去寸

右、新羅国《しらきのくに》の尼、名は理願《りぐわん》といふ。遠く王徳《わうとく》に感じて聖朝に帰化す。時に大納言《だいなごん》大将軍《だいしやうぐん》大伴卿の家に寄住して、既《すで》に数紀《すうき》を経《へ》たり。ここに天平七年乙亥《いつがい》を以《も》ちて、忽《たちま》ちに運病[6]に沈み、既に泉界に趣《おもぶ》く。ここに大家《おほとじ》石川命婦、餌薬《じやく》の事《こと》によりて有間の温泉《ゆ》に往きて、この喪《も》に会《あ》はず。ただ郎女独《ひと》り留《とど》まりて屍柩《しきゆう》を葬《はぶ》り送ること既に訖《をは》りぬ。仍《よ》りて此の謌を作りて、温泉に贈り入る。

十[7]一年己卯《きばう》夏六月、大伴宿祢家持、亡《みまか》りし妾[8]《をみなめ》を悲傷《かなし》びて作る哥一首

462 今よりは秋風寒く吹きなむをいかにか独《ひと》り長き夜を寝む

人』。しかし、その点がまた率直な感銘を薄める原因ともなっており、「一二の対者だけを眼中に置いて、率直な直接表現をしたならば、反つて詩歌としては感銘を深めたのではあるまいか」（私注）と評されている。

5　この歌の詠み口も、報告的記述的で、感銘に乏しい。

6　天命のつきるべき病（山田講義）、流行病（私注）、運命による避け難い病気（注釈）など諸説がある。

7　天平十一年（七三九）。この年の六月一日は、太陽暦の七月十一日にあたる（日本暦日原典）。

8　古義に妾を「めしつかへる妾女」と言っているが、この場合の妾は嫡妻につぐ側室、小妻を意味し、必ずしも召しつかっていたものとは限らない。なお中西進『万葉集の比較文学的研究』、有木節子「『亡妾歌』の真実」（国文目白九号）に、家持自身

①尒（類・紀・温）―ナシ。右ニ記ス。②緒―西ノ原字不明。何カヲ「緒」ニ直ス。頭書緒アリ。③枕（類・紀・温）―ナシ。右ニ記ス。

の妾の存在を疑問とする論があり、小野寺静子「『悲傷亡妾』歌」（国語国文研究五〇号）、橋本達雄「大伴家持」（『万葉集の歌人たち』）は逆に亡妾悲傷の事実性を認めている。小野寛「大伴家持亡妾悲傷歌」（万葉集を学ぶ第三集）の指摘するように亡妾否定論の根拠は、あいまいだと言わざるをえない。

1　一二句の解に二説ある。秋になったら私のことを偲んでくださいの意とすれば亡妾はすでに死を予想していたことになるが（古典文学全集・古典集成など）、秋になったらこの花を賞美してほしいの意（私注・窪田評釈・注釈・古典大系など）であろう。あとの長歌に「わが宿に花ぞ咲きたる　そを見れど　心もゆかず…手折りても　見せましものを」とあるのが、参考になろう。

2　旅人の「世の中は空しきものと知る時しいよよますます悲しかりけり」（七九三）を念頭に置いての作歌か。

3　私注に「七月朔は八月十三日であらう」。とし、「陽暦から押して暦の

従今者　秋風寒　将吹焉　如何獨　長夜乎将宿

弟《いろと》大伴宿祢書持《ふみもち》、即ち和《こた》ふる謌一首

463 長き夜を独りや寝むと君が言へば過ぎにし人の念《おも》ほゆらくに

長夜乎　獨哉将宿跡　君之云者　過去人之　所念久尓

また家持、砌《みぎり》の上《へ》の瞿麦《なでしこ》の花を見て作る謌一首

464 [1]秋さらば見つつしのへと妹《いも》が植ゑし屋前《やど》の石竹《なでしこ》咲きにけるかも

秋去者　見乍思跡　妹之殖之　屋前乃石竹　開家流香聞

朔移《つきうつ》りて後に、秋風を悲嘆《かなし》びて家持の作る謌一首

465 [2]うつせみの世は常なしと知るものを[3]秋風寒み偲《しの》ひつるかも

虚蟬之　代者無常跡　知物乎　秋風寒　思努妣都流香聞

[4]また家持の作る謌一首 并せて短歌

466 [5]吾《わ》が屋前《やど》に 花そ咲きたる そを見れど 情《こころ》も行かず 愛《は》しきや
し 妹がありせば 水鴨《みかも》なす 二人並びゐ 手折《たを》りても 見せま
しものを うつせみの 借れる身なれば 露霜《つゆしも》の 消《け》ぬるがごと
く [6]あしひきの 山道《やまぢ》を指《さ》して 入日なす 隠《かく》りにしかば そこ
思《も》ふに 胸こそ痛め 言ひもえず 名づけも知らず 跡もなき
世間《よのなか》にあれば せむすべもなし

吾屋前尒 花曽咲有 其乎見杼 情毛不行 愛八師 妹之有世婆 水鴨成 二
人雙居 手①折而毛 令見麻思物乎 打蟬乃 借有身在者 ②露霜乃 消去之如久
足日木乃 山道乎指而 入日成 隱去可婆 曽許念尒 胸己所痛 言毛不得
名付毛不知 跡無 世間尒有者 將爲須辨毛奈思

反 歌

467 [7]時はしも何時《いつ》もあらむを情《こころ》いたくい去《ゆ》く吾妹《わぎも》か[8]若子《みどりこ》を置きて

時者霜 何時毛將有乎 情哀 伊去吾妹可 ③若子乎置而

上の立秋はすぎて居るものの、恐らく実感に遠いものであらう。支那伝来の暦の上の図式的季節を基礎とした模擬感情による」と言っているのは注意していい。

4 家持の最初の長歌。

5 冒頭から「見せましものを」まで比較的に率直に悲しみの情を述べるが、「うつせみの」以下他の歌人の詞句の借用と、知識としての世間無常の観念が抒情を固化させている。

6 前の坂上郎女の歌に「あしひきの 山辺をさして 夕闇と 隠りましぬれ」（四六〇）と見え、また巻二の人麻呂作歌に「世の中を 背きし得ねば…入日なす 隠りにしかば…」（二一〇）の句もあった。それらを参考に作歌したのだろう。

7 坂上郎女の「出でていなむ時しはあらむをことさらに妻恋ひしつつ立ちて去ぬべしや」（五八五）に学んだ作か。

8 天平十六年に藤原久須麻呂から求

①折（類・紀・温）—析 ②露（類・細）—霑 ③若（類・古・温）—君。左に記ス。

婚された娘が、このみどり子かという説もある（伊藤博『万葉集の歌人と作品』下）。

1　憶良の「悔しかもかく知らませばあをによし国内ことごと見せましものを」（七九七）と形が類似している。憶良歌を参考にしての作歌であることは、次の歌でも知られる。

2　憶良の日本挽歌に「妹が見し楝の花は散りぬべし我が泣く涙いまだ干なくに」（七九八）とある、それを模した作。

3　一二句は、余明軍の「かくのみにありけるものを萩の花咲きてありやと問ひし君はも」（四五五）に等しい。

4　人麻呂の「衾路を引出の山に妹を置きて山路思ふに生けるともなし」（二一五）を念頭においての作か。

5　憶良の「大野山霧立ちわたる我が嘆く息嘯の風に霧立ち渡る」（七九九）と類想。秋の霧を霞といっているのだが、あるいは火葬の烟の連想があるか。

6　続日本紀に「（天平十六年閏正月）乙亥（十一日）天皇難波宮に行幸す。

468　[1]出でて行く道知らませばあらかじめ妹を留《とど》めむ関《せき》も置かましを

出行　道知末世波　豫　妹乎將留　塞毛置末思乎

469　[2]妹が見し屋前《やど》に花咲き時は経《へ》ぬ吾が泣く涙《なみた》未だ干《ひ》なくに

妹之見師　屋前尒花咲　時者經去　吾泣涙　未干尒

悲緒《かなしび》いまだ息《や》まず、さらに作る謌五首

470　[3]かくのみにありけるものを妹《いも》も吾《あれ》も千歳《ちとせ》のごとく憑《たの》みたりける

如是耳　有家留物乎　妹毛吾毛　如千歳　憑有來

471　[4]家離《いへざか》りいます吾妹《わぎも》を停《とど》めかね山隠《がく》しつれ情神《こころど》もなし

離家　伊麻須吾妹乎　停不得　山隱都礼　情神毛奈思

472　世間《よのなか》し常《つね》かくのみとかつ知れど痛き情は忍《しの》びかねつも

世間之　常如此耳跡　可都知跡①　痛情者　不忍都毛

473　[5]佐保山にたなびく霞《かすみ》見る毎《ごと》に妹を思ひ出《で》泣かぬ日はなし

佐保山尒　多奈引霞　每見　妹乎思出　不泣日者無

474
昔《むかし》こそ外《よそ》にも見しか吾妹子《わぎもこ》が奥《おく》つ城《き》と念《おも》へば愛《は》しき佐保山
昔許曽　外尒毛見之加　吾妹子之　奥槨常念者　波之吉佐寶山

[6]十六年甲申春二月、安積皇子《あさかのみこ》の薨じし時に、内舎人《うどねり》大伴宿祢家持の作る謌六首

475
懸《か》[7]けまくも　あやにかしこし　言はまくも　ゆゆしきかも　吾が王《おほきみ》　皇子《みこ》の命《みこと》　万代《よろづよ》に　めしたまはまし　大日本《おほやまと》　久迩《くに》[8]の京《みやこ》は　うち靡く　春さりぬれば　山辺には　花咲きをり　河瀬には　年魚子《あゆこ》さ走《ばし》り　いや日異《ひけ》に　栄ゆる時に　逆言《およづれ》の　狂言《たはこと》とかも　白細《しろたへ》に　舎人装《とねりよそ》ひて　和豆香山《わづかやま》[9]　御輿《みこし》立たして　ひさかたの　天《あめ》知らしぬれ　こいまろび　ひづち泣けども　為《せ》むすべもなし
挂②巻母　綾尒恐之　言巻毛　齋忌志伎可物　吾王　御子乃命　萬代尒　食賜麻思　大日本　久迩乃京者　打靡　春去奴礼婆　山邊尒波　花咲乎烏③里　河湍尒波　年魚小狭走　弥日異　榮時尒　逆言之　狂言登加聞　白細尒　舎人装束而

知太政官事従二位鈴鹿王、民部卿従四位上藤原朝臣仲麻呂を留守となす。是の日、安積皇子脚の病によりて、桜井の頓宮より還れり。丁丑（十三日）薨しぬ。時に年十七。」とある。この歌の題詞に二月とあるのは、皇子の薨去の時でなく、作歌の時期を言ったものとも（全注釈）、おおよその記載（注釈）とも説かれる。なお、皇子の死を仲麻呂による暗殺と解する説がある（横田健一「安積親王の死とその前後」『白鳳天平の世界』）。
7　この長歌には人麻呂の高市皇子挽歌の表現の影響が多く見られる。
8　木津川の河畔には橘諸兄の別荘があり、久迩京への遷都は諸兄の画策だろうと推測されている。
9　京都府相楽郡和束町一帯の山で、恭仁京の東北方にあたる。安積皇子の墓は、同町白栖小字大勘定の地の和束川北岸丘陵上の円墳と伝える（犬養『万葉の旅』）。

①知跡（類・古・紀）―ナシ。右ニ記ス。②挂（矢）―桂　③烏（万葉考）―為

和豆香山　御輿立之而　久堅乃　天所知奴礼　展轉　埿打雖泣　將爲須便毛奈思

反　謌

476 [1]吾が王《おほきみ》天知らさむと思はねばおほにそ見ける和豆香《わづか》杣山《そまやま》

吾王　天所知牟登　不思者　於保尒曾見谿流　和豆香蘇麻山

477 [2]あしひきの山さへ光《ひか》り咲く花の散りぬるごとき吾が王《おほきみ》かも

足檜木乃　山左倍光　咲花乃　散去如寸　吾王香聞

右の三首は、[3]二月三日に[4]作る謌。

478 懸《か》けまくも　あやに恐《かしこ》し　吾が王《おほきみ》　皇子《みこ》の命《みこと》　もののふの　八十《やそ》伴《とも》の男《を》を　召し集《つど》へ　率《あども》ひたまひ　朝猟《あさかり》に　鹿猪《しし》ふみ起し　暮猟《ゆふかり》に　鶉雉《とり》ふみ立て　大御馬《おほみま》の　口抑《くちおさ》へ駐《と》め　御心を　見し明《め》らめし　[5]活道山《いくぢやま》　木立《こだち》の繁《しじ》に　[6]咲く花も　移ろひにけり　世間《よのなか》は　かくのみならし　大夫《ますらを》の　心振り起し　[7]劔刀《つるぎたち》　腰に取り佩《は》き　梓弓　靫《ゆき》取り負《お》ひて　天地と　いや遠長に　万代《よろづよ》に　かもしもがもと

1 前の亡妾挽歌に「昔こそ外にも見しか吾妹子が奥津城と思へば愛しき佐保山」（四七四）とあったのに似た詠み方である。草壁皇子の舎人たちの挽歌の「外に見し真弓の岡も君坐せば常つ御門と侍宿するかも」（一七四）に通ずる気持ちを表したものだが、四七六歌の方が、理が入って印象を弱くしている（私注）。

2 二月三日は陽暦三月二十一日（日本暦日原典）で、「山さへ光り咲く」桜の花にはやや早い。恐らく実景ではなく、家持の観念の中の景であろう。

3 皇子の死んだ一月十三日から、ちょうど三七、二十一日目にあたる。この日は皇子のための供養の行われる忌日であったと推測される。

4 作歌の場所について、家持が難波で詠じたとする説（窪田評釈・北山茂夫『大伴家持』）、恭仁京で詠じたとする説（山本健吉『大伴家持』、青木生子「宮廷挽歌の終焉」『文学』昭和五〇年四月）が対立している。

5 所在未詳。安積皇子の墓付近（地名辞書）、加茂町の恭仁大橋上方の流岡山、さらに上方の王廟山とする

憑《たの》めりし　皇子《みこ》の御門《みかど》の　五月《さ》蠅《ばへ》なす　騒《さわ》く舎人《とねり》は　白栲《しろたへ》に　服《ころも》取り着て　[8]常なりし　咲《ゑま》ひ振舞《ふるまひ》　いや日異《け》に　変《かは》らふ見れば　悲しきろかも

①挂巻毛　文尒恐之　吾王　皇子之命　物乃負能　八十伴男乎　召集聚　率比賜比　朝獦尒　鹿猪践起②　暮獦尒　鶉鴙履立　大御馬之　口抑駐　御心乎　見爲明米之　活道山　木立之繁尒　咲花毛　移尒家里　世間者　如此耳奈良之　大夫之　心振起　劒刀　腰尒取佩　梓弓　靫取負而　天地与　弥遠長尒　萬代尒　如此毛欲得跡　馮有之　皇子乃御門乃　五月蠅成　驟騒舎人者　白栲尒　服③取著而　常有之　咲比振廂比　弥日異　更經見者④　悲⑤呂可聞

反　謌

479 [9]愛《は》しきかも皇子《みこ》の命《みこと》のあり通《がよ》ひ見《め》しし活道《いくぢ》の路《みち》は荒れにけり

波之吉可聞　皇子之命乃　安里我欲比　見之活道乃　路波荒尒鶏里

480 大伴の名に負ふ[10]靫帯《ゆきお》びて万代《よろづよ》に憑《たの》みし心いづくか寄せむ

大伴之　名負靫帯而　萬代尒　馮之心　何所可將寄

説（山代志考）などある（『万葉の旅』）。

6 以下四句、山上憶良の哀世間難住歌八〇四の一云と等しい。

7 以下二句、哀世間難住歌の本文に類句を見る。

8 以下二句も、八〇四の一云に類句を見る。

9 ハシキカモという初句で区切りのあるものと解するのが一般であるが、赤人の三二二歌に「こごしかも　伊豫の高嶺の…」とあったのと等しく、カモは間投助詞でハシキが直接皇子の命を修飾すると見る説（古典大系・注釈など）によるべきか。

10 靫は、矢を盛って背に負う道具であるが、奈良時代にはすたれ、胡簶がそれにかわって使われるようになる。以後靫はもっぱら儀礼用の武具として平安時代まで用いられた。古い伝統をもつ武具なので、霊異をもつ器物として扱われたらしい（笹山

①挂（矢）―桂　②起（類・紀・温）―越　③服（類・紀・温）―ナシ。右ニ記ス。　④者（類・紀・温）―ナシ。右ニ記ス。　⑤呂（類）―召

右の三首は[1]三月二十四日に作る謌。

死にし妻を悲傷《かなし》びて[2]高橋朝臣《たかはしのあそみ》の作る歌一首 并せて短歌

481 白細《しろたへ》の 袖さしかへて 靡《なび》き寝《ぬ》る 吾が黒髪の 真白髪《ましらか》に 成《な》りなむ極《きは》み 新世《あらたよ》に 共にあらむと 玉《たま》の緒《を》の 絶えじい[3]妹《いも》と 結びてし ことは果《は》たさず 思へりし 心は遂《と》げず 白妙《しろたへ》の 手本《たもと》を別れ [4]にきびにし 家ゆも出《い》でて 緑児《みどりこ》の 泣くをも置きて 朝霧の おほになりつつ 山城《やましろ》の [5]相楽山《さがらかやま》の 山の際《ま》に 往《ゆ》き過《す》ぎぬれば 言はむすべ 為《せ》むすべ知らに [6]吾妹子《わぎもこ》と さ寝《ね》し妻屋《つまや》に 朝《あした》には、出で立ち偲《しの》ひ 夕《ゆふべ》には 入り居《ゐ》嘆《なげ》かひ わき挟《ばさ》む 児《こ》の泣くごとに 男じもの 負《お》ひ見抱《うだ》きみ 朝鳥の 音《ね》のみ泣きつつ 恋ふれども 験《しるし》を無《な》みと 言問《ことと》はぬ ものにはあれど 吾《わぎ》妹子《もこ》が 入りにし山を よすかとぞ念《おも》ふ

白細之 袖指可倍弖 靡寐 吾黒髪乃 眞白髪尒 成極 新世尒 共将有跡

晴生『古代国家と軍隊』)。

1 皇子の薨後七十一日目。ただし、この「三月」が「二月」の誤写とすれば、二月二十四日は六七日(むなのか)に当たると言う(古典集成)。

2 「高橋朝臣」の四字底本にあるが、類聚古集にはない。左注に「七月二十日に高橋朝臣の作る謌」と記され、また「名字未だ審らかならず」ともあるところからすると、『注釈』に説くように、原形にはなく、後に加えられたものか。

3 このイは間投助詞。

4 巻一・七九に「にきびにし 家をおき」とあった。ニキブは馴れ親しむ意の動詞。

5 京都府相楽郡の旧相楽村の山を指すか、広く郡の山を指しているか明らかでないという(『万葉の旅』)。

6 人麻呂の亡妻挽歌に「吾妹子が形見に置ける みどり児の乞ひ泣くごとに 取り与ふる物しなければ 男じもの腋はさみ持ち 吾妹子と二人わが寝し 枕づく妻屋のうちに 昼はもうらさび暮らし 夜はも息づき明かし 嘆けどもせむすべ知らに

玉緒乃　不絶射妹跡　結而石　事者不果　思有之　心者不遂　白妙之　手本矣別　丹杵火尒之　家従裳出而　緑兒乃　哭乎毛置而　朝霧　髣髴為乍　山代乃相樂山乃　山際　往過奴礼婆　將云為便　將為便不知　吾妹子跡　左宿之妻屋尒　朝庭　出立偲　夕尒波　入居嘆會①　腋挾②　兒乃泣毎③　雄自毛能　負見抱見朝鳥之　啼耳哭管　雖戀　効矣無跡　辞不問　物尒波在跡　吾妹子之　入尒之山乎　因鹿跡叙念

反謌

482 [7]うつせみの世の事なれば外《よそ》に見し山をや今はよすかと思はむ

打背④見乃　世之事尒在者　外尒見之　山矣耶今者　因香跡思波牟

483 朝鳥の音《ね》のみし泣かむ吾妹子《わぎもこ》に今またさらに逢《あ》ふよしを無《な》み

朝鳥之　啼耳鳴六　吾妹子尒　今亦更　逢因矣無

右の三首は七月二十日に高橋朝臣の作る謌なり。名字いまだ審《つばひ》らかならず。ただし、[8]奉膳《かしはで》の男子《をのこ》と云へり。

恋ふれども逢ふよしをなみ」(二一〇)とあるのと似る。

7　家持の「昔こそ外にも見しか吾妹子が奥津城と思へば愛しき佐保山」(四七四)などと類想。

8　奉膳は宮内省内膳司の長官。「奉膳の男子」を、奉膳たる官職の男子(山田講義)とするか、奉膳の息子(私注)とするか、説が分かれる。五味智英「巻三末尾挽歌存疑」(『万葉集研究第二集』)に「奉膳の男子」が奉膳たる男子である可能性のあること、天平十六年の奉膳として高橋国足が考えられることなど詳述する。

①會(紀)—舎
②挾(紀・京・矢)—狭
③毎(万葉考)—母
④背(類・紀・温)—原字不明。頭書別筆「脊」。

萬葉集巻第三

萬葉集巻第四

萬葉集巻第四

相聞

萬葉集巻第四

相聞

[1]難波天皇《なにはのすめらみこと》の妹《いろも》、大和に在《いま》す皇兄《いろせ》に奉上《たてまつ》る御謌《みうた》一首

484 一日こそ人も待ちよき長き日《け》をかくのみ待たばありかつましじ

一日社　人母待吉①　長氣乎　如此耳待者②　有不得勝

[2]崗本天皇《をかもとのすめらみこと》の御製一首　并せて短謌

485 神代より　生《あ》れ継《つ》ぎくれば　人多《さは》に　国には満ちて　あぢ群《むら》の
去来《かよひ》は行けど　吾《わ》が恋ふる　君にしあらねば　昼《ひる》は[3]　日の暮るる
まで　夜《よる》は　夜《よ》の明《あ》くる極《きは》み　思《おも》ひつつ　眠《い》も寝《ね》かてにと　明か
しつらくも　長きこの夜を

1　難波天皇は、仁徳・孝徳両天皇のいずれを指すか明らかでないが、巻一・巻二が冒頭にそれぞれ雄略・磐姫の伝承歌を置くこと、巻三・巻四はその構造を踏襲する拾遺歌巻であることから、伊藤博は仁徳天皇とする(『万葉集の構造と成立』)。

2　岡本天皇が誰を指すかについて舒明天皇・斉明天皇両説がある。沢瀉久孝は「吾が恋ふる　君にしあらねば」の句から作者を女性と考え、斉明天皇とした(『万葉歌人の誕生』)。

3　「昼は…夜は」と言う表現については、神野志隆光「古代時間表現の一問題」(論集上代文学第六集)参照。天智朝の額田王作歌では、「夜はも…昼はも」となっており、古事記にも「夜には九夜日には十日を」の表現が見られるので、南方熊楠が推定したように天智朝以前に日没を通用日の始まりとすることがわが国で行われていたのではないかと考えられる(「往古通用日の初め」全集第四巻)。

①吉（元・紀・細）―告
②耳（玉の小琴）―所

1 山の端にあぢ鴨の群が騒いでゆくのを聞いているという上句が下句の「君にしあらねば」に対して不自然だとする説（沢瀉注釈）がある。沢瀉は結句は本来「君しあらねば」「君いまさずして」などの形ではなかったかと推測している。

2 類歌「犬上の鳥籠の山なるいさや河いさとを聞こせ吾が名告らすな」（巻十一・二七一〇）の方が序詞と主題部との関連に無理がない。恐らく二七一〇のようなものが民謡としてあり、それを踏まえて四八七が作られたのだろう。

3 不知哉川の名に見えるように、さあどうでしょう、このごろの月日を、恋いしつづけているのだろうか、の意。折口訳・古典大系頭注などには相手が自分を思っていてくれるだろうかの意とする。

4 日本書紀では、舒明天皇に対し斉明天皇を後岡本宮で天の下を治められた天皇として区別している。従って普通に岡本天皇と言えば舒明がまず浮かべられるのだが、作の内容から斉明の歌らしく思われるために、この左注が書かれたか（稲岡「舒明

神代従　生繼來者　人多　國尒波滿而　味村乃　去來者行跡　吾戀流　君尒之不有者　晝波　日乃久流留麻弖　夜者　夜之明流寸食　念乍　寐宿難尒登　阿可思通良久茂　長此夜乎

反　謌

486 山のはにあぢ[1]群騒《むらさわ》き行くなれど吾《われ》はさぶしゑ君にしあらねば

山羽尒　味村騶　去奈礼騰　吾者左夫思惠　君二四不在者①

487 [2]淡海路《あふみぢ》の鳥籠《とこ》の山なる[3]不知哉川《いさやがは》日のころごろは恋ひつつもあらむ

淡海路乃　鳥籠之山有　不知哉川　氣乃己呂其侶波　戀乍裳將有

右は、今案《かむが》ふるに、高市岡本宮《たけちのをかもとのみや》、後岡本宮《のちのをかもとのみや》、二代二帝おのおの異《こと》なり。但《ただ》[4]岡本天皇といふは、未だその指すところを審《つばひ》らかにせず。

488 額田王《ぬかたのおほきみ》、近江天皇《あふみのすめらみこと》を思《しの》ひて作る謌一首

[5]君待つと吾《わ》が恋ひ居《を》れば我《わ》が屋戸《やど》の簾《すだれ》動かし秋の風吹く

君待登　吾戀居者　我屋戸之　簾動之　秋風吹

鏡王女《かがみのおほきみ》の作る謌一首

489 風[6]をだに恋ふるは羨《とも》し風をだに来むとし待たば何か嘆[7]かむ

風乎太尒　戀流波乏之　風小谷　將來登時待者　何香將嘆

吹芡刀自《ふふきのとじ》の謌二首

490 真《ま》野《の》の浦の淀《よど》の継橋《つぎはし》情《こころ》ゆも思《おも》へや妹が夢《いめ》にし見ゆる

眞野之浦乃　与騰乃②繼橋　情由毛　思哉妹之　伊目尒之所見

491 河[8]の上《へ》のいつ藻の花の何時《いつ》もいつも来ませ我《わ》が背子《せこ》時じけめやも

河上乃　伊都藻之花乃　何時③々々　來益　我背子　時自異目八方

田[9]部忌寸《たべのいみき》櫟子《いちひこ》、大宰に任《ま》けらえし時の謌四首

舎人吉年

492 衣手《ころもで》に取りとどこほり泣く児にもまされる吾《われ》を置きて如何《いか》にせむ

衣手尒　取等騰己保里　哭兒尒毛　益有吾乎　置而如何將爲　舎人吉年

天皇・斉明天皇(その一)」解釈と鑑賞昭和四五年一一月)。

5 巻八・一六〇六に重出。この歌の内容は清商曲辞「呉声歌」の「夜相思 風吹窓簾動 言是所歓来」に酷似する(小島憲之『上代日本文学と中国文学』中)。

6 「風をだに」は次の「恋ふる」にかかると見るのが通説だが、この歌の構造について「風をだに」を「羨し」にかかるとする新見が出されている(長谷川信好「『風をだに恋ふるはともし』私攷」万葉八八号)。

7 伊藤博『万葉集の構造と成立』下に、前の歌とこの作歌を、奈良朝初期の仮託の作とする説を見る。

8 巻十・一九三一に重出。「いつ藻の花」については、どのような藻に花が咲くか未詳。

9 伝未詳。舎人吉年は天智十年に作歌(一五二)があるので、この贈答は天武朝ころのものか(私注)。

①在(元・紀・温)―存。右ニ「在イ」ト記ス。②乃(元・金・紀)―ナシ。右ニ記ス。③々々(類・紀・細)―ナシ。右ニ記ス。

493 置きて行かば妹恋ひむかも敷細《しきたへ》の黒髪敷きて長き此の夜を

田部忌寸櫟子

置而行者　妹將戀可聞　敷細乃　黒髪布而　長此夜乎　①田部忌寸櫟子

494 [1]吾妹児《わぎもこ》を相知らしめし人をこそ恋のまされば恨めしみ思へ

吾妹兒矣②　相令知　人乎許曾　戀之益者　恨三念

495 [2]朝日影にほへる山に照る月の飽かざる君を山越《やまご》しに置きて

朝日影　尒保敞流山尒　照月乃　不厭君乎　山越尒置手

柿本朝臣人麻呂《かきのもとのあそみひとまろ》の謌四首

496 み熊野《くまの》の浦の[3]浜木綿《はまゆふ》百重《ももへ》なす心は思《も》へど直《ただ》に逢はぬかも

三熊野之　浦乃濱木綿　百重成　心者雖念　直不相鴨

497 [4]古《いにしへ》にありけむ人も吾《わ》がごとか妹に恋ひつつ寝《い》ねかてずけむ

古尒　有兼人毛　如吾歟　妹尒戀乍　宿不勝家牟

498 [5]今のみの行事《わざ》にはあらず古の人そまさりて哭《ね》にさへ泣きし

1 作者について小字注はないが、内容から櫟子の歌と知られる。

2 代匠記精撰本に「大和ノ国ヨリ立田路大坂路ナトヲ越来テ朝ホラケニ顧レハ、日ノ出ナントスル粧ニ匂ヘル山ノハニ、折シモ有明ノ月モ猶光ノヲサマラテ艶ナルニ、故郷ノ妻ヲ思ヒヨソヘテ、今見ル月ノ如クアカレヌ人ヲ山越ニ置テ、何処ヲハカリトモナキ海路ニヤ趣カムト、来シ方行末ヲ思フ意」とする。作者は櫟子か。ただし「君」の語があるので、吉年の歌と見る説（窪田評釈・沢瀉注釈・古典集成など）もある。

3 浜木綿はハマオモトと呼ばれる植物で、夏に白色の花を開く。第三句を導く序であるが、「百重なす」が、葉鞘部の筍の皮のように幾重にも重なっていることを言うのか、花がむらがり咲くのを言うのか、それとも葉が重なり合う様を言うのか、説が分かれている。浜木綿の群落の葉が重畳している様を歌ったとする第三の説が正しかろうか（犬養孝「浦の浜木綿」『万葉の風土』）。

4 人麻呂歌集の「古にありけむ人も吾がごとか三輪の檜原にかざし折

りけむ」（二一一八）と上句が全く等しい。

5　前の四九七に対する答えの歌。女の立場の作。

6　一首目の「百重なす」の語句を受けての作で、女の立場で詠まれている。そこで、四九八・四九九の二首を人麻呂の妻の作と見る説もあるが、渡瀬昌忠の説いたように、人麻呂の創作贈答歌である可能性が強い（「柿本人麻呂における贈答歌」美夫君志一四号）。渡瀬によれば波紋型対応の例となる。

7　碁が氏で、檀越は寺の施主の意の普通名詞（中西進「碁檀越」文学・語学昭和三二年一二月）。

8　巻十一の人麻呂歌集歌「処女等を袖振る山の瑞垣の久しき時ゆ思ひけり吾は」（二四一五）にほぼ等しい。ヲ・ケリという助詞・助動詞に相違があり、五〇一を人麻呂原作、二四一五がその民謡化したものとする説

①田部忌寸櫟子（元・細）―ナシ　②矣（元・金・紀）―乎　③武（元・金・類）―哉　④折（元・金・紀）―析　⑤壯（金・紀・細）―牡

今耳之　行事庭不有　古　人曾益而　哭左倍鳴四

499
百重[6]にも来及《きし》かぬかもと念《おも》へかも公《きみ》が使の見れど飽かざらむ
百重二物　來及毳常　念鴨　公之使乃　雖見不飽有武③

碁檀越《[7]ごのだんをち》、伊勢国に往く時に、留まれる妻の作る謌一首

500
神風《かむかぜ》の伊勢の浜荻《はまをぎ》折り伏せて旅寝やすらむ荒き浜辺に
神風之　伊勢乃濱荻　折④伏　客宿也將爲　荒濱邊尒

柿本朝臣人麻呂の謌三首

501
未通女《[8]をとめら》等が袖布留山《そでふるやま》の瑞垣《みづかき》の久しき時ゆ思ひき吾《われ》は
未通女等之　袖振山乃　水垣之　久時従　憶寸吾者

502
夏野《なつの》行《ゆ》く小壮鹿《をしか》の角《つの》の束《[9]つか》の間《ま》も妹が心を忘れて念へや
夏野去　小壯⑤鹿之角乃　束間毛　妹之心乎　忘而念哉

503
珠衣《[10]たまきぬ》の[11]さゐさゐしづみ家の妹《いも》に物言はず来にて思ひかねつも

珠衣乃　狭藍左謂沉　家妹尓　物不語來而　思金津裳

柿本朝臣人麻呂の妻の謌一首

504 1君が家《いへ》に吾《わ》が住坂《すみさか》の家道《いへぢ》をも吾《われ》は忘れじ命死なずは

君家尓　吾住坂乃　家道乎毛　吾者不忘　命不死者

安倍女郎《あへのいらつめ》の歌二首

505 今更《いまさら》に何をか念《おも》はむ打靡《うちなび》き情《こころ》は君によりにしものを

今更　何乎可將念　打靡　情者君尓　縁尓之物乎

506 2吾《わ》が背子《せこ》は物《もの》な念《おも》ひそ事《こと》しあらば火にも水にも吾無《わがな》けなくに

吾背子波　物莫念　事之有者　火尓毛水尓母①　吾莫七國

駿河婇女《するがのうねめ》の謌一首

507 敷細《しきたへ》の枕ゆくくる涙《なみた》にそ浮《う》き宿《ね》をしける恋の繁《しげ》きに

もあるが（沢瀉注釈）、歌集歌を推敲した形が五〇一とも考えられよう。

9 巻二・一一〇、巻十一・二七六三と類歌。

10 巻十四に人麻呂歌集中出として見える歌（三四八一）と少異。類歌に三五二八がある。

11 第二句難解。旅立ちの時の騒ぎが静まっての意（注釈・古典集成など）とも、サキサキまで序詞で心が沈みの意（茂吉評釈）とも言う。

---

1 女が男の家に住むということに疑問が持たれて、「君」「吾」をそれぞれ「吾」「君」の誤字とする説も見られるが（古典大系）、そうするとかえって下句との関係がわからなくなる。「吾が」まで住坂にかかる序。

2 類歌「わが大君物な思ほし皇神のつぎて賜へる吾なけなくに」（七七）など。

3 「別く」は四段活用の連体形。ワカルという下二段活用の形が普通で、ワカルコヨヒユ（窪田評釈・古典文

敷細乃　枕従久〻流②　涙二曽　浮宿乎思家類　戀乃繁尓

三方沙弥《みかたのさみ》の歌一首

508 衣手《ころもで》の[3]別《わ》く今夜《こよひ》より妹《いも》も吾《あれ》もいたく恋ひむな逢ふよしを無み

衣手乃　別今夜従　妹毛吾母　甚戀名　相因乎奈美

丹比真人《たぢひのまひと》笠麻呂《かさまろ》、筑紫国に下る時に作る歌一首　并せて短謌

509 [4]臣《おみ》の女《め》の　匣《くしげ》に乗《の》れる　[5]鏡なす　御津《みつ》の浜辺に　さにつらふ　[6]紐《ひも》解《と》き放《さ》けず　吾妹児《わぎもこ》に　恋ひつつ居《を》れば　明《あ》け晩《く》れの　朝霧隠《ごも》り　鳴く鶴《たづ》の　音《ね》のみし泣かゆ　[7]吾《わ》が恋ふる　千重《ちへ》の一重《ひとへ》も　慰《なぐさ》もる　情《こころ》もありやと　家《いへ》のあたり　吾《わ》が立ち見れば　青旗《あをはた》の　葛城山《かづらきやま》に　たなびける　白雲隠《しらくもがく》る　[8]天《あま》さがる　鄙《ひな》の国辺《くにへ》に　直向《ただむ》かふ　淡路《あはぢ》を過ぎ　[9]粟嶋《あはしま》を　背向《そがひ》に見つつ　朝なぎに　水夫《かこ》の声よび　夕なぎに　梶《かぢ》の音《おと》しつつ　波の上《うへ》を　い行きさぐくみ　岩の間《ま》を　い

学全集）とも読まれ、また、ワクの下二段活用と見てワクルコヨヒユ（古典集成）とも訓まれている。

4 原文「臣女乃」とあり、タヲヤメノ・タワヤメノとも訓まれたが（略解・新考・全釈・窪田評釈・古典大系など）、臣の子に対して宮廷に仕える女性を臣の女と言ったものと解しオミノメノと訓む（童蒙抄）。

5 第三句まで地名御津を「見つ」にかけた序詞。

6 紐を妻の紐と解する説（古典文学全集）もあるが、「御津の浜辺に」との関係から、自分の衣の紐とし、旅の丸寝を歌ったとする説に従うべきだろう。

7 人麻呂作歌二〇七と類句。

8 「天佐我留」でアマサガルと訓む。天離ると同じで、清濁表記の誤りか（古典大系）。中世以降はアマサガルが一般であった（古典文学全集）。

9 四国の阿波方面を指した（全註釈）とも、屋島の北の属島（仙覚抄）とも言う。

①母（元・金・紀）—毛
②〻（元・金・紀）—久

行《ゆ》き廻《もとほ》り 稲日《いなび》つま[1] 浦廻《うらみ》を過ぎて 鳥じもの なづさひ行けば 家《いへ》の島[2] 荒磯《ありそ》のうへに 打《う》ちなびき しじに生ひたる 莫《な》告藻《のりそ》が などかも妹に 告《の》らず来にけむ

臣女乃 匣尓乗有 鏡成 見津乃濱邊尓 狹丹頰相 紐解不離 吾妹兒尓 戀乍居者 明晩乃 旦霧隱 鳴多頭乃 哭耳之所哭 吾戀流 千重乃一隔母 名草漏 情毛有哉跡 家當 吾立見者 青旗乃 葛木山尓 多奈引流 白雲隱 天佐我留 夷乃國邊尓 直向 淡路乎過 粟嶋乎 背尓見管 朝名寸二 水手之音喚 暮名寸二 梶之聲爲乍 浪上乎 五十行左具久美 磐間乎 射往廻 稻日都廱 浦箕乎過而 鳥自物 魚津左比去者 家乃嶋 荒儀之宇倍尓 打靡 四時二生有 莫告我 奈騰可聞妹尓 不告來二計謀

反 謌

510 白細《しろたへ》の[3]袖解《そでと》きかへて [4]還りこむ月日《つきひ》を数《よ》みて往《ゆ》きて来《こ》ましを

白細乃① 袖解更而 還來武 月日乎數而 徃而來猨尾②

伊《い》勢国《せのくに》に幸《いでま》す時に当麻麻呂大夫《たぎまのまろのまへつきみ》の妻の作る謌一首

1 播磨風土記の印南郡の条に「郡南海中有二小島一、名曰二南毗都麻一」とある。現在のどこに当たるかはっきりしないが、加古川河口の高砂市の辺が、昔三角洲上の島であったかと推測されている（犬養『万葉の旅』）。

2 兵庫県飾磨郡家島町で、播磨灘洋上に散在する家島群島。この句から「莫告藻が」まで「などかも」以下にかかる序と見るのが普通だが、叙景から序への転換が円滑で、その範囲が必ずしも明確でないようだ（古典文学全集）。

3 「袖解きかへて」は他に例のない変わった表現なので、袖は紐の誤りかとも言われる（考）。「白妙の袖さしかへ」と「紐ときかへ」との両者が混合した表現か（注釈・古典文学全集・古典集成など）。

4 「還りこむ」を次句「月日を数みて」にかかると見れば、筑紫へ行って帰る日を数えての意となるが、そうすると長歌とは異なって妹の所にいるつもりでの作歌となるのが不審（注釈）。第三句で切り、妹の所へ行って帰って来ようと歌ったと見るのが正しいだろう（古典文学全集・古

511 吾《わ》[5]が背子はいづく行くらむ沖つ藻の名張《なばり》の山を今日か越ゆらむ

吾背子者　何處將行　③已津物　隱之山乎　今日歟超良武④

[6]草嬢《くさのをとめ》の謌一首

512 秋[7]の田の穂田《ほだ》の刈りばかか寄り合はばそこも[8]か人の吾《わ》を言《こと》なさむ

秋田乃　穗田乃苅婆加　香緣相者　彼所毛加人之　吾乎事將成

志貴皇子《しきのみこ》の御歌一首

513 大原《おほはら》の此《こ》の市柴《いちしば》の何時《いつ》しかと吾《わ》が念《おも》ふ妹に今夜《こよひ》逢へるかも

大原之　此市柴乃　何時鹿跡　吾念妹尒　今夜相有香裳

阿倍女郎《あへのいらつめ》の謌一首

514 吾《わ》が背子が着《け》せる衣《ころも》の針目落ちずこもり[9]にけらし我が情《こころ》さへ

吾背子之　蓋世流衣之　針目不落　入尒家良之　我情副

典集成など)。

5 巻一・四三と重出。二首同じものだが、助詞・助動詞の表記に相違があるのは、この歌の記録の原形を推測させる。

6 未詳。

7 二句までが、第三句目を導く序(玉の小琴)とも言うが、金子評釈に「銘々の持分を刈ってゆく、そのうちに測らずあの人と私とが、一つ所に寄り合ふなら」と記すように、稲刈りの場で男女が近づくことを言うのだろう。

8 ソコモカのモは、デサエの意(古典大系)。なお、この一首、稲刈り歌か。

9 第四句の原文「入尒家良之」で普通に読めばイリニケラシの字足らずになる。字足らずを避け、類聚古集の付訓にモを添えてイリニケラシモとあるのにより、「母」の字が脱落したと認める人(略解・注釈など)

①細(元・金・類)—妙
②猨(元・金)—猿
③已(古典文学全集)—己
④武(元・金・類)—哉

もある。東大寺諷誦文稿に「入」をコモレリと訓んだ例があり、それによってコモリニケラシとすれば原文のままで誤脱を考えずにすむ（古典文学全集）。

---

1 紐が切れるのは、二人の間が絶える不吉な前兆と考えられたのである。
2 孝徳元年紀に「譬へば三絞の綱の如し」とある「三絞」は古訓でミセと読まれているが、ミツヨリの意だろうと言われる。三本の綱をよりあわせたもので、ここのミツアヒもそれと同様に解される。
3 安麻呂。
4 「うま酒三輪のはふりが斎ふ杉」などと歌われるような神木を指す。
5 「恐る」という動詞は奈良時代には上二段活用（春日政治「国語資料としての訓点の位置」国語国文昭和一〇年二月）。ここは底本の原文「与曾理無」とあり、貼紙して「於曾」と記されたところ。元暦本では「於曾利無」で、それが古い形か。ただし、恋のために恐れもなく通ったというのでは、歌が「ひどく無味乾燥になる」として、「与曾利無」の方

515
中臣《なかとみのあそみあづまひと》朝臣東人、阿倍女郎に贈る歌一首

独《ひと》り寝て絶えにし紐を[1]ゆゆしみとせむすべ知らに音《ね》のみしそ泣く

獨宿而　絶西紐緒　忌見跡　世武爲便不知　哭耳之曾泣

阿倍女郎の答ふる謌一首

516
我《わ》が持てる[2]三相《みつあひ》に搓《よ》れる糸もちて附《つ》けてましもの今そ悔《くや》しき

吾以在　三相二搓流　絲用而　附手益物　今曾悔寸

[3]大納言兼大将軍大伴卿《だいなごんけんだいしやうぐんおほとものまへつきみ》の歌一首

517
[4]神樹《かむき》にも手は触《ふ》るといふをうつたへに人妻《ひとづま》と言へば触れぬものかも

神樹尓毛　手者觸云乎　打細丹　人妻跡云者　不觸物可聞

石川郎女《いしかはのいらつめ》の謌一首 即ち、佐保大伴の大家《おほとじ》なり

518 春日野《かすがの》の山辺の道をおそりなく[5]通ひし君が見えぬころかも

春日野之　山邊道乎　於①曾理無　通之君我　不所見許呂香裳

大伴女郎《おほとものいらつめ》の謌一首　今城王の母なり。今城王は後に大原真人の氏を賜ふ

519 [6]雨障《あまつつみ》常する君はひさかたの昨夜《きぞのよ》の雨に懲《こ》りにけむかも

雨障　常爲公者　久堅乃　昨夜雨尒　將懲鴨

後の人の追ひて同《こた》[7]ふる歌一首

520 ひさかたの雨も降らぬか[8]雨つつみ君にたぐひて此の日暮らさむ

久堅乃　雨毛落粳②　雨乍見　於君副而　此日令晩

[9]藤原宇合大夫《ふじはらのうまかひまへつきみ》、遷任《せんにん》して京《みやこ》に上る時に、常陸娘子《ひたちのをとめ》の贈る謌一首

521 庭に立つ麻手《あさで》[10]刈り干《ほ》し布《ぬの》さらす東女《あづまをみな》を忘れたまふな

が正しい形と推測する説（私注・注釈など）もある。寄り添うものもなく淋しげな状態を表したかという。

6 代匠記に「常ニダニ雨ニサハリテ来ヌ人ノ、昨夜イタク雨ニアヒツレバ、イトヾ懲テ今ヨリハ晴渡リテ降ヌベキ疑ナキ夜ナラデハ問ヒモ来ザランカノ心ナリ」（精撰本）とある。

7 「同」は「和」と同じ。追和の歌である。

8 人麻呂歌集の「雷神の少しとよみてさしくもり雨も降らぬか君をとどめむ」（二五一三）と類想。

9 宇合が常陸守から京官となったのは養老五年（七二一）。

10 「麻乎」が「麻手」に誤写されたと見る説もあるが、東歌に「庭に立つ麻手小衾」（三四五四）の例もあり、「麻手」とすべきである。麻手は「麻ノ葉ハ人ノ手ヲヒロゲタルニ似タレバ云ヘリ」（代匠記）と言われるが、原料として刈り取って来たばかりの麻を表す語かとも説かれている（古典文学全集・古典集成）。

①於（元・西貼紙）—与
②粳（元・類・紀）—糠

それが正しければ初句の「庭に立つ」は刈り取った麻の束を立て並べてあることとされようが、二句目の「刈り干し」と合わない。結局代匠記説によるべきか。

---

1 藤原麻呂。左京大夫となったのは養老五年。
2 三句まで「神さび」にかかる序。
3 類歌「年渡るまでにも人はありといふを何時の間にそも吾が恋ひにける」(三二六四)
4 やわらかく暖い夜具を言う。ただしムシがその材料としての苧麻(からむし)の繊維を言うのか(古典大系に朝鮮語 mosi と同源と注する)、蒸すように暖かいことを言うのか(注釈・古典文学全集など)説が分かれる。蒸の字、桂本・古葉略類聚鈔などに草冠がなく烝となっている。烝は万象名義に「火气上行也」とあり、説文の烝と同じ説明が付せられている。記歌謡に「むし衾　柔やが下に　栲衾　さやぐが下に」の対句があり「栲衾」に対しているので土橋寛は絹の夜具と解する(『古代歌謡全注釈』古事記編)。

庭立　麻手苅干　布暴①　東女乎　忘賜名

[1]京職藤原 大夫《きやうしきふぢはらのまへつきみ》、大伴郎女に贈る謌三首　卿諱《いみな》を麻呂といふ

522 をとめ等《ら》が玉匣《たまくしげ》なる[2]玉櫛《たまくし》の神《かむ》さびけむも妹に逢はずあれば

嬬嬬等之　珠篋有　玉櫛乃　神家武毛　妹尒阿波受有者

523 [3]よく渡る人は年にもありといふを何時《いつ》の間《ま》にそも吾《わ》が恋ひにける

好渡　人者年母　有云乎　何時間曽毛　吾戀尒來

524 [4]蒸《む》し衾《ぶすま》なごやが下に臥《ふ》せれども妹とし寝《ね》ねば肌し寒しも

蒸被　奈胡也我下丹　雖臥　与妹不宿者　肌之寒霜

大伴郎女の和《こた》ふる謌四首

525 佐保川の小石《こいし》ふみ渡りぬばたまの黒馬《くろま》の来《く》る夜《よ》は[5]年にもあらぬか

狭穂河乃　小石践渡　夜干玉之　黒馬之來夜者　年尒母有糠

526 千鳥鳴く佐保の河瀬のさざれ波止《や》む時もなし吾が恋ふらくは

千鳥鳴　佐保乃河瀬之　小浪　止時毛無　吾戀者

527 [6]来《こ》むといふも来《こ》ぬ時あるを来《こ》じといふを来《こ》むとは待たじ来《こ》じといふものを

將來云毛　不來時有乎　不來云乎　將來常者不待　不來云物乎

528 千鳥鳴く佐保の河門《かはと》の瀬を広み打橋《うちはし》渡す[7]ながくと念《おも》へば

千鳥鳴　佐保乃河門乃　瀬乎廣弥　打橋渡須　奈我來跡念者

右、郎女は佐保大納言卿の女《むすめ》なり。初め一品《いつぽん》穂積皇子《ほづみのみこ》に嫁《とつ》ぎ、寵《うつくしび》をうくること儔《たぐひ》なし。皇子薨《こう》ぜし後《のち》時に、藤原麻呂大夫この郎女を娉《つまど》ふ。郎女は坂上の里に家《す》む。仍《よ》りて族氏《やから》号《なづ》けて坂上郎女といふ。

また、大伴坂上郎女の歌一首

529 [8]佐保河の岸のつかさの柴《しば》な刈りそね在りつつも春し来《きた》らば[9]立ち隠《かく》るがね

佐保河乃　涯之官能　少[②]歴木莫刈焉　在乍毛　張之來者　立隠金

5 「年にもあらぬか」は年に一度でもあってくれたらよいのに、の意で七夕を意識した表現（小島『上代日本文学と中国文学』中）。

6 「来」を繰り返した戯れの歌。中国詩の同字反復の影響か（中西進『万葉集の比較文学的研究』など）。

7 原文「奈我来」と記すのは、「汝が来」と「長く」を掛けた意味で仮名書きとしたのであろう。

8 人麻呂歌集旋頭歌「此の岡に草刈るわらはなしか刈りそね在りつつも君が来まさむ御馬草にせむ」（一二九一）と類似。旋頭歌の歴史については、解説参照。

9 人目を忍んで隠れて逢うためにの意。相手の目をはぐらかすために隠れるのだとする説（全註釈）もある。

①暴（元）―慕
②少（桂・元・古）―小

天皇、海上女王《うなかみのおほきみ》に賜ふ御歌一首　寧楽宮《ならのみや》に即位《あまつひつぎしらしめ》したまふ天皇なり

530 [1]赤駒《あかごま》の越ゆる馬柵《うませ》の[2]標結《しめゆ》ひし妹が情《こころ》は疑ひもなし

赤駒之　越馬柵乃　緘結師　妹情者　疑毛奈思

右、今案《かむが》ふるに、この歌は擬古《ぎこ》の作なり。ただし、時の当《あた》れるをもちて、便《すなは》ちこの歌を賜ふか。

海上王①の和《こた》へ奉《まつ》る謌一首　志貴皇子の女《むすめ》なり

531 [3]梓弓爪引《つまび》く夜音《よおと》の遠音《とほと》にも君が[4]御幸《みゆき》を聞かくし好《よ》しも

梓弓　爪引夜音之　遠音尓毛　君之御幸乎　聞之好毛

[5]大伴宿奈麻呂宿祢《おほとものすくなまろのすくね》の謌二首　佐保大納言卿の第三子なり

532 うち日さす宮に行く児を真悲《まがな》しみ留《と》むれば苦しやればすべなし

打日指　宮尓行児乎　眞悲見　留者苦　聴去者為便無

533 [6]難波《なには》潟《がた》[7]潮干のなごり飽《あ》くまでに人《ひと》の見る児《こ》を吾《われ》しともしも

1 二句まで序。

2 原文「緘結師」をシメユヒシと読む（私注・注釈・古典文学全集・古典集成など）。ムスビテシと読む説もある（古典大系）。「大海の底を深めて結びてし妹が心は疑ひもなし」（三〇二八）と下句が等しい。

3 これも二句まで序。夜警の衛士の爪引く梓弓の音のように遠く聞こえるという比喩。

4 原文「君之御幸乎」とあり、キミガミユキヲと読まれるが、ミユキヲキクという表現に疑問が持たれ、真淵は「幸」を「事」の誤りとした。前歌が狩などの行幸の時の歌で、それを自分の所への行幸と見なしての答え歌とすれば「ミユキヲキク」でさしつかえないだろう（古典集成）。

5 宿奈麻呂は養老三年に備後守であったので、このころ備後の国から采女などを貢する時の歌かとも言われる（略解）。しかし、在京の作として「宮中奉仕の女子を、坊里に於いて愛撫して居る場合の作」と見ることもできる（私注）。

6 難波潟とあるのは実景で、作者の難波に在住した時の歌と推測する説

難波方　塩干之名凝　飽左右二　人之見兒乎　吾四乏毛

534

安《あ》貴王《きのおほきみ》の謌一首　并せて短謌

遠妻《とほづま》の　ここにしあらねば　玉桙《たまほこ》の　道をた遠《どほ》み　思ふそら　安けなくに　嘆くそら　[8]くるしきものを　み空往く　雲にもがも　高飛《たかと》ぶ　鳥にもがも　明日《あす》行きて　妹に言問《ことど》ひ　吾《わ》がために　妹もことなく　妹がため　吾《われ》も事無く　[9]今も見るごと　副《たぐ》ひてもがも

遠嬬　此間不在者　玉桙之　道乎多遠見　思空　安莫國　嘆虚　不安物乎　水空往　雲尓毛欲成　高飛　鳥尓毛欲成　明日去而　於妹言問　爲吾　妹毛事無　爲妹　吾毛事無久　今裳見如　副而毛欲得

反謌

535

敷細《しきたへ》の　手枕《たまくら》巻かず　[10]間《あひだ》置きて　年そ経《へ》にける　逢はなく念《おも》へば

敷細乃　手枕不纏　間置而　年曾經來　不相念者

（注釈）も見えるが、むしろ聖武天皇の難波宮へ宮仕えにゆく女性を送る歌とした方が、理解しやすい（古典集成）。

7　代匠記に「塩のひかたにのこれるたまり水をなこりといふ」（初稿本）とある。二句まで比喩的な序。

8　「不安」の二字をクルシと訓む例は三二五五・三二七二にもある（佐竹昭広「万葉集短歌字餘考」文学昭和二一年二月）。

9　「今裳見如」はイマモミルゴトと読まれるが、王と八上采女とは遠く離れているのでおかしいとして、イマモミシゴトと読む説もある（略解・注釈・古典集成など）。沢瀉注釈には、「今裳亦　見之日如」とあったものが、伝写の間に文字を脱したかと記されているが、イマモミルゴトで今も面影に見えるようにの意と解しうるなら（古典文学全集）、もっとも自然だと思われる。

10　「間置き」は、単に時間的な隔たりを言うのみでなく、空間的な隔たりをも意味しているだろう。

①王（桂・元・紀）―女王

右、安貴王、因幡《いなば》の八上采女《やかみのうねめ》を娶《めと》り、係念《おもひ》極めて甚しく、愛情《うつくしび》尤《もと》も盛りなり。時に勅《みことのり》[1]して不敬の罪に断《さだ》め、本郷《もとつくに》に退却《まか》らしむ。ここに王の意《こころ》悼《いた》み怛《かなし》びて、いささかにこの歌を作る。

門部王《かどべのおほきみ》の恋の謌一首

536　飫宇《おう》[2]の海の潮干《しほひ》の潟《かた》の片思《かたもひ》に思ひや行かむ道の長道《ながて》[3]を

飫宇能海之　塩干乃鹵之①　片念尓　思哉将去　道之永手呼

右、門部王、出雲守に任ぜらるる時に、部内の娘子《をとめ》を娶《めと》る。いまだ幾時《いくだ》もあらずして、すでに往来を絶つ。月を累《かさ》ねて後に、また愛《うつく》しぶる心を起す。よりてこの歌を作り、娘子に贈り致す。

高田女王《たかたのおほきみ》、今城王《いまきのおほきみ》に贈る歌六首

537　言清《こときよ》く[4]いともな言ひそ一日《ひとひ》だに君いし無《な》くは堪《た》[5]へがたきかも

事清　甚毛莫言　一日太尓　君伊之哭者　痛寸敢物②

1　以下の文意のとり方に四説ある。第一は不敬の罪に問われたのも本郷に帰されたのも八上采女とする説（攷證・金子評釈・佐佐木評釈・全註釈など）、第二は不敬罪も本国に帰されたのも安貴王とする説（童蒙抄・私注・注釈など）、第三は不敬の罪に問われたのは王で、本郷に帰されたのは采女とする説（全釈・古典文学全集）、第四は不敬の罪に問われたのは王と采女の二人であり、本郷に帰されたのは采女とする説（古典集成）。後に藤原麻呂の妻として浜成を生んだ八上采女と同一人とすれば、采女は本国に帰されていないわけで（私注）、第二説が正しいことになる。

2　飫宇の海は、島根県八束郡の中の海のこと。上二句は同音で「片思」を導く序。

3　出雲守の任果てて上京する道を言う（略解）とも、朝集使などで上京する道を指すとも（古典文学全集）解されている。

4　イタクモナ言ヒと訓む説もあるが、この「イトモ」は「言清く」を修飾する副詞句であろう（注釈）。

5 原文「痛寸取物」とあるが、取を敢の誤字とし、痛は類聚名義抄などにタヘカタシの訓が見られるのでタヘガタキカモと読む（菊沢季生「万葉集巻四の訓詁二例」宮城学院研究論文集昭和二六年）。ただし上代にタフの確例がないのでアヘカタキカモとする説もある（古典文学全集）。

①鹵（桂・元・紀）—滷
②敢（菊沢季生）—取
③子（桂・紀）—ナシ。別筆デ補ウ。
④乎（桂・元・紀）—呼
⑤作歌一首 并短歌 笠朝臣金村（桂・元）—笠朝臣金村作謌一首 并短歌

538 人言《ひとごと》を繁《しげ》み言痛《こちた》み逢はざりき心あるごとな思ひ吾《わ》が背子

他辞乎　繁言痛　不相有寸　心在如　莫思吾背子③

539 吾《わ》が背子し遂《と》げむと言はば人言《ひとごと》は繁《しげ》くありとも出《い》でて逢はましを

吾背子師　遂常云者　人事者　繁有登毛　出而相麻志乎④

540 吾が背子に復《また》は逢はじかと思へばか今朝の別れのすべなかりつる

吾背子尓　復者不相香常　思墓　今朝別之　爲便無有都流

541 現世《このよ》には人言繁し来《こ》む生《よ》にも逢はむ吾《わ》が背子《せこ》今ならずとも

現世尓波　人事繁　來生尓毛　將相吾背子　今不有十方

542 常止《つねや》まず通ひし君が使来《こ》ず今は逢はじとたゆたひぬらし

常不止　通之君我　使不來　今者不相跡　絶多比奴良思

神亀《じんき》元年甲子《かふし》冬十月紀伊国《きのくに》に幸《いでま》す時に、従駕《おほみとも》の人に贈らむがために娘子《をとめ》に誂《あとら》へられて作る⑤歌一首 并せて短歌　笠朝臣金村

543 大君の　行幸《みゆき》のまにま　もののふの　八十伴《やそとも》の雄《を》と　出で行きし

[1]愛《うつく》し夫《つま》は　天飛《あまと》ぶや　軽《かる》の路《みち》より　玉だすき　畝火《うねび》を見つつ　あさもよし　紀路《きぢ》に入り立ち　真土山《まつちやま》　越ゆらむ君は　黄葉《もみちば》の　散り飛ぶ見つつ　[2]にきびにし　吾《われ》は思はず　草枕　旅を宜《よろ》しと　思ひつつ　君はあらむと　[3]あそそには　且《かつ》は知れども　しかすがに　黙然《もだ》も得《え》あらねば　吾背子が　行《ゆき》のまにまに　追はむとは　千度《ちたび》念《おも》へど　手弱女《たわやめ》の　吾《わ》が身にしあれば　道守《みちもり》の　問はむ答へを　言ひやらむ　術《すべ》を知らにと　[4]立ちて爪《つま》づく

天皇之　行幸乃隨意　物部乃　八十伴雄与　出去之　愛夫者　天翔哉　軽路従　玉田次　畝火乎見管　麻裳吉　木道尓入立　眞土山　越良武公者　黄葉乃　散飛見乍　親　吾者不念　草枕　客乎便宜常　思乍　公將有跡　安蘇〻二破　且者雖知　之加須我仁　①默然得不在者　吾背子之　往乃萬〻　將追跡者　千遍雖念　手②弱女　吾身之有者　道守之　將問答乎　言將遣　爲便乎不知跡　立而爪衝

反謌

1　ウルハシツマと訓む説（注釈・古典文学全集・古典集成など）もある。ウツクシが目下の者や弱者に対する愛憐を、ウルハシが讃美の情を表すとすれば、歌意から後者がふさわしいと考えられようか（古典大系）。

2　原文「親」。シタシクモ（略解）・ムツマシク（新考）・ナツカシミ（私注）・ムツマシミ（全註釋・古典大系）などの訓も見られるが、巻一に「柔備尓之　家乎択」（七九）とあったのと同じく、馴れ親しんだの意としてふさわしい文脈と思われる。

3　語義未詳。童蒙抄に「或抄にはうすく〳〵にと云ことゝも注せり」と記し、考に「あさ〳〵を略きいふ」と注するように、浅浅の約でうすうすはの意かと推測される。

4　爪立ちのび上がり前方に心をやる気持ちの表現（考・新考・私注）とも説かれるが、立ちあがったけれど進みかねて躊躇する（注釈・古典大系など）と見る方が良かろう。

5　一・二句は巻二・一一五に等しい。類歌「かくばかり恋ひつつあらずは高山の岩根し巻きて死なましものを」（八六）など。

544 [5]後《おく》れ居《ゐ》て恋ひつつあらずは紀伊国《きのくに》の妹背《いもせ》の山にあらましものを

後居而　戀乍不有者　木國乃　妹背乃山尓　有益物乎

545 吾《わ》が背子が跡《あと》ふみ求め追ひ行かば紀伊《き》の関守《せきもり》い留《とど》めてむかも

吾背子之　跡履求　追去者　木乃關守伊　將留鴨

[6]二年乙丑《いっちう》の春三月、[7]三香原《みかのはら》の離宮《とつみや》に幸《いでま》す時に、[8]娘子《をとめ》を得て作③る歌一首　并せて短歌　笠朝臣金村

546 三香《みか》の原　旅の宿《やど》りに　玉桙《たまほこ》の　道の行き合《あ》ひに　[9]天雲《あまくも》の　外《よそ》のみ見つつ　言問《ことと》はむ　縁《よし》の無ければ　情《こころ》のみ　むせつつあるに　天地《あめつち》の　[10]神祇《かみ》こと寄せて　敷細《しきたへ》の　衣手《ころもで》易《か》へて　自妻《おのづま》と　たのめる今夜《こよひ》　秋の夜の　[11]百夜《ももよ》の長さ　ありこせぬかも

三香乃原　客之屋取尓　珠桙乃　道能去相尓　天雲之　外耳見管　言將問　緣乃無者　情耳　咽乍有尓　天地　神祇辞因而　敷細乃　衣手易而　自妻跡　馮有今夜　秋夜之　百夜乃長　有与宿鴨

6 神亀二年（七二五）三月の行幸。このことは続日本紀に見えない。

7 京都府相楽郡加茂町法花寺野に離宮があった（『山代志考』）。

8 略解にこの娘子を「紀路の遊女ならむ」と言うが、注釈にも触れているように、そうきめる必要はない。あるいは「某官人の娘子を得た喜びを金村が代り作った歌」（私注）ということも考えられる。

9 「天雲の」は「外のみ見」の枕詞。

10 「神の言をよせさせ給ひてといふ意なれば、俗言にいはゞ、神の引合せにてといふ意也」（攷證）という説明が正しいか。

11 今は晩春三月だが、長い秋の夜の、それも百夜の長さがあってくれればよいのにの意で、「モモヨノナガサ」と訓む（攷證・全釈・古典大系・古典文学全集・古典集成など）。「百夜の長く」の訓もある（古義・折口口

①默（桂・元・温）—點
②弱（桂・元・類・紀）—嫋
③作歌一首并短歌　笠朝臣金村（桂・元・紀）—笠朝臣金村作謌一首并短歌

547 反謌

天雲[1]の外《よそ》に見しより吾妹児《わぎもこ》に心も身さへ寄りにしものを

天雲之　外従見　吾妹児尒　心毛身副　縁西鬼尾

548 今夜《こよひ》の早く明けなばすべを無み秋の百夜を願ひつるかも

今夜之　早開者　爲便乎無三　秋百夜乎　願鶴鴨

五年戊辰《ぼしん》、大宰少弐石川足人朝臣《だざいのせうにいしかはのたるひとあそみ》遷任《せんにん》し、[2]筑前国蘆城《つくしのみちのくちあしき》の駅《うま》家《や》に餞《うまのはなむけ》する謌三首

549 天地の神も助けよ草枕旅ゆく君が家に至るまで

天地之　神毛助与　草枕　羈行君之　至家左右

550 大船[3]の思ひたのみし君が去《い》なば吾《われ》は恋ひむな直《ただ》に逢ふまでに

大船之　念憑師　君之去者　吾者將戀名　直相左右二

551 大和道《やまとぢ》の島の浦廻《うらみ》に寄する波間《あひだ》も無けむ吾《わ》が恋ひまくは

山跡道之　嶋乃浦廻尒　縁浪　間無牟　吾戀卷者

訳・私注など)。注釈に後者の方が具象的で、その上形容詞の語幹に「さ」のついた場合は「苦者」「遙者」「悲也」のように、者や也の助字表記がなされるのが普通であるとの理由でナガクを採る。ただし、五四八の「秋の百夜を」も、「秋の夜の百夜の長さを」の意味であろうと思われ、ここでは前者によっておく。

1 五四七について私注に「一般的な感動からの作」であることを言い、「代作の故とするのは金村の名誉の為にもなるであらう」とも記す。

2 太宰府の東南約四キロの筑紫郡筑紫野町阿志岐付近。ここから香春を過ぎ豊前にいたる官道が通じていた。天平二年旅人上京のときもここで送別の宴が開かれたが、北に宝満山を望む宝満川ぞいの景観は大和に似た趣をもっていたらしい(犬養孝『万葉の旅』)。

3 類歌「朝霞たなびく山を越えていなば吾は恋ひむな逢はむ日までに」(三一八八)など。

4 五五六に賀茂女王から三依に贈った歌が見えるので、この歌は女王に

右の三首は、作者未《いま》だ詳《つばひ》らかならず。

[4]大伴宿祢三依《おほとものすくねみより》の謌一首

552 吾《わ》[5]が君はわけ[6]をば死ねと念《おも》へかも逢ふ夜逢はぬ夜二走《ふたはし》[7]るらむ

吾君者　和氣乎波死常　念可毛　相夜不相夜①　二走良武

丹生女王《にふのおほきみ》、大宰帥大伴卿に贈る謌二首

553 天雲の遠隔《そきへ》の極《きは》み遠けども情《こころ》し行けば恋[8]ふるものかも

天雲乃　遠隔乃極　遠鶏跡裳　情志行者　戀流物可聞

554 古人《ふるひと》[9]の食《たま》へしめたる吉備《きび》[10]の酒病《さけや》めばすべなし貫簀《ぬきす》[11]賜《たば》らむ

古人乃　令食有　吉備能酒　病②者爲便無　貫簀賜牟

大宰帥大伴卿、[12]大貳《だいに》丹比縣守卿《たぢひのあがたもりまへつきみ》の民部卿《みんぶのきやう》に遷任するに贈る謌一首

555 君がため醸《か》みし待酒《まちざけ》安《やす》の野に独《ひと》りや飲まむ友無しにして

爲君　釀之待酒　安野尒　獨哉將飮　友無二思手

対する作歌かと推測される。そうだとすると在京時代の歌かも知れない（私注）。

5　普通は男から女に対して「君」とは言わないが、ここはワケ（卑下した意味で用いる）に対する主君の意をこめて、例外的に使っている。

6　古事記・日本書紀に多く見えるワケ（別）と同源で、若いものの意が原義かという。年上の女に対して年下の若者の意を表したか（古典大系補注）。

7　フタツユクラムとも読まれる（古義・古典大系・注釈など）。走は玉篇に去也とあり、類聚名義抄にユクの訓もあるから、フタツユクラムも捨てがたい。「代やも二行」（七三三）の例を見る。

8　「恋フ」の主語を相手の旅人とする説もあるが（古義・新考・全釈・佐佐木評釈・金子評釈・古典文学全集）、古典大系に「心というものはどんなに遠くても通って行くので、恋しく思うというわけですね」と訳

①夜（桂・元・紀）―ナシ。右ニ記ス。②病（元・類・紀）―痛

しているように、主語は作者自身と考えるのが正しかろう（私注・注釈・古典集成なども同じ）。

9　古典大系本に昔馴染の人が飲ませた意で、フルヒトノタマヘシメタルと訓んでいるのによる（古典文学全集・古典集成も同訓）。イニシヘノヒトノヲシタル（注釈）イニシヘノヒトノヲサセル（私注）などの訓もある。

10　吉備の国の酒は古代から名高く質が醇良で薬用にもなった（山田孝雄『万葉集考叢』）。

11　貫簀は大宰府管内の名産であったらしい。私注に、旅人から酒と貫簀を贈られ、または贈ると申し越されたに就いての女王の答とあるのが正しかろう。

12　天平元年二月に参議。民部卿も兼ねたか。

1　類歌「恋ひ死なむ後は何せむ吾が命生ける日にこそ見まく欲りすれ」（二五九二）

2　類歌「思はぬを思ふと言はばま鳥住むうなてのもりの神し知らさむ」（三一〇〇）

賀茂女王《かものおほきみ》、大伴宿祢三依に贈る謌一首　故左大臣長屋王の女《むすめ》なり

556　筑紫船《つくしぶね》いまだも来《こ》ねばあらかじめ荒ぶる君を見るが悲しさ

筑紫船　未毛不來者　豫　荒振公乎　見之悲左

土師宿祢水道《はにしのすくねみみち》、筑紫より京《みやこ》に上る海路《うみつぢ》にして作る謌二首

557　大船を漕《こ》ぎの進みに磐《いは》に触《ふ》れ覆《かへ》らば覆《かへ》れ妹《いも》によりては

大船乎　榜乃進尒　磐尒觸　覆者覆　妹尒因而者

558　ちはやぶる神の社《やしろ》に我《わ》が掛《か》けし幣《ぬさ》は賜《たば》らむ妹に逢《あ》はなくに

千磐破　神之社尒　我挂師①　幣者將賜　妹尒不相國

大宰大監大伴宿祢百代《だざいのだいげむおほとものすくねももよ》の恋の謌四首

559　事も無く生《い》き来《こ》しものを老《お》いなみにかかる恋にも吾《われ》はあへるかも

事毛無　生來之物乎　老奈美尒　如是戀尒毛②　吾者遇流香聞

560　[1]恋ひ死なむ後《のち》は何せむ生《い》ける日のためこそ妹を見まく欲《ほ》りすれ

孤悲死牟　③後者何爲牟　生日之　爲社妹乎　欲見爲礼

561 [2]思はぬを思ふと言はば大野《おほの》なる三笠《みかさ》の社《もり》の神し知らさむ

不念乎　思常云者　大野有　三笠社之　神思知三

562 [3]暇《いとま》なく人《ひと》の眉根《まよね》をいたづらに掻《か》かしめつつも逢[4]はぬ妹かも

無暇　人之眉根乎　徒　令掻乍　不相妹可聞

大伴坂上郎女の謌二首

563 [5]黒髪《くろかみ》に白髪《しろかみ》交《まじ》り老《お》ゆるまでかかる恋にはいまだ逢はなくに

黒髪二　白髪交　至耆　如是有戀庭　未相尒

564 [6]山菅《やますげ》の実《み》ならぬことを吾《われ》に依《よ》せ言[7]はれし君は誰《たれ》とか寝《ぬ》らむ

山菅之④　實不成事乎　吾尒所依　言礼師君者　与孰可宿良牟

賀茂女王《かものおほきみ》の謌一首

565 [8]大伴の見つとは言はじあかねさし照れる月夜《つくよ》に直《ただ》に逢へりとも

3 類歌「いとのきて薄き眉根をいたづらに掻かしめつつも逢はぬ人かも」（二九〇三）

4 この四首は、あとの坂上郎女の歌と贈答をしたものか。ただしそう考えることは気の利かない空想として否定する説（私注）もある。

5 この歌は、前の五五九を意識しての作か。ただし百代と郎女との恋ではなく、老人の恋の歌に対し、老女の恋歌として答えたとも言われる（古典集成）。

6 この歌、五六二を意識しての作。山菅は、麦門冬とも、山中に生えている菅属とも言われるが、「乱れ」や「根のねもころ」という表現に適合するのは後者（松田修『万葉植物新考』）。

7 イハレのレを受身と解するか、敬語と解するか説が分かれるが、後者が正しい。

①挂（桂・元）—掛　②尒（古典文学全集）—于。桂・元・紀ニハ乎ニ作ル。③後（西・温）—桂・元・紀ニハ時ニ作ル　④之（桂・類・紀）—乃

大伴乃　見津跡者不云　赤根指　照有月夜尓　直相在登聞

大宰大監大伴宿祢百代等《ら》、駅使《はゆまつかひ》に贈る謌二首

566 草[1]枕旅ゆく君を愛《うるは》しみ副《たぐ》ひてそ来《こ》し志賀《しか》の浜辺を

草枕　羈行君乎　愛見　副而曽來四　鹿乃濱邊乎

右の一首、大監大伴宿祢百代

567 周防《すは》[2]にある磐国山《いはくにやま》[3]を越えむ日は手向《たむけ》よくせよ荒し其《そ》[4]の道

周防在　磐國山乎　將超日者　手向好爲与　荒其道①

右の一首、少典山口忌寸若麻呂《せうてんやまぐちのいみきわかまろ》

以前《さき》に天平二年庚午《こうご》夏六月、帥大伴卿、忽《たちま》ちに瘡《かさ》を脚《あし》に生《な》し、枕席《ちんせき》に疾《くる》苦《し》ぶ。これによりて駅《はゆま》を馳《は》せて上奏し、望請《ねが》はくは、庶弟稲公《ままおといなきみ》・姪胡麻《をひこま》呂《ろ》に遺言を語らむとおもふと言へれば、右兵庫助《みぎのひょうごのすけ》大伴宿祢稲公《いなきみ》・治部《じぶ》少丞《せうじょう》大伴宿祢胡麻呂《こまろ》の両人《ふたり》に勅《みことのり》して、駅《はゆま》を給ひて発遣《つかは》し、卿の病《やまひ》を省《み》しめたまふ。しかして数旬を経て幸《さきはひ》に平復することを得たり。時に稲

8　五五六と同じく大伴三依に贈った歌か。三依が筑紫へ行くのを送って、三津の浜に行った時の歌とも言う（佐佐木『評釈』）。

1　類歌「草枕旅ゆく君を荒津まで送りそ来つる飽き足らねこそ」（三二一六）

2　周防は山口県東部の国名。のちに「すはう」と言った（定本万葉集）。

3　岩徳線で柱野駅から玖珂駅にいたる間の欽明路峠を指すと言われる。当時筑紫との往復は多く海路によっており、この歌が山陽陸路の山中の唯一の例。筑紫で詠まれた作であるから、音に聞こえた難路だったことが知られる（犬養孝『万葉の旅』）。

4　結句をアラキソノミチと訓む説もある。

公等《ら》、病すでに療《い》えたるを以《も》ちて、府を発《た》ち京に上る。ここに大監大伴宿祢百代・少典山口忌寸若麻呂、また卿の男家持等、駅使を相送りて、共に夷守《[5]ひなもり》の駅家《うまや》に到《いた》り、いささかに飲みて別れを悲しび、すなはちこの謌を作る。

大宰帥大伴卿、大納言に任《ま》けらえ、京に入らむとする時に、府の官人等《つかさひとたち》、卿を筑前国の蘆城《あしき》の駅家《うまや》に餞《うまのはなむけ》する謌四首

568 み崎廻《[6]さきみ》の荒磯《ありそ》に寄する五百重波《いほへなみ》立ちても居ても我《わ》が念《も》へる君

三埼廻之　荒礒尒縁　五百重浪　立毛居毛　我念流吉美

右の一首、筑前掾《じようかど》門部連石足《べのむらじいそたり》

569 韓人《[7]からひと》の衣染《ころもそ》むといふ紫《[8]むらさき》の情《こころ》に染《し》みて念《おも》ほゆるかも

辛人之　衣染云　紫之　情尒染而　所念鴨

570 大和《やまと》へに君が立つ日の近づけば野《の》に立《た》つ鹿《しか》も響《とよ》みてそ鳴く

山跡邊　君之立日乃　近付者　野立鹿毛　動而曾鳴

5　延喜式筑前国駅馬中に「席打」「夷守」「美野」とあり、ヒナモリは箱崎の東方三キロの、国鉄篠栗線北側にある日守八幡社のあたりかとする説がある（筑紫豊『九州万葉散歩』）。

6　この歌には類歌が多い。「春楊葛城山に立つ雲の立ちても居ても妹をしそ思ふ」（二四五三）・「遠つ人猟路の池に住む鳥の立ちても居ても君をしそ思ふ」（三〇八九）など。

7　カラヒトは、中国および朝鮮の人を指して言う。工芸の先進国であり、染色技術でもすぐれていると見られていた。

8　紫の色の目にしみるようにの意で、第四句を導く序。攷證に「旅人卿、この時、正三位なれば、紫衣なるによりて、卿を紫によそへて、さて、こころにしむとはいへるなり」と言う。

①道（桂・元・紀）—庭

右の二首、大典麻田連陽春《だいてんあさだのむらじやす》

571 月夜《つくよ》よし河音《かはおと》[1]清《さや》けしいざここに行《ゆ》くも去《ゆ》かぬも遊《あそ》びて帰《ゆ》かむ

月夜吉　河音清之　率此間　行毛不去毛　遊而將歸

右の一首、防人佑大伴四《さきもりのすけおほとものよ》綱《つな》

大宰帥大伴卿の京《みやこ》に上《のぼ》りし後に、沙弥《さみ》満誓《まんぜい》、卿に贈る謌二首

572 [2]まそ鏡見飽かぬ君に後《おく》れてや[3]朝夕《あしたゆふべ》にさびつつ居らむ

眞十鏡　見不飽君尓　所贈哉　旦夕尓　左備乍將居

573 ぬばたまの黒髪変《かは》り白髪《しらけ》ても痛《いた》き恋には逢ふ時ありけり

野干玉之　黒髪變　白髪手裳　痛戀庭　相時有來

大納言大伴卿の和《こた》ふる謌二首

574 [4]ここにありて筑紫や[5]いづち[6]白雲の棚引《たなび》く山の方《かた》にしあるらし

此間在而　筑紫也何處　白雲乃　棚引山之　方西有良思

1 沢瀉注釈および古典文学全集・古典集成にカハノオトキヨシと読んでいる。「清之」はサヤケシともキヨシとも訓めるが、前者による。

2 類歌「まそ鏡手に取り持ちて見れどあかぬ君におくれて生けりともなし」(三一八五)

3 私注に「ヤは第五句にかかる疑問辞と説かれて居るが、この第三句に小休止のある歌格でヤは単に感動詞と見るべきであらう。さう取る方が四五句が落ち付いて心情が精緻になる」と言い、古典文学全集に「一人称に用いたヤ…ムは〜することか、という詠嘆的な疑問を表わす」と説く。

4 巻三に「此間為而家八方何処」(二八七)とあるのにより、初句をココニシテと訓む説もある(古典大系など)が、ココニアリテと文字のままに訓んでも、単独母音を含む字余りでさしつかえない。

5 場所を表すイヅクに対し、方角を表すイヅチの意と解し、後者の訓による。

6 巻三の石上卿の歌「ここにして家やもいづち白雲の棚引く山を越えて

575 草香江《くさかえ》[7]の入江《いりえ》に求食《あさ》る蘆鶴《あしたづ》のあなたづたづし友無《ともな》しにして

草香江之　入江二求食　蘆鶴乃　痛多豆多頭思　友無二指天

大宰帥大伴卿の京《みやこ》に上《のぼ》りし後《のち》に、筑後守葛井連大成《ふぢゐのむらじおほなり》、悲しび嘆きて作る謌一首

576 今よりは城《き》[8]の山道《やまみち》はさぶしけむ吾《わ》が通《かよ》はむと念《おも》ひしものを

従今者　城山道者　不樂牟　吾將通常　念之物乎

大納言大伴卿、新《あらた》しき袍《うへのきぬ》を摂津大夫高安王《たかやすのおほきみ》に贈る謌一首

577 吾《わ》が衣《ころも》人にな著《き》せそ網引《あびき》する難波壮士《なにはをとこ》[9]の手には触《ふ》るとも

吾衣　人莫著曾　網引爲　難波壮士乃　手尓者雖觸

大伴宿祢三依、別れ[10]を悲しぶる謌一首

578 天地《あめつち》[11]と共に久しく住《す》まはむと念《おも》ひてありし家の庭はも

来にけり」（二八七）を踏まえる。

7 類歌「天雲に羽うちつけて飛ぶ鶴のたづたづしかも君しまさねば」（二四九〇・人麻呂歌集）。草香江は、生駒山の西麓から西方にかけ大きな入り江があったのを言う。

8 福岡県筑紫郡筑紫野町原田から佐賀県三養基郡基山町に越える基山（きやま、四〇四メートル）の道で、太宰府から筑後・肥前の国府への要路（『万葉の旅』）。旅人が居る間、作者はこの道を通って大宰府を訪うたのであろう。

9 代匠記に「たとひ心にかなはずは、そのわたりのいやしき、なにはをとこにたびて、それが手にはふれならすともいへり」と言うが、略解には「宣長云」として「三四の句は、高安王をたはぶれていへる也」と説く。題詞に「新袍」とあるように新調の礼服を贈ったのに、それを「吾が衣」つまり平生着古した衣と表している点に、旅人の細かい配慮がある。宣長の言うように難波壮士は高安王を漁師として見立てた表現ではあるが、粗末なものですがという心をこめてのこと（注釈）。高安王に難波

天地与　共久　住波牟等　念而有師　家之庭羽裳

①余明軍《よのみやうぐん》、大伴宿祢家持に与ふる歌二首　明軍は大納言卿の資人なり

579 見まつりて[1]未《いま》だ時だに更《かは》らねば年月のごと念《おも》ほゆる君

奉見而　未時太尒　不更者　如年月　所念君

580 あしひきの山に生《お》ひたる菅《すが》の根のねもころ見まく欲《ほ》しき君かも

足引乃　山尒生有　菅根乃　懃見巻　欲君可聞

大伴坂上家《おほとものさかのうへのいへ》の大娘《おほいらつめ》、大伴宿祢家持に報《こた》へ贈る謌四首②

581 生《い》きてあらば見まくも知らず何しかも死なむよ[2]妹と夢《いめ》に見えつる

生而有者　見巻毛不知　何如毛　将死与妹常　夢所見鶴

582 大夫《ますらを》もかく恋ひけるを幼婦《たわやめ》の恋ふる情《こころ》にたぐひあらめやも

大夫毛　如此戀家流乎　幼婦之　戀情尒　比有目八方

583 月草《つきくさ》の[3]移《うつ》ろひやすく念《おも》へかも我《わ》が念《おも》ふ人の言《こと》も告《つ》げ来《こ》ぬ

の海人を詠んだ歌があったかと想像する人もある（井村哲夫『図説日本の古典』第二巻月報）。

10 旅人が九州から上京する時に、別れを悲しんで三依の作った歌とする説もあるが（代匠記・注釈など）、「天地と共に久しく住まはむ」という表現から言って否定される（私注・古典文学全集）。旅人死後の悲しみを表したと見るべきか。

11 「天地と共に終へむと思ひつつ仕へまつりし心たがひぬ」（一七六）と類想。

1 正倉院御物『杜家立成雑書要略』の「離去スルコト一日、情ハ三秋ヨリモ甚シ。手ヲ分カツコト片時ナルニ、心ハ歳月ニ同ジ」と類想（古典文学全集）。類歌二五八三。

2 「死なむよ妹」が夢の中の家持の言葉（全註釈・注釈など）。

3 家持の大娘を思う気持ちの変わりやすいことを言う。

月草之　徙安久　念可母　我念人之　事毛告不來

584 春日《かすが》山《やま》朝立つ雲の居ぬ日なく見まくの欲しき君にもあるかも

春日山　朝立雲之　不居日無　見巻之欲寸　君毛有鴨

大伴坂上郎女の謌一首[4]

585 出《い》でて去《い》なむ時しはあらむを故《ことさら》に妻恋《つまごひ》しつつ立ちて去《い》ぬべしや

出而將去　時之波將有乎　故　妻戀爲乍　立而可去哉

大伴宿祢稲公《いなきみ》[5]、田村大嬢《たむらのおほいらつめ》に贈る謌一首　大伴宿奈麻呂[③]卿の女《むすめ》なり

586 相[6]見ずは恋ひざらましを妹を見てもとなかくのみ恋ひばいかにせむ

不相見者　不戀有益乎　妹乎見而　本名如此耳　戀者奈何將爲

右一首、姉[7]坂上郎女の作。

4 娘の婿が、恋しいけれども帰ると言ったのに対して、引き留めようとした母親の歌とする説（全註釈・私注）もあるが、夫の実意を認めつつ非難した歌とも解されている（窪田評釈など）。

5 稲公は坂上郎女の弟であることが左注に見える。全註釈に同腹で、母を石川命婦とする。

6 類歌「なかなかに見ずあらましを相見てゆ恋しき心まして偲はゆ」（二三九二・人麻呂歌集）

7 坂上郎女が稲公のために代作した歌であることを言う（新考・全註釈・私注・窪田評釈など）。

①余（桂・元・古・紀）―金
②贈（桂・元・紀）―賜
③奈麻呂（温・矢）―祢奈麻呂

[1]笠《かさの》女郎《いらつめ》、大伴宿祢家持に贈る謌二十四首

587 吾[2]《わ》が形見《かたみ》見つつ偲《しの》はせあらたまの年《とし》の緒《を》長く吾《われ》も思《おも》はむ

吾形見　ゝ管之努波世　荒珠　年之緒長　吾毛將思

588 白鳥《しらとり》の飛羽山《とばやま》松の待ちつつそ吾《わ》が恋ひわたる此の月ごろを

白鳥能　飛羽山松之　待乍曽　吾戀度　此月比乎

589 衣手《ころもで》を打廻《うちみ》[3]の里にある吾《われ》を知らにそ人は待てど来ずける

衣手乎　打廻乃里尓　有吾乎　不知曽人者　待跡不來家留

590 あらたまの年の経《へ》ぬれば今しはとゆめよ吾《わ》が背子吾《わ》が名告《の》らすな

荒玉　年之經去者　今師波登　勤与吾背子①　吾名告爲莫

591 吾《わ》が念《おも》ひを人に知るれや玉匣《たまくしげ》開《ひら》きあけつと夢《いめ》にし見ゆる

吾念乎　人尓令知哉　玉匣　開阿氣津跡　夢西所見

592 闇《やみ》[4]の夜《よ》に鳴くなる鶴《たづ》の外《よそ》のみに聞きつつかあらむ逢ふとはなしに

闇夜尓　鳴奈流鶴之　外耳　聞乍可將有　相跡羽奈之尓

593 君[5]に恋ひいたも術《すべ》なみ奈良山《ならやま》の小松が下《した》[6]に立ち嘆くかも

1 以下の二十四首が、二人の関係の最も早い時期から、別れようとする時までの歌を含むことは内容から察せられるが、配列が時間的順序のままでないとする説（久松潜一『万葉集と上代文学』）に対して、小野寛は⑴渇望期五八七～五九一、⑵慨嘆期五九二～六〇二、⑶惑乱期六〇三～六〇七、⑷離別期六〇八～六一〇の四群に分け、時間的順序と配列が一致していることを説く（「笠女郎歌群の構造」学習院女子短期大学紀要昭和四五年二月）。多少の歌について、右の群別に異論もあろうが後説の方向が支持されよう。

2 あとの家持から坂上大嬢に贈った歌に「吾妹児が形見の衣したに着て直に逢ふまでは吾脱かめやも」（七四七）とあるように恋人同志、多く衣類などを送った。

3 「衣手を」は打廻の里にかかる枕詞。打廻は、明日香付近の里の名（全註釈）とも、普通名詞（古典文学全集）とも言う。

4 この歌から第二群とされる（小野前掲稿）。

5 第一・二句「君に恋ひいたもすべ

なみ蘆鶴の音のみし泣かゆ朝夕にして」(四五六)と等しい。

6 童蒙抄・考に「下」をモトと読み、略解・古義なども従っているが「下」をことさらモトと読む必要はなさそうである(注釈)。モトは根方、シタは木蔭全体を表す。佐佐木評釈に「奈良山の小松の間に…さまよひ入つたのであらう」と言う。

7 造語で夕方の薄あかりの中の草を言う。

8 類歌「逢はずして恋ひ渡るとも忘れめやいや日にけには思ひますとも」(巻十二・二八八二)

9 「間近き」にかかる比喩的枕詞。川に渡した飛石の間の狭いところから言う。

10 「水のなき川といふことにて、あるは砂の下を水はとほりて、水なき川をもいへり」(玉かつま)。ここは

①吾(元・紀・温)—ナシ。右ニ補ウ。②コノ歌、底本五九八ノ後ニ記ス。但シ五九四ノ後ニ移スベキ印ヲ付ス。③牟(元)—幸 ④君(元・紀)—ナシ。左ニ別筆ニテ記ス。⑤無(元・紀)—ナシ

君尓戀 痛毛為便無見 楢山之 小松下尓 立嘆鴨

594 吾《わ》が屋戸《やど》の[7]夕影草《ゆふかげくさ》の白露《しらつゆ》の消《け》ぬがにもとな念《おも》ほゆるかも

吾屋戸之 暮陰草乃 白露之 消蟹本名 所念鴨

595 [8]吾《わ》が命《いのち》の全《また》けむ限り忘れめやいや日に異《け》には念《おも》ひ益《ま》すとも

吾命之② 將全牟③限 忘目八 弥日異者 念益十方

596 八百日《やほか》行く浜の沙《まなご》も吾《わ》が恋《こひ》にあに益《まさ》らじか沖《おき》つ島守《しまもり》

八百日往 濱之沙毛 吾戀二 豈不益歟 奥嶋守

597 うつせみの人目を繁《しげ》み[9]石橋《いははし》の間近《まちか》き君に恋ひ渡るかも

宇都蝉之 人目乎繁見 石走 間近君尓④ 戀度可聞

598 恋にもそ人は死《し》にする[10]水無瀬河《みなせがは》下《した》ゆ吾痩《われや》す月に日に異《け》に

戀尓毛曽 人者死為 水無⑤瀬河 下従吾痩 月日異

599 [11]朝霧のおほに相見し人ゆゑに命死ぬべく恋ひ渡るかも

朝霧之 欝相見之 人故尓 命可死 戀渡鴨

600 [12]伊勢《いせ》の海《うみ》の磯もとどろに寄する波恐《かしこ》き人に恋ひ渡るかも

表面にあらわれない意で、シタの枕詞。

11 類歌「夕月夜暁闇のおほほしく見し人故に恋ひ渡るかも」(巻十二・三〇〇三)

12 三句まで「恐き」にかかる序。カシコキは恐れ多い意で、家持との身分の隔たりを意識した表現。

---

1 この歌から小野稿に第三群とする。

2 人麻呂歌集の「恋ひするに死にするものにあらませば我が身は千遍死にかへらまし」(二三九〇)と類歌。ただし二三九〇は諧謔味の勝ったもので、自分なんかはもう千遍も死ななくてはならないだろうという男の気持ちを表すが、この歌は死んでもかまわないという郎女の心を表現する(稲岡「人麻呂歌集略体歌の方法(一)」万葉集研究第六集)。

3 攷證に「佐」を「怪」に改めシルシと読み、以後この訓を採用するものも多いが、神代紀の「不祥」をサガナシと読むのを踏まえ、字余りを避けてサガとするのに従う(注釈・古典文学全集など)。

4 カミシコトワリナクハコソ(考)・

伊勢海之　礒毛動尒　因流浪　恐人尒　戀渡鴨

601 情《こころ》ゆも吾《われ》は念《おも》はずき山河《やまかは》も隔《へだた》らなくにかく恋ひむとは

従情毛　吾者不念寸　山河毛　隔莫國　如是戀常羽

602 夕さればもの思《も》ひ益《まさ》る見し人の言問《ことと》ふ姿面影《おもかげ》にして

暮去者　物念益　見之人乃　言問爲形　面景爲而

603 念《おも》[1]ふにし[2]死にするものにあらませば千遍《ちたび》そ吾《われ》は死にかへらまし

念西　死爲物尒　有麻世波　千遍曾吾者　死變益

604 劒大刀《つるぎたち》身に取り副《そ》ふと夢《いめ》に見つ何の佐《さが》[3]そも君に逢はむため

劒大刀　身尒取副常　夢見津　何如之佐曾毛　君尒相爲

605 天地《あめつち》の神に[4]理《ことわり》なくはこそ吾《わ》が念《おも》ふ君に逢はず死にせめ

天地之　神理　無者社　吾念君尒　不相死爲目

606 吾《われ》も念《おも》ふ人もな忘れ多奈和丹[5]浦吹く風の止む時なかれ

吾毛念　人毛莫忘　多奈和丹　浦吹風之　止時無有

607 皆人《みなひと》を寝《ね》よとの鐘《かね》[6]は打つなれど君をし念《おも》へば寝《い》ねかてぬかも

皆人乎　宿与殿金者　打礼杼　君乎之念者　寐不勝鳴

608 相念《7あひおも》はぬ人を思ふは大寺《おほてら》の餓鬼《がき》の後《しりへ》に額《ぬか》つくごとし

不相念　人乎思者　大寺之　餓鬼之後尒　額衝如

609 情《こころ》ゆも我《われ》は念《おも》はずきまたさらに吾《わ》が故郷《ふるさと》に還《かへ》り来《こ》むとは

従情毛　我者不念寸　又更　吾故郷尒　將還來者

610 近[8]くあれば見ずともありしをいや遠《とほ》に君が座《いま》さばありかつましじ

近有者　雖不見在乎　弥遠　君之伊座者　有不勝自①

右の二首は、相別れて後に更《また》来り贈る。

[9]大伴宿祢家持の和《こた》ふる歌二首

611 今更に妹に逢はめやと念《おも》へかもここだ吾《わ》が胸おほほしからむ

今更　妹尒將相八跡　念可聞　幾許吾胸　欝悒將有

612 なかなかに黙《もだ》もあらましを何すとか相見そめけむ遂《と》げざらまくに

中々煮②　黙③毛有益乎④　何爲跡香　相見始兼　不遂尒

カミノコトワリナクハコソ（全註釈）の訓もあるが、新考に「カミニ」としているのが最も穏当か。古典大系は考の訓により、古典文学全集は全註釈の訓に、注釈・古典集成は新考の訓によっている。

5 難訓。オホナワニとする説があるが、音訓混用の訓で、あやしい（稲岡『万葉表記論』）。注釈に「多奈乃和乃」の誤りと考え、今の淡輪という地名に相当するとし、タナノワノと読む。なお考えるべきである。

6 延喜式に「子午各九下。丑未八下。寅申七下。卯酉六下。辰戌五下。巳亥四下。並平声。鐘依刻数」とある。亥の時（午後十時ごろ）に四つ鐘を打ったと一般に解されているが、時を告げるのは鼓であり、それを更に四分した刻（ほぼ三十分）ごとに鐘を鳴らしたらしい（橋本万平「万葉時代の暦と時制」万葉集講座）。ここは亥の時、子の時近くにならされ

①自（元・金・紀）―目。別筆ニテ自ニ直ス。　②煮（童蒙抄）―者
③默（元・金・紀）―點　④乎（金・紀）―呼

山口女王《やまくちのおほきみ》、大伴宿祢家持に贈る謌五首

613 物念《ものおも》ふと人に見えじとなまじひに常《つね》[1]に念《おも》へりありそかねつる

物念跡　人尒不所見常①　奈廲强尒②　常念弊利　在曾金津流

614 相念《あひおも》はぬ人をやもとな白細《しろたへ》の袖ひつまでに音《ね》のみし泣くも

不相念　人乎也本名　白細之　袖漬左右二　哭耳四泣裳

615 吾《わ》が背子は相念《あひおも》はずとも敷細《しきたへ》の君が枕[2]は夢《いめ》に見えこそ

吾背子者　不相念跡裳　敷細乃　君之枕者　夢所見乞③

616 劒大刀《つるぎたち》[3]名の惜しけくも吾《われ》はなし君に逢はずて年の経《へ》ぬれば

劒大刀　名惜雲　吾者無　君尒不相而　年之經去礼者

617 蘆辺《あしべ》[4]より満《み》ち来《く》る潮《しほ》のいや益《ま》しに念《おも》へか君が忘れかねつる

従蘆邊　満來塩乃　弥益荷　念歟君之　忘金鶴

大神女郎《おほみわのいらつめ》、大伴宿祢家持に贈る謌一首

618 さ夜中《よなか》に友喚《ともよ》ぶ千鳥もの念《おも》ふとわび居《を》る時に鳴きつつもとな

た鐘と考えられる。

7 小野稿に、この歌から第四群とする。

8 一・二句「チカクアレバミネドモアルヲ」（考・略解・攷證・古典文学全集・古典集成など）「チカクアラバミズトモアルヲ」（童蒙抄・新訓・全註釈）「チカクアレバミズトモアルヲ」（注釈）などの訓もある。古典大系の訓による。

9 郎女の六〇九・六一〇に答えた歌。

---

1 古典大系には「常のおもへり」つまり普通の顔つきと解する。宣命四十四詔の「面憋利」を踏まえた訓だが、この歌の原文に照らして無理だろう（『万葉表記論』）。

2 手枕の意か（折口口訳）。

3 「劒大刀名の惜しけくも吾は無しこのころの間の恋の繁きに」（二九八四）、「み空ゆく名の惜しけくは吾は無し逢はぬ日まねく年の経ぬれば」（二八七九）など類歌が多い。

4 類歌「湖廻に満ち来る潮のいやましに恋はまされど忘らえぬかも」（三一五九）

5 この歌の制作時期は、天平五年ご

狹夜中尒　友喚千鳥　物念跡　和備居時二　鳴乍本名

5大伴坂上郎女の怨恨《うらみ》6の謌一首　并せて短哥

619
押《お》し照《て》る　難波《なには》の菅《すげ》の　ねもころに　君が聞こして　年深く　長くし言へば　まそ鏡　磨《と》ぎし情《こころ》を　許《ゆる》してし　その日の極《きは》み　波のむた　靡《なび》く玉藻の　かにかくに　心は持たず　大船の　たのめる時に　千磐破《ちはやぶ》る　神か離《さ》けけむ　うつせみの　人か禁《さ》ふらむ　通はしし　君も来まさず　玉梓《たまづさ》の　使も見えず　なりぬれば　いたもすべなみ　ぬばたまの　夜《よる》はすがらに　赤《あか》らひく　日も暮るるまで　嘆けども　験《しるし》をなみ　念へども　たづきを知らに　幼婦《たわやめ》7と　言はくも著《しる》く　手童《たわらは》の　音《ね》のみ泣きつつ　たもとほり　君が使を　待ちやかねてむ

押照　難波乃菅之　根毛許呂尒　君之聞四手④　年深　長四云者　眞十鏡　磨師情乎　縦手師　其日之極　浪之共　靡珠藻乃　云〻　意者不持　大船乃　憑有

ろまでか（橋本達雄「幼婦と言はくも著く」万葉八四号）。

6 怨恨の対象として、宿奈麻呂（代匠記精撰本）、藤原麻呂（攷證・窪田評釈・全註釈・藤原芳男「ねもころに君が聞こして」万葉二六号・注釈）、駿河麻呂（尾山篤二郎『大伴家持の研究』）など、郎女の恋や結婚の相手をあげる説があるが、歌の内容から橋本達雄（「幼婦と言はくも著く」）は、大嬢のかわりに家持に対して歌ったのではないかと推測する。そのほか、特定の対象を持たない虚構の作品と見る説（久米常民『万葉集の文学論的研究』、小野寺静子「怨恨の歌」万葉七九号、伊藤博『万葉集の歌人と作品』下など）もある。

7 家持に対する坂上大嬢の歌に「幼婦の恋ふる情」（五八二）とあり、タワヤメを幼婦と記したものは万葉集内で、この二例のみ。橋本が大嬢のかわりに詠んだと考える根拠の一つ。

①所（元・金・紀）—ナシ　②尒（元・金・紀）—ナシ　③所（元・金・紀）—尒　④手（金）—乎。元モ乎カ。

時丹　千磐破　神哉將離　空蟬乃　人歟禁良武　通爲　君毛不來座　玉梓之
使母不所見　成奴礼婆　痛毛爲便無三　夜干玉乃　夜者須我良尒　赤羅引　日
母至闇　雖嘆　知師乎無三　雖念　田付乎白二　幼婦常　言雲知久　手小童之
哭耳泣管　徘徊　君之使乎　待八兼手六

反謌

620 はじめより長く言ひつつたのめずはかかる念《おもひ》に逢はましものか
従元　長謂管　①不令恃者　如是念二　相益物歟

[1]西海道節度使判官佐伯宿祢東人《さへきのすくねあづまひと》の妻、夫君《せのきみ》に贈る謌一首

621 間《あひだ》なく恋ふれ[2]にかあらむ草枕旅なる君が夢《いめ》にし見ゆる
無間　戀尒可有牟　草枕　客有公之　夢尒之所見

佐伯宿祢東人の和《こた》ふる謌一首

622 草枕旅に久しくなりぬれば汝《な》をこそ念《おも》へ[3]な恋ひそ吾妹《わぎも》

1 続紀天平四年八月十七日の条に「正三位藤原朝臣房前為二東海東山二道節度使一。従三位多治比真人県守為二山陰道節度使一。従三位藤原朝臣宇合為二西海道節度使一」とあり、同じく二十七日の条には「西海道判官佐伯宿祢東人」とある。宇合を節度使とし、佐伯東人はその属官とされたのである。

2 恋フレバニカと等しい。恋しているからかの意。この「恋ふれ」の主語を作者とするか、夫とするかで説が分かれる。古義・全註釈・私注・古典大系・注釈・古典集成など前者で、略解・新考・金子評釈・窪田評釈・古典文学全集など後者を採る。「朝髪の思ひ乱れてかくばかりなねが恋ふれそ夢に見えける」(七二四)のように相手が思ってくれるので夢に見えたという場合もあるが、その場合はナネ(汝姉)と主語を明示してあるし、すなおに読めば前者とされよう。私注に「夫妻関係であるから作者自らが恋ふとしなければ自然でない。東人の和歌も参考になる」と言う。

3 前の歌の「恋ふれにかあらむ」に

草枕　客尒久　成宿者　汝乎社念　莫戀吾妹

[4]池邊王《いけのへのおほきみ》の宴に誦《よ》む謌一首

623 松の葉に月は移《ゆつ》りぬ黄葉《もみちば》の[5]過ぐれや君が逢はぬ夜そ多き

松之葉尒　月者由移去　黄葉乃　過哉君之　不相夜多焉

天皇、酒人女王《さかひとのおほきみ》を思ほす御製謌《おほみうた》一首　女王は穂積皇子の孫女なり

624 道に逢ひて[6]笑《ゑ》ましししからに降る雪の消なば消ぬがに恋ふと[7]いふ吾《わぎ》妹《も》

道相而　咲之柄尒　零雪乃　消者消香二　戀云吾妹

高安王《たかやすのおほきみ》、裹《つつ》める鮒《ふな》を娘子《をとめ》に贈る謌一首　高安王は後に姓大原真人の氏を賜ふ

625 沖辺行き辺に行き今や妹がため吾が漁《すなど》れる[8]藻臥束鮒《もふしつかふな》

奥弊往　邊去伊麻夜　爲妹　吾漁有　藻臥束鮒

答えたものだろう。

4 続紀延暦四年七月十七日の条に「淡海真人三船卒。三船、大友親王之曾孫也。祖葛野王正四位上式部卿父池邊王従五位上内匠頭」とある。

5 「過哉」の二字をスギヌヤ・スギメヤと読む説もあるが、古典大系・古典文学全集・古典集成などにスグレヤとしたのが、文字に即した訓であろう。意味は黄葉のように散ったからか、つまり死んだからか（折口口訳・古典集成）とも、相手の心が遠ざかる、恋が過ぎる意（私注・古典文学全集など）とも取れる。「黄葉の過ぐ」は死の表現に用いられることが多く、古典集成に「夜離れを相手の死と見たてて歌う着想が、いかにも宴誦歌らしい」とも言うが、ここは「もみち葉の過ぎかてぬ子を人妻と見つつやあらむ恋しきものを」（二二九七）の例と同じく、心が離れることを言ったものか。

6 「咲」字、金沢本・元暦本・紀州本に「嘆」とあり、それが原字と見る説もある（古典大系）。ただし歌

①令（金・紀）—念

[1]八代女王《やしろのおほきみ》、天皇《すめらみこと》に献る謌一首

626 君により言《こと》の繁きを古郷《ふるさと》の明日香《あすか》の河《かは》に潔身《みそぎ》しに行く

君尒因　言之繁乎　古郷之　明日香乃河尒　潔身爲尒去

一の尾に云ふ、龍田越え三津の浜辺に潔身しに行く

一尾云　龍田超　三津之濱邊尒　潔身四二由久

[2]娘子《をとめ》、佐伯宿祢赤麻呂に報《こた》へ贈る謌一首

627 吾《わ》が手本《たもと》まかむと念《おも》はむ大夫《ますらを》は変水《をちみづ》求め白髪《しらが》生ひにたり

吾手本　將卷跡念牟　大夫者　變①水②求　白髪生二有

佐伯宿祢赤麻呂の和ふる謌一首

628 白髪生《お》ふる事は念《おも》はず[3]変水《をちみづ》はかにもかくにも求めて行かむ

白髪生流　事者不念　變③水者　鹿煮藻闕二毛　求而將行

意からすれば咲がふさわしい。

7　「いふ」の主語を、一般の人とするか、女王とするか、説が分かれる。女王が笑っただけで、人々が恋しく思うとする前者（窪田評釈・私注・注釈など）の解に従いたい。
意。

8　藻の間に臥しかくれた小さな鮒の意。橋本四郎「つつむ」（万葉八五号）に、藻の中につつんで贈ったので、こう表現したものと説く。

1　父祖不詳。続日本紀天平宝字二年十二月八日の条に「毀二従四位下矢代女王位記一。以下被レ幸二先帝一而改上レ志也」と見える。聖武天皇の寵を受けていたのに気を変えたため罰せられたのか。

2　娘子の「報へ贈る謌」で、佐伯赤麻呂から贈られた歌が前にあったものと想像されるが、次の歌とともに赤麻呂の創作であろうという説を見る（橋本四郎「幇間歌人佐伯赤麻呂」境田教授喜寿記念論文集）。

3　全註釈に「アララギの万葉集輪講のとき、折口信夫君がこの句に疑問をいだいて、わたしに相談し、わたしが資料を出して、折口君がヲチミ

ヅの訓を得た」とあるが、折口全集には、「変若水がもてはやされた結果、字面は変水と書いても訣るやうになつて居た。友人武田祐吉が『恋水』を『変水』と見て、変若水即、をちみづと訓を下すまでは、恋の水だから涙だと謂つた」(全集十六巻)とある。

4 この四綱の歌は、前の赤麻呂の歌と関係のない、四綱の大宰府から帰京後の作と考えるのが通説。ただし、先掲の橋本稿では、四綱が赤麻呂の相手の娘子の役を引き受けて歌ったものとする。

5 どうして使いなんかよこすのですか、と直接に相手の来ないのを難ずる宴席の即興。橋本稿では次の赤麻呂の歌への橋渡しをする歌で、娘子の立場で男の消極性を非難したものと解する。

6 この歌も、前の歌と関係なく解されるが、五二七から一連の作として橋本稿では説かれる。女が急に態度を変え積極的になったので、赤麻呂

①變(元)—戀 ②宗(古典文学大系)—定 ③變(折口信夫)—戀

[4]大伴四綱《おほとものよつな》の宴席の謌一首

629 [5]何すとか使の来《き》つる君をこそかにもかくにも待ちがてにすれ

奈何鹿 使之來流 君乎社 左右裳 待難爲礼

[6]佐伯宿祢赤麻呂の歌一首

630 [7]初花《はつはな》の[8]散るべきものを人言《ひとごと》の繁《しげ》きによりてよどむころかも

初花之 可散物乎 人事乃 繁尓因而 止息比者鴨

湯原王《ゆはらのおほきみ》、[9]娘子《をとめ》に贈る謌二首 志貴皇子《しきのみこ》の子なり

631 [10]うはへなき物かも人はかくばかり遠き家路《いへぢ》を還《かへ》さく念《おも》へば

宇波弊無 物可聞人者 然許 遠家路乎 令還念者

632 目には見て手には取らえぬ月《つき》の内《うち》の楓《かつら》のごとき妹をいかにせむ

目二破見而 手二破不所取 月内之 楓如 妹乎奈何責

7 は尻ごみして見せたと言う。
8 「初花の」を枕詞とする説もあるが、初花のようにという比喩。
9 今にも散りそうだと思われるが、の意。
10 この娘子は遊行女婦かと推測される（橋本前掲稿）。
「うはへなき」は「うはへなき妹にもあるかもかくばかり人の心を尽くさく思へば」（六九二）にも見えるが、明確な意味がわからない語。古典大系などに表面の愛想もない意とする。

---

1 代匠記に「枕ノ片ツ方ヲバ君ガ為ニ分チオケル夜ノ夢」と言う。
2 金沢本・紀州本・西本願寺本などに「所見来之」とあり、それによってミエコシとする説もある。
3 一・二句を「君が君の妻をば、家にあって見ても、見飽かないのを」（私注）と解するものや、一般的事実として夫婦について述べたものとする説（古典文学全集）があるが、自分の家に君を迎えた場合を言っていると解するのが正しかろう（古典大系・注釈・古典集成など）。

娘子の報《こた》へ贈る謌二首

633 ここだくに思ひけめかも敷細《しきたへ》の枕[1]かた去る夢《いめ》に[2]見えける

幾許　思異目鴨　敷細之　枕片去　夢所見來①

634 [3]家《いへ》にして見れど飽かぬを草枕旅にも妻とあるが羨《とも》しさ

家二四手　雖見不飽乎　草枕　客毛妻与　有之乏左

湯原王、亦《また》贈る歌二首

635 草枕旅には妻は率《ゐ》たれども[4]匣《くしげ》の内《うち》の珠[5]をこそ思へ

草枕　客者嬬者　雖率有　匣内之　珠社所念

636 余《わ》が衣《ころも》形見《かたみ》に奉《まつ》るしきたへの枕を離《さ》けず巻きてさ寝《ね》ませ

余衣　形見尓奉　布細之　枕不離　巻而左宿座

娘子、また報《こた》へ贈る謌一首

637 [6]吾が背子《せこ》が形見の衣《ころも》[7]妻問《つまど》ひにわが身は離《さ》けじ言問《ことと》はずとも

吾背子之　形見之衣　嬬問尒　②余身者不離　事不問友

湯原王、また贈る謌一首

638 ただ一夜《ひとよ》隔《へだ》てしからにあらたまの月か経《へ》ぬると[8]心はまとふ

直一夜　隔之可良尒　荒玉乃　月歟經去跡　心遮

娘子、また報へ贈る謌一首

639 [9]吾《わ》が背子がかく恋ふれこそぬばたまの夢《いめ》に見えつつ寝《い》ねらえずけれ

吾背子我　如是戀礼許曽　夜干玉能　夢所見管　寐不所宿家礼

湯原王、また贈る謌一首

640 [10]はしけやし間近《まちか》き里を雲居にや恋ひつつ居らむ月も経《へ》なくに

波之家也思　不遠里乎　雲居③尒也　戀管將居　月毛不經國

4 「匣の内の珠」が「妻」を譬えたものか（新考・私注・注釈など）、相手の娘子を暗示するか（全註釈・金子評釈・佐佐木評釈・古典大系・古典文学全集・古典集成など）で説が分かれる。後者が妥当か。

5 新校・古典文学全集にはタマコソオモホユレと読む。注釈には紀州本に「珠社所見」とあるのによりタマトコソミレとする。

6 六三六歌に答えた作。

7 妻問いは、夫が妻を訪ねることにも、夫婦の語らいにも言うので後者とも解されるが（私注・注釈）、前者とする方が歌意に即しよう（古典大系・古典集成など）。ニはトシテの意。なお「妻問ひ」を、求婚の折の結納の品と解する古典文学全集の説もあるが、下句に照らして無理か。

8 注釈・古典文学全集・桜楓社万葉集・古典集成などココロマトヒヌと読む。

9 類想歌「嘆きつつますらをのこの

①來（元）—來之
②余（元・金・古）—ナシ。右ニ記ス。
③居（元・金・紀）—井

娘子、また報へ贈る歌一首①

641 絶《た》ゆと言はばわびしみせむと[1]焼大刀《やきたち》の[2]へつかふことは幸《さき》くや吾《あ》が君

絶常云者　和備染責跡　焼大刀乃　隔付經事者　幸也吾君

[3]湯原王の謌一首

642 吾妹児《わぎもこ》に恋ひて[4]乱れば[5]くるべきに懸けて[6]縁《よ》せむとわが恋ひそめし

吾妹兒尒　戀而乱者②　久流部寸二③　懸而縁与　余戀始

紀女郎《きのいらつめ》の[7]怨恨《うらみ》の謌三首　鹿人大夫《かひとのまへつきみ》の女、名を小鹿《をしか》といふ。安貴王の妻なり。

643 世の中の女《をみな》にしあらば吾《わ》が渡る痛背《あなせ》の河を渡りかねめや

世間之④　女尒思有者　吾渡　痛背乃河乎　渡金目八

644 今は吾《わ》は侘《わ》びそしにける気《いき》の緒《を》に念《おも》ひし君をゆるさく思《おも》へば

今者吾羽　和備曾四二結類　氣乃緒尒　念師君乎　縦左久思者⑤

恋ふれこそ我が結ふ髪のひちてぬれけれ」（一一八）

10 娘子のいる里を修飾する語とも見られるが（注釈）、初句で切れる感動詞的用法とする説（私注・古典大系・古典文学全集・古典集成など）によりたい。

---

1 枕詞。ヘツカフに掛かるのであろうが、掛かり方未詳。あるいは「劔大刀身に副ふ」と同様、劔を身につける意からか（枕詞解）。

2 「湊より辺つかふ」（一四〇二）の例により、そばに寄り着く意と考えられる。

3 この歌まで十二首一連の作。

4 原文「乱在」とあり、ミダレリとも訓まれてきたが、略解に「乱者」の誤写と見たのに従う。

5 仙覚抄に「糸カケテクル物ナリ」と言い、私注に「郷里でクルメキと呼んで居たものは、竹製の枠の如きものであった」と記す。糸をよる道具である。

6 全註釈に「与」をコソと訓み、ヨセコソとするが、無理であろう。なお、「縁」をヨラムと訓むこともで

645 白細《しろたへ》の袖別るべき日を近み心にむせひ音《ね》のみし泣かゆ

白⑥細乃　袖可別　日乎近見　心尒咽飯　哭耳四所泣

646 8大伴宿祢《おほとものすくね》駿河《するが》麻呂《まろ》の歌一首

大夫《ますらを》の思ひわびつつ度《たび》まねく嘆《なげ》く嘆きを負はぬものかも

大夫之　思和備乍　遍多　嘆久嘆乎　不負物可聞

大伴坂上郎女の謌一首

647 心には忘るる日なく念《おも》へども人の9言こそ繁《しげ》き君にあれ

心者　忘日無久　雖念　人之事社　繁君尒阿礼

大伴宿祢駿河麻呂の謌一首

648 相見《あひみ》ずて日《け》長くなりぬこのころはいかに好去《さき》くやいふかし吾妹《わぎも》

不相見而　氣長久成奴　比日者　奈何好去哉　言借吾妹

きる（古典文学全集）。

7 夫に裏切られた恨みを歌ったものであろう。前に安貴王と八上采女との事件に関する歌が見えた（五三五）ので、それと関連しているか（全釈・私注など）。

8 坂上郎女に贈った歌であろう。六六七の安倍虫麻呂に対する歌の左注に「いささかに戯歌を作りて問答をなせり」とあるように宴席で唱和した掛け合いの戯歌の類かとされる（藤原芳男「ねもころに君が聞こして」万葉二六号）。ただし題詞によれば宴席の唱和ではなく、六四九の左注に「歌を題し送答し、起居を相問す」とあるので、文字に記しての贈答であった。仮構の恋歌の形で起居を問うものとも解される（伊藤博『万葉集の歌人と作品』下）。

①歌（元・金・紀）―和謌　②者（略解）―在　③縣（元・金・紀）―懸　④底本ニコノ歌次ノ六四四ノ歌ノ次ニアリ。タダシ、六四四ノ前ニ入レ換エルベキ記号ヲ付ス。⑤久（元・金・紀）―ナシ　⑥細乃（元・金・紀）―妙之

9 コソが意味的に「繁き」にかかりながら、文法的には「あれ」と呼応する形の破格な表現となるので、「繁き」でなく「繁く」と読む説も見られる（全註釈・私注）。末尾は、アナタナノデと言いさした形（古典大系）。

---

1 攷證に「葛は夏刈をさむるもの故に、夏を専らとすれば、夏葛といふなるべし」というように、夏の葛が長くのびるところから「絶えぬ」にかかる比喩的枕詞とした。

2 「事」は男女の相問歌では交情を邪魔する事態を指す（伊藤博『万葉集の歌人と作品』下に引く井手至説）。

3 「右大臣大伴宿祢御行ニヤ」（代匠記精撰本）。

4 安麻呂と御行か。

5 誰に贈ったものか明らかでないが、賀茂女王（古典集成）とも坂上郎女（注釈）とも言う。

6 自分の娘を指して言ったものか（代匠記・私注・窪田評釈・古典文学全集など）。駿河麻呂に贈った歌と見て、その妻の二嬢とする説（古

大伴坂上郎女の謌一首

649 [1]夏葛《なつくず》の絶えぬ使のよどめれば事[2]しもあるごと念《おも》ひつるかも

夏葛之　不絶使乃　不通有者①　言下有如　念鶴鴨

右、坂上郎女は佐保大納言卿の女《むすめ》なり。駿河《するが》麻《ま》呂《ろ》は、この[3]高市大卿《たけちのおほまへつきみ》の孫なり。[4]両卿は兄弟の家、女孫は姑姪《をばをひ》の族《うがら》なり。ここを以《も》ちて、歌を題《しる》し送答し、起居を相問す。

大伴宿祢三依《みより》、[5]離《か》れて復《また》逢ふを歓《よろこ》ぶる謌一首

650 吾妹児《わぎもこ》は常世《とこよ》の国に住みけらし昔見しより變若《を》ち益《ま》しにけり

吾妹兒者　常世國尒　住家良思②　昔見従　變若益尒家利

大伴坂上郎女の謌二首

651 ひさかたの天《あめ》の露霜《つゆしも》おきにけり家[6]なる人も待ち恋ひぬらむ

久堅乃　天露霜　置二家里　宅有人毛　待戀奴濫

652 [7]玉主《たまもり》に珠は授けてかつ[8]がつも枕と吾《われ》はいざ二人《ふたり》寝む

7 典集成など）もある。タマヌシと訓む説もある。代匠記に「二人ノ娘ヲ玉ニ譬ヘ家持、駿河麻呂等ノ聟ニ約シタル人ヲ玉守ニ譬ヘ」たものかと記す（精撰本）。

8 ともかくもの意で、語源的にはこらえる意のカツという語を重ねたものかと言う（古典大系）。神武記の「加都賀都母」により、カツガツモと読む。

9 坂上郎女に贈ったものか。あるいは坂上二嬢に対するものとも言う（私注・窪田評釈など）。

10 ヲソロは軽率なことを言う（全註釈）。古典大系補注にヲソに対応してワサという語があげられ、早熟（ワサ）が軽佻を意味することが説かれている。

11 第五句難訓。サトノカミサヘ（全註釈）・サトレサカハリ（西本願寺本）・トマレカクマレ（童蒙抄）など諸説あるが確かでない。

①有（元・金・紀）—ナシ

②良（元・金・紀）—郎

③儻（元・温・矢）—底本ノ旁ハ何カヲ訂ス。但シ原字不明。

玉主尓　珠者授而　勝且毛　枕与吾者　率二將宿

[9]大伴宿祢駿河麻呂の謌三首

653 情《こころ》には忘れぬものをたまさかに見ぬ日さまねく月そ経にける

情者　不忘物乎　儻③　不見日數多　月曾經去來

654 相見ては月も経《へ》なくに恋ふと言はば[10]をそろと吾を思ほさむかも

相見者　月毛不經尓　戀云者　乎曾呂登吾乎　於毛保寒毳

655 念《おも》はぬを思ふと言はば天地《あめつち》の神も知らさむ[11]邑礼左變

不念乎　思常云者　天地之　神祇毛知寒　邑礼左變

[12]大伴坂上郎女の謌六首

656 [13]吾《われ》のみそ君には恋ふる吾背子が恋ふといふことは[14]言《こと》のなぐさそ

吾耳曾　君尓者戀流　吾背子之　戀云事波　言乃名具左曾

657 念《おも》はじと言ひてしものを[15]朱華色《はねずいろ》の移ろひやすき吾《わ》がこころかも

12 駿河麻呂の歌に答えたものだろう。
13 直接には六五四に対する歌と見られる（攷證・私注・古典集成など）。
14 ナグサは「言のみを、うはべにうるはしく云なして、人を令レ慰を云」（古義）。
15 ハネズは今の庭梅で、初夏に開花すると紅色をただちに白変するところからウツロヒヤスキの比喩的な枕詞とした。

---

1 ナゾココダクモ（注釈）・ナニシカココダ（古典大系）・イカニココダク（私注）などの訓もある。
2 この歌から三首は、前の駿河麻呂の歌に直接かかわらない形で、二人の間についての願いを歌う（伊藤博『万葉集の歌人と作品』下）。
3 ええままよという気持ちを表す間投詞。
4 原文に「起」とあるのは、「おこすのおを略きて仮字」に用いたもの（略解）。希求の助動詞の終止形で、命令形はコソ。
5 ウルハシキの訓もある。ウツクシが肉親的な愛情の表現であるのに対し、ウルハシが相手を畏敬し賞揚す

不念常　曰手師物乎　翼酢色之　變安寸　吾意可聞

658 念《おも》へども験《しるし》も無しと知るものを[1]なにかここだく吾《わ》が恋ひわたる

雖念　知僧裳無跡　知物乎　奈何幾許　吾戀渡

659 [2]あらかじめ人言繁《ひとごとしげ》しかくしあらば[3]しゑや吾《わ》が背子奥《おく》もいかにあらめ

豫　人事繁　如是有者　四惠也吾背子　奥裳何如荒海藻

660 汝《な》をと吾を人そ離《さ》くなるいで吾《あ》が君人の中言《なかこと》聞き[4]こすなゆめ

汝乎与吾乎　人曾離奈流　乞吾君　人之中言　聞起名湯目

661 恋ひ恋ひて逢へる時だに[5]愛《うつく》しき言尽《ことつ》くしてよ長くと思《おも》はば

戀々而　相有時谷　愛寸　事盡手四　長常念者

市原王《いちはらのおほきみ》の謌一首

662 [6]網児《あご》の山五百重《いほへ》隠《かく》せる佐堤《さで》の崎小網延《さではは》へし子が夢《いめ》にし見ゆる

網兒之山　五百重隱有　佐堤乃埼　左手蠅師子之　夢二四所見

[7]安《あ》都宿祢《とのすくね》①年足《としたり》の謌一首

663 [8]佐保《さほ》渡り吾家《わぎへ》の上《うへ》に鳴く鳥の声なつかしき愛《は》しき妻《つま》の児

佐穂度　吾家之上二　鳴鳥之　音夏可思吉　愛妻之兒

大伴宿祢像見《かたみ》の歌一首

664 石上《いそのかみ》降るとも雨に[9]つつまめや妹に逢はむと言ひてしものを

石上　零十方雨二　將關哉　妹似相武登　言義之鬼尾

[10]安倍朝臣《あへのあそみ》蟲麻呂《むしまろ》の謌一首

665 向かひゐて見れども飽かぬ吾妹子《わぎもこ》に立ち離《はな》れ行かむたづき知らずも

向座而　雖見不飽　吾妹子二　立離往六　田付不知毛

大伴坂上郎女の謌二首

る場合に用いられているので（古典大系四三八補注）、ここは前者がふさわしかろう。

6 三句まで「小網」を導く序。網児には網を引く子の意を地名とともに匂わせる。

7 伝未詳。大日本古文書に天平十七年四月二十六日付の書状が残っている。

8 三句まで序として「声なつかしき」を導くと説く人もあるが、実景を比喩としたのであろう。題詠の類とも言われる（私注）。

9 原文「關」を旧訓にサハルと訓み、サハラメヤとする説が広く行われてきたが、古義にツツマメヤと改訓し、注釈・古典文学全集・古典集成・桜楓社万葉集などそれに従っている。「春雨にこもりつつむ」（四一三八）の例もあるので、後者による。

10 天平九年外従五位下、天平勝宝四年三月中務大輔従四位下で卒。六六七の左注に記されているように、坂上郎女に贈った戯歌である。

①都（元）—部

666 相見《あひみ》ぬは[1]幾久《いくひさ》さにもあらなくにここだく吾《われ》は恋ひつつもあるか

不相見者　幾久毛　不有國　幾許吾者　戀乍裳荒鹿

667 恋ひ恋ひて逢ひたるものを[2]月しあれば夜はこもるらむしましはあり待て

戀々而　相有物乎　月四有者　夜波隱良武　須臾羽蟻待

右、大伴坂上郎女の母石川内命婦《いしかはのないみやうぶ》と、安倍朝臣虫麻呂の母安曇外《あづみのげ》命婦《みやうぶ》とは、[3]同居の姉妹、同気《どうき》の親《しん》なり。これによりて、郎女と虫麻呂とは相見ること疎《うと》からず、相語らふこと既に密《こまか》なり。いささかに戯歌を作りて問答をなせり。

厚見王《あつみのおほきみ》の謌一首

668 [4]朝に日《け》に色づく山の白雲の思ひ過ぐべき君にあらなくに

朝尓日尓　色付山乃　白雲之　可思過　君尓不有國

1 新釈華厳経音義私記上に「伊久比佐々安利天可」と見えることなどから、イクヒサニモと訓む（大坪併治「いくひささ考」万葉二一号）。

2 満月前後の中空にある月を言ったものか（注釈）。

3 家を同じくする姉妹。「石川、安曇と氏を異にするのは異父同母」で「一人は父の氏に、他は母の氏によった場合」かと言う（私注）。ただし、後文によると姉妹同様の親しい仲であったとも受け取れる（金子評釈）。

4 三句まで序。赤人の「明日香川川淀さらず立つ霧の思ひ過ぐべき恋にあらなくに」（三二五）などと類歌。

5 山橘はヤブコウジの古名。夏に白色の小花をひらき、冬には赤い実をつける。その実のようにはっきりと思いを顔色に出せと言う。

6 イロニイデヨが、相手に対して命じているのか、自分に言い聞かせているのか、諸注の説が分かれている。古典文学全集に、「すてばちな気持ちから自分に命令したもの」としているのが、正しいか。

春日王《かすがのおほきみ》の謌一首 志貴①皇子の子、母を多紀《たきの》皇女といふ

669 あしひきの[5]山橘《やまたちばな》の[6]色に出でよ[7]語らひ継《つ》ぎて逢ふこともあらむ

足引之 山橘乃 色丹出与② 語言繼而 相事毛將有

湯原王の謌一首

670 月読《つくよみ》の光に来《き》ませあしひきの[8]山きへなりて遠からなくに

月讀之 光二來益 足疾乃 山寸③隔而 不遠國

和《こた》ふる謌一首 作者を審らかにせず

671 月読の光は清く照らせれど[9]惑《まと》ふ情《こころ》に[10]思ひあへなくに

月讀之 光者清 雖照有 或④情 不堪念

安倍朝臣蟲麻呂の謌一首

672 [11]倭文手纏《しつたまき》数にもあらぬ命もて[12]何かここだく吾《わ》が恋ひわたる

7 前句の解と関連し、「語らひ継ぎて」の主体が問題になる。第三者を通じて、人づてに語りつがれることを言うのであろう。

8 原文、元暦本等に「山寸隔而」とあり、ヤマキヘナリテと訓まれる。ヘナリはへだたりの意。キは距離の意（古典大系）とも、ものを分かつ意（注釈）とも言うが不明。

9 マトフココロは、相手のところへ「行く行かぬについて惑い乱れた気持ち」（古典大系）を言うのであって「恋にまどへるこゝろ」（攷證）とか「姉を思ふ心の闇」（古義）ではない。

10 オモヒアフは気持ちをまとめる意か（古典大系）。

11 一二句、憶良の「倭文手纏数にもあらぬ身にはあれど千年にもがと思ほゆるかも」（九〇三）に等しい。

12 前の坂上郎女歌（六五八）と下句が全く等しい。

①貴（元・温・矢）―賀
②与（元・類・紀）―而
③寸（元・類・紀）―乎
④或（紀）―惑

倭文手纏　數二毛不有　壽持　奈何幾許　吾戀渡

[1]大伴坂上郎女の謌二首

673 [2]まそ鏡磨《と》ぎし心をゆるしてば[3]後《のち》に言ふとも験《しるし》あらめやも

眞十鏡　磨師心乎　縱者　後尒雖云　驗將在八方

674 [4]真《ま》玉《たま》つくをちこちかねて言《こと》は言へど逢《あ》ひて後《のち》こそ悔《くい》にはありと言へ

眞玉付　彼此兼手　言齒五十戶常①　相而後社　悔二破有跡五十戶

中臣女郎、大伴宿祢家持に贈る謌五首

675 [5]をみなへし佐紀沢《さきさは》に生ふる[6]花かつみ[7]かつても知らぬ恋もするかも

娘子部四　咲澤二生流　花勝見　都毛不知　戀裳摺香聞②

676 [8]海《わた》の底奥《そこおき》を深めて吾《わ》が念《も》へる君には逢はむ年は経ぬとも

海底　奥乎深目手　吾念有　君二波將相　年者經十方

1 安倍虫麻呂に贈った歌であろう。
2 上三句、同じ坂上郎女の長歌（六一九）に見えた。
3 下句「橘をやどに植ゑ生ほし立ちて居て後に悔ゆとも験あらめやも」（四一〇）とほぼ等しい。
4 一、二句「真珠つくをちをし兼ねて思へこそ一重の衣一人着て寝れ」（二八五三・人麻呂歌集）「真玉つくをちこちかねて結びつる我が下紐の解くる日あらめや」（二九七三）などによったか。
5 佐紀という地名にかかる枕詞。ヲミナヘシ咲キと佐紀が掛詞になっている。なお、動詞「咲く」の連用形の語尾はキの甲類だが、地名佐紀の紀は乙類で仮名違いなのでサキサハと読むのを誤りとする説（サクサハと読む。古典大系）もあるが、掛詞の場合は例外として認めて良いだろう（私注・注釈・古典文学全集・古典集成など）。「女郎花咲野に生ふる白つつじ」（一九〇五）の例もある。
6 花かつみは、マコモの花に出たもの（松田修『万葉植物新考』）とも、花菖蒲（略解・新考・注釈など）とも言う。ここまで序。

677 春日山朝居る雲のおほほしく知らぬ人にも恋ふるものかも[9]

春日山　朝居雲乃　欝　不知人尓毛　戀物香聞

678 直《ただ》[10]に逢ひて見てばのみこそたまきはる命に向かふ吾《わ》が恋やまめ

直相而　見而者耳社　靈剋　命向　吾戀止眼

679 否《いな》と言はば強《し》ひめや吾《わ》が背菅《すが》の根の念《おも》ひ乱れて恋ひつつもあらむ

不欲常云者　將強哉吾背　菅根之　念乱而　戀管母將有

大伴宿祢家持、交遊と別るる謌三首[11]

680 けだしくも人の中言《なかこと》聞かせかもここだく[12]待てど君が来まさぬ

蓋毛　人之中言　聞可毛　幾許雖待　君之不來益

681 なかなかに絶ゆとし言はばかくばかり気《いき》の緒《を》にして吾《われ》恋ひめやも

中々尓　絶年云者　如此許　氣緒尓四而　吾將戀八方

682 念《おも》[13]ふらむ人にあらなくにねもころに情尽《こころつ》くして恋ふる吾《われ》かも

將念　人尓有莫國　懃　情盡而　戀流吾毳

7 原文「都」は中国六朝ごろの俗語と言う（古典文学全集）。すべての意で否定辞と呼応することが多い。

8 一、二句「海の底沖を深めて生ふる藻のもとも今こそ恋ひはすべなき」（二七八一）と同じ。

9 類句「春日山朝たつ雲の居ぬ日なく」（五八四）「春日野に朝居る雲のしくしくに」（六九八）など。一、二句はオホホシを導く比喩的な序。

10 類歌「まそ鏡直目に君を見てばこそ命に向かふ吾が恋止まめ」（二九七九）

11 親しい男性と別れる時の歌。ただし、君に拘泥せず、相手を女性と見る説（私注）もある。

12 第四句「ココダクマテド」（旧訓・古義以下諸注）・「ココダマテドモ」（童蒙抄・略解・注釈など）と二種の訓がある。

13 類歌「あひ思はずあるものをかも菅の根のねもころごろに吾が思へるらむ」（三〇五四）

①常（元・類・紀）―當
②香（元・類・紀）―可

大伴坂上郎女《おほとものさかのうへのいらつめ》の謌七首

683 言ふことの恐《かしこ》き国そ紅《くれなゐ》の色にな出《い》でそ念《おも》ひ死ぬとも

謂言之　恐國曾　紅之　色莫出曾　念死友

684 今[1]は吾《あ》は死なむよ吾《わ》が背生けりとも吾《わ》に寄るべしと言ふと言はなくに

今者吾波　將死与吾背　生十方　吾二可緣跡　言跡云莫苦荷

685 人言《ひとごと》を繁《しげ》み[2]か君が二鞘《ふたさや》[3]の家を隔てて恋ひつつ座《ま》さむ

人事　繁哉君之①　二鞘之　家乎隔而　戀乍將座

686 このころは[4]千年《ちとせ》や往《ゆ》きも過ぎぬると吾《われ》やしか念《おも》ふ見まく欲《ほ》りかも

比者　千歳八往裳　過与　吾哉然念　欲見鴨

687 うるはしと吾《わ》が念《おも》ふこころ速河《はやかは》の塞《せ》きに塞《せ》くともなほや崩《く》えなむ

愛常　吾念情　速河之　雖塞〻友　猶哉將崩

688 青山[5]を横《よこ》ぎる雲のいちしろく[6]吾《われ》と咲《ゑ》まして人に知らゆな

青山乎　横敀雲之　灼然　吾共咲爲而　人二所知名

1 人麻呂歌集旋頭歌「うるはしと吾が思ふ妹は早も死なぬか生けりとも吾によるべしと人の言はなくに」(二三五五）などをもとにして作った歌。二三五五の場合は、妹に対して「早も死なぬか」と言う、諧謔を主とした歌であり、後半も「吾によるべしと人の言はなくに」とあって世間の人が言ってくれないことを理由とする。これに対し、郎女の歌は、自ら死のうと歌い、たとえ生きていても自分に心を寄せるだろうと相手の男が言っていると誰も言ってくれないから、となっている。個人の抒情歌として詞句を改めたものと思われる（稲岡「人麻呂歌集略体歌の方法(一)」万葉集研究第六集）。ただし、沢瀉注釈では「いふと」の主語を君とすることに対する疑問を記す。

2 原文底本および桂本・類聚古集・古葉略類聚鈔などに「君乎」とあるので、注釈などそれによりキミヲと読む。ただし、キミヲコフという例は珍しく疑問が感ぜられる。元暦本に「君之」とあるのによる。私注の一案にキミヲであるなら、ヒトゴトハシゲシヤと訓むべきだろうと言う。

689
海山《うみやま》も隔《へだた》らなくに何しかも[7]目言《めこと》をだにもここだ乏《とも》しき

海山毛　隔莫國　奈何鴨　目言乎谷裳　幾許乏寸

大伴宿祢《おほとものすくねみ》三依《より》、別れを悲しぶる謌一首

690
[8]照れる日を闇《やみ》に見なして泣く涙衣《なみた》濡《ぬ》らしつ干《ほ》す人なしに

照日乎　闇尓見成而　哭涙　衣沾②津　干人無二

大伴宿祢家持、娘子《をとめ》に贈る謌二首[9]

691
ももしきの大宮人は多かれど情《こころ》に乗《の》りて思ほゆる妹

百礒城之　大宮人者　雖多有　情尓乗而　所念妹

692
[10]うはへなき妹にもあるかもかくばかり人の情《こころ》を尽《つ》くさく念《おも》へば

得羽重無　妹二毛有鴨　如此許　人情乎　令盡念者

大伴宿祢千《ち》室《むろ》の謌一首　未だ詳《つばひ》らかならず

3　二鞘は、二合鞘刀子で、二口の刀を入れるための二合の鞘だろうと推測される。正倉院御物に三合鞘御刀子がある。三本の小刀が一つの鞘に入っているが、それぞれが直接には接触することはない。

4　類歌「相見ては千年やいぬる否をかも我やしか思ふ君待ちかてに」(二五三九)

5　一、二句「いちしろく」を導く序詞。

6　類歌「芦垣の中のにこ草にこよかに吾と笑まして人に知らゆな」(二七六二)

7　目に見、口に語ること、つまり逢うこと。

8　初句はテルヒヲ・テラスヒヲなどと読まれるが略解に宣長の説として日を月の誤字とし、テルツキヲと読む。「まそ鏡照れる月夜も闇の夜に見つ」(二八一一)の例もあり、注目される。

9　以下、家持から歌を贈った相手は娘子または童女と記され、名を明ら

①之(元)—乎
②沾(紀・温・京)—沽

693 かくのみし[1]恋ひや渡らむ秋津野《あきづの》にたなびく雲の過ぐとはなしに

如此耳　戀哉將度　秋津野尓　多奈引雲能　過跡者無二

広河女王《ひろかはのおほきみ》の謌二首　穂積皇子の孫女、上道王《かみつみちのおほきみ》の女なり

694 恋草《こひくさ》を力車《ちからぐるま》[2]に七車《ななくるま》積みて恋ふらく吾《わ》が心から

戀草呼　力車二　七車　積而戀良苦　吾心柄

695 恋《こひ》は今はあらじと吾《われ》は念《おも》[3]ひしをいづく[4]の恋そ摑《つか》みかかれる

戀者今葉　不有常吾羽　念乎　何處戀其　附見繫有

石川朝臣広成の謌一首　後に姓高円朝臣《たかまとのあそみ》の氏を賜ふ

696 家人《いへひと》に恋ひ過《す》[5]ぎめやもかはづ鳴く泉《いづみ》の里に年の歴《へ》ぬれば

家人尓　戀過目八方　川津鳴　泉之里尓　年之歴去者

大伴宿祢像見《かたみ》の謌三首

かにしないことが多い。その相手が単数か複数かも断定しがたいが（山本健吉『大伴家持』）、家持の失恋の相手か（小野寛「女郎と娘子」論集上代文学第三冊）。

10 湯原王の「うはへなきものかも人は然ばかり遠き家路をかへさく思へば」（六三一）を模倣したものか。

1 一、二句は人麻呂歌集の「かくのみし恋ひや渡らむたまきはる命も知らず年は経につつ」（二三七四）と同じ。

2 チカラは租税の意として租稲を運ぶ車と考える説（全註釈）もあるが、材木などのせて運ぶ車か（攷證）。

3 原文「念乎」を、オモヘルヲと読むか（童蒙抄・古義以下諸注）オモヒシヲ（旧訓・考・攷證・注釈など）であるか、説が分かれる。後者によっておく。

4 下句は、女王の祖父穂積皇子の「家にある櫃にかぎさし蔵めてし恋の奴のつかみかかりて」（三八一六）を意識してのものだろう。

5 「恋ひ過ぎめやも」は珍しい言い方。「思ひ過ぐべき恋」（三三二五・二

697 吾《わ》が聞《き》きにかけてな言ひそ刈《か》り薦《こも》の乱れて念《おも》ふ君が[6]直香《[7]ただか》そ

吾聞尓　繫莫言　苅薦之　亂而念　君之直香曽

698 春日野《かすがの》に朝ゐる雲のしくしくに吾《あ》は恋ひまさる月に日《ひ》に異《け》に

春日野尓　朝居雲之　敷布二　吾者戀益　月二日二異二

699 一瀬《ひとせ》には千《ち》度障《たびさは》らひ逝《ゆ》く水の後[8]にも逢《あ》はむ今にあらずとも

一瀬二波　千遍障良比　逝水之　後毛將相　今尓不有十方

大伴宿祢家持、娘子《[9]をとめ》の門《かど》に到りて作る謌一首

700 か[10]くしてやなほや退《まか》らむ近からぬ道の間《あひだ》をなづみ参来《まゐき》て

如此爲而哉　猶八將退　不近　道之間乎　煩參來而

河内百枝娘子《[11]かふちのももえをとめ》、大伴宿祢家持に贈る謌二首

701 はつはつに人を相見ていかならむいづれの日にかまた外《よそ》に見む

波都波都尓　人乎相見而　何將有　何日二箇　又外二將見

〇二四）などを踏まえたものか。

6 普通男性に対してキミと言う。この場合、作者は女性の立場で歌を作っていると推測される（古典集成）。男から女に対して君と呼んだ例外とし、年齢も身分も隔たった高嶺の花に思いを寄せたのかとする説（注釈・古典文学全集）もある。

7 玉かつまに「君また妹を、直にさしあてゝいへる言にて、君妹とのみいふも、同じことに聞ゆる也」と言うように、その人自身を指す語と思われる。タダは直接の意で、カは香あるいはアリカのカと同じ語だろうと言う（古典大系など）。その人固有のかおりを表したのが原義で、転じてその人を指したものか（古典文学全集）。

8 類歌「高湍なる能登瀬の川の後も逢はむ妹には吾は今ならずとも」（三〇一八）

9 全釈に「恐らく遊女であらう」とするが、そう断定はできまい。

10 類句「かくしてやなほや老いなむみ雪降る大荒木野の小竹にあらなくに」（一三四九）

11 河内は出身の国の名か。この娘子

702 ぬばたまの其《そ》の夜の月夜《つくよ》今日までに吾は忘れず間《ま》なくし念《おも》へば

夜干玉之　其夜乃月夜　至于今日　吾者不忘　無間苦思念者

[1]巫部《かむなぎべの》麻蘇《まそ》娘子《をとめ》の謌二首

703 吾《わ》が背子《せこ》を相見しその日今日までに吾《わ》が衣手《ころもで》は乾《ふ》[2]る時もなし

吾背子乎　相見之其日　至于今日　吾衣手者　乾時毛奈志

704 栲縄《たくなは》の永き命を欲《ほ》りしくは絶えずて人を見まく欲りこそ[3]

栲縄之　永命乎　欲苦波　不絶而人乎　欲見社

大伴宿祢家持、童女《をとめ》に贈る歌一首

705 [4]葉根《はね》蘰《かづら》今する妹を夢《いめ》に見て情《こころ》のうちに恋ひわたるかも

葉根蘰　今爲妹乎　夢見而　情内二　戀渡鴨①

童女の来《きた》り報《こた》ふる謌一首

を遊女かとする説もあるが、「女郎」と書かれた女性たちよりも身分の低い家の娘で（藤原芳男「万葉の郎女」万葉四六号）あるいは女官ではなかったかと言う（小野寛「女郎と娘子」論集上代文学第三冊）。

1　巫部は氏で麻蘇は名か（攷證など）。

2　「乾る」は上代においてハ行の上二段活用であった（橋本進吉『上代語の研究』）。連体形はフルである。下句一三七一・一九九四・二九五四など類句が多い。

3　結句を「ミマクホレコソ」とする説（新訓・総釈・私注・窪田評釈・古典大系など）もある。見たいと思うからこそですの意。六八六の「欲見鴨」もミマクホレカモと訓むのであるが、巻二十に「見麻久保里香聞」（四三〇七）と見えるから、六八六はミマクホリカモとすべきだろう。ホリという動詞は普通の動詞の連用形とはやや変わった機能を持つようで「〜ミ」に近いと見て、ホリコソで見たいと思うのでの意を表すという説（佐伯梅友「万葉集品詞概説」（春陽堂万葉集講座第三巻）による。

4　ハネカヅラがどのようなものか明確でないが、折口信夫は成女戒に達した少女たちが、木綿花（ゆうはな）または鳥毛で飾った鉢巻をしたのではないかと推測している（「万葉集研究」全集第一巻）。沢瀉注釈には成女になるときにトゲカヅラなどで歯ぐろめの式を行うことがあったかという金関丈夫説を紹介する。

5　諸注「妹ヲソ」あるいは「妹ニソ」の意とするが、注釈に妹を主格とすべきことが説かれている。前者でさしつかえないのであろう。

6　「粟田女娘子」の女の字、西本願寺本以降にはない。粟田女は名か。私注に「粟田女」「粟田娘子」二つの伝が重複したかと言う。

7　片垸はふたのない水入れか。攷證に主計式上の片椀と有蓋椀とをあげて、「片」とは蓋なきを言うかと推

①渡（類・紀・京）—度　②女（元・古・紀）—ナシ　③注土垸之中（元・古・紀）—ナシ　④多（元・紀・温）—ナシ。右ニ補イ記ス。

706　葉根蘰今する妹は無かりしをいづれの妹[5]そそこば恋ひたる

葉根蘰　今爲妹者　無四呼　何妹其　幾許戀多類

[6]粟田女《あはため》②娘子《をとめ》、大伴宿祢家持に贈る謌二首

707　思ひやるすべの知らねば片垸《かたもひ》[7]の底にそ吾《われ》は恋ひなりにける

土垸の中にしるせり

思遣　爲便乃不知者　片垸之　底曾吾者　戀成尓家類　注土垸之中③

708　またも逢はむよしもあらぬか白細《しろたへ》の我《わ》が衣手《ころもで》に齋《いは》[8]ひとどめむ

復毛將相　因毛有奴可　白細之　我衣手二　齋留目六

豊前《とよくにのみちのくち》国の娘子大宅女《おほやけめ》の謌一首　未だ姓氏を審《つばひ》らかにせず

709　夕闇《ゆふやみ》は道たづたづし月待ちていませ吾《わ》が背子その間にも見む

夕闇者　路多豆多④頭四　待月而　行吾背子　其間尓母將見

測する。ここではカタモヒに片思いを掛け、そのどん底の状態になったと嘆く。

8　イハフとは、穢れをさけ浄め、敬虔な態度で神を祭ることを言う。自分の袖にあなたを大切におとどめしようの意か。

1　大神（おおみわ）神社の神官が大切にあがめている杉。私注に「君に会ひ難いのを、三輪の神木に触れた罪かと歌って居るのは、外見敬神の如く見えるが、用もない神木を己が失恋に援用するのは神への軽蔑感があるから出来るのである」と記す。「祝が」のガは、親愛を表す場合も、軽蔑を表す場合もある。

2　類想歌「垣ほなす人の横辞しげみかも逢はぬ日まねく月の経ぬらむ」（二七九三）

3　前の七〇〇歌の娘子と同一人かどうか、不明。同一の対象と見て家持が一度結ばれたあと逢瀬を拒絶され、懊悩して詠んだのがここの七首であるとする説（北山茂夫『大伴家持』）も見える。

安《あ》都扉《とのとびらの》娘子《をとめ》の謌一首

710 み空行く月の光にただ一目相見し人の夢《いめ》にし見ゆる

三空去　月之光二　直一目　相三師人之①　夢西所見

丹波大女《たにはのおほめの》娘子《をとめ》の謌三首

711 鴨鳥《かもとり》の遊ぶこの池に木の葉落ちて浮きたる心吾《わ》が念《おも》はなくに

鴨鳥之　遊此池尓　木葉落而　浮心　吾不念國

712 うま酒を[1]三輪《みわ》の祝《はふり》がいはふ杉手触れし罪か君に逢ひがたき

味酒呼　三輪之祝我　忌杉　手觸之罪歟　君二遇難寸

713 [2]垣穂《かきほ》なす人言《ひとごと》聞きて吾《わ》が背子がこころたゆたひ逢はぬこのころ

垣穂成　人辞聞而　吾背子之　情多由多比　不合頃者

大伴宿祢家持、[3]娘子《をとめ》に贈る謌七首

714 情《こころ》には思ひわたれどよしを無《な》み外《よそ》のみにして嘆《なげ》きそ吾《わ》がする

情尒者　思渡跡　縁乎無三　外耳爲而　嘆曾吾爲

715 千[4]鳥鳴く佐保の河門の清き瀬を馬うち[5]渡し何時か通はむ

千鳥鳴　佐保乃河門之　清瀬乎　馬打和多思　何時將通

716 [6]夜昼《よるひる》といふ別《わき》知らず吾が恋ふる情《こころ》はけだし夢《いめ》に見えきや

夜晝　云別不知　吾戀　情蓋　夢所見寸八

717 つれもなくあるらむ人を片思《かたもひ》に吾《われ》は念《おも》へば苦[7]しくもあるか

都礼毛無　將有人乎　獨念尒　吾念者　②憾毛安流香

718 念《おも》はぬに妹《いも》が笑《ゑま》ひを夢《いめ》に見て心のうちに燃《も》えつつそ居《を》る

不念尒　妹之咲儛乎　夢見而　心中二　燎管曾③乎留

719 [8]大夫《ますらを》と念《おも》へる吾《われ》をかくばかりみ[9]つれにみつれ片思《かたもひ》をせむ

大夫跡　念流吾乎　如此許　三礼二見津礼　片④念男責

720 むらきもの情《こころ》くだけてかくばかりわが恋ふらくを知らずかあらむ

村肝之　情摧而　如此許　余戀良⑤苦乎　不知香安類良武

4　類句「千鳥鳴く佐保の河門の瀬を広み打橋渡すながくと思へば」（五二八・坂上郎女）

5　ウチは馬に鞭うつことを言うか（古義）。

6　類想歌「たしかなる使を無みと心をそ使にやりし夢に見えきや」（二八七四）

7　原文「惑毛安流香」とある。代匠記にワビシクモアルカと訓み、それが諸注に継承されている。惑をワビシと読むことに疑念があり、古典文学全集に憾の誤字としたのによる。

8　類歌「ますらをと思へる吾をかくばかり恋ひせしむるはあしくはありけり」（二五八四）。それと「吾を」のヲの用法が異なる。

9　巻十に「かぐはしき花橘を玉に貫き送らむ妹はみつれてもあるか」（一九六七）があり、思いにやつれた状態をミツレと言ったかと推測される。

①之（元・紀・温）―ナシ。右ニ補イ記ス。②憾（古典文学全集）―惑　③乎（元）―呼　④念（元・紀）―思　⑤苦（元・紀・温）―久

天皇に献《たてまつ》る謌一首[1]　大伴坂上郎女、佐保の宅にありて作る

721 あしひきの山にし居れば風流《みやび》なみ吾《わ》がするわざをとがめたまふな

足引乃　山二四居者　風流無三　吾爲類和射乎　害目賜名

大伴宿祢家持の謌一首

722 かくばかり[2]恋ひつつあらずは石木《いはき》にもならましものを物思《おも》はずして

如是許　戀乍不有者　石木二毛　成益物乎　物不思四手

大伴坂上郎女、跡見《とみ》[3]の庄《しやう》より、宅《いへ》に留《とど》まれる女子大嬢《むすめのおほいらつめ》に賜ふ謌一首　幷せて短哥

723 常世《とこよ》[4]にと　吾《わ》が行《ゆ》かなくに　小金門《をかなと》に　もの悲しらに　念《おも》へりし[5]　吾《わ》が児の刀自《とじ》[6]を　ぬばたまの　夜昼《よるひる》と言はず　念ふにし　吾《わ》が身は痩《や》せぬ　嘆《なげ》くにし　袖《そで》さへ濡《ぬ》れぬ　かくばかり　もとなし恋ひ

1 代匠記に「帝ヨリ艶書ナド賜タル時、仰ニモ随ガハヌ御返事奉ルニ付テ読テ奉ル歟。或ハ処ニツケタル物ナド奉ルニソヘタル歟」と記し、略解に「何ぞ山ざとびたる物奉れるにそへたるなるべし」と言う。巻六にむささびを献ろうとしての作歌（一〇二八）があるので、略解に言うところがあたっているかも知れない。

2 類歌「かくばかり恋ひつつあらずは高山の岩根し巻きて死なましものを（八六）」「かくばかり恋ひつつあらずは朝に日に妹が履むらむ地にあらましを」（二六九三）など。

3 桜井市東方の外山かと言う。大伴氏の田所であった。

4 原文「常呼」とある。考に「常與」の誤字としトコヨと訓んだが全註釈にツネヲと訓み、ヲを感動の助詞と見た。しかしここは「呼は人に呼びかける意味を持つ漢字であるから、呼びかけの助詞ヨに借用したもの」とし、「助詞のヨと世のヨはいずれもヨ乙類」なので常世を表したとするのに従うべきだろう。

5 思っていたとするのが通説だが、古典大系に、「顔つきをしていた」

ば　古郷《ふるさと》[7]に　この月ごろも[8]　ありかつましじ

常呼二跡　吾行莫國　小金門尓　物悲良尓　念有之　吾兒乃刀自緒　野干玉之　夜晝跡不言　念二思　吾身者痩奴　嘆丹師　袖左倍沾①奴　如是許　本名四戀者　古郷尓　此月期呂毛　有勝益士

反　謌

724 朝髪《あさかみ》[9]の念《おも》ひ乱れてかくばかりなね[10]が恋ふれそ夢《いめ》に見えける

朝髪之　念乱而　如是許　名姉之戀曽　夢尓所見家留

右の謌は、大嬢の進《たてまつ》る謌に報《こた》へ賜ふ。

天皇に献る歌二首　大伴坂上郎女、春日[11]の里にありて作る

725 にほ鳥《どり》の潜《かづ》く池水《いけみづ》[12]情《こころ》あらば君に吾《あ》が恋《こ》ふる情《こころ》示さね

二寶鳥乃　潜池水　情有者　君尓吾戀　情示左祢

726 外《よそ》に居《ゐ》て恋ひつつあらずは君が家の池に住むといふ鴨にあらましを

外居而　戀乍不有者　君之家乃　池尓住云　鴨二有益雄

と解する。通説によるべきだろう。

6 刀自は老若にかかわらず一家の主婦を言う。語源的には「戸の主」で戸口を守る者かとも説かれる（古典大系）。

7 鳥見の庄を指す。

8 最近の数月を指すのが普通だが、同じ郎女の「妹が目を始見の崎の秋萩は此の月ごろは散りこすなゆめ」（一五六〇）の歌を見ても、それ程長期間を言うのではなさそうである。注釈・古典大系・私注・古典文学全集などに、この一月ぐらいと解しているのが正しいか。

9 乱れにかかる比喩的枕詞。

10 代名詞ナは一般に第二人称と考えられているが、本来第一人称で「ワガ姉」の意で「ナネ」という語があったのではないかと推測される（古典大系補注）。大嬢に対する親愛の称。

11 春日は大伴家の邸のあった所ではない。駿河麻呂の歌（四〇七）などによると、坂上家のあったところかと考えられる（私注）。

①沾（紀）―沽

大伴宿祢家持、坂上家《さかのうへのいへ》の大嬢に贈る謌二首

[1]離絶《りぜつ》数年、また会《あ》ひて相聞往來す。

727 [2]忘れ草《ぐさ》吾が下紐《したひも》に付《つ》けたれど醜《しこ》の醜草《しこくさ》言《こと》にしありけり

萱草　吾下紐尓　著有跡　鬼乃志許草　事二思安利家理

728 人もなき国もあらぬか吾妹児《わぎもこ》と携《たづさ》ひ行きて副《たぐ》ひてをらむ

人毛無　國母有粳　吾妹兒与　携行而　副而將座

大伴坂上大嬢、大伴宿祢家持に贈る謌三首

729 [3]玉ならば手にも巻《ま》かむをうつせみの世の人なれば手に巻きがたし

玉有者　手二母將卷乎　欝瞻乃　世人有者　手二卷難石

730 逢《あ》はむ夜《よ》は何時《いつ》もあらむをなにすとかその夕《よひ》逢ひて言《こと》の繁きも

將相夜者　何時將有乎　何如爲常香　彼夕相而　事之繁裳

731 吾名《わがな》はも千名《ちな》の五百名《いほな》に立ちぬとも君が名立《た》たば惜《を》しみこそ泣け

吾名者毛　千名之五百名尓　雖立　君之名立者　惜社泣

12 この池は、平城宮内の西池か（古典文学全集）。また池の中心部を心といい、池と心とは縁語とされる（同上）。

1 二人の仲がなぜ中断したのか、また、それはいつごろか、かならずしも明瞭でない。家持に妾があり、同棲して子を生ませたことなどから坂上郎女が甥の妻問いを拒んだのか（北山茂夫『大伴家持』）、それとも家持の恋愛遍歴の放恣さを黙認しえず郎女が拒んだのであろうか。その時期は天平七、八年ころ（北山前掲書など）とも四、五年ころ（橋本達雄「幼婦と言はくも著く」万葉八四号）とも言う。

2 類歌「忘れ草垣もしみみに植ゑたれど醜の醜草なほ恋ひにけり」（三〇六二）

3 前に家持から大嬢に贈られた「朝に日に見まく欲りするその玉をいかにせばかも手ゆ離れざらむ」（四〇三）と類想。

4 大嬢の七三一歌に対して答えた作。

5 六一六・二八七九に類句。「世の中はまこと二代は行かざらし」（一四一〇）とも歌われるように、人生は二度と繰り返されるものではないことを言う。

6　大嬢の七三〇歌に歌われていた思い出の夜を今夜に転換し、「何すとか」の語を直接承け用いて答えた歌（古典集成）。

7　大嬢の「玉ならば手にも巻かむを」（七二九）を受けての表現。

8　西本願寺本以降の諸本に「所纒牟」とあり、マカレナムと訓まれてきた。元暦本・類聚古集・紀州本には「所纒乎」とあり、それならばマカレムヲと訓みうる。注釈に牟と乎とが古写本で誤写の多い文字であること、ナムよりもこの場合ムヲとする方が適切であることなどを記して後者を採ったのに従う。

9　ココログシは、「心クルシキナリ」（代匠記）とも「おぼつかなき事」（略解）、「うっとうしく晴れ晴れしない状態」（全註釈）、「気分のはっきりしない、落ちつかない感じ」（古典大系）などとも説かれる。

10　寝むを「念」と記したのは、独り

①乎（元・類・紀）―牟

又《また》、大伴宿祢家持の和《こた》ふる謌三首

732　今[4]しはし名の惜しけくも吾《われ》はなし妹《いも》によりては千《ち》遍《たび》立つとも

今時者四　名之惜雲　吾者無　妹丹因者　千遍立十方

733　うつせみの[5]世《よ》やも二行《ふたゆ》く何《なに》すとか妹に逢はずて[6]吾《わ》が独《ひと》り寝《ね》む

空蟬乃　代也毛二行　何為跡鹿　妹尓不相而　吾獨將宿

734　吾《わ》が念《おも》ひかくてあらずは[7]玉にもがまことも妹が手に[8]巻かれむを

吾念　如此而不有者　玉二毛我　眞毛妹之　手二所纒乎①

同じ坂上大嬢、家持に贈る謌一首

735　春日山《かすがやま》霞たなびき[9]情《こころ》ぐく照れる月夜《つくよ》に独《ひと》りかも[10]寝《ね》む

春日山　霞多奈引　情具久　照月夜尓　獨鴨念

又家持、坂上大嬢に和《こた》ふる謌一首

736　月夜《つくよ》には門《かど》に出《い》で立ち[11]夕占《ゆふけ》問ひ足卜《あうら》をそせし行かまくを欲《ほ》り

月夜尒波　門尒出立　夕占問　足卜乎曾爲之　行乎欲焉

同じ大嬢、家持に贈る謌二首

737 [1]かにかくに人は言ふとも若狭道《わかさぢ》の[2]後瀬山《のちせのやま》の後も逢はむ君

云〻　人者雖云　若狭道乃　後瀬山之　後毛將會①君

738 世間《よのなか》の苦しきものにあり[3]けらし恋に勝《あ》へずて死ぬべき念《おも》へば

世間之　苦物尒　有家良之②　戀二不勝而　可死念者

又家持、坂上大嬢に和《こた》ふる謌二首

739 [4]後湍山《のちせやま》後も逢はむと念《おも》へこそ死ぬべきものを今日までも生《い》けれ

後湍山　後毛將相常　念社　可死物乎　至今日毛③生有

740 言《こと》のみを後も逢はむとねもころに吾《われ》をたのめて逢はざらむかも

事耳乎　後毛相跡　懃　吾乎令憑而　不相可聞

もの思いをしようかの意を匂わせたもの。私注に「ヒトリカモオモフ」と訓んでいるが、ネムと読むのが良い。

11 夕占は既出（四二〇）。足卜は伴信友の正卜考に「俗に童子などのする趣にて、まず歩きて踏止るべき標を定めおきて、さて吉凶の辞をもて歩く足に合せつゝ踏わたり、標の処にて踏止りたる足に当りたる辞をもて、吉凶を定むるわざにもやあらむ」と言う。

---

1 一、二句人麻呂歌集の「かにかくに人は言ふとも織りつがむ我が織物の白麻衣」（一二九八）と同じ。

2 後瀬山は福井県小浜市街南方の城山と言われる。

3 第三句底本等に「有家良久」とあり、それに従えばアリケラクと訓まれる。注釈に「世の中」を主語とし、この世の中は苦しいものであったと訳しているのは注目されるが、憶良の「世の中の術無きものは…」（八〇四）の歌と同じく、「世の中の苦しいもので恋はあったらしい」というのであろう。

更《さら》に大伴宿祢家持、坂上大嬢に贈る謌十五首

741 [5]夢《いめ》の逢《あ》ひは苦しかりけり[6]覚《おどろ》きてかき探《さぐ》れども手にも触れねば

夢之相者　苦有家里　覺而　掻探友④　手二毛不所觸者

742 [7]一重のみ妹が結ばむ帯をすら三重結ぶべく吾が身はなりぬ

一重耳　妹之將結　帶乎尚　三重可結　吾身者成

743 吾《わ》が恋ひは[8]千引《ちび》きの石《いは》を七《なな》ばかり首に繋《か》けむも神の[9]まにまに

吾戀者　千引乃石乎　七許　頸二將繋母　神之諸伏

744 [10]夕さらば屋戸《やど》開け設《ま》けて吾《われ》待たむ夢《いめ》に相見《あひみ》に来《こ》むといふ人を

暮去者　屋戸開設而　吾將待　夢尒相見二　將來云比登乎

745 朝夕《あさよひ》に見む時さへや吾妹子が見とも見ぬごとなほ恋《こほ》しけむ

朝夕二　將見時左倍也　吾妹之　雖見如不見　由戀四家武

746 [11]生ける世《よ》に吾《われ》はいまだ見ず言絶《ことた》えてかくおもしろく縫《ぬ》へる[12]袋は

生有代尒　吾者未見　事絶而　如是何怜　縫流嚢者

747 吾妹児《わぎもこ》が形見《かたみ》の衣《ころも》下に着て直《ただ》に逢ふまでは吾脱《われぬ》かめやも

4 類歌「恋ひつつも後も逢はむと思へこそ己が命を長く欲りすれ」（二八六八）

5 以下十五首中、最初の五首は夢の逢いを主題として展開すると言う（古典集成）。

6 『遊仙窟』に「少時ニシテ坐睡スレバ、則チ夢ニ十娘ヲ見ル。驚キ覚メテ之ヲ攬レバ忽然ニシテ手ヲ空シクス」とあるのにもとづくか。

7 『遊仙窟』に「日々ニ衣寛ク、朝々帯緩ブ」とある。「一重のみ妹が結ばむ帯」は、注釈に「一重廻りに妹が結んでくれるはずの帯」と言っているのが正しいか。あるいは、妹とくらべてやせたことを強調した表現か。

8 古事記に「千引石」とあり、日本書紀に「千人所引磐石」とも見える。千人で引くような大岩。

9 「諸伏」は、樗蒲や柶戯の采のすべて背を見せ俯伏せになった場合を

①會（万葉考）―念　②之（元）―久　③毛（桂・元・紀）―ナシ。右ニ補イ記ス。④探（桂・紀・温）―捈。右ニ「探」ト記ス。

吾妹兒之　形見乃服　下着而　直相左右者　吾將脱八方

748 恋ひ死なむそこも同じそ何せむに人目《ひとめ》人言《ひとごと》言痛《こちた》み吾《あ》がせむ

戀死六　其毛同曾　奈何爲二　人目他言　辭痛吾將爲

749 夢《いめ》にだに[1]見《み》えばこそあらめかくばかり[2]見えずしあるは恋ひて死ねとか

夢二谷　所見者社有　如此許　不所見有者　戀而死跡香

750 念《おも》ひ絶えわびにしものをなかなかに何か苦しく相見そめけむ

念絶　和備西物尾　中々荷①　奈何辛苦　相見始兼

751 [3]相見ては幾日《いくか》も経ぬをここだくもくるひに狂ひ念《おも》ほゆるかも

相見而者　幾日毛不經乎　幾許②毛　久③流比尓久流必　所念鴨

752 [4]かくばかり面影《おもかげ》にのみ念《おも》ほえば如何《いか》にかもせむ人目繁《しげ》くて

如是許　面影耳　所念者　何如將爲　人目繁而

753 [5]相見てばしましく恋《こひ》は和《な》ぎむかと念《おも》へどいよよ恋ひまさりけり

相見者　須臾戀者　奈木六香登　雖念弥　戀益來

言い、これを意のままに振る舞う事が出来るという意味で「随意（まにまに）の戯書とした（井手至「諸伏（まにまに）について」国語国文昭和三三年九月）。

10 遊仙窟に「今宵戸ヲ閉スコト莫カレ、夢裏渠ガ辺ニ向カハム」とあり、類歌「人の見てことゝがめせぬ夢に吾今夜至らむ屋戸さすなゆめ」（二九一二）も見える。

11 以下の五首は第二群で、現実の物を機縁として「現の逢い」に転じながら展開すると言う（古典集成）。

12 親しい人に、針や火打石などを入れた袋を贈ることが行われた。

---

1 第二句ミエバコソアレとも訓める。

2 ミエズテアルハとも訓める。

3 以下の五首は、逢って後の恋を主題とする（古典集成）。

4 類歌「今のごと恋しく君が思ほえばいかにかもせむするすべの無さ」（三九二八・坂上郎女）

5 類歌「相見ては恋慰むと人は言へど見て後にそも恋ひまさりける」（二五六七）

754 夜《よ》の[6]ほどろ吾《わ》が出《い》でて来《く》れば吾妹子《わぎもこ》が念《おも》へりしくし面影に見ゆ

夜之穗杼呂　吾出而來者　吾妹子之　念有四九四　面影二三湯

755 夜のほどろ出《い》でつつ来《く》らく遍《たび》まねくなれば吾《[7]わ》が胸截《た》ち焼《や》くごとし

夜之穗杼呂　出都追來良久　遍多數　成者吾胸　截燒如

大伴《おほとものたむらのいへ》田村家の大嬢《おほいらつめ》、妹坂上大嬢に贈る謌四首

756 外《[8]よそ》に居《ゐ》て恋ふれば苦し吾妹子《わぎもこ》をつぎて相見《あひみ》む事計《ことはか》りせよ

外居而　戀者苦　吾妹子乎　次相見六　事計爲与

757 遠くあらばわびてもあらむを里近くありと聞きつつ見ぬがすべなさ

遠有者　和備而毛有乎　里近　有常聞乍　不見之爲便奈沙

758 白[9]雲のたなびく山の高々《[10]たかだか》に吾《あ》が念《おも》ふ妹を見むよしもがも

白雲之　多奈引山之　高〻二　吾念妹乎　將見因毛我母

759 いかならむ時にか妹をむぐらふのきたなき屋戸《やど》に入り座《いま》せなむ

6 ホドロは「暁がたうすく\と明る時を言ふ。まだほのぐらきうち也。」（略解所引宣長説）と言う。古典大系補注にホドク・ホドコスとホドロのホドは同源とし、広がり散ずる意と説く。ホドロは夜が散じてやがて明るくなる頃を指す。

7 遊仙窟に「未ダ曾テ炭ヲ飲マネドモ腸熱キコト焼クガ如ク、刃ヲ呑ムト憶ハネドモ腹穿ツコト割クニ似タリ」とあるのを踏まえるか。

8 類歌「常かくし恋ふれば苦ししましくも心やすめむ事計りせよ」（二九〇八）など。

9 類歌「高山にたかべさ渡り高々に吾が待つ君を待ち出でむかも」（二八〇四）。二句まで「高々に」を導く序。

10 タカダカニは「遠キ人ヲ高ク望テ待心」（代匠記）か。

①荷（桂・紀）―尓
②許（桂）―許久
③久（桂・紀・京）―ナシ。右ニ補イ記ス。

何　時尓加妹乎　牟具良布能　穢屋戸尓　入將座

右、田村大嬢と坂上大嬢とは並《ならび》に是《こ》れ右大辨大伴《おほともの》宿奈《すくな》麻《ま》呂《ろ》卿《まへつきみ》の女《むすめ》なり。卿、[1]田村の里に居《を》れば、号《なづ》けて田村大嬢と曰《い》ふ。但《ただ》し妹坂上①大嬢は、母、坂上の里に居れば、仍《よ》りて坂上大嬢と曰ふ。時に姉妹諮問《とぶら》ふに歌を以《も》ちて贈答す。

大伴坂上郎女、[2]竹田の庄より女子《むすめ》の大嬢に贈②る謌二首

760
[3]うち渡《わた》す竹田《たけだ》の原《はら》に鳴く鶴《たづ》の間無《まな》く時無し吾《わ》が恋ふらくは
打渡　竹田之原尓　鳴鶴之　間無時無　吾戀良久波

761
[4]早河《はやかは》の瀬に居る鳥の縁《よし》を無み念《おも》ひてありし吾《わ》が児《こ》はもあはれ
早河之　湍尓居鳥之　緣乎奈弥　念而有師　吾兒羽裳怜

紀女郎《きのいらつめ》、大伴宿祢家持に贈る謌二首　女郎、名を小鹿《をしか》と曰《い》ふ

762
[5]神さぶと[6]いなぶにはあらず[7]はたやはたかくして後にさぶしけむか

1 奈良市法華寺の付近。寺の東から来る菰川が暗峠道と交叉するほとりに三町歩ばかりの広さを持つ「田村川」と称する地区があり（石井庄司「万葉集巻六の『西宅』について」文学昭和八年九月）、その地はおおむね平城京の左京三条一坊付近にあたると言う（犬養孝『万葉の旅』）。

2 竹田は、橿原市東竹田町の地で耳成山の東北にあたる。そこに大伴氏の田庄があった。宇陀郡榛原町上井足の高田垣内の名にもとめる説（山田弘通「大伴氏の竹田の庄」万葉一五号）もある。

3 類歌「恋衣着ならの山に鳴く鳥の間なく時なし吾が恋ふらくは」（三〇八八）「衣袖のまわかの浦のまなご土間無く時無し吾が恋ふらくは」（三一六八）など。三句まで比喩的な序。

4 二句まで比喩的な序。

5 二句まで同じ句が巻八・一六一二「神さぶといなぶにはあらず秋草の結びし紐を解くは悲しも」にある。

6 イナニハアラズ（代匠記ほか）イナトニハアラズ（旧訓・注釈など）の訓もあるが、「不欲」を古典大系

も

神左夫跡　不欲者不有　③八多也④八多　如是爲而後二　佐夫之家牟可聞

763 玉の緒を[8]沫緒《あわを》によりて結べらばありて後にも逢はざらめやも

玉緒乎　沫緒二搓而　結有者　在手後二毛　不相在目八方

大伴宿祢家持の和ふる謌一首

764 百年《ももとせ》に[9]老舌出《おいじたい》でてよむ[10]とも吾《われ》はいとはじ恋ひは益《ま》すとも

百年尒　老舌出而　与余牟友　吾者不猒　戀者益友

[11]久邇《くに》の京《みやこ》に在りて寧楽《なら》の宅《いへ》に留《とど》まれる坂上大嬢を思ひて大伴宿祢家持の作る謌一首

765 一重《ひとへ》山隔《やまへな》れるものを月夜《つくよ》良《よ》み門《かど》に出で立ち妹か待つらむ

一隔山　重成物乎　月夜好見　門尒出立　妹可將待

にイナブと読んだのによる。

7 原文「八也多八」とあるが、これでは読めない。略解に引く宣長の説に八多也八多と推定したのに従う。意味は「あるいは」「ひょっとすると」にあたる（井手至「万葉語『はた』の意味用法をめぐって」万葉二七号）

8 沫緒は紐の搓り方の名であろうと考えられるが、明確でない。私注に「片緒の弱いに対して強いことの例にいふのであらう」とするのに対し、古典集成などでは「糸を緩く縒り合せた緒」と説く。

9 「老タル人ハ、歯ノナケレバ、舌ノ出テ見ユルナリ」（代匠記）

10 腰がまがることをヨヨムという（山田孝雄『万葉集考叢』）。

11 久邇遷都は天平十二年十二月なので、それ以後の作。

①大（桂・元・紀）―ナシ。右ニ補イ記ス。
②贈（桂）―贈賜
③八多也（略解宣長説）―八也
④八多（西傍書）―多八

藤原郎女[1]、これを聞きて即《すなは》ち和《こた》ふる歌一首

766 路遠み来じとは知れるものからに然《しか》ぞ待つらむ君が目を欲《ほ》り

路遠　不來常波知有　物可良尒　然曾將待　君之目乎保利

大伴宿祢家持、更《さら》に大嬢に贈る謌二首

767 都路《みやこぢ》を遠みか[2]妹がこのころは祈《うけ》[3]ひて寝《ぬ》れど夢《いめ》に見え来《こ》ぬ

都路乎　遠哉妹之　比來者　得飼飯而雖宿　夢尒不所見來

768 今知らす久邇《くに》の都に妹に逢はず久しくなりぬ行きてはや見な

今所知　久迩乃京尒　妹二不相　久成　行而早見奈

大伴宿祢家持、紀女郎[4]に報《こた》へ贈る謌一首

769 ひさかたの雨の降る日をただ独《ひと》り山辺《やまへ》に居《を》ればいぶせかりけり

久堅之　雨之落日乎　直獨　山邊尒居者　欝有來

1　久邇京に宮づかえしていた女官か（古義ほか）、あるいは、たまたま久邇京に居合わせて家持の作歌を見聞したのだろう（私注）。

2　諸注にトホミヤと訓まれていたが、古典大系にヤをカと改め、以後注釈・古典文学全集などそれに従った。ヤとカについては沢瀉久孝「カよりヤへの推移」（『万葉の作品と時代』）参照。

3　類歌「相思はず君はあるらしぬばたまの夢にも見えずうけひて寝れど」（二五八九）

4　紀女郎は奈良に留まっていた（私注）とも、久邇京に居た（古典集成）とも推測されるが、前者か。

5　類歌「人目多み目こそ忍ぶれ少くも心の中に吾が思はなくに」（二九一一）

6　類歌「偽も似つきてそするいつよりか見ぬ人恋ふるに人の死にせし」（二五七二）

7　第三句の原文「保杼毛友」とあり、訓義ともに明らかでない。ホドケドモと訓み、衣の紐をほどくけれどと解する説（全釈・古典大系・古典文

学全集など）がもっとも有力かと思われるが、ほかにウケフと同義の語（私注）、閉ざした心を広げゆるめる意（古典集成）、思い廻らすこと（全註釈）などとも説かれる。

8　二句「紫陽花」で区切るべきか。

9　以下、難解。諸弟は人名か。「諸茅」を採用する注釈書もあるが（代匠記・攷證・古典大系・私注など）桂本などによっておく。

10　練りに練った巧みな言葉をネリノムラトと言ったものか（橋本四郎「ねりのむらと」万葉八七号）。ムラは群で、トは祝詞などのトと同じく重要な言葉の意だろうと思われる。

11　諸弟という男が伝えた大嬢の言葉を信じて、あざむかれたというのであろう。

12　奈良を「故郷」と言い、その旧都にいた時からずっと思慕していたことを歌う。ただし、私注には「ユ」を場所的な意味に解している。

①者（桂・元・紀）—ナシ　②有（桂・元・紀）—ナシ　③弟（桂・古・紀）—茅　④弟（桂）—茅　⑤者（桂・元・紀）—志

大伴宿祢家持、久邇京より坂上大嬢に贈る謌五首

770 人眼《ひとめ》[5]多み逢はなくのみそ情《こころ》さへ妹を忘れて吾《わ》が念《おも》はなくに

人眼多見　不相耳曾　情左倍　妹乎忘而　吾念莫國

771 偽《いつはり》[6]も似つきてそするうつしくもまこと吾妹児《わぎもこ》吾《わ》れに恋ひめや

僞毛　似付而曾爲流　打布裳　眞吾妹兒　吾尓戀目八

772 夢《いめ》にだに見えむと吾《われ》は[7]ほどけども相《あひ》し思《おも》はねば諸《うべ》見えざらむ

夢尓谷　將所見常吾者　保杼毛友　不相志思者①　諸不所見有武②

773 言問《こととひ》[8]はぬ木すら紫陽花《あぢさゐ》諸弟《もろと》[9]らが練《ね》[10]りのむらとに詐《あざむ》[11]かれけり

事不問　木尚味狭藍　諸弟③等之　練乃村戸二　所詐來

774 百千遍《ももちたび》恋ふといふとも諸弟《もろと》らが練《ね》りの言葉《ことば》は吾はたのまじ

百千遍　戀跡云友　諸弟④等之　練乃言羽者⑤　吾波不信

大伴宿祢家持、紀女郎《きのいらつめ》に贈る謌一首

775 鶉《うづら》鳴く故《ふ》[12]りにし郷《さと》ゆ念へども何《なに》そも妹《いも》に逢《あ》ふよしもなき

鶉鳴　故郷従　念友　何如裳妹尒　相縁毛無寸

紀女郎《きのいらつめ》、家持に報《こた》へ贈る謌一首

776 [1]言出《ことで》しは誰《た》が言《こと》なるか[2]小山田《をやまだ》の苗代水《なはしろみづ》の中淀《なかよど》にして

事出之者　誰言尒有鹿　小山田之　苗代水乃　中与杼尒四手

大伴宿祢家持、更《さら》に紀女郎《きのいらつめ》に贈る謌五首

777 吾妹子《わぎもこ》が屋戸の[3]籬《まがき》を見に行かばけだし[4]門《かど》より返してむかも

吾妹子之　屋戸乃籬乎　見尒徃者　盖従門　將返却可聞

778 うつたへに籬の姿《すがた》見まく欲《ほ》り行《ゆ》かむと言《い》へや君を見にこそ

打妙尒　前垣乃酢堅　欲見　將行常云哉　君乎見尒許曽

779 [5]板葺《いたぶき》の黒木《くろき》の屋根《やね》は山近し明日《あすのひ》取りて持ち参《まゐ》り来《こ》む

板盖之　黒木乃屋根者　山近之　明日取而　持將參來

780 黒木取り草《かや》も刈りつつ仕《つか》へめど[6]勤《いそ》しきわけと誉《ほ》めむともあらず

1 初二句、相手の家持が先に言い寄って来たことを言う。

2 以下二句「中淀」を導く序。

3 籬は攷證に「まがきは馬垣の意なるべし」と記すが、和名抄に「籬、末加岐、以柴作之」とあり、柴や竹で編んだ目の粗い垣根を言うのであろう。

4 結句を略解にカヘシテムカモと訓み、全註釈・古典大系などそれによっている。

5 どのような事情があるのか明らかでない。「紀女郎から板葺の黒木の屋根を造りたい、といふやうな消息」があった（注釈）とも、「女郎の家が破損してでも居た」のか（私

一に云ふ、仕ふとも

黒樹取　草毛苅乍　仕目利　勤和氣登①　将譽十方不有　一云、仕登毛②

781 [7]ぬばたまの昨夜《きぞ》は還《かへ》しつ今夜《こよひ》さへ吾《われ》を還《かへ》すな路《みち》の長道《ながて》を

野干玉能　昨夜者令還　今夜左倍　吾乎還莫　路乃長手呼③

紀女郎《きのいらつめ》、褁《つつ》める物を友に贈る謌一首　女郎、名を小鹿《をしか》と曰ふ。

782 風高く辺《へ》には吹けども妹がため袖《そで》さへ濡《ぬ》れて刈《か》れる玉藻そ

風高　邊者雖吹　爲妹　袖左倍所沾而④　苅流玉藻焉

大伴宿祢家持、娘子に贈る謌三首

783 前年《をととし》[8]の先《さき》つ年より今年まで恋ふれど奈何《なそ》も妹に逢ひがたき

前年之　先年従　至今年　戀跡奈何毛　妹尓相難

784 現《うつつ》にはまたも得《え》言はじ夢《いめ》にだに妹が手本《たもと》を巻き寝《ぬ》とし見ば

打乍二波　更毛不得言　夢谷　妹之手本乎⑤　纏宿常思見者

注）とも言われるが、「忌籠りのための仮の庵を作るというのなら手伝いましょう、とからかった歌」（古典集成）とも説かれる。

6 勤勉な奴。ワケは自分を卑下していう語。五五二に既出。原義は若い者の意か（古典大系）。

7 佐佐木評釈に「恐らくこの一首は、家持が紀女郎に熱意をもつてゐた以前の作であるのを、便宜上ここに纒めて収載したのであらう」と記す。

8 「前年」をヲトトシと読むのは「前日毛昨日毛今日毛」（一〇一四）をヲトツヒモキノフモケフモと訓むのに準ずる。佐佐木評釈にマヘノトシ、全註釈にサキツトシとする。

①和（万葉考）—知
②毛（桂・元・紀）—母
③呼（桂・元・紀）—乎
④沾（桂・元）—沽
⑤手（桂・元・紀）—牟。右ニ手ヲ記ス。

785 吾《わ》が屋戸《やど》の草の上《うへ》白く置く露の命《いのち》[1]も惜しからず妹に逢はざれば

吾屋戸之　草上白久　置露乃　壽母不有惜　妹尓不相有者

大伴宿祢家持、藤原朝臣久須麻呂《ふぢはらのあそみくすまろ》[2]に報《こた》へ贈る謌三首

786 春の雨《あめ》はいや頻降《しきふ》るに梅の花未《いま》だ咲かなくいと若みかも

春之雨者　弥布落尓　梅花　未咲久　伊等若美可聞

787 夢《いめ》のごと思ほゆるかも愛《は》しきやし君が使の数多《まね》く通《かよ》へば

如夢　所念鴨　愛八師　君之使乃　麻祢久通者

788 うら若み花咲き難き梅を植《う》ゑて人の言繁《しげ》み念《おも》ひそ吾《あ》がする

浦若見　花咲難寸　梅乎殖而　人之事重三　念曽吾為類

又《また》家持、藤原朝臣久須麻呂に贈る謌二首

789 情《こころ》[3]ぐく念《おも》ほゆるかも春霞たなびく時に言《こと》の通へば

情八十一　所念可聞　春霞　軽引時二　事之通者

1 原文「壽母不有惜」とあり、イノチモヲシカラズと訓む。「壽」を「身」の誤字とする説（略解所引宣長説）もある。この歌の上句には笠女郎の「わが屋戸の夕影草の白露の」の影響があろうか。

2 久須麻呂は仲麻呂の第二子。久須麻呂と家持との関係については、久須麻呂の家にいた童女に家持が思いをかけた（代匠記・考・略解・古義など）、家持の家の童女に久須麻呂が思いを寄せた（攷證・全註釈・古典文学全集・古典集成など）、二人の男色関係（代匠記・童蒙抄・折口口訳など）があるが、巻十九の四二一六の左注に「大伴宿祢家持、聟南の右大臣家の藤原二郎の慈母を喪へる患を弔へるなり」とあるのによって久須麻呂が家持の女婿であったことは知られるので、第二説が当たっていよう。

3 類歌「心ぐきものにそありける春霞たなびく時に恋のしげきは」（一四五〇・坂上郎女）

790 春風の声《おと》にし出《い》でなばありさりて今ならずとも君がまにまに

春風之　聲尓四出名者　有去而　不有今友　君之隨意

藤原朝臣久須麻呂の来《きた》り報《こた》ふる謌二首

791 奥山の岩影《いはかげ》に生《お》ふる菅《すが》の根のねもころ吾《われ》も相念《あひおも》はざれや

奥山之　磐影尓生流　菅根乃　懃吾毛　不相念有哉

792 春雨《はるさめ》を待つとにしあらし吾《わ》が屋戸の若木《わかき》の梅もいまだ含《ふふ》めり

春雨乎　待常①二師有四　吾屋戸之　若木之梅毛　未含有

萬葉集巻第四

①常（元・類・紀）―ナシ。右ニ補イ記ス。

解説

一 文字の歴史と『万葉集』

ことばが文字で記されるようになることは一国の文化史上画期的な出来事と言ってよい。口から耳へと伝えられてきた歌が文字に記されるのは、単に口誦の歌謡の文字化として意味を持つのみでなく、表現意識の基本的な面での変革を必要とすることであった。ジャン・ジャック・ルソーが『言語起源論』の中で、次のように記しているのも、その点を強調するものである。

言語を固定するはずだと思われる文字表記こそは、まさに言語を変質させているものなのである。それは語を変化させせないが、言語の特質を変化させ、表現の代りに正確さを持ちこむ。人は口で話すときにはその感情を表わし、文字を書くときにはその観念を表わす。書くときに人びとはすべての語を一般に共通の意味で取らざるをえない。しかし話す人は調子によって意味を変化させ、自分の好むままに意味を決定する。話す人は明晰であろうとはそれほど気をわずらわさず、より多くのものを力に託す。そして字で書かれた言語が、口で話されただけの言語の活潑さを長く持ち続けることは不可能である。人びとは音声を字に書くのであって、音色を書くのではない。ところでアクセントのついた言語においては、その言語の最大の力強さを作り出しているのは、あらゆる種類の音色、アクセント、抑揚《アンフレクシオン》なのである（小林善彦訳による）。

周知のようにルソーは、言語における人間回復を求めつつ、分析的理性による推理の言語に対して、情念あるいは感性の言語をこそとりもどすべきであるとしたのであって、その意味で、現代の高度に技術化された産業社会における根本的な問題を提示しているのだが、その問題はひとまず措き、ここではことばと文字の歴史に焦点を搾るとしても、右の指摘は、口誦のことばと記載の言葉との相違について重要な点を突いていると言えるだろう。篠田浩一郎氏がギリシア以前と以後とを比較しながら、

　不変の文字言語の確定によって、個々の語は個別的、個人的な音色を失い、音声言語から独立し、その結果として、すべての記号が視覚の前では対等とな(る)。（『形象と文明』）

と言っているのも、

　書くとは一語一語を慎重に計量し選択して理想の文のうちに刻みこむこととなり、同様にして、彫像を作るとは自然を写すことではなく永遠不動の〈美〉を肉づけることとなろう。ギリシア以前と以後とを分つ〈文学〉の生誕であり、西欧的〈芸術〉の発達である。

と記しているのも、同様な変化を明らかにする。

ルソーにしても、篠田氏にしても、ヨーロッパの歴史文化を対象としての発言で、わが国の古代について論じているわけではないから、その点は十分注意しなければならないが、口誦の表現と記載の表現との基本的な相違を考える上で、参考とするに足りる発言と思われる。折口信夫が『日本文学の発生序説』のなかで、

口誦の詞章について、次のように述べているのも思い合わせられるであろう。

伝来の詞章の中にあるもの、——其は、咒詞を唱へてゐる時に、発動するものでなければならぬ。咒詞の命は、単に記憶せられ羅列せられた無生命の言語群の上にはなかつた。之が唱へられる時、言語と声音との間に発動するものこそ、詞章自身の命なのである。声音の連続、さうして其が、脈搏を見せるやうに起る所の抑揚、其間に絶えず伸び縮みする音調——此声楽要素とも言ふべきものが、咒詞々章の根柢に横はる真実のものである。（全集第七巻）

ルソーが、言語の「力強さ」を作り出すものとした要素こそが、折口にとっても口誦詞章の生命であり、真実であると見られるものだった。記載の言語は、客観性や自立性を獲得する一方で、情念的・感性的な直接性を失わねばならなかったのである。

わが国において、うたが文字に記されるようになったのは何時ごろからであったか、そして、その前後でうた（歌）の歴史がどのように変わったかを厳密に記してゆくことは、かなり難しい問題に属するだろう。が、現存の資料からすればほぼ次のように考えられる。

わが国で記された文章としてもっとも古いものは、熊本県江田船山古墳出土の太刀の銘文である。

治天下獲□□□歯大王世、奉□典曹人名无利弖八月中、用大錡釜、幷四尺廷刀、八十練六十捃三寸上好□刀、服此刀者長寿、子孫洋々、得三恩也、不失其所統、作刀者名伊太㔶、書者張安也（福山敏男「金石文」『日本古代文化の探究　文字』の訓による）。

従来から訓読上さまざまな問題が指摘され、論者によって読み方の異なる部分を含むのだが、冒頭に「治天下獲宮弥豆歯大王世」と推測される部分があり、「獲宮に天の下知らしめしし弥豆歯大王の世」と読み、多遅《たぢ》比瑞歯《ひのみづは》別《わけ》大王（反正天皇）の時代、つまり宋書に言う倭の五王中の珍の時代として、西暦四四〇年から四五〇年ごろのものと考えるのが通説であると言ってよい。

ただし、ごく最近、埼玉県行田市の稲荷山古墳から出土した鉄剣に一一五字に及ぶ金象嵌の文字のあることが発見され、右の船山古墳の太刀銘との関連も問題となっている。稲荷山古墳の銘文中には「獲加多支鹵大王」という王名が見え、ワカタケル大王すなわち雄略天皇を指すのではないかと言われるのだが、江田船山の「獲□□□歯大王」も、実は「獲加多支鹵《ワカタケル》大王」で、これも雄略天皇のことと考える可能性が出てきたのである。詳細は、今後の検討をまたなければならないが、雄略朝ならば、反正天皇よりやや後で、五世紀末から六世紀初頭にかけてのこととなろう。

和歌山県隅田《すだ》八幡宮の人物画像鏡の銘文も、ほぼ同じころに我が国で記されたものである。

癸未年八月日十大王年男弟王在意柴沙加宮時斯麻念長奉遣開中費直穢人今州利二人等取白上同二百旱作此竟

という四八字は「癸未の年八月、日十大王の年、男弟王、意柴沙加の宮に在りし時、斯麻、長奉（寿）を念じて、開中の費直、穢人今州利二人等をして、白上同（＝銅）二百旱を取り、此の竟（＝鏡）を作らしむ」と読まれている（『日本金石図録』解説。『書道全集』第九巻には少し異なる訓が与えられている。）。これも訓法に問題があり、制作年代も四四三年か五〇三年か決定をみない。

右のような太刀銘および鏡銘は、いずれも漢文であり、また銘文の筆者および鏡の制作者は渡来人と推測される。初期の文字使用の歴史において活躍するのが、そうした渡来系の人々であったことは、固有の文字を持たず、漢字という外国の文字を使わざるをえなかったわが国の表記史にとって、当然のこととは言え、注目すべき特徴とされる。

時代がくだって推古朝（五九三〜六二八）にはいると、遺文の数は急激に増すし、質的にも大きな変化を見せるようになる。元興寺《がんごうじ》露盤銘《ろばんめい》（『元興寺縁起』所収）・道後湯岡碑文（『釈日本紀』所引）・元興寺丈六釈迦仏光背銘（『元興寺縁起』所載）・法隆寺如意輪観音造像銘（推古一四年?）・天寿国曼荼羅繡帳銘（推古三〇年）・法隆寺金堂釈迦仏光背銘（推古三一年）・法隆寺三尊仏光背銘（推古三六年）・上宮記《じょうぐうき》逸文（『釈日本紀』所収）・上宮太子系譜（『平氏伝雑勘文』所載）・上宮聖徳法王帝説・十七条憲法・三経義疏《さんぎょうぎしょ》（聖徳太子の書いたものと言われるが、その真偽について議論が分かれる）など、多く漢文で書かれており、その中に和風の文体のものが見出される。有名な、法隆寺金堂薬師仏光背銘は後者の例であって、

池辺大宮治天下天皇大御身労賜時歳
次丙午年召於大王天皇与太子而誓願賜我大
御病太平欲坐故将造寺薬師像作仕奉詔然
当時崩賜造不堪者小治田大宮治天下大王天

皇及東宮聖王大命受賜而歳次丁卯年仕奉

という九〇字の文は、

池辺《いけのへ》の大宮に天の下治《し》らしめしし天皇、大御身労《いたづ》き賜ひし時に、歳《ほし》は丙午に次《やど》る年、大王天皇と太子とを召して誓願し賜ひ、我が大御病太平《たひ》らぎなむと欲《おも》ほし坐《ま》す。故《かれ》将に寺を造り薬師像を作り仕へ奉らむと詔《の》りたまふ。然れども当時崩り賜ひて造り堪《あ》へざれば、小治田《をはりた》の大宮に天の下治《し》らしめしし大王天皇と東宮聖王と大命受け賜ひて、歳は丁卯に次る年に仕へ奉りき。

と読まれる。この銘文には「大御身」とか「労賜」「欲坐」「作仕奉」など、中国の正格の漢文ではありえない語序や漢字の和風の用法が指摘されるのであり、七世紀の初頭に至って、わが国の表記史が新しい段階に到達していたことを教える。正格の漢文体が渡来系の人々の手によって書かれたのが、初期の段階であり、それに固有名詞の真仮名表記や多少の和習を交えたものが加わるようになり、さらに漢文の常格を崩し、和文のシンタックスに合わせた表記が採用されるようになるのが、固有の文字を持たなかったわが国の文字使用に見られる変化であり、日本語が、その語序のままに文字に記されるような段階に達したのは、七世紀の初めのことであった。その後の、白雉元年（六五〇）に記された、法隆寺二天造像銘も、

（広目天）山口《ノ》大口《ノ》費《ヲ》上《トシテ》而次《ナル》木閈《ト》二人《シテ》作也。

（多聞天）薬師徳保《ヲ》上《トシテ》鉄師手古《ト》二人《シテ》作也。

右に送り仮名をつけたように読むとすれば、明らかに和文体と見なされるし、翌白雉二年（六五一）の法隆寺辛

亥年銘観音造像銘、

辛亥《ノ》年七月十日記《ス》。笠《ノ》評《ノ》君名《ハ》大古《ノ》臣、辛丑《ノ》日崩去。辰時、故児在布奈太利古《ノ》臣、又伯在健古《ノ》臣二人志願《ス》。

も、日本語の語序のまま表語文字を並べた和文体と認められるものだろう。さらにのちの、群馬県八幡村大字山名の、いわゆる山名村碑文も同様である。

辛己(巳)歳集月三日。

佐野《ノ》三家《ト》定《メ》賜《ヘル》健守命《ノ》孫《ノ》黒売刀自、此

新川《ノ》臣《ノ》児斯多々弥足尼《ノ》孫大児《ノ》臣《ニ》娶《ギテ》生《メル》児

長利僧、母《ノ》為《ニ》記《シ》定《ムル》文也。放光寺《ノ》僧。

「賜」の敬語としての用法や、漢文式の倒読を含まない表語文字の羅列から、これも完全な和文と見なされるものである。辛巳歳は天武十年（六八一）にあたる。

推古期遺文の法隆寺金堂薬師仏光背銘や、孝徳朝の二天造像銘・観音造像銘、そして天武朝の山名村碑文というふうに、七世紀初頭以降の和文を見てくると、このころようやく日本語がその語順のままに漢字で表されるようになったことが知られる。法隆寺金堂薬師仏光背銘の成立についてはその年代に疑問も提出されていて（杉村俊男「法隆寺金堂の薬師像銘文の成立年代について」共立女子短大紀要二〇号、笠井正昭「法隆寺問題の再検討」『日本書紀研究』6）、推古朝よりももっと後のものである可能性が強まっているらしいから、その点を勘案するとしても、少なくとも七世紀の中葉にこうした表記法が行われていたことは確認されるのである。

ところで、和文とはいえ、右の碑文や銘文においては、まだ辞（助詞・助動詞）の大部分が文字の上に表れていない。辞の表記が細密になってはじめて漢字仮名混じり文の祖とも言うべき真仮名混じりの和文が見られることになるわけだが、それはどのような資料に求められるだろうか。

表　止詔大□□乎諸聞食止詔

裏　御命受止食國之内憂白

右に記したのは、最近藤原宮址から発掘された木簡に見られる宣命である。『藤原宮址出土木簡概報』（昭和四四年三月）によれば、同所の木簡の記載は持統八年（六九四）から和銅三年（七一〇）の間に集中しているとのことだから、この宣命も同期のものと見て誤りないだろう。文中の「止《と》」「乎《を》」などの記し方を見ても、既述の孝徳・天武朝の和文よりもいちだんと辞の表記の綿密さを増していることが知られる。詞と辞とで文字の大きさを変える、いわゆる宣命書き（宣命小書体）は、

高天原尒事始而遠天皇祖御世中今至麻氐尒天皇御子之阿礼坐牟弥継々尒大八嶋國将知次止…

（文武元年八月十七日詔）

『続日本紀』の宣命に見られるのだが、辞を表す文字を小書する特殊なこの書式の成立は奈良朝以後と推測され（築島裕「古代の文字」『講座国語史』第二巻）、元来藤原宮址出土木簡のように書かれていた宣命が『続日本紀』に収載されるときに宣命書きに改められたものと考えられる（小谷博泰「宣命体の成立過程について」国語と国文学昭和四六年一月）。

木簡という動かし難い証拠をえて、辞の細部までを表す和文表記が七世紀末には成立していたことが明ら

かになったが、こうした表記の先蹤が歌の記録にこそ求められるのではないかと考えるのは、散文と詩との表現の性格の相違から自然に導かれる推理というべきものだろう。

歌の記録に見られる〈宣命大書体〉というと『万葉集』の巻一、巻二など訓字主体表記の巻々の書式がただちに想起される。おおづかみに言って、やまと歌の記録にあたり『万葉集』の訓字主体諸巻に見られるような〈宣命大書体〉が考案され、それが他の散文表記にも利用されていったものとして誤りはないが、現在見る巻一や巻二の、言い換えれば『万葉集』の多くの部分は八世紀以後に記された形を伝えるもので、厳密には先掲の木簡表記の先例とは言えない。したがって『万葉集』のなかでも確かに八世紀以前に書かれた形を保存すると思われる部分が選り分けられなければならない。

ごく最近の研究結果に従えば、人麻呂歌集と人麻呂作歌の大部分は人麻呂の記した文字遣いをほぼそのまま伝えるものとみて良いようである（稲岡耕二『万葉表記論』）。

ところで、江戸時代以降注目されてきたように、人麻呂歌集には『万葉集』のなかでも特に辞（助詞・助動詞）の表記の少ない、

天地《あめつちと》　言名絶《いふなのたえて》　有《あらばこそ》　汝吾《いましとあれと》　相事止《あふことやめ》（11・二四一九）

淡海《あふみのうみ》　奥嶋山《おきつしまやま》　奥儲《おくまけて》　吾念妹《あがおもふいもが》　事繁《ことのしげけく》（11・二四三九）

のような歌（略体歌）と（右の二例には、辞の表記がまったく見られない）、

痛足河《あなしがは》　河浪立奴《かはなみたちぬ》　巻向之《まきむくの》　由槻我高仁《ゆつきがたけに》　雲居立良志《くもゐたつらし》（7・一〇八七）

三毛侶之《みもろの》　其山奈美《そのやまなみ》尒《に》　児等手乎《こらがてを》　巻向山者《まきむくやまは》　継之《つぎの》宜霜《よろしも》（7一〇九三）

のように音仮名や訓仮名を利用して、なるべく細密に辞の部分をも表そうとした歌（非略体歌）の、二種類を含む。前者は漢文の書き方にも近いから、真淵はこれを「詩体」と称して他の部分と区別し、唐風にかぶれた奈良朝の人の記したものと考えた。それ以後現在にいたるまで多くの研究者の間で論議がなされてきたのであるが、先掲の孝徳朝の二天造像銘や観音造像銘、天武朝の山名村碑文の例からも察せられるように、天武朝あるいはそれ以前の和文としては、前者（略体歌）のような書式が一般的なものであったと考えてよかろう。人麻呂は天武朝における和文の一般的な書式であった前者をやまと歌の表記に適用して、自己および周囲の人々の歌を記録したのであった。後者は略体歌以後に人麻呂の開発した新しい表記法と思われる。国語の表記史の上から仮に名づけるとすれば、前者は古体の和文表記であり、後者は新体の表記と言うことができる（稲岡前掲書）。ここで、さらに注意しておきたいのは、後者を一般に「非略体歌」と便宜的に呼んでいるために誤解を生じやすいのであるが、人麻呂歌集非略体歌も、『万葉集』の人麻呂関係歌以外の部分と比較すると、辞の表記が相対的に疎であり、略体歌・非略体歌そして人麻呂作歌の順に綿密さが加わっていると言えることだろう。人麻呂歌集略体歌は、やまと歌を文字に記録し始めた当初の、もっとも古い書き様を伝えるものなのである。巻一・巻二の天武朝以前の歌が、人麻呂歌集よりも綿密に記されているのは、宮廷内に伝承された歌が、巻々の編纂に際し、その時点つまり持統・文武朝あるいは元明朝などの表記法によって文字化された結果であろう（各巻の編纂については、各巻概説の項参照）。

冒頭に、わが国で歌が文字に記されるようになったのは何時ごろからであったか、それを厳密に定めるのは、かなり難しいことに属すると言ったが、文献および考古学的資料の示唆するところに従って、和文の表記史をたどってみると、右に略述したように渡来人の記した漢文の見られる五〜六世紀の状態から、約二百年を経て、天武朝に至ってようやく本格的にやまと歌のための漢字による日本語の表記が求められるようになったことが明らかになる。これは、国語の表記史の検討によってみちびかれる結論であるが、ことは単に文字表記の問題にとどまらず、文学的な内容にも関連している。その詳細は次の歌風概観の項に記したいと思う。

二　歌風の概観（第一期——初期万葉）

『万葉集』の歌風を概観する場合に、これを四期に分けるのが普通で、第一期は舒明朝（六二九〜六四一）から壬申の乱（六七二）までの四十年余りを指す。前項に扱った文字記録との関連から言えば、口誦の時代あるいは〈前記載〉の歌の時代と見なされる。

ひろく知られているように、『万葉集』には、舒明朝以前の作品として、磐姫皇后・雄略天皇・聖徳太子など、伝承上著名な天皇や皇族の歌を載せているのだが、それらは後代の作品が仮託されたもので、実作とは認められない。第一期を舒明朝以後とするのは、そうした伝誦上の作者を除き、実質的な作者層を問題とするからである。

第一期としてここにとりあげる四十年余りは、古代史のなかでもとりわけ波瀾に富んだ時代であった。舒明朝こそ平穏に過ぎたように見えるものの、皇極四年（六四五）六月の中大兄と鎌足らによる蘇我氏誅滅のクーデター、同年九月の古人大兄の謀叛事件、四年後の蘇我山田麻呂の事件、そして斉明四年（六五八）の有間皇子事件など皇位と権力をめぐる血なまぐさい争いは絶えなかったし、この期の末の壬申の乱は、古代における最大の規模の内乱であった。その間に大化改新という大改革が行われ、中央集権体制が強化されて古代国家の基礎が固められたのであるが、斉明七年（六六一）の新羅征討船団の西征、天智二年（六六三）の白村江の敗戦、同六年の近江遷都など、対外的にも対内的にも多事多難な時代であった。

ところで、第一期の歌がとくに初期万葉歌とも呼ばれて注目されているのは、大化改新はじめ右にあげた多くの謀叛事件と直接関連を持ったためというより、前節で触れた文字記録との関係から言ってこの時期の歌に〈前記載〉的な特殊な性格が認められるからである。斎藤茂吉が、人麻呂以前の歌の特色を「没細部」と言い、これを作者の内面的な姿勢から理解しようとしたのを（『柿本人麿』）、のちに西郷信綱氏が引用しながら、「没細部」の暗示力を持つのは文字使用以前の口誦文芸の特色であり、これに対し記載文芸では、対象の把え方が正確になり、描写が成立してくるのだと説いているのは（『詩の発生』）、その特色をおおづかみに指摘するものである。この期の歌の表現が、新しい時代の思想や人間的自覚に根ざしつつ、徐々に口誦の歌の性格とは異なる要素を含み込んできているとは言え、総体として見た場合になお伝統的な呪性や歌謡的性格に脈をひいているとして誤りないのも、完全な意味で口誦の意識を脱していないためである。

いわゆる国見歌の表現が、古事記歌謡の、

千葉の　葛野《かづの》を見れば　百《もも》千足《ちだ》る　家庭《やには》も見ゆ　国の秀《ほ》も見ゆ（応神記四一歌）

おしてるや　難波の崎よ　出で立ちて　我が国見れば　淡島　おのごろ島　檳榔の　島も見ゆ　さけつ島
見ゆ（仁徳記五三歌）

などから、『万葉集』巻一の、

天皇香具山に登りて望国《くにみ》したまふ時の御製歌

大和には　群山ありと　とりよろふ　天の香具山　登り立ち　国見をすれば　国原は　けぶり立ち立つ
海原は　かまめ立ち立つ　うまし国そ　あきづ島　大和の国は（1二）

のように変わるのは、素朴な頌詞や固有名の羅列の段階から、次第に叙景的な描写表現に近づいてゆく道程を示していると言えるが、舒明御製の対句部分の「けぶり」や「かまめ」が写生的な景の表現そのものではなく、いずれも国見の呪物としての性格を持ち、国霊および水霊・穀霊を讃える予祝表現にほかならない点は、注意すべきであろう（土橋寛『古代歌謡と儀礼の研究』）。

有名な三山歌の反歌に、

わたつみの豊旗雲に入日見し今夜の月夜さやに照りこそ（1一五）

と歌われているのは、その長歌、

香具山は　畝火雄々しと　耳梨と　相争ひき　神代より　かくにあるらし　古も　然にあれこそ　うつせみも　妻を　争ふらしき（1一三）

と、反歌の第一首目に、

香具山と耳梨山と相ひし時立ちて見に来し印南国原（1一四）

とあるのと内容が離れており、左注に「右の一首の歌は今案ふるに反歌に似ず」と記されているように、恐らく本来は反歌でなかったものが、ほぼ同じ時に作られた歌ということで、いっしょに伝えられ紛れを生じたのであろう（稲岡「反歌史溯源」井上光貞博士還暦記念『古代史論叢』）。一首を壮麗な叙景歌と解してきたのは誤りで、「わたつみの豊旗雲」とは、海神の霊力により生じた瑞兆としての雲を表し、月明を希求する呪的な性格の歌と考えられる。額田王の、

熟田津に船乗りせむと月待てば潮もかなひぬ今はこぎいでな（1八）

が、斉明七年（六六一）、伊豫の熟田津から九州へ向かう船団の出発の際の士気昂揚を目的とする歌であるのに似る。

舒明朝の宇智野の猟の歌に、

たまきはる宇智の大野に馬並めて朝踏ますらむその草深野（1四）

の反歌が見え、初期万葉の歌のなかでもとりわけすぐれた作品と評されているが、これとて単に「雄勁な調」（私注）とか、「具象的で颯爽とし」ている（窪田評釈）というのみでなく、契沖が洞察しているように、「草深キ

野ニハ鹿ヤ鳥ナトノ多ケレハ、宇智野ヲホメテ云也」（代匠記精撰本）という豊猟予祝の心を読みとるべきものであろう。『詩経』に、

彼の茁《さつ》たる者は葭《あし》
壱発《いっぱつ》にして五豝《ごは》
于嗟《ああ》乎　騶虞《すうぐ》よ

と歌われている詩が、「猟場に打集って、その年の初の春猟を始めるにあたり、猟場の神を祭り、豣の幸を祈って合唱したもの」（赤塚忠「中国古代歌謡の発生と展開」『中国文学研究』三号）と説かれているのと同様に、四番歌の表現にも古代的な呪性が認められるのである。

呪的な性格は、古代的な自然観や霊魂観を背景としている。中皇命の歌に、

君が齢もわが代も知るや磐代の岡の草根をいざ結びてな（1一〇）

と言い、有間皇子歌に、

磐代の浜松が枝を引き結び真幸《まさき》くあらばまた顧みむ（2一四一）

と歌われるように、草や枝を結ぶのは、そこに自己の魂を結びこめることであり、旅先の安全を祈っての習俗であった。折口信夫はこのことを次のように説明している。

紀州日高郡磐代の崖の下には、道の神が居り、其処を通る人は、其神に障られるので、物を与へて通らなければならなかつた。此道の神は、現在我々の考へてゐる神以下の神で、木霊《コダマ》・魑魂《スダマ》と言つた、謂はゞ精

霊で、最近では、でもん・すぴりつと言ふ外国語を用ゐた方が訣り易くなつてゐる。では、何を与へるかと言ふと、特別にさうした神々の欲しがるものがある。其が霊魂で、霊魂の一部分を与へると言ふことになる。…中略…「濱松が枝を引き結び」と言ふ事は、濱の松の枝に自分の分割した霊魂の附著したものを結びつけられた意で、松の枝に鎮魂的な処置をしたと言ふ事になる（「産霊の信仰」全集第二十巻）。

こうした信仰は、『万葉集』の全般に見られるものであるが、とくに初期万葉にいちじるしい。自然の背後に霊的な存在を見る、このような観念と、自然を美的対象として観照する態度とは相容れないものであって、霊性の退化とともに自然描写が成立してくる、そのことも初期万葉歌が語ってくれるだろう。

第一期の歌の特徴としては、右のような呪的性格のほか、集団性・意欲性・自然との融即性などがあげられる。集団性・意欲性は芸術的価値を意図する、いわゆる文学意識以前の、限界文芸的性格と言いうるもので（土橋寛「文学としての古代歌謡」『講座日本文学』1に、民謡や宮廷歌謡を限界芸術とする）、初期万葉の歌の多くが集団的行事、すなわち宮廷儀礼や民間習俗の場と結びついていることと関連する。国見歌や宇智野の猟の歌、磐代での結びの歌など、すでに触れたとおりであるが、額田王の「近江国に下る時に作る歌」（1一七・一八）も、近江遷都に際して、大和の国魂としての三輪山の神に対する別離のこころを詠むもので、その歌われた場を想像させる。西郷信綱氏によれば、「奈良山においてなされた、大和に訣れんとする儀礼のなかで作られたもの」（万葉私記）であって、「学問的推定としてだけでなく、歌そのものの姿や調べの問題として」も認められると言う。ただし橋本達雄氏は「あをによし　奈良の山の　山の際に　い隠るまで　道の隈　い積もるまでに　つばらにも　見つつ行かむを　しばし

ばも　見放けむ山を」という表現によっても、「遷都に先立って取行われた祭祀儀礼」が考えられ、「作者は飛鳥から奈良山を越えるまでの道程を念頭において、その間じゅう見ようといっている」のであり、「奈良山の上には、まだ到達しているとは考えられない」と言う（『万葉宮廷歌人の研究』）。この点は後説が正しいであろう。同じ時の「井戸王のすなはち和ふる歌」の、

　綜麻《へそ》かたの林のさきのさ野《の》榛《はり》の衣に着くなす目につく我が背（1一九）

に見える「綜麻かた」も、右の問題に関連して、三輪近くの地名として理解されよう。

　この期の歌に、後代には見られない充実した意欲が感ぜられるのは、右のように現実的行為と歌とが密接に関連しているこの時代の集団と歌との在り方、集団から個人が疎外されず、緊密な相互理解や信頼で結ばれた両者の関係などに由来すると思われる。

　前掲の近江遷都の際の額田王作歌には、「雲だにも情あらなも隠さふべしや」という、擬人法を恐らく意識しない、自然の有情化表現が見られるが、自然と親和融即するこの傾向は、自然に霊性を認めて畏怖しつつそれに依存せざるをえない農業生活に根ざした必然的な在り方であって、そうした自然感情が強く表れているのも初期万葉の歌だと言える。

　歌謡や民謡との関連は、『万葉集』全般に広く認められるのであるが、とくに初期万葉から次の第二期の人麻呂時代の歌において関係は濃密であると言わなければならない。天智七年（六六八）五月五日の蒲生野の薬猟で詠まれた額田王と大海人皇子との贈答歌、

あかねさす紫野ゆき標野ゆき野守は見ずや君が袖振る（1二〇）

紫のにほへる妹を憎くあらば人妻故に我恋ひめやも（1二一）

の二首が、歌垣の掛け合いの伝統をつぐ宴席の座興歌で（池田弥三郎・山本健吉『万葉百歌』）、個人的な抒情歌とは異質の性格を持つことも、その歌詞から知られるのである。大海人の「紫のにほへる妹」は額田王の「あかねさす紫野」を受けて見事に返したものだし、「人妻故に」という第四句も、額田王の「野守は見ずや君が袖振る」から即興的に打返した唱和のことばであった（伊藤博「遊宴の花」万葉八二号）。

巻二の久米禅師の石川郎女に対する妻問いの歌（2九六〜一〇〇）も、嫁選びの掛け合いの系統に属するし、鎌足と鏡王女の唱和、

王匣《たまくしげ》覆ふをやすみ明けて行かば君が名はあれど我が名し惜しも（2九三）

玉匣みもろの山のさな葛さ寝ずは遂にありかつましじ（2九四）

の二首も、婿選びの掛け合いと見られる。これらは歌垣の歌謡の系統に属するものであろう。先に呪的な予祝歌として触れた宇智野の狩猟の歌の前半は、雄略記の、

やすみしし　わが大君の　朝とには　い縁り立たし　夕とには　い縁り立たす　脇づきが下の　板にもが

あせを（歌謡一〇四）

という春日袁杼比売の歌に酷似している。「朝とには　い縁り立たし　夕とには　い縁り立たす」の、単純な繰り返しに近い表現から言っても、それが歌謡の原初形に近いものであることが知られるし、そうしたも

のが伝承され、三番歌のような表現を生んでいったことが推測される。「朝には 取り撫でたまひ 夕にはい縁り立たしし」の方が、時相的にも整理されているのである。有間皇子の「家にあれば笥《け》に盛る飯《いひ》を草枕旅にしあれば椎の葉に盛る」(2一四二)も、発想および形式に伝統的な歌謡のパターンを読みとることができる。

〈対句〉とか〈枕詞〉と呼ばれている修辞技法が、初期万葉から第二期にかけて、どのように変化したのかを確かめることも必要なことであろう。

〈対句〉は歌謡における畳句つまり繰り返しから発展したものであると言われる(柿村重松『上代日本漢文学史』中西進『万葉集の比較文学的研究』など)。柿村重松氏も記しているように記紀歌謡に見られる対句的なものは、厳密に言えば繰り返しであって〈対句〉ではなかったし、その畳句から〈対句〉への展開をうながした力の一つは、中国詩の影響に求められる。柿村氏が〈対句〉の獲得を主として人麻呂以後とされたのに対し、中西進氏が近江朝にすでにこれを認めようとするのは、額田王作歌(1一六、一七)や岡本天皇御製(4四八五)に、〈対句〉の例を拾いうると見るためである。ただし岡本天皇御製は、これを舒明朝ないし斉明朝の作品とするには疑問があって、たとえば、

昼は　日の暮るるまで　夜は　夜の明くる極

という表現は、額田王の「山科の御陵より退り散くる時」の歌の、

夜はも　夜のことごと　昼はも　日のことごと

とくらべると、昼夜の順序が逆であるし、王作歌の方が単純にもなっている。南方熊楠が記したように(全

集第四巻）古代においては日没を一日の始めとする特殊な意識があり、トルコなどでも認められるが、日本においても天智朝以前にそうした観念の存したことが、右の額田王作歌の、夜を先に記す表現などから探れようか。天武朝以後になるとそれが変化して、現在のわれわれと同じく昼を先に、夜をあとに表すようになったらしく、文武三年弓削皇子の薨じた時の挽歌には、

…昼はも　日のことごと　夜はも　夜のことごと　臥し居嘆けど　飽き足らぬかも（2二〇四）

と歌われている。そうした古代的な観念の投影として「昼は…夜は」という表現も注意されるのであり、岡本天皇御製をそのまま舒明朝ないし斉明朝の作品とすることに疑念が挟まれる。反歌史を吟味する立場からも、同歌に不審が抱かれることは別に記したことがある（「反歌史溯源」）。

また、額田王の春秋競憐の歌や、近江に下る時の歌の〈対句〉が、畳句でなく〈対句〉になりおおせているかどうかは、論者によって判断に差があって、そこに問題が伏在することも否定しえない。

冬ごもり　春さりくれば　鳴かざりし　鳥も来鳴きぬ　咲かざりし　花も咲けれど　山を茂み　入りても取らず　草深み　取りても見ず…（1一六）

この春秋競憐の歌は、確かに中国文学の影響を受け、詩賦の題詠を念頭におくもので、その意味で近江朝における風流の新風を認めることができるのである。北山茂夫氏が額田王作歌の背景を叙述し、新国家の樹立・官人制の拡充と都城への集注・法と新制度を動かすための中国伝来の教養などの諸条件を列挙したように（『続万葉の世紀』）、文学的な新風を生み出す歴史的条件は、ほぼ整っていたと見てよいだろう。

しかしながら、実用的なレベルでの文字の使用が、法令や戸籍の記録などかなり進められていたにしても、それが直ちに文学つまりやまと歌への文字の適用とは結びつかない。ジャケッタ・ホークスの『古代文明史』にエジプトやメソポタミアにおける文字の機能や発達が記されているが、文学的な用途への文字の進出は、ずっと遅れたものとされている。その一部を引用すれば、次のとおり。

行政管理上の目的をのぞけば、文字は主として易断用にもちいられた。彼らは何かを行なうさいの吉凶を占うために動物を犠牲にささげたが、その肝臓の状態を、実に数万枚もの焼成粘土板文書が記録している。これが書記にとっての主要な社会的機能だったのであり、それは文学とか知識を創出・伝達するためのものではなかった。

同様のことは、古代中国についても言える。問題は、天智朝におけるやまと歌の創造の実態として、文字がどれほど深く関与していたか、あるいはいなかったか、という点にかかってくるだろう。確かに漢文学の隆昌という事実のあるのは否定しえないから、同様に、やまと歌にも、文字を通した創造が考えられそうなのだが、それにしては歌の表現における変化が微弱に過ぎるように思う。

ここでは〈対句〉の問題に搾るとして、額田王が、いわゆる記載レベルの〈対句〉意識を持たないらしいことは、春秋競憐の歌の、

山を茂み　入りても取らず
草深み　取りても見ず

を見ても察せられる。これは、「鳴かざりし　鳥も来鳴きぬ　咲かざりし　花も咲けれど」につづく部分だから、記載レベルで考えれば、鳥と花とに対応して、それぞれの五七音を読みわけるべきところと思われるが、額田王は、いとも無雑作に、花のみに限定して繰り返す形としている。これはこの歌が口誦で即興的に歌われたことを証するだろう。〈対句〉と言うには余りにも不完全な跛行的な表現を含みながら、舶来の発想によるやまと歌が、口誦の歌の技術を駆使して即興的に誦されたところに（犬養孝「秋山われは」『万葉の風土』）、この時期の新風の在りようも想像されるのである。同じ額田王の近江に下った時の作歌に、

…山の際に　い隠るまで　道の隈　い積もるまでに　つばらにも　見つつ行かむを　しばしばも　見放けむ山を…

とあるのも、繰り返しか〈対句〉か判断はきわめて微妙であるが、五味智英氏も記しているように、この部分は「相似た内容」を畳みかけるように述べており、「句々重なって惜別の情を盛り上げて行く」調べの効果の見事なところであって（『古代和歌』）、少なくとも人麻呂以後の歌のような整然たる〈対句〉はそこになく、むしろ記紀歌謡の繰り返しや言い換えに近いと言うべきだろう。

この期の末の、天智天皇の死を傷む挽歌に、

天皇の崩りましし時に、婦人の作る歌一首　姓氏未詳

うつせみし　神に堪へねば　離りゐて　朝嘆く君　離り居て　我が恋ふる君　玉ならば　手に巻き持ちて　衣ならば　脱《ぬ》く時もなく　我《あ》が恋ふる　君そ昨夜《きぞのよ》　夢《いめ》に見えつる（２一五〇）

とあるのも、傍線部は繰り返しか対句か判断の分かれるところと思われる。ただ、この一五〇歌で注意すべきは、傍点を付した部分と「我が恋ふる」とのつながり工合で、恐らくここは「玉なら手に巻きつけて持ち、衣ならば脱ぐ時もなくありたいものを」という意味で、言葉を補って解すべきところであろう。巻三に、

人言の繁きこのころ玉ならば手に巻き持ちて恋ひざらましを（四三六）

と歌われているように、「玉ならば手に巻き持ちて」は「恋ふ」にではなく「恋ひず」に掛かる方が自然なのであって、「我が恋ふる君」に掛かる修飾語のような形を見せる一五〇歌の場合が特殊なのである。この歌が口誦で、特別な節をつけ抑揚をともなって歌われたならば、「我が恋ふる」の前に意味的に大きな省略のあることが容易に理解されたであろうが、声楽的な要素をすっかり欠いて、文字化された結果をのみ見るために、文脈が乱れていることが目立つのかもしれない。いずれにしても、この歌が文字記録を通して作られたのでなく、口誦の歌として生まれた、その素姓を明かすものと思われる。

〈対句〉ばかりではない。〈枕詞〉に関しても、額田王作歌の〈枕詞〉、広くは初期万葉の歌の〈枕詞〉が、人麻呂以後のそれのように新しい意識による濾過を経ないものであることは、比較をしてみると明らかである。そうした点を綜合して、わたしは、天智朝における額田王作歌の表現の位相を、口誦末期、言い換えれば〈前記載〉のそれとして見る立場をとりたいと考えている。先に、表記史的な視点から、やまと歌のための漢字による表記が積極的に求められたのは、天武朝からであったと記したけれども、実際の歌の表現を吟味してゆくと、そのことが裏づけられるように思う。

もちろん、右のように大摑みにとらえるにしても、第二期に顕著となる傾向の前駆と言うべき諸事象を否定するわけではない。中国詩における乱や反辞にならって、長歌に反歌を添えるようになったのは、天智朝からであったと考えられるし、額田王がわが国における反歌の実質的創始者と見られる（稲岡「万葉の詩と歴史」国文学昭和五三年四月）。人麻呂は、その反歌の歴史を受けて、記載のレベルでの多様な展開をはかったのであった。そのことは、第二期の項に述べる。『懐風藻』の序文に「是は三階平煥、四海殷昌、旒纊無為、巌廊暇多し。旋《しばしば》文学の士を招き、時に置醴の遊を開きたまふ。此の際に当りて、宸翰文を垂らし、賢臣頌を奉る。彫章麗筆、唯に百篇のみにあらず」と記されているのが、多分に潤色を含むとしても、中国文学を〈読む〉ことや、それに模して述懐詩を〈書く〉ことを通して天智朝の人々が体得した文学の意識は、口誦の歌の歴史にはなかった新しい言葉の世界を人々に印象づけたはずである。そうした海彼の文学の意識が、徐々にやまと歌の発想や表現に浸透してゆくのであって、しばしば優艶な歌境が話題とされ、最近では奈良時代以後の人が額田王に仮託した作とする説まで生じている、

君待つとわが恋ひ居ればわが屋戸の簾動かし秋の風吹く（4四八八）

は、「夜相思、風吹窓簾、言是所歓来」という清商曲辞の翻訳というのに近く、天智・天武と王との間の具体的な関係としてとらえるよりも、彼女が人づてに知った中国詩の内容を、さっそくやまと言葉にうつしてみせたもので、後に「思近江天皇作」という伝承をともなうに至ったと考える方が、真相に近いかも知れない。

また孝徳天皇の大化五年(六四九)三月、皇太子妃造媛の死後、野中川原史満が中大兄のために代作したという悲歌

山川《やまがは》に鴛鴦《をし》二つゐて偶《たぐひ》よく偶《たぐ》へる妹を誰か率にけむ

本《もと》毎に花は咲けども何とかも愛《うつく》し妹がまた咲き出来《でこ》ぬ

に始まる挽歌の歴史も、新しい文学の地平にあらわれた過渡的なすがたを見せてくれる。天智天皇崩御後の後宮女性たちの挽歌は、抒情歌としては呪術的な性格を濃厚に持っており、口誦性の残存とともに、この歌群がなお純粋な抒情詩にまで脱化しきれていないことを示す。なお、景行記のヤマトタケルの物語に見える「なづきの田の稲幹《いながら》に稲幹に這ひもとほろふところづら」などの歌は天皇の大御葬に歌われたものと伝えられている。これは葬歌であって、挽歌とは成立を異にする。土橋寛氏によれば、葬歌が天皇の大葬に歌われるようになったのは、恐らく推古朝以後大陸の葬礼にならって始められたことで、土師氏の関与したことと言う(『古代歌謡全註釈』古事記編)。

総体的に、この期の歌は、主観語をあまり用いず、客観的即事的な表現に終始する限界文芸的性格を残しているが、記紀歌謡より内面化し、存在の核心を簡浄なことばでとらえる固有の詩美を保っており、歌謡から個人の抒情詩へ未だ脱けきれない特殊なその位相を語る。

三　歌風の概観（第二期——人麻呂の時代）

第二期とは、壬申の乱（六七二）以後奈良遷都（七一〇）までの、ほぼ四十年を指す。大乱収束後の安定と繁栄が享受された活気に満ちた時代で、有名な柿本人麻呂の活躍期でもあった。

人麻呂の伝記については不明な点がはなはだ多く。生没年も未だに明らかでない。人麻呂歌集七夕歌の最後の一首、

天漢安川原定而神競者磨待無（二〇三三）

の左注に、「此歌一首庚辰年作之」とある「庚辰年」が天武九年（六八〇）と考えられるので（粂川定一「人麻呂歌集庚辰年考」国語国文昭和四一年七月）、そのころ人麻呂は出仕していて、すくなくとも二十一歳であったはずだとし、出生を斉明六年（六六〇）以前と推測するのがせいぜいのところであった。が、ごく最近になって、人麻呂は天智朝にすでに出仕し、吉備津釆女の死を傷む挽歌も制作していたという新説が北山茂夫氏によって出され（『柿本人麻呂』）、一方では梅原猛氏の人麻呂刑死説の提唱もあって（『水底の歌』）、伝記上の諸問題が新しい視点で顧みられている。

北山氏のように天智朝の出仕を想定するとすれば、従来より年齢を引きあげ、生年を溯らせて考えなければならない。その可能性は認められる。しかし、天智朝における長歌の制作という点は、人麻呂の反歌の作法など、作品論的に恐らく肯定し難いだろうと思われる（稲岡「人麻呂反歌短歌の論」『万葉集研究』第二集）。また、人麻呂の没年は、巻二に、「在二石見国一臨レ死之時自傷作歌一首」と題された、

鴨山の磐根し巻ける我をかも知らにと妹が待ちつつあるらむ（2二二三）

があり、配列から推して奈良遷都以前と考えられている。一方、続日本紀の和銅元年四月二〇日の条に、

従四位下柿本朝臣佐留卒

と見える「柿本佐留」が人麻呂と同一人物ではないかという説も、人麻呂は石見国で刑死したのではないかと言う説も梅原猛氏によって主張されている。これも面白い見方であるが、確かでない。『万葉集』の人麻呂の場合は「臨レ死」と記され、佐留は「卒」と書かれているので、別人と考えるのが穏やかだろう。

人麻呂の活躍は天武朝にはじまる。壬申の乱は近江方の敗戦で幕を閉じ、乱後王権が強化され皇親政治が実現したことは周知のとおりであるが、律令体制成立上の画期的な時期が大化の改新にではなく、むしろこの壬申の乱以後にあることなど、定説化しつつあると言われる（星野良作『研究史壬申の乱』）。『万葉集』に「壬申の年の乱の平定《しづ》まりにし以後《のち》」の大伴御行の作として、

大君は神にしませば赤駒の腹ばふ田居を京師となしつ（19四二六〇）

を伝えているのも、右のような背景において理解されるだろう。「明神《あきつかみ》」としての天皇を讃える歌声が乱後人々の口の端にのぼったのである。『日本書紀』や『続日本紀』に「明神」という呼称が見られるのは、大化元年（六四五）以後であるが、改新詔やそれに関連した記事が浄御原令や大宝令の知識による粉飾を含むと考えれば、天武一二年（六八三）正月の詔に「明神御大八洲日本根子天皇」とあるのが信憑性の高い例となる。古代の首長一般について、霊威を有するものという観念は認められるところであるが、壬申の乱を契機として、

それが勝利者である天武の人格に集約する形で天皇＝神という新しい観念を生み出したとも言える（石母田正『日本の古代国家』）。

天武朝が強力な専制王権の確立期であったことは種々の面から証されている。その詳細をここに記す必要はないと思うが、浄御原令の制定施行が、孝徳〜天智朝を前史とする強力な国家機構の成立・完成を意味し、八色《やくさ》の姓制定の目的が、天皇絶対性の確立と皇親の優位を確保することにあった点など、記憶されるべきであろう。

政治機構の整備とともに、天武朝は、文化的な諸事業においても活潑な動きに満ちた時期であった。天武四年二月に、大和・河内・摂津・山城・播磨などの諸国に「所部《くにのうち》の百姓《おほみたから》の能く歌ふ男女及び侏儒《ひきひと》・伎人《わざひと》を選び貢上《たてまつ》れ」と命ぜられたのは、当時諸国で行われていた民謡や舞踊の類を宮廷の儀礼にとり入れようとするものであった。後に天平一五年（七四三）五月一六日の橘諸兄の奏に「かけまくも畏き飛鳥浄御原宮に大八洲知らしめしし聖の天皇命《すめらみこと》、天下を治め賜ひ平らげ賜ひて思ほし坐《ま》さく、上下を齊《ととの》へ和《やは》げて、動きなく静かに有らしむるには礼と楽と二つ並べて平けく長くあるべしと神ながら思ほしまして、此の舞を始め賜ひ造りたまひき」（続日本紀）と見えるのは五節の舞の縁起を語るものであるが、それが天武天皇の発意に成ったことを知りうる。このほか、同じく四年四月には「諸《もろもろ》の才芸ある者」に禄を給うことがあったし、十年二月の浄御原令編纂開始の詔に続いて、同年三月には川島皇子・忍壁皇子などに帝紀および上古の諸事記定の詔が下っている。翌十一年、孝徳朝の遣唐留学生坂合部石積等に『新字』四四巻作成の命が出された。この『新字』の内容については、漢字全般の注解書と見る説や、字形・字体中心の文字集的字書と見る説などあって、定説というべきものを見ないが、いずれにしても、わが国における最初の辞書あるいは字書であったと見られ（吉田金彦「辞書の歴史」講座国語史第三巻）、言葉や文字に対するこの時代の強い志向をうかがわせる（中西進『万葉史の研究』など）。

天武朝における人麻呂の作歌活動は『万葉集』に収められている「柿本朝臣人麻呂歌集」の歌によって知ることができる。短歌・旋頭歌・長歌計三百六十余首を含むこの歌集については、江戸時代以後多くの議論が重ねられてきたが、ごく最近の研究の結果によれば、「柿本朝臣人麻呂作歌」と明記された作品とともに人麻呂自身の文字遣いのあとをとどめ、かつ、作歌よりも前の人麻呂の習作を多く収録していると見てよさそうである（稲岡『万葉表記論』）。人麻呂は文字を通して作歌した最初の歌人であった。

人麻呂の作詩（歌）法が、前代といちじるしく異なっていることは、〈枕詞〉や〈対句〉の在り方によっても知られる。

〈枕詞〉は、古い口誦の詞章の一形式であり、呪的な起源を持つものと推定されるが（折口信夫『日本文学の発生序説』全集第七巻、土橋寛『古代歌謡論』）、人麻呂歌集および作歌に使用されている比喩的な〈枕詞〉は、それが口誦の慣用句であることをやめ、文字に記録される客観的な歌の表現へ転化したことを語っている（西郷信綱『詩の発生』）。百二十種を越えるその多彩さと（稲岡「人麻呂の枕詞について」万葉集研究第一集）、そこに示された人麻呂の詞句選択の意識が、口誦のレベルから文字を媒介とする表現への変化を告げるのである。それは、ヨーロッパの古代叙事詩における定型句（formulae）の変化にもなぞらえうる性格のものであろう。久保正彰氏によれば（『ギリシア思想の素地』）、ホメロスの叙事詩において、特定の律格的条件を満たし、文法的に作用する定型句は原則的にただ一つしかないのに対し、ギリシャ後期の叙事詩およびヴェルギリウスの詩では、特定の律格を充足する形容詞が複数個あって、詩人はそのなかで最もよく適合する意味を持つと思われる形容詞を吟味し選択したと言われる。古期のアオイドスの技巧が口誦の即興における美しいひびきに満ちた休息であったのに対し、後期の詩人たちは、それと全く異なる創造の場に立っていたゆえに、定型句の技法にもいちじるしい相違を生じたのである。

人麻呂が〈枕詞〉を多用したという場合にも、明らかにその文脈にふさわしい修飾句として〈枕詞〉の意味を検討し、それを文字に定着したことを見逃してはならないだろう。そのことは、同一の〈被枕詞〉としての用言に多様な〈枕詞〉が文脈に応じて使い分けられている、歌集や作歌の次のような例によっても確かめられるはずである（稲岡「転換期の歌人・人麻呂」日本文学昭和五二年六月）

解き衣の恋ひ乱れつつ浮きまなご生きても吾はありわたるかも（二五〇四）略体歌
山菅の乱れ恋ひのみせしめつつ逢はぬ妹かも年は経につつ（二四七四）略体歌
…引き放つ　箭《や》の繁けく　大雪の　乱れて来たれ…（一九九）作歌
飼飯の海の庭よくあらし刈り薦の乱れ出づ見ゆ海人の釣船（二五六）作歌
行く川の過ぎにし人の手折らねばうらぶれ立てり三輪の檜原は（一一一九）非略体歌
黄葉の過ぎにし子らと携はり遊びし磯を見れば悲しも（一七九六）非略体歌
塩気たつ荒磯にはあれど行く水の過ぎにし妹が形見とぞ来し（一七九七）非略体歌

真草刈る荒野にはあれど黄葉の過ぎにし君が形見とそ来し（四七）作歌

このほか、雄略記歌謡（九七）や、『万葉集』巻一巻頭歌にみえる「そらみつ　大和」が人麻呂作歌では「天《そら》尒《に》満《みつ》　倭」（二九）と歌われているのも、伝誦された意味不透明な〈枕詞〉が新たな意味で把え直され、記載の言葉として再生した例となる。人麻呂は、口誦の形式を利用しながら、それを記載文学における技法として詩的に把えかえしたのである。明日香皇女の挽歌の本文に、

…然れかも　あやにかなしみ　ぬえ鳥の　片恋嬬　朝鳥の　かよはす君が…（一九六）

とあり、その異伝として、「朝霧の　かよはす君が」を伝えているのも、初案には、霧の去来を比喩とした人麻呂が、再案ではこの部分を推敲し、「朝鳥の」という比喩に変えたことを示している。雲や霧に霊魂を感じ、あるいは嘆きの息を見る古代的観想からすれば、霧を「かよふ」の〈枕詞〉としたのも不自然ではなかろうし、初案は、そうした観想を背景に成立したのかも知れない。それを再案で「朝鳥の」に変えたのは、前の「ぬえ鳥の　片恋嬬」との関連だろうか。あるいは霧に対する観念の変化が考え合わせられたのかも知れない。こうした〈枕詞〉選択の揺れ自体に、転換期の時代性もうかがわれると思う。

〈対句〉が、記紀歌謡や初期万葉歌における繰り返し的な性質の強い原初的な形から（大畑幸恵「対句論序説」国語と国文学昭和五三年四月に、原初的〈対句〉と称する）、対偶を意識した記載レベルの表現としての〈対句〉へと転化したのも、前に触れたとおり中国詩の影響によるが、大畑幸恵氏も吟味しているように、その転化の時期は近江朝ではなく、やはりもう少しくだって人麻呂以後であったと言うべきだろう。

〈枕詞〉にしても〈対句〉にしても、口誦におけるその原初的性格を脱して、新しい文学表現への転成を遂げえた背後に、〈読む〉歌への変化という重大な条件が存したことは見のがせない。それをもっとも鮮やかにかつ具体的に示しているのが、人麻呂作歌の異伝であると思われる。

人麻呂が文字に記載することを通じて文学的創造を果したことは、人麻呂歌集や作歌の文字面が、彼自身の文字遣いをほぼそのまま伝えていると見られるところからも察せられるが（稲岡『万葉表記論』）、人麻呂作歌の異伝の大部分が、その推敲の跡を示すものであることも（曾倉岑「万葉集巻一、巻二における人麻呂歌の異伝」国語と国文学昭和三八年六月など）、その活動を具体的に知らせてくれる。異伝を、作者の推敲ではなく、後代の人々の伝承中の訛伝と見る説もないではないが（『万葉集私注』など）岩下武彦氏が近江荒都歌の本文と「或云」との関係を詳しく吟味し、たとえば、「橿原の　ひじりの御世ゆ」と「或云」の「橿原の　ひじりの宮ゆ」とでは、後者が古い一代一宮制にもとづく表現で、半恒久的都城の造られた奈良時代以後には用いられ難いこと、また、「知らしめししを」と「知らしめしける」とでも、前者のほうが歴代の天皇の治政の場所に照らして正しく、後者は、すべての天皇が大和において天下を治めたという文脈となって歴史的事実と矛盾するので、記紀など史書の編纂された後の人々の訛伝とは考え難いこと等をあげ、推敲説を採っているように、ほぼ動かぬところであろう（「近江荒都歌異伝考」国文学研究資料館紀要三号）。推敲を繰り返しつつ、表現の客観性を如何に獲得して行ったかという、作品論として注目すべき点についても、伊藤博氏に石見相聞歌を対象とする論があり（『万葉集の歌人と作品』上）、そこでも表現の質的転換が指摘されている。伊藤氏の言う固有名詞「打歌の山」から「高角山」への変化は、未精練な表現から、石見を熟知しない第三者にもわかる客観的自立的な表現への演練を意味するが、そのことはまた、この歌が石見の土地を離れ、別離の場を遠く離れたところで、文字を通して享受されたものであることや、地名がすでに生命指標《ライフインデキス》的な力を喪失しはじめていたことを推測させる。

文字表現が個の覚醒と密接に関連し、その普及が社会成員の思想や意識を個別化し多様化するのに役立つことは周知のところであろう。いわゆる抒情詩が自我意識の成熟とともに可能となることもしばしば言われるとおりであるが、漢字によってやまと言葉を記す技術は、中国の諸典籍を〈読む〉ことを通じて学ばれねばならなかったという当然の事実と、そこから生ずるさまざまな影響についても、深く考えられるべき内容を持つ。

高木市之助氏が推測されていたように、日本の抒情詩の歴史に決定的な影響を与えたのは、中国文学であった（「日本の抒情詩」全集第八巻）。それも表面的な詞句の貸借関係にとどまらず修辞技巧から文学の質といった基本的な面での影響まで、さまざまなレベルの関係が考えられる。その意味では、前項にも触れたように、やまと歌の表現に記載文学としての特徴が明瞭にあらわれるのが天武朝以降であり、その直前に近江朝漢文学の隆昌を見るのも偶然ではないだろう。和文脈の歌が後に獲得していったものを、いち早く中国文学から先取りし、日本文学のなかに定着させたのは、漢詩の世界であり『懐風藻』であったという自然への応対（中西進「懐風藻の自然」『日本漢文学史論考』）と同様な推移が、個人の抒情詩の初発の在り方にも認められるのである。

中国文学の影響のなかでも、比較的にわかりやすいのは書式・句法・造語など、外形における模倣ないし示唆であろう。柿村重松氏が、やまと歌の書式を、題詞に時日・事項・歌数あるいは作者名などを記すことにおいて詩題に準じていること、また長歌に反歌を添えるのは辞賦の乱にならったものであること、さらに句法として長歌の〈対句〉が歌謡の畳句から華麗な対偶の修飾句へ転じたのも中国詩賦の影響によること、造語として「月船」「星林」等特殊な語句が見られるようになるのも中国詩文の示唆によることなどを説かれたのは、その例である。そうした外形上の模倣や影響は、当然素材や思想という内容の関係を予想させる。小島憲之氏が『詩経』や『文選』などの詩賦の一部を利用した例を丹念に指摘しながら、中国文学から詩の心そのものを学ぶことも多かったことを記しているのも、影響の幅広さにかかわる（「漢字・漢文学がもたらしたもの」三省堂講座日本文学1など）。

人麻呂歌集に三十八首収録されている七夕歌が、もともと中国の伝承と詩の表現に学びつつ日本の風俗や生活に即した内容にこれをつくりかえたもので、やまと歌として独自の想像の世界を歌っているのも、天武朝における両者の関係を端的にあらわす（小島憲之「万葉集七夕歌の世界」万葉集大成第九巻など）。しばしば引用されるように、持統五年七月七日紀には「宴公卿、仍賜朝服」とあり、宮中で公的な宴が開かれ、詩歌の詠まれたことも想像されるのであるが（倉林正次『饗宴の研究』、阿蘇瑞枝『柿本人麻呂論考』など）、それより以前、すでに天武朝において諸皇子を囲む雅宴があり、とくに草壁皇子の島の宮で七夕歌が創作され享受されていたと考えられる（渡瀬昌忠『柿本人麻呂研究』歌集編）。大久保正氏も記しているように、三十八首はこれを三部に分けて見ることができ、そのなかでも第二部はもっとも構成が緊密で、「七夕物語歌として一つの完成を示」すとさえ言われる（「人麻呂歌集七夕歌の位相」万葉集研究第四集所収）。たしかに第二部でも二〇二〇以下二〇二六までの七首には時間を追っての物語的展開も指摘されるようで、注目すべき特徴と言いうる。ただ多少視点を変えるならば、同じ巻十所収の出典不明七夕歌や、憶良・家持などの七夕歌が、標題や詞書をはずして、単独の一首として読んでも牛女二星の相会に関する歌であることを疑いようもない表現を持つのに対し、人麻呂歌集には、概して地上の男女の恋歌と区別し難い表現に終始している作が多い点、単に「一つの完成」と評するのでは処理しきれないものを含む。そこに作品の自立性や表現の客観性獲得という記載レベルの問題を想定することも可能だろう。七夕歌という前提のもとに読者または聴者に享受される表現から、作品の言語を文字を通して感受することによって七夕歌であることを諒解させうる表現へという推移が、おおづかみに人麻呂歌集とそれ以後の七夕歌との間に指摘される。これも外来伝説の受容における史的位相の差にもとづくものである（稲岡「人麻呂歌集七夕歌の性格」万葉集研究第八集）。

七夕伝説の受容は一つの例に過ぎない。新しい抒情表現として天武朝の人々に感動をもって迎えられたであろう人麻呂歌集の比喩的な表現の多くにも、中国詩からの示唆が考えられる。

久方の天の河原にぬえ鳥のうら嘆けましつすべなきまでに（10一九九七）

よしゑやし直ならずともぬえ鳥のうらなけ居りと告げむ子もがも（10二〇三一）

のように離れてある人を恋いつつ悲鳥を聴くという想は、「長夜何《ゾ》冥冥《タル》、一《タビ》往《キテ》不二復還《ラ》一。黄鳥為《ニ》悲《シミ》鳴《キ》、哀《シキ》哉傷《マシム》二肺肝《ヲ》一。」（文選・曹子建三良詩）「薄帷鑑《ニリ》二明月一、清風吹《ハク》二我衿《ヲ》一。孤鴻号《ハビ》二外野《ニ》一、翔鳥鳴《ハク》二北林《ニ》一」（同・阮嗣宗詠懐詩）など、中国詩に常套の表現と言って良さそうだし、

朝霜の消なば消ぬべく念ひつついかにこの夜を明かしてむかも（11二四五八）

…朝霜の　消なば消と言ふに　うつせみとあらそふはしに…（2一九の一云）

などが、「天地《ハ》無《ク》ニ終極一、人命《ハ》若《シ》ニ朝霜《ノ》一」（同、曹子建送應氏詩）という表現を背景として想起させる。人麻呂がそれらと全く無関係に新しい表現を創造したとは考え難いだろう。むしろこれらの海彼の詩によって文学の心を学び、表現意識を深めていったことが推測されるのである。

もちろん、単純に中国詩の影響とか示唆と言っても、人麻呂の場合はそれが直接に表現にあらわれる形でなく、やまと言葉で馴化しつつ歌っているために、識別がきわめて困難な場合が多いし、むしろ人麻呂の本領はそういったところにあると言えよう。しかし弁別の困難なところにも、仔細に見れば、かえって深い影響の及んでいる場合が少なくなさそうである。

たとえば『万葉集』巻二の「柿本朝臣人麻呂従石見国別妻上来時歌二首」と題する長歌は、従来あまり中国詩との関係については触れられなかった作と思われるが、有名な、

小竹の葉はみ山もさやにさやげども我は妹思ふ別れ来ぬれば（2一三）

の反歌に、別れて始めて知る思慕の情の深さを人麻呂が歌いこめたのは、文選雑詩部の張茂先の情詩に「不《レバ》ニ曾《テ》遠《ク》別離《セ》一、安《ゾ》知《ラム》レ慕《フ》ニ儔侶《ヲ》一」とあるのや、陸士衡の「赴レ洛」詩に、「感《ジテ》レ物《ニ》恋《ヒ》ニ堂室《ニ》一、離思一《ニ》何《ゾ》深《キ》」とあるのと無関係ではなかろう。

東野治之氏によれば（『正倉院文書と木簡の研究』）、奈良時代には『文選』や『王勃集』などが一般下級官人にまで受容されていたと見られるし、藤原宮址出土の木簡には『論語』や『千字文』の文言を落書したものもある。少し

時代は遡るものの、人麻呂歌集歌を文字に記すことをした人麻呂が、『文選』を繙かなかったとは考え難い。陸機の「赴洛二首」と「赴洛道中作二首」がそれぞれ別離直後の抒情と、すでに故郷を遠く隔たった時点における抒情との二首から成っているのは、人麻呂の石見相聞歌の長歌二首が、別離直後の作と、それより後の時点の作とから成るのと関係があろうと思われるし、「朝はふる 風こそ寄せめ 夕はふる 波こそ来寄れ」という対句も、鮑明遠の「還都道中作」に「鱗鱗《トシテ》夕雲起《リ》、獵獵《トシテ》暁風遒《ハカナリ》。騰《ゲテ》レ沙《ヲ》鬱《ニシ》二黄霧《ヲ》一、翻《シテ》レ浪《ヲ》揚《グ》二白鷗《ヲ》一」と見えるような叙景表現(「浪を翻して白鷗を揚ぐ」)の暗示を考えさせる。神話的な、やまと言葉による伝統的な表現と(西郷信綱『万葉私記』)、中国詩による叙景表現との間に新時代の詞句を模索した人麻呂の姿が浮かんでくるにちがいない。これも有名な歌集歌、

あしひきの山川の瀬のなるなへに弓月が嶽に雲立ち渡る(7一〇八八)

についても、人麻呂自作の荘重簡勁な叙景歌ということで問題が終わるのでなく、雲に恋人の霊を見る古代的観想と、前掲の陸士衡の「赴洛」詩にも見える「谷風払《ヒ》二脩薄《ヲ》一、油雲翳《ハフ》二高岑《ヲ》一」という叙景表現などが、おそらく作者の内部で鋭い緊張と平衡を保っていたことを考えるべきではなかろうかと思う。

淡路の野島の崎の浜風に妹が結びし紐吹き返す(3二五一)

という羇旅歌も、古代的習俗としての紐結びに還元してみるだけでは、この歌の成立の機微を理解したことにはなるまい。『文選』の行旅詩に多い風の描写が、ここでも作者の意識に目だたぬけれども影をおとしているのを感じさせる。

長歌・短歌・旋頭歌それぞれの歌体が、記載次元でその表現の可能性を探られたのも、この時期であった。人麻呂が初期万葉や記紀とは異なる長大な形式の歌を多く残しているのは、中国の辞賦の影響によるが（中西進『万葉集の比較文学的研究』）、五味智英氏が詳細に調査したように、その長歌は同期の他の歌人たちの作にくらべ、字余り字足らずの不整音句が際立って少なく、定型の確立に果たした人麻呂の役割りの大きさを推測させる。五七七の終止形式に関しても同様である（「人麻呂長歌寸言」万葉二五号）。そうした長歌の定型を利用して、人麻呂は天皇讃歌や皇族の挽歌などを作ったし、妻と別れる時の歌やその死を哀傷する挽歌などの佳作も多く残した。

旋頭歌は歌垣における片歌の問答に起源があると思われるが（久松潜一『万葉集考説』など）、人麻呂歌集に三十五首も見られるのは、そうした口誦の形式を記載次元において単独の歌い手の六句体の歌として活用しようと試みた跡を示すだろう（稲岡「人麻呂歌集旋頭歌の文学史的意義」犬養孝博士古稀記念論文集）。以後天平時代までほそぼそとした命脈を保っているものの、結局記載文学としてその歌体の特質を真に活かしえず、衰滅せざるをえなかったようである。

反歌の様式が成立したのは天智朝であったかと推測されるが（第一期参照）、人麻呂に至って多様な展開を示し、長歌の内容の要約や反復にとどまらず、その枠を越えた時間および空間を歌って独立的に味わいうる傾向を増している。複数の反歌の間に連作的な構成さえ考えられるに至ったのも、儀礼的な場に拘束されない文学的な内容の長歌が詠まれるようになったことと関連する（稲岡「人麻呂反歌短歌の論」万葉集研究第二集）。その背景として、短歌数首をあわせて連作とする形式の創造があったことは言うまでもなく、歌集七夕歌にその萌芽らしきものがあり、持統六年（六九二）の伊勢行幸時の人麻呂作歌、

嗚呼見《あみ》の浦に舟乗りすらむ𡢳嬬《をとめ》らが珠裳《たまも》の裾《すそ》に潮満つらむか（1四〇）

釧著《くしろつ》く手節《たふし》の崎に今日もかも大宮人の玉藻刈るらむ（1四一）

潮騒《しほさゐ》に伊良虞《いらご》の島辺漕ぐ舟に妹乗るらむか荒き島廻を（1四二）

に、その確かな例を見る。

中国文学の影響とともに、仏教思想が影をおとし始めることも、見のがせない。仏典語そのものを利用したものや、無常観を直接歌ったものは多く奈良時代以後にあらわれるのだが、人麻呂歌集や作歌のなかにも、

巻向の山辺とよみて行く水の水沫のごとし世の人吾等《われ》は（7一二六九）

のような例が見出される。天武五年（六七六）十一月以降『金光明経』や『仁王経』『観音経』を講説させている記事がしばしば『書紀』にあらわれることと、それは無関係であるまい。

人麻呂とほぼ同時代の歌人として、天武天皇・持統天皇をはじめ、大津皇子・大伯皇女・志貴皇子・穂積皇子・但馬皇女・高市皇子・長皇子・弓削皇子など天智・天武の皇子女と、藤原夫人・石川郎女・志斐嫗・高市黒人・長意吉麻呂・春日老などがあげられる。第一期に比し皇族以外の作歌が量質ともに重味を増してきているのが目だつものの、なお皇族の歌に優れたものが少なくない。天武崩御後の大津の謀叛事件に関連して詠まれた大伯皇女の歌を、後人の仮託の作とする説も見られるし（中西進『万葉集の言葉と心』）、『懐風藻』の「金烏臨

西舎一、鼓声催二短命一。泉路無二賓主一、此夕離レ家向。」という皇子の詩は、偽作とされる（小島憲之「大津皇子とその周辺」歴史と人物昭和五三年一一月）のだが、前者は、なお確証に欠け、思いつきの域を脱しない。新時代の抒情歌にふさわしい悲歌が、斎宮であった大伯皇女によって作られたことをどう把えるかが今後検討されるべきだろう。その他、志貴・長・弓削の三皇子の作歌も、この時期の新風を感じさせる独自の調べをもつ。但馬皇女の、穂積皇子に対する恋の歌は、集内でも屈指の烈しさを秘める。

高市黒人は、「物恋しい」旅情を歌って特色を見せる。律令制が確立し官人機構が拡大するとともに、地方赴任の官吏が増加し、黒人のような旅の歌人を生んだのである。人麻呂が対象と一体化しつつ、重厚な調べにのせて旅の喜びや憂いを歌ったのに対して、黒人には主観的詠嘆をあらわにする傾向が見え、対象にやや距離をおきながらも、のちの赤人のように物に即して輪郭をはっきりと表すわけでなく、茫漠としたかげりと、感傷味を感じさせる。

長意吉麻呂《ながのおきまろ》は、宴席の即興歌に異才を発揮した歌人であり、一四首の短歌をのこす。

大宮の内《うち》まで聞こゆ網引《あびき》すと網子《あご》ととのふる海人《あま》の呼び声（3二三八）

は難波の宮行幸の時の応詔歌で、アの頭韻をふんだ明るい調べに、海辺に近い宮のうちにも聞こえてくる海人の声を詠む。おそらく即興の作であったのだろう。意吉麻呂の異才は、巻十六の物名歌において、さらに明瞭に示されている。

刺鍋《さしなべ》に湯わかせ子ども櫟津《いちひつ》の檜橋より来む狐に浴《あ》むさむ（16三八二四）

は、宴席で食器や雑器、狐の鳴き声、川、橋などに言いかけて歌を作るように注文され即座に答えた歌と言われる。非詩的な言葉を巧妙につないだ戯咲歌で、意吉麻呂の曲芸的な才能を語る。蓮葉《はちすば》はかくこそあるもの意吉麻呂が家にあるものは芋《うも》の葉にあらし（三八二六）は、「蓮」に「恋」を音の上で通わせ、蓮葉で美女を連想させる諧謔歌であり、雙六《すごろく》のさいやむかばきなどを詠む歌とともに、中国の詠物詩の手法に学ぶものである（小島憲之『上代日本文学と中国文学』中巻）。

一般に第二期の歌は、前代の作とくらべ、技巧的な性格を増し、華麗さを加え、ときには言語の遊戯的な面をも見せるようになっている。先掲の意吉麻呂の戯咲歌や、石川郎女と大伴田主の「風流士《みやびを》」問答の歌などその例と言える。しかし、総体として見た場合に、なお浮薄に流れず、繊弱に陥らぬ、線の太い明るさを保っているのは、律令制度の矛盾が表面化するに至らず、建設的で活気に満ちた時代の雰囲気を反映するものである。また、人麻呂歌集の歌が端的に示しているように、宮廷文人の作品が民謡的なものと深いかかわりを持ち、民衆的エネルギーを失っていなかったことや、氏族制度的な精神が個人と集団との間に保存されていたことも、右のような歌風を支える条件となったであろう（第三期、第四期の歌風については第二巻解説にゆずる）。

四　書名

『万葉集』の書名「万葉」がどのような意味を持つかについては、古来種々の説があるが、これを大別すれば、

㈠多くの歌とする説。

a、よろずの言《こと》の葉《は》の意とする説（仙覚『万葉集註釈』・契沖『代匠記』など）

b、多くの木の葉の意で、歌にたとえたものとする説（上田秋成『楢の杣』・木村正辞『美夫君志』・岡田正之『近江奈良朝の漢文学』・鈴木虎雄「『万葉集』書名の意義」万葉第一号・星川清孝「万葉集名義論考」『国語と国文学』二九巻一号・中西進『万葉集の比較文学的研究』など）

㈡万代・万世の意とする説（契沖『代匠記』・鹿持雅澄『古義』・山田孝雄『万葉集考叢』・安田喜代門「万葉集の真義」『日本文学論纂』・小島憲之『上代日本文学と中国文学』中巻・大久保正「万葉集の名義に関する一私見」澤瀉久孝『注釈』巻二付録・伊丹末雄「万葉集の名義と成立」『美夫君志』一〇号など）

というふうに整理しうる。近年いちじるしくなった傾向として、㈠㈡両説ともに、和漢の用例を多数例示するとともに、編纂過程の検討とあわせて、書名としていずれがふさわしいかを推測する方法をとっていることが指摘できるだろう。中西進氏は、憶良の『類聚歌林』・劉孝孫の『古今類聚詩苑』などの書名や、『懐風藻』『衛悲藻』『群英集』『文華秀麗集』などに見られる歌林・詩苑・藻・群英・文華とならべて、葉はたやすく英におきかえられるはずのものだったと推測し、万葉とは万の歌の意にほかならないと考えている。これに対し、小島憲之氏は従来の諸家の説く万葉の語義には、用例の吟味に手落ちがあり、自説に都合の悪い例を捨てている場合も少なくないとし、徹底した用例の蒐集と検討を提唱する。散文・韻文の両方面にわたって漢籍から求められるのは、（一）あまたの木の葉の意、（二）万代・万世の意、の二通りであるが、前者は文字通りの木の葉で、そのままでは書名とはならない。文選李善注「以㆑樹喩㆑文也、説文曰、扶疎、四布也」のように樹（林）を文章にたとえた例はあるが、単独の葉をそれにたとえた例はないし、星川清孝氏が何光遠の「鑑戒録」巻五から「学海千潯、詞林萬葉」をあげているのは注意すべきであるが、唐末五代の例で、唐代以前には見あたらない。これに対し、(二)の万代・万世の意の例は、漢籍にははなはだ多いし、延暦十六年（七九七）二月の『続日本紀』上表文に、「庶《ねが》はくは、英《よきな》を飛ばし茂《よきみ》を騰《あ》げ、二儀《あめつち》とともに風を垂れ、善を彰し悪を癉《やま》しめ、万葉に伝へて鑒《かがみ》となさむことを」とあるように、国史のかがみとして万世の後まで伝えようという気持ちを表す。「万葉」ではないが「千葉」の例は、天平八年（七三六）十一月の葛城王の橘氏賜姓に関する上表文にも、

ここをもちて、臣葛城等、願はくは橘宿称の姓を賜はりて、先帝の厚命を戴き、橘氏の殊名を流《つた》へ、万歳に窮《きは》みなく、千葉に相伝へむことを。

と見える（古典文学全集解説）。このほか、葉を世の意で用いた例は少なくないから、(一)(二)いずれかと言えば、(二)が有力と考えられる。小島説の指すところは、ほぼ右のように理解されるだろう。現段階においては、これを否定する説は見出しえない。

五　各巻の成立

1　巻一

巻一は、部立が雑歌となっていて、巻二の相聞・挽歌の巻であるのと対を成す。冒頭に泊瀬朝倉宮御宇天皇代の標目を立てて雄略天皇の御製を掲げ、以下高市岡本宮、明日香川原宮、後岡本宮、近江大津宮、明日香清御原宮、藤原宮の各天皇の代の歌を順次並べ、最後に寧楽宮の標目を置いて長皇子の歌一首を記す。雄略天皇御製は、歌風概説にも触れたとおり後代の仮託の作と思われるので別として、この巻には舒明天皇の御代から元明天皇の和銅五年以後、つまり奈良遷都直後までの歌を収める。

表記は、たとえば、

高山与耳梨山与相之時立見尓来之伊奈美国波良（1一四）

のように正訓字を主とし、それに少数の音仮名・訓仮名を補助的に使用する、いわゆる宣命大書体（解説の一参照）であって、舒明朝・皇極朝・斉明朝などの歌も、持統・文武朝以後に現在見る形に文字化されたものと推測される。この巻の歌に宮廷の大歌として伝えられた作が多いという折口信夫の考えが正しいとするなら、（「歌謡を中心とした王朝の文学」全集第十二巻）伝誦された大歌が、原巻一の編纂の際に右のように書き留められたことになろう。舒明朝や斉明朝の歌のほうが人麻呂作歌より綿密な付属語（助詞・助動詞）表記をともなっているのは、人麻呂作歌が作者の自記の形を保存するのに対して、それ以前の歌の多くが人麻呂より後の人々によって記録された証となる。

『万葉集』二十巻の編纂が数次におよび手入れを経たもので、ただ一度に成されたものではないように、巻一についても、重層的な成立が考えられる。しばしば指摘されてきたように、藤原宮御井の歌（五二・五三）以前と以後では、作者名・作年月・歌数の記述などの形式に大きな変化が指摘され、同じ時、同じ編者の手に成るものとは思えない。少なくとも、五三歌と五四歌との間にひとつの区切りが予想され、それ以前を原巻一とすれば、あとは増補部分と見なされよう（古典大系解説など）。伊藤博氏の推測しているように（『万葉集の構造と成立』上）、原巻一は舒明天皇の国見歌から持統朝の藤原宮御井の歌まで、いわば舒明皇統歌集とも称される宮ぶりの歌の集成であって、持統上皇時代前半期（文武元年から大宝元年まで）に編纂されたものかも知れない（後藤利雄『万葉集成立論』では、原巻一の成立を大宝二年から慶雲四年までの間とする）。

原巻一を持統万葉と呼ぶなら、その意図を継承して増補された八三首本の巻一は、後半部において元明天皇を「天皇」とし、持統天皇を「太上天皇」、文武天皇を「大行天皇」と記し、なべて元明朝を現在とした称呼を見せるところから、元明万葉と呼んでもさしつかえない。細部において、さらにのちの手入れなど考えられるところがあろうが、元明天皇の譲位（霊亀元年九月）後間もないころに（伊藤博前掲稿。後藤稿では、養老五年までとする）、巻一は、ほぼ現在見る形に整えられたと見られる。なお、巻一の追補の時期を宝亀年間とし、大原邑知らの作業であろうと推測する説もある（中西進「原万葉—巻一の追補—」美夫君志第七号）。

2　巻二

巻二は、相聞・挽歌の二部立をもつ。これは、巻一の雑歌を意識してのことで、両巻で三大部立が揃うことや、巻二も元来人麻呂作歌で終わっていたと推測されることなどを通して、巻一の八三首本の成立と原巻二のそれを重ねて考える形成論は、確度の高いものと言ってよいだろう（伊藤博「原巻一・二の形成」『日本文学全史』上代）。巻一の巻頭に雄略御製をおき、巻二に磐姫皇后歌をおいたのも、この時だったかも知れない。

相聞の部は、磐姫皇后の四首の歌に始まり、天智・天武・持統三代の歌がつづいたのちに、人麻呂の石見国での作歌と、依網娘子の作を配して終わる。長歌三首と短歌五三首を含む。また、挽歌の部は、斉明朝の有間皇子の自傷歌を冒頭において、天智・天武両天皇の挽歌や、十市皇女・大津皇子の哀傷歌ののちに、人麻呂の献呈挽歌・亡妻挽歌などを配し、さらに人麻呂の臨死の時の歌から「寧楽宮」の姫島の娘子の歌、霊亀元年の志貴皇子挽歌に及んでいる。巻一と同様に、かなり精選された名作に富む。歌数は相聞部に長歌三首短歌五十三首、挽歌部に長歌十六首短歌百三十一首を収める。

巻一・二の成立は、先に記したとおり、持統上皇時代から元明上皇時代であったと見られるし、両巻のみが天皇代を標目として記した整然たる組織を持つので、白鳳の盛期を誇る勅撰歌集またはそれに準ずるものとして編まれたことはほぼ動かないだろうが、編者や編纂の目的など、細かい点では不明なところが多い。後藤利雄氏は、巻二の巻末に「笠朝臣金村歌集出」の挽歌があるところから、巻一よりも後、天平年間に入ってからの追補を考えている（前掲書）。

3　巻　三

巻三は、雑歌・譬喩歌・挽歌の三部から成る。雑歌として長歌十四首短歌百四十四首、譬喩歌に短歌二十五首、挽歌には長歌九首短歌六十首を収める。そのうち、雑歌部には持統朝から天平初年までの歌が含まれる。挽歌部にも、冒頭の聖徳太子作歌を伝誦歌として除外すれば、天武天皇崩後の大津皇子の歌から天平十六年高橋朝臣の作歌まで、ほぼ同様な時期（やや年代のくだった作歌もあるが）の作品を収録するのに対して、譬喩歌部が紀皇女・沙弥満誓・大伴百代・余明軍といった第二期・第三期の歌人の作五首のほかは、笠女郎・坂上郎女・大伴家持・藤原八束・大伴駿河麻呂など、第四期の歌人たちの作に限って収録しており、他の部とは異なる成り立ちを思わせる。この巻の雑歌・挽歌部の大部分の作は天平初頭までに集められていたものであろうと、以前から推測されており、譬喩歌部の特殊な在りかたや雑歌・挽歌に対する譬喩歌という部立名の特異性についても多くの人々の言及を見る。境田四郎氏が、なぜ譬喩歌として少数の新しい歌のみ収めたのかについて次のように記したのは、とくに注目すべきものと思う。

家持の手許の覚書帳には、相聞の歌は豊富に存して、一巻の中の一部類には余る程あつたらう。で家持はこんなに沢山あるからいつそこれだけで一巻としようといふ考になつて、相聞の部を立てるといふ考を放棄したらう。併し一撰集として相聞歌がないと資格が欠けるから、公表しても差支ないといふやうな歌だけを取出して見たらう。この選択の事情については外に理由があるかも知れない。ともかくさうして一部類としたが、外に立派な相聞歌集をまとめようといふ考があつたから、巻三の方は譬喩歌といふ名にしたものであらう（「巻三・四論」春陽堂 万葉集講座第六巻）。

右の境田氏の発想を承け、巻三の成立についてさらに綿密かつ具体的な推定をしたのが伊藤博氏である。氏によれば、原巻三および原巻四（これは合わせて一本であったかも知れないという）として、現在見る巻三雑歌の全部（二巻になっていたとすればこれだけで一巻をなす）と、現存巻四相聞の前半（四八四〜五七七）、それに現存巻三挽歌の前半（四一五〜四五九）を加えたものが考えられるという（『万葉集の構造と成立』上）。収録歌の範囲推定には後藤利雄氏に異見もあって（『万葉集成立論』）、検討を要するけれども、巻三・巻四の原本として藤原朝以前の拾遺歌巻を想定し、その原本を解体し、これに奈良朝の新しい歌を多数増補しつつ再編したものが現存の巻三雑歌・挽歌、巻四相聞であったと推測されているのは、注目に値しよう。そう考えると、巻一・巻二の意図を継承する拾遺歌巻の性格が明らかになるし、また、譬喩歌の部立が、巻四相聞を一巻として別立てにした際に巻三に新設されたものであったことも、歌数や収録作歌年代から納得される。聖武天皇の風流侍従として六人部王・長田王・門部王・佐為王・桜井王などがあげられるが、このうちの佐為王をのぞく人々はすべて万葉集の歌人であって、拾遺歌巻は、こうした人々の手により、養老末年から神亀年間にかけて形成されたのかも知れないという。巻三の現在見る形の完成が何時ごろであったか詳らかでないが、追補と見られる部分に天平四年ごろから十六年までの作品があるので、天平十七年以降の数年間を考えるのが自然であろうし、その編集に大伴家持の手が加わっていることも疑いないものと思われる。

4　巻　四

すでに触れたように、巻四は、相聞歌のみを収める。巻頭に「難波天皇妹」の作歌をかかげ、以下岡本天皇御製、額田王思近江天皇作謌を配し、吹芡刀自や柿本人麻呂の歌なども含んでいるが、第二期以前の作はごく少なく、第三期以降天平十六年までの歌が大部分を占めている。短歌三百一首と、それに長歌七首旋頭歌一首をまじえる。大伴家持およびその周囲の人々の作が多く、家持の入手した古歌に、旅人あるいは坂上郎女の手控えを加え、それに自分の手許の歌などを合わせて、家持が一巻にまとめたものと推測される（境田前掲書、古典大系解説など）。その時期は、巻三とほぼ同じころと考えられるだろう。

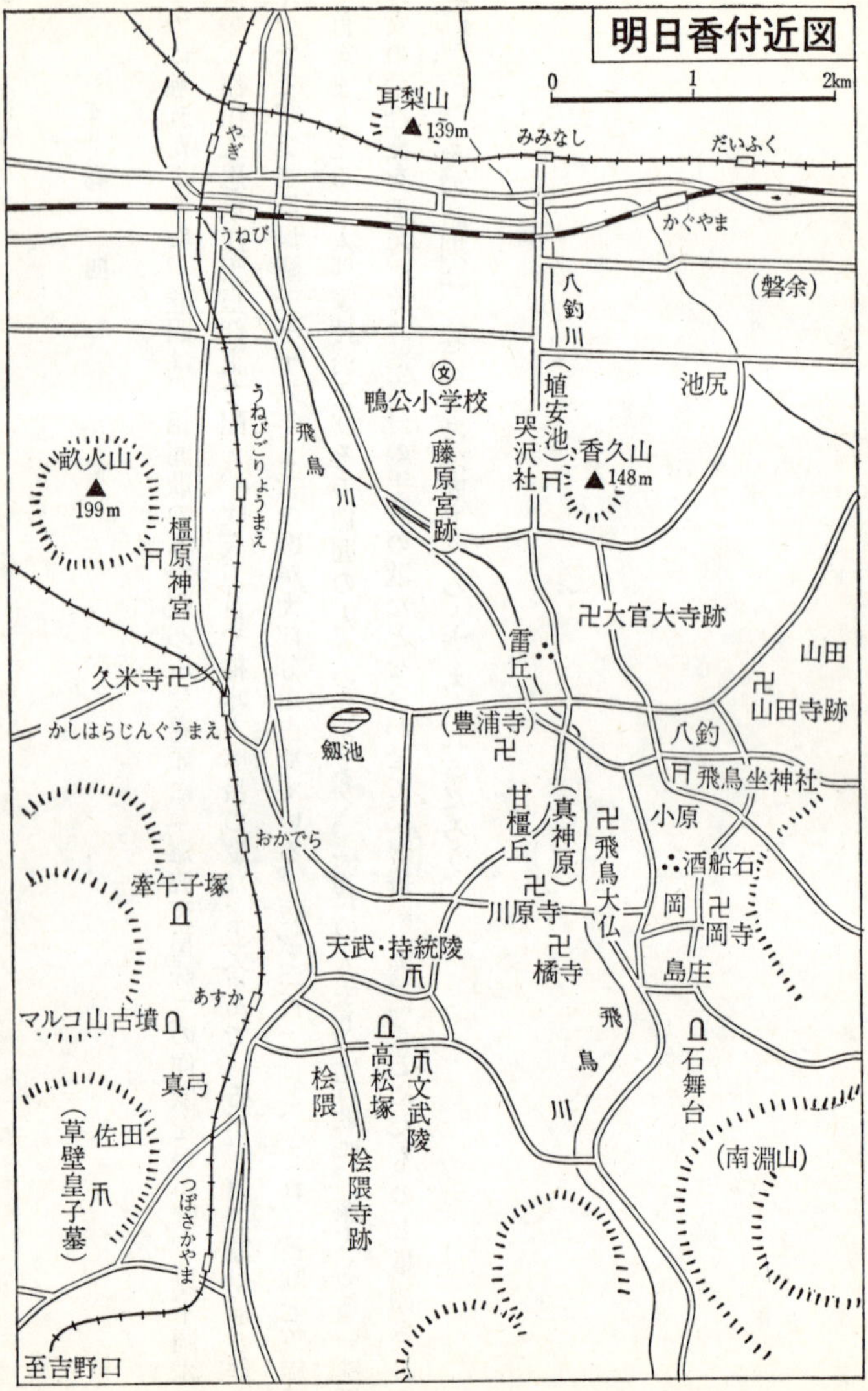
明日香付近図
0
1
2km
耳梨山
139m
やぎ
みみなし
だいふく
うねび
かぐやま
(磐余)
八釣川
池尻
鴨公小学校
(埴安池)
哭沢社
香久山
148m
(藤原宮跡)
飛鳥川
畝火山
199m
橿原神宮
うねびごりょうまえ
大官大寺跡
雷丘
山田
山田寺跡
久米寺
かしはらじんぐうまえ
劔池
(豊浦寺)
八釣
飛鳥坐神社
甘樫丘
(真神原)
飛鳥大仏
小原
酒船石
おかでら
牽午子塚
川原寺
岡
岡寺
天武・持統陵
橘寺
島庄
あすか
マルコ山古墳
高松塚
飛鳥川
石舞台
真弓
桧隈
文武陵
(南淵山)
(草壁皇子墓)
佐田
桧隈寺跡
つぼさかやま
至吉野口

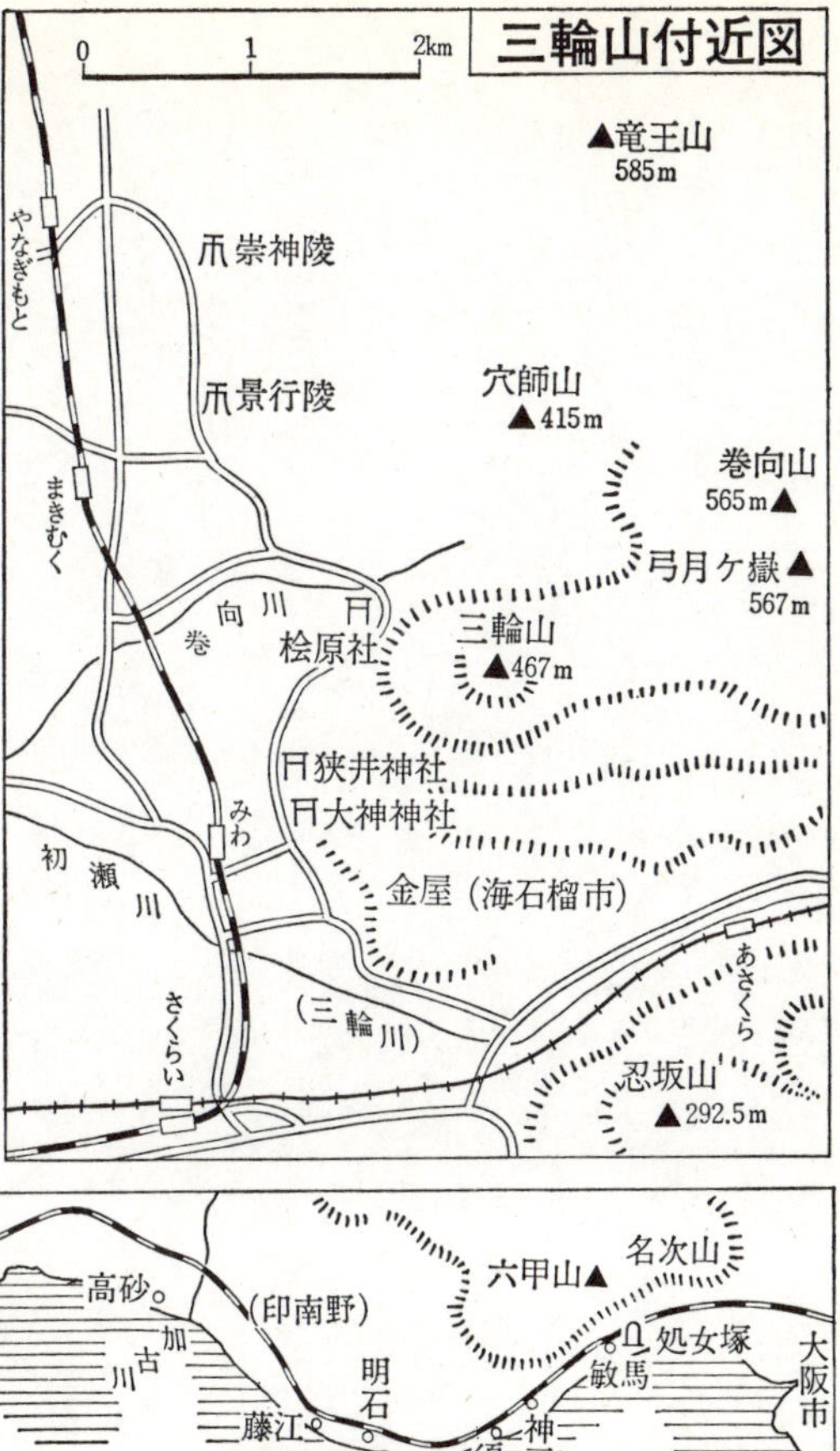

三輪山付近図

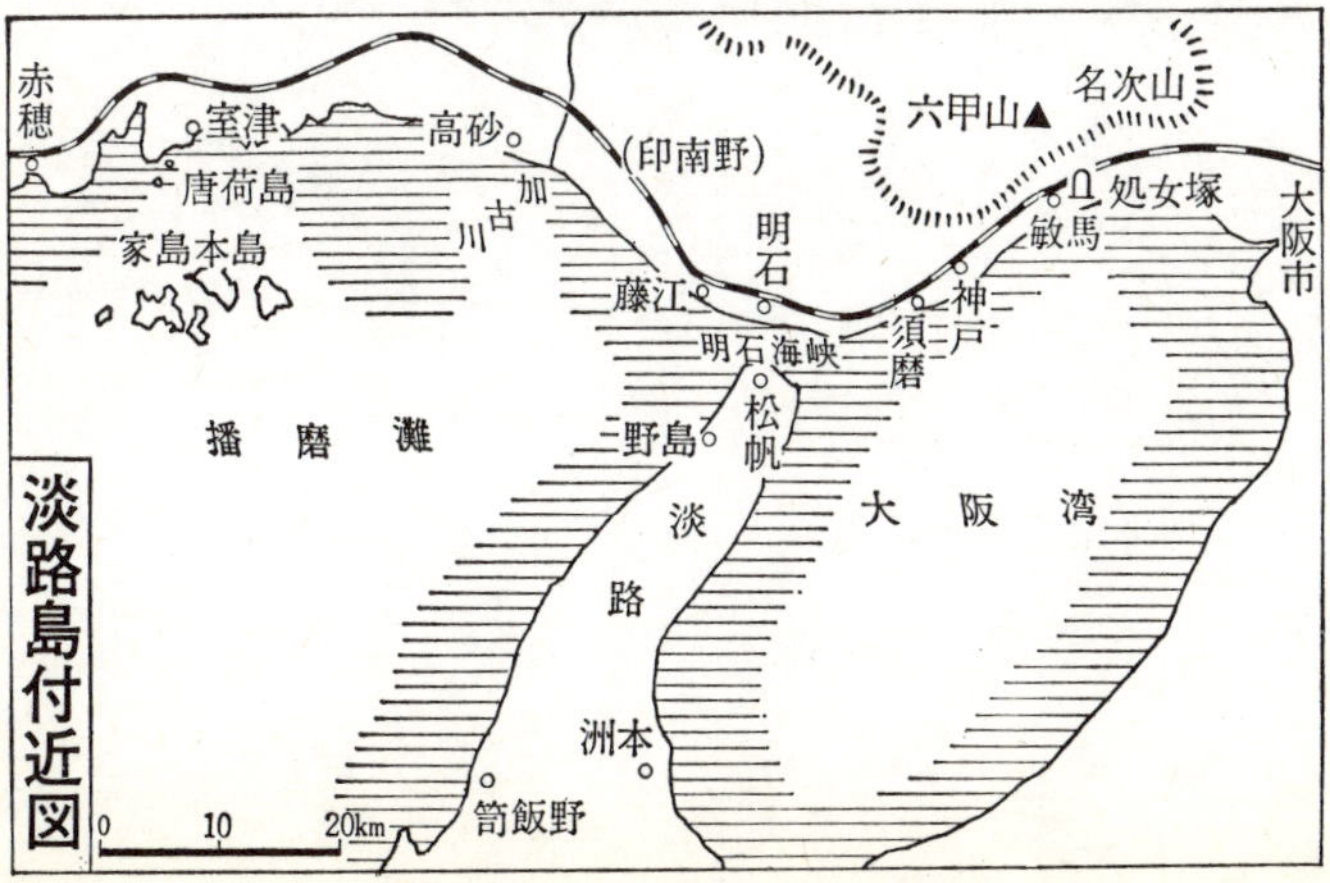

淡路島付近図

索引

萬葉集

著者略歴

稲《いな》岡《おか》耕《こう》二《じ》

昭和四年　東京生まれ
昭和二八年　東京大学文学部国文学科卒業
現在　上智大学教授
住所　東京都武蔵野市吉祥寺北町三丁目一番一七号
編著書　『万葉表記論』（昭五一、塙書房）
『万葉集の作品と方法』（昭六〇、岩波書店）
『万葉集全注　巻第二』（昭六〇、有斐閣）
『王朝の歌人　柿本人麻呂』（昭六〇、集英社）
『人麻呂の表現世界』（平三、岩波書店）など。

校注古典叢書

萬葉集（一）

昭和五四年五月一〇日　初版発行
平成一六年二月二〇日　新装版初版発行

著者　©稲岡耕二
発行者　株式会社明治書院　代表者　清水敬
印刷者　大日本法令印刷株式会社　代表者　田中國睦
製本　精光堂

発行所　株式会社　明治書院
東京都新宿区大久保一-一-七
郵便番号　一六九-〇〇七二
電話　〇三(五二九二)〇一一七(代)
振替口座　〇〇一三〇-七-四九九一

ISBN 4-625-71328-5　表紙・扉　阿部　壽